日本におけるヘミングウェイ書誌［Ⅱ］2009-2018

千葉義也［編著］

松籟社

目　次

はしがき　v
凡　例　vii

1. 日本におけるヘミングウェイ書誌 ——2009年—— ・・・・・・・・・・ 3

1. 単行本　3
2. 言及ある単行本　3
3. 論文・エッセイ(学会誌、紀要等)　14
4. 邦訳　17
5. 書評　21
6. 雑誌　22
7. 記事　26
8. 年譜　28
9. 書誌　28
10. カタログ　28
11. 映画／テレビ　28
12. DVD／ビデオ等　28
13. CD　29
14. インターネット・ホームページ　29
15. 写真集　29
16. トラベル・ガイドブック　29
17. テキスト　30
18. その他　30
19. 学会／協会誌　31

2. 日本におけるヘミングウェイ書誌 ——2010年—— ・・・・・・・・・・ 33

1. 単行本　33
2. 言及ある単行本　33
3. 論文・エッセイ(学会誌、紀要等)　39
4. 邦訳　41
5. 書評　45
6. 雑誌　46
7. 記事　49
8. 年譜　51
9. 書誌　51
10. カタログ　51
11. 映画／テレビ　51
12. DVD／ビデオ等　51
13. CD　52
14. インターネット・ホームページ　52
15. 写真集　52
16. トラベル・ガイドブック　52
17. テキスト　53
18. その他　53
19. 学会／協会誌　54

3. 日本におけるヘミングウェイ書誌 ——2011年—— ・・・・・・・・・・ 57
1. 単行本 57
2. 言及ある単行本 58
3. 論文・エッセイ(学会誌、紀要等) 65
4. 邦訳 68
5. 書評 71
6. 雑誌 72
7. 記事 75
8. 年譜 76
9. 書誌 76
10. カタログ 77
11. 映画/テレビ 78
12. DVD/ビデオ等 78
13. CD 78
14. インターネット・ホームページ 78
15. 写真集 78
16. トラベル・ガイドブック 78
17. テキスト 78
18. その他 78
19. 学会/協会誌 79

4. 日本におけるヘミングウェイ書誌 ——2012年—— ・・・・・・・・・・ 81
1. 単行本 81
2. 言及ある単行本 81
3. 論文・エッセイ(学会誌、紀要等) 87
4. 邦訳 90
5. 書評 92
6. 雑誌 93
7. 記事 94
8. 年譜 95
9. 書誌 95
10. カタログ 96
11. 映画/テレビ 96
12. DVD/ビデオ等 96
13. CD 96
14. インターネット・ホームページ 96
15. 写真集 96
16. トラベル・ガイドブック 97
17. テキスト 97
18. その他 97
19. 学会/協会誌 98

5. 日本におけるヘミングウェイ書誌 ——2013年—— ・・・・・・・・・・ 99
1. 単行本 99
2. 言及ある単行本 99
3. 論文・エッセイ(学会誌、紀要等) 110
4. 邦訳 113
5. 書評 114
6. 雑誌 116
7. 記事 118
8. 年譜 118
9. 書誌 118
10. カタログ 119
11. 映画/テレビ 119
12. DVD/ビデオ等 119
13. CD 119
14. インターネット・ホームページ 119
15. 写真集 119
16. トラベル・ガイドブック 120
17. テキスト 120
18. その他 120
19. 学会/協会誌 121

6. 日本におけるヘミングウェイ書誌――2014年――・・・・・・・・・ 123

1. 単行本 123
2. 言及ある単行本 123
3. 論文・エッセイ(学会誌、紀要等) 128
4. 邦訳 132
5. 書評 133
6. 雑誌 134
7. 記事 136
8. 年譜 137
9. 書誌 137
10. カタログ 137
11. 映画／テレビ 137
12. DVD／ビデオ等 137
13. CD 138
14. インターネット・ホームページ 138
15. 写真集 138
16. トラベル・ガイドブック 138
17. テキスト 139
18. その他 139
19. 学会／協会誌 140

7. 日本におけるヘミングウェイ書誌――2015年――・・・・・・・・・ 141

1. 単行本 141
2. 言及ある単行本 142
3. 論文・エッセイ(学会誌、紀要等) 146
4. 邦訳 150
5. 書評 153
6. 雑誌 154
7. 記事 156
8. 年譜 156
9. 書誌 157
10. カタログ 157
11. 映画／テレビ 157
12. DVD／ビデオ等 157
13. CD 158
14. インターネット・ホームページ 158
15. 写真集 158
16. トラベル・ガイドブック 158
17. テキスト 158
18. その他 158
19. 学会／協会誌 159

8. 日本におけるヘミングウェイ書誌――2016年――・・・・・・・・・ 161

1. 単行本 161
2. 言及ある単行本 161
3. 論文・エッセイ(学会誌、紀要等) 167
4. 邦訳 172
5. 書評 174
6. 雑誌 175
7. 記事 177
8. 年譜 177
9. 書誌 177
10. カタログ 178
11. 映画／テレビ 178
12. DVD／ビデオ等 178
13. CD 178
14. インターネット・ホームページ 178
15. 写真集 178
16. トラベル・ガイドブック 179
17. テキスト 179
18. その他 179
19. 学会／協会誌 180

9. 日本におけるヘミングウェイ書誌——2017年——・・・・・・・・・ 181

1. 単行本 181
2. 言及ある単行本 181
3. 論文・エッセイ(学会誌、紀要等) 187
4. 邦訳 190
5. 書評 192
6. 雑誌 194
7. 記事 194
8. 年譜 195
9. 書誌 195
10. カタログ 196
11. 映画／テレビ 196
12. DVD／ビデオ等 196
13. CD 196
14. インターネット・ホームページ 196
15. 写真集 196
16. トラベル・ガイドブック 197
17. テキスト 197
18. その他 197
19. 学会／協会誌 198

10. 日本におけるヘミングウェイ書誌——2018年——・・・・・・・・・ 199

1. 単行本 199
2. 言及ある単行本 199
3. 論文・エッセイ(学会誌、紀要等) 203
4. 邦訳 205
5. 書評 206
6. 雑誌 207
7. 記事 208
8. 年譜 209
9. 書誌 209
10. カタログ 210
11. 映画／テレビ 210
12. DVD／ビデオ等 210
13. CD 210
14. インターネット・ホームページ 210
15. 写真集 210
16. トラベル・ガイドブック 210
17. テキスト 211
18. その他 211
19. 学会／協会誌 211

【付録】ヘミングウェイ文献一覧 213

あとがき 259

索引 著作者名索引 261
　　 作品名索引 269

はしがき

私は、2013年に『日本におけるヘミングウェイ書誌——1999-2008』（松籟社）を出版した。これを第I集と呼ぶなら、本書はそれに続く10年間、つまり、2009年から2018年までのヘミングウェイ研究の文献をまとめた第II集である。振り返れば、これはなかなか大変な仕事だった。というのも、実際出版された書物、論文といった現物、またはそのコピーに逐次目を通さなければならなかったからである。というのも、私は現物のない単なるデータの羅列だけの書誌なら、意味はないと考えていたからである。それを私は第I集同様、次の19項目に分類し、整理した。

1. 単行本、2. 言及ある単行本、3. 論文・エッセイ（学会誌、紀要等）、4. 邦訳、5. 書評、6. 雑誌、7. 記事、8. 年譜、9. 書誌、10. カタログ、11. 映画／テレビ、12. DVD／ビデオ等、13. CD、14. インターネット・ホームページ、15. 写真集、16. トラベル・ガイドブック、17. テキスト、18. その他、19. 学会／協会誌。

そして、第I集同様、読者が少しでも各文献の内容を摑めるものにするために、なるべく著者の言葉を括弧（「　」）に入れて使用した。これによって、おおよその内容が摑めるだけでなく、かつてありがちだった屋上屋を架するような論文は出てこないのではないかと考えたからである。誰でも、新しく論文を書こうとする際には、先行研究を踏まえなければいけない。斬新な論文を書こうとする場合にはもちろん、既成の論文に反論を企てるためにも、このことは不可欠で、その意味からも本書は大切なものになるに違いない。

ところで、本書誌の始まりである1999年は「ヘミングウェイ生誕100周年」に当り、学術誌『英語青年』（研究社）は「特集」を組み、日本ヘミングウェイ協会も論集『ヘミングウェイを横断する』（本の友社）を出版した。おそらく、こうしたことが引き金となっているに違いない。この 20 年間の文献の数が大幅に増えている。ともかく、これで 1999 年から 2018 年までの『日本におけるヘミングウェイ書誌』がひとまず完成した。今後はヘミングウェイで論文を書く学生諸君、大学院生はもちろん、研究者諸氏も本書を情報源として大いに活用してほしい。

それに、今回は付録として、私の手元にある 2018 年までの文献をひとつにまとめた「文献一覧」を付け加えた。これは内外のヘミングウェイ研究の歴史が明瞭に分かる貴重な資料である。最後になったが、今回も出版社との架け橋をしてくれた九州大学の高野泰志氏、そして松籟社の木村浩之氏に御礼の言葉を申し上げる。特に、綿密な作業を丁寧にしてくれた木村氏には第 I 集に引き続き、特段のお世話になった。記してここに感謝の意を表します。

2019 年 11 月 20 日

千葉義也

凡　例

1. 本書の内容

本書は、2009年から2018年までの十年間に日本国内で刊行された出版物のうち、アーネスト・ヘミングウェイ（Ernest Miller Hemingway, 1899-1961）に関連するものの書誌情報をまとめたものである。また、活字媒体のものに加え、映画、ビデオ、テレビ、DVD、CD等でヘミングウェイに関連するものについても記載している。

書誌情報の内容は、以下の項目にそってまとめている。

1. 単行本

   ヘミングウェイあるいはヘミングウェイ作品を主題とした単行本。複数の著者による論文集については、各論文の情報を3の「論文・エッセイ」の項にも記載し、各論文の内容を把握できるように心がけた。

2. 言及ある単行本

   ヘミングウェイをかならずしも主題とはしていないが、ヘミングウェイおよびその作品に言及している書籍をまとめた。言及箇所が書籍内の特定のテキストで、見出しやタイトルが付されている場合は（翻訳書における「訳者あとがき」等）、そのテキストのタイトル・見出しを掲げている。

3. 論文・エッセイ（学会誌、紀要等）

   ヘミングウェイおよびその作品を主題に書かれた学術論文およびエッセイを収録している。

4. 邦訳

   ヘミングウェイ作品の邦訳書籍をまとめたほか、欧米で刊行されたヘミングウェイ研究書、ヘミングウェイおよび関連人物の伝記や自叙伝等が日本語で翻訳出版されたものについて、この項目にまとめている。

5. 書評

   ヘミングウェイ作品およびヘミングウェイ研究書等を対象として書かれた書評についてまとめている。

6. 雑誌

ヘミングウェイおよびその作品等に言及している雑誌記事等をまとめている。

7. 記事

ヘミングウェイおよびその作品等に言及している新聞記事等をまとめている。

8. 年譜

ヘミングウェイの年譜が掲載されているものをまとめている。

9. 書誌

ヘミングウェイに関連して作成された書誌をまとめている。また、ヘミングウェイ作品を含み、ひろくアメリカ文学・英語文学について作成された書誌もこの項目に記載した。

10. カタログ

ヘミングウェイ作品やヘミングウェイに関わる商品を掲載しているカタログを、この項目にまとめている。

11. 映画／テレビ

ヘミングウェイ作品を原作とする映画や、ヘミングウェイおよびその作品等を主題として作成されたテレビ番組等について、まとめている。

12. DVD ／ビデオ等

ヘミングウェイ作品を原作とする映画がDVD ないしビデオで発売されたものを、この項目にまとめている。

13. CD

ヘミングウェイおよびその作品等が関連する CD についてまとめている。

14. インターネット・ホームページ

ヘミングウェイを中心に取り上げている日本国内のインターネット・ホームページの情報をまとめている。また、アメリカ文学・英語文学の学会等のホームページのうち、日本ヘミングウェイ協会とのリンクが張られているものもこの項にまとめている。

15. 写真集

ヘミングウェイおよびその作品等をモチーフとして作られた写真集の情報をまとめている。

16. トラベル・ガイドブック

ヘミングウェイ作品の舞台や、ヘミングウェイゆかりの土地についての情報が載っている媒体をまとめている。

17. テキスト

ヘミングウェイ作品を収載している教科書についてまとめている。

18. その他

上記分類のいずれにも属さないものの、ヘミングウェイに関連している出版物等をまとめている。

19. 学会／協会誌

日本ヘミングウェイ協会が刊行しているニューズレターや協会誌について、その情報を記載している。

2. 記述の方法

項目ごとに、原則として著作者の姓の50音順に、敬称抜きで配列している。

当該出版物についての書誌情報を太字で記載したうえで、簡単な紹介文を付した。

書誌情報について、単行本など一つの出版物について記述する場合は、原則として、

●**著作者名［著作の種類］『出版物のタイトル』（出版社名、出版年月）**

の書式で記載している。単行本の場合は、末尾に総ページ数を記載した。

(例)

●**前田一平『若きヘミングウェイ――生と性の模索』（南雲堂、2009. 10）430頁**

●**日本ヘミングウェイ協会［編］『アーネスト・ヘミングウェイ―― 21世紀から読む作家の地平』（臨川書店、2011. 12）370頁**

論文や雑誌記事など、ある媒体に収載されたテキストを示す場合は、当該テキストを収載している単行本・雑誌等の媒体名も記載する。原則として、

●**著作者名［著作の種類］「論文・記事等のタイトル」『収載されている出版物のタイトル』著作者名［著作の種類］（出版社名、出版年月）当該記事のページ数**

の書式で記載している。当該記事が複数ページにわたる場合、末尾のページ数表記は原則として下二桁のみとした。なお、英語論文等、当該テキストが欧文の場合は、タイトルは括弧（「　」）ではなくクォーテーション（“　”）で囲んで示している。

(例)

●梅垣昌子「フォークナーと11人の語り手たち――『ニューオーリンズ』の光とゆらぎ」『フォークナー』第11号（松柏社、2009. 4）127-36頁

●柳沢秀郎「『オリジナル・エデンの園』に見る出逢いの再現――長髪の日本人画家と長髪の画家ニック」『英文學研究』第91巻（日本英文学会、2014. 12）21-36頁

「監修」「編著」「訳」「責任編集」等の著作の種類については大括弧（[ ]）内に記載した。なお、[著] に該当するものは多数にのぼるため、原則として省略し、他との区別が必要な場合に限って記載している。

日本におけるヘミングウェイ書誌［II］

―― 2009-2018 ――

日本におけるヘミングウェイ書誌
——2009年——

1. 単行本

●前田一平『若きヘミングウェイ——生と性の模索』(南雲堂、2009.10) 430頁

本書は「研究の最前線を紹介しながら、そこから展望できる新たな解釈の可能性を追究した」もの。目次を上げると次の通り。序論——変容するヘミングウェイ批評、I. 描かれなかった故郷の町——イリノイ州オークパーク、II. 未熟という魅力——戦後のアメリカ修業期、III. 幻想と傷を探る——短編小説と郷愁のミシガン、IV.「男らしさ」の揺らぎ——長編小説と女たち、終章——ヘミングウェイを許した故郷の町。

2. 言及ある単行本

●青山　南 [編]、長崎訓了 [画]『旅するアメリカ文学——名作126』(アクセス・パブリッシング、2009.7) 367頁

ヘミングウェイでは『移動祝祭日』が取り上げられている。

●飯田美樹『café から時代は創られる』(いなほ書房、2009.5) 397頁

随所にヘミングウェイの名前が出てくる。

●伊上　冽「温かい誠実な人柄で愛されたビッグスター——ゲーリー・クーパー」『演じるヒーローそのままの誠実なスター——ゲーリー・クーパー』スクリーン [特別編集] (近代映画社、2009.3) 2-38頁

1932年、クーパーは「ヘミングウェーの原作小説を映画化した『戦場よさらば』で第一次大戦をバックの恋愛ドラマに好演を見せた……」といった箇所等がある。

●石　弘之『キリマンジャロの雪が消えていく——アフリカ環境報告』(岩波書店、2009.9) 226頁

第2章冒頭に、「『キリマンジャロの雪』の有名な冒頭とキリマンジャロ山への最高の賛辞といわれる最終部分」からの引用がある。新書版。

●伊集院　静『作家の愛したホテル』(日経BP社、2009.11) 328頁

第2部中の「酔い泥れと犬」、「ダンサーの背中」にヘミングウェイへの言及がある。

●出石尚三、リーバイ・ストラウス　ジャパン [監修・協力]『ブルー・ジーンズの文

化史』（NTT 出版、2009. 3）283 頁
第 4 章に、「なぜ子供がジーンズを穿いたのか―― E. ヘミングウェイとブルー・ジーンズ」がある。

●今村楯夫「大作家と大女優の『愛の形』――ヘミングウェイとディートリッヒ」『アメリカ文学研究のニュー・フロンティア――資料・批評・歴史』田中久男［監修］、亀井俊介、平石貴樹［編著］（南雲堂、2009. 10）184-99 頁
本稿は「ケネディ図書館から送られてきた……ヘミングウェイとディートリッヒ往復書簡」を巡る論文。

●入子文子「『ある鐘の伝記』を読む――ホーソーンにおける歴史と詩学の交錯」『独立の時代――アメリカ古典文学は語る』入子文子、林以知郎［編著］（世界思想社、2009. 6）111-48 頁
ホーソーンのスケッチは「『ヘミングウェイが 20 年代に学ぼうとしたと言ったものを 100 年先取りしたもの』（Waggoner 43）」という箇所がある。

●植草甚一『植草甚一 WORKS 1 ――映画と原作について考えてみよう』（近代映画社、2009. 11）199 頁
「ヘミングウェイと恋愛」という一項がある。

●――『植草甚一 WORKS 2 ――ヒッチコック、ヒューストンら監督たちについて』（近代映画社、2009. 11）190 頁
「ヒューストン再びアフリカへ戻る」の項に、「写真を一目見ただけで、この［ジュリエット・］グレコが、『陽はまた昇る』で見たような詰まらないグレコではないことが、だいたいはっきりしてくる」という箇所がある。

●植松二郎『一瞬で心が前向きになる賢者の言葉』（PHP 研究所、2009. 7）237 頁
第 3 章中に、「敗北の話はやめよう…」という『武器よさらば』からの言葉が引用されている。文庫版。

●内田　樹「『村上春樹にご用心』をめぐって」『代表質問―― 16 のインタビュー』柴田元幸（新書館、2009. 7）264-315 頁
「ぼくはアメリカ文学の勉強をしていたわけですが、上の世代がヘミングウェイ、フォークナー、フィッツジェラルドあたりを抑えてるんですよね」という言葉がある。

●海野　弘『スキャンダルの世界史』（文藝春秋、2009. 11）557 頁
「『陽はまた昇る』に出たフリン［エロール・フリン］は哀しみを誘った……タイロン・パワーに主演を譲って、脇にまわっている」という箇所がある。

●大橋健三郎、齋藤　光、大橋吉之輔『総説アメリカ文学史』（研究社、2009. 9）491 頁
第 IV 章中に、「Ernest Hemingway」という一項がある。第 31 刷。

●大森　望「訳者あとがき」『ヘミングウェイごっこ』ジョー・ホールドマン［著］、大森　望［訳］（早川書房、2009. 2）305-17 頁
本書は「ヘミングウェイの消失原稿を再現することが第一の目的だった……」とある。文庫版。

●大森義彦「Ernest Hemingway」『初めて学ぶアメリカ文学史』岩山太次郎、大森義彦、谷本泰三（金星堂、2009. 1）142 頁
『武器よさらば』の概説がある。重版。

●岡庭　昇『漱石・魯迅・フォークナー――桎梏としての近代を超えて』（新思索社、2009. 5）263 頁
「『赤い葉』の主人公は……奇妙なまでになげやりで、虚無的である。あたかも黙って死を待つヘミングウェイの『殺し屋』の主人公のように」という箇所がある。

●小棚治宣「解説」『傷だらけのマセラッティ』北方謙三（光文社、2009. 6）368-73 頁
「作者［北方謙三］が意識していたのは、ハードボイルドの大御所といわれたチャンドラーやハメット、ロス・マクドナルドではなく、むしろヘミングウェイであった」という箇所がある。文庫版。

●鹿島　茂『文学的パリガイド』（中央公論新社、2009. 7）262 頁
「ヴァンドーム広場――観光ガイド」にヘミングウェイの名前が出る。文庫版。

●――『歴史の風　書物の帆』（小学館、2009. 6）352 頁
「私編パリ文学全集を編集する」中に、「1920 年代のパリのアメリカ人だったら、もちろんヘミングウェイの『日はまた昇る』（中公）だ」とある。文庫版。

●金原瑞人『翻訳家じゃなくてカレー屋になるはずだった』（ポプラ社、2009. 2）266 頁
『日本におけるヘミングウェイ書誌――1999-2008』「書誌――2005」を参照のこと。文庫版。

●――『翻訳のさじかげん』（ポプラ社、2009. 3）269 頁
「禁酒法とカクテル」の項に、「アーネスト・ヘミングウェイ」の名前が上げられている。

●亀井俊介『ハックルベリー・フィンのアメリカ――『自由』はどこにあるか』（中央公論新社、2009. 5）195 頁
第 4 章中に、「アーネスト・ヘミングウェイ」という一項があるほか、随所にヘミングウェイへの言及がある。新書版。

●川本三郎『銀幕風景』（新書館、2009. 5）286 頁
「カストロも歓迎した、革命直後の現地ロケ」の項に、『ハバナの男』の主演「アレック・ギネスは酒好き。朝から飲む酒はキューバで暮らした、かのヘミングウェイが愛したダイキリ」という箇所がある。

●菅野昭正『明日への回想』（筑摩書房、2009. 8）218 頁

「騒がしき惑いの年々」中に、「『誰がために鐘は鳴る』に……スペイン内戦に加わった、猟師出の読み書きもできない老人が、この殺しあいが終ったら、贖罪の儀式を大々的にやらなければ、と感慨にふける印象的な場面があった……」という箇所がある。

●清塚邦彦『フィクションの哲学』（勁草書房、2009. 12）274 頁

「『外的焦点化』」の「具体例として」、ジェラール・「ジュネットはヘミングウェイとロブ＝グリエの名を挙げている」という箇所がある。

●小鷹信光『私のペイパーバック――ポケットの中の 25 セントの宇宙』（早川書房、2009. 3）367 頁

軍隊文庫には「スタインベック、ヘミングウェイ、フィッツジェラルド、フォークナーなどの有名作家も勢ぞろいしている。戦場で偉大なるアメリカ文学に初めて接した若い GI も数多くいたにちがいない」といった箇所等がある。

●児玉　清『負けるのは美しく』（集英社、2009. 2）295 頁

ヘミングウェイの作品にあやかった「誰がために鐘はなる」というエッセイがある。文庫、第 2 刷。

●小玉　武『「係長」山口瞳の処世術』（筑摩書房、2009. 3）311 頁

『洋酒天国』第 55 号で行った特集「私の選んだ世界の短篇小説ベストテン」の第 1 位に「『殺人者』ヘミングウェイ」が選ばれていることが分かる。

●小谷野敦『翻訳家列伝 101』（新書館、2009. 12）239 頁

ヘミングウェイの翻訳家である大久保康雄、福田恆存、野崎孝、北村太郎、加島祥造等が紹介されている。

●小山　正「解説―― F・スコット・フィツジェラルドの知られざる顔」『ベンジャミン・バトン　数奇な人生』スコット・フィツジェラルド［著］、永山篤一［訳］（角川書店、2009. 1）218-31 頁

この短編集に収録されている「モコモコの朝」に出てくる「モコモコ犬が、友人の作家アーネスト・ヘミングウェイを戯画化しているともいわれているが、真偽は不明」とある。文庫版。

●コールマン、ジョン「オーウェルの大衆文化評論」『ジョージ・オーウェルの世界』ミリアム・グロス［編］、大石健太郎［翻訳監修］、水嶋靖昌［訳］（音羽書房鶴見書店、2009. 10）145-60 頁

「ラッフルズとミス・ブランディシュ」というエッセイは、「ヘミングウェイの深遠な洞察にも通じるものがある」という指摘がある。

●斎藤兆史［編］『言語と文学』（朝倉書店、2009. 4）240 頁

第 3 章に、李　絳「文体分析の概観と実践――ヘミングウェイ、ダフィ、コープの作品を中心に」がある。

●齊藤　昇「北米毛皮交易の原風景――アーヴィングの『アストリア』の意義をめぐって」『独立の時代――アメリカ古典文学は語る』入子文子、林以知郎［編著］（世界思想社、2009.6）83-109頁

「ヘミングウェイやフォークナーらとは別の意味で、彼らアメリカ・ロマン派の作家たちは……『さまよえる世代』でもあったのだ」という箇所がある。

●佐伯彰一「解説」『日はまた昇る』アーネスト・ヘミングウェイ［著］、佐伯彰一［訳］（集英社、2009.6）335-41頁

「この半世紀前の、古く、しかもみずみずしい青春小説をじっくり読み直していただきたい」と結んでいる。

●酒井　健「ちくま学芸文庫版あとがき」『純然たる幸福』ジョルジュ・バタイユ［著］、酒井 健［訳］（筑摩書房、2009.10）493-502頁

「アーネスト・ヘミングウェイの『誰がために鐘は鳴る』について」を「お読みいただくとバタイユの思想に入りやすいかと思う」という箇所がある。

●――「訳者あとがき」『純然たる幸福』ジョルジュ・バタイユ［著］、酒井 健［訳］（筑摩書房、2009.10）475-92頁

「アーネスト・ヘミングウェイの『誰がために鐘は鳴る』について」は……「後期バタイユの『無意味の意味』の追究の開幕を告げるテクストだと言えよう」とある。

●佐藤卓司『歴史の中の文学――フランス編』（創成社、2009.6）177頁

第8章に、「文学（小説）鑑賞――ヘミングウェイの『日はまた昇る』」がある。

●佐藤　勉『語りの魔術師たち――英米文学の物語研究』（彩流社、2009.4）530頁

「E. ヘミングウェイの『殺人者』やS. ジャクソンの『福引き』（*The Lottery*, 1949）などはカメラアイ（camera-eye）の劇的手法によって、語り手は全く見えないし、登場人物にもならない」といった箇所等がある。

●猿谷　要『アメリカ黒人解放史』（二玄社、2009.3）409頁

「1920年代は……『失われた世代』を生み……ヘミングウェイ、フィッツジェラルド、ドス・パソスのように、パリに住んだり、スペインを周遊したりして、恋愛、賭博、飲酒などにふけりながら創作を続ける作家達を出した」という箇所がある。

●塩澤実信『文豪おもしろ豆事典』（北辰堂出版、2009.4）217頁

中に「本領が発揮出来なく死を選んだヘミングウェイ」という項目がある。

●篠田一士『世界文学「食」紀行』（講談社、2009.3）344頁

「ビール――アーネスト・ヘミングウェイ『移動祝祭日』」が収載されている。文庫版。

●柴田元幸、高橋源一郎『柴田さんと高橋さんの小説の読み方、書き方、訳し方』（河出書房新社、2009.3）228頁

第2章中に、高橋の質問に答えた柴田の「新潮文庫でスタインベックとかヘミング

ウェイとかも読みましたが……」という箇所がある。

●島地勝彦「文豪・開高 健とわたし」『ああ。二十五年』開高 健（光文社、2009. 12）426-33 頁
「日焼けした逞しさは、ヘミングウェイを彷彿とさせた」という箇所がある。文庫版。

●書肆マコンド『ガルシア・マルケス ひとつ話』（エディマン、2009. 3）382 頁
「マルケスの本棚」には『武器よさらば』がある。ちなみに、マルケスはノルベルト・フエンテス著『ヘミングウェイ キューバの日々』において、「序文――われらのヘミングウェイ」を執筆している。

●関川夏央『新潮文庫　20 世紀の 100 冊』（新潮社、2009. 4）213 頁
1926 年の 1 冊に「『日はまた昇る』」が取り上げられ、「内容解説」が付されている。

●舌津智之『抒情するアメリカ――モダニズム文学の明滅』（研究社、2009. 6）288 頁
第 6 章が「『夜の森』の獣たち――ジョナ・バーンズとヘミングウェイ」となっている。

●高橋勇二「日本におけるウィラ・キャザーの翻訳・出版事情」『黒船の行方――アメリカ文学と「日本」』中川法城［監修］、高橋勇二、藤谷聖和、藤本雅樹［編著］（英宝社、2009. 11）177-214 頁
「比較的入手しやすいヘミングウェイやスタインベック、あるいはフォークナーといったノーベル賞作家の作品ですらまったく読んだことのない人が、大多数であるというのが実情ではないだろうか」といった箇所等がある。

●高見　浩「解説」『移動祝祭日』アーネスト・ヘミングウェイ［著］、高見 浩［訳］（新潮社、2009. 2）306-30 頁
本解説は「若き日の眼と耳」、「検証」、「一つの真実の飢餓」の 3 部構成となっている。

●――「訳者あとがき―― 1986 年版」『ニューヨーク・スケッチブック』ピート・ハミル［著］、高見 浩［訳］（河出書房新社、2009. 7）274-82 頁
ハミルは「1952 年に海軍に入隊。その間、ヘミングウェイやコンラッドに傾倒……」という箇所がある。文庫、新装新版初版。

●高村勝治「『誰がために鐘は鳴る』」『アメリカ文学――名作と主人公』北山克彦［編］（自由国民社、2009. 9）95-97 頁
作品を主人公から追った解説。

●龍口直太郎「『武器よさらば』」『アメリカ文学――名作と主人公』北山克彦［編］（自由国民社、2009. 9）90-94 頁
作品を主人公から追った解説。

●巽　孝之『想い出のブックカフェ――巽 孝之書評集成』（研究社、2009. 2）369 頁
第 V 部に、「ジェイムズ・ティプトリー・ジュニア（1915-1987）という作家をごぞ

んじだろうか。その文体は……アーネスト・ヘミングウェイを彷彿とさせる、マッチョなうえにもマッチョなものだ」といった箇所等がある。

●立野正裕『黄金の枝を求めて――ヨーロッパ試作の旅・反戦の芸術と文学』（スペース伽耶、2009. 6）322 頁
第 2 章中に、「『日はまた昇る』と『待つ』のモチーフ」という一項がある。

●立松和平『物語を生きる小説家の至福――立松和平書評集』（勉誠出版、2009. 10）337 頁
「アフリカを舞台に遍歴する無垢な魂の物語――神戸俊平『サバンナの話をしよう』」に、「ヘミングウェイのアフリカものばかりはどうも好きになれない……動物たちの強制されたおびただしい死があるからだ」という箇所がある。

●田野　勲『祝祭都市ニューヨーク―― 1910 年代アメリカ文化論』（彩流社、2009. 6）332 頁
第 10 章が「戦争の現象学――ヘミングウェイの文学を中心に」となっている。

●塚田幸光「エレファント・イン・ザ・ズー――ヘミングウェイとターザンの『アフリカ』」『メディアと文学が表象するアメリカ』山下 昇［編著］（英宝社、2009. 10）224-46 頁
「国民作家ヘミングウェイと国民的キャラクター・ターザンという二人のナショナル・アイコンを通じて、文学とメディアとの交点を探」った論文。

●筒井正明『真なる自己を索めて――現代アメリカ文学を読む』（南雲堂、2009. 11）410 頁
「ヘミングウェイは、文学的に死の恐怖を普遍化している……」という箇所がある。

●津野海太郎『したくないことはしない――植草甚一の青春』（新潮社、2009. 10）318 頁
植草さんは「古本だけでなく新刊の洋書も買った。新人ヘミングウェイの『武器よさらば』を発見したのは神保町の三省堂だった……」といった箇所等がある。

●坪内祐三『文庫本玉手箱』（文藝春秋、2009. 6）461 頁
「ヴィットリーニ／鷲平京子訳『シチリアでの会話』（岩波文庫）」に、「この作品のアメリカ版の序文を書いているのはヘミングウェイだという。興味がそそられる」とある。

●寺尾隆吉「訳者あとがき」『作家とその亡霊たち』エルネスト・サバト［著］、寺尾隆吉［訳］（現代企画室、2009. 3）225-30 頁
「アルゼンチン文学はもちろん……ヘミングウェイ、フォークナーといった一流の世界文学を縦横無人に駆け巡り……独自の思想を練り上げていく『作家とその亡霊たち』は、発表から約半世紀を経過した現在でも色褪せることなく刺激的な文学論であり続けている」とある。

●都甲幸治「訳者あとがき」『ベンジャミン・バトン　数奇な人生』スコット・フィッツジェラルド［著］、都甲幸治［訳］（イースト・プレス、2009. 1）85-92 頁

「戦争と魂の空虚さについて書いたのはヘミングウェイだけではない。フィッツジェラルドもまた、そうした精神的な磁場の中にいた」といった箇所等がある。

●豊崎由美『勝てる読書』（河出書房新社、2009. 1）237 頁

「村上さんが訳しているフィッツジェラルドやレイモンド・カーヴァーに興味を持ち、フィッツジェラルドと同じ『失われた世代』に属するヘミングウェイの作品に手が伸びる」という箇所がある。

●中田幸子『文芸の領域で IWW を渉猟する』（国書刊行会、2009. 11）274 頁

第 10 章中に、ドス・パソスは「1937 年ヘミングウェイらと内戦のスペインへドキュメンタリー・フィルム『スペインの大地』作成に赴いたとき共産主義者の干渉のため退いた……」という箇所がある。

●長沼秀世「繁栄と混乱の 1920 年代アメリカ」『世界大戦と現代文化の開幕』木村靖二、柴 宣弘、長沼秀世［著］（中央公論新社、2009. 8）221-47 頁

「それ［失われた世代］は、戦争の悲惨さを体験し、それまでの理念や価値観に疑いをもつようになった青年を意味した。それを文学的に表現したのが、26 年に発表されたヘミングウェイの『日はまた昇る』だった」という箇所がある。文庫版。

●中村　亨「眼差しと脅かされる男性性――『暗い笑い』から『春の奔流』、そして『日はまた昇る』へ」『国家・イデオロギー・レトリック――アメリカ文学再読』根本 修［監修］、松崎 博、米山正文［編著］（南雲堂フェニックス、2009. 3）192-230 頁

本稿は表題の「三つの作品の関係を、主人公たちの男性性を脅かす視線という観点から考察した」論文。

●中山喜代市『ジョン・スタインベック』（清水書院、2009. 11）278 頁

「はしがき」中に、スタインベックは「アーネスト・ヘミングウェイや F. スコット. フィッツジェラルド、ジョン・ドス・パソスのようにパリへ、ヨーロッパへは行かなかった。お金がなくて行けなかったのだ」といった箇所等がある。

●永山篤一「訳者あとがき」『ベンジャミン・バトン　数奇な人生』スコット・フィッツジェラルド［著］、永山篤一［訳］（角川書店、2009. 1）214-17 頁

「日本におけるフィツジェラルドの人気や知名度は……むかしにくらべればかなり低くなっているようだ。その状況は，ヘミングウェイなどのほかの巨匠たちもかわりない」といった箇所等がある。文庫版。

●乳井昌史『美味礼読』（清水弘文堂書房、2009. 11）106 頁

本書は「書評エッセイ集」。第 73 冊目に、「『ヘミングウェイの言葉』今村楯夫著」が取り上げられている。

●ハミル、ピート「はじめに」『ニューヨーク・スケッチブック』ピート・ハミル［著］、

高見浩［訳］（河出書房新社、2009. 7）6-10 頁
「一度でも新聞を仕事の場にしたことのある作家たち、チェーホフ、モーパッサン、アルベルト・モラヴィア、アーネスト・ヘミングウェイらは、それ［できるだけわかりやすく書こうとすること］によっていっこうに痛手を被ってはいない……」という箇所がある。文庫、新装新版初版。

●早瀬博範「愛か、金か？──『エルサレムよ、我もし汝を忘れなば』における反資本主義的構図」『アメリカ文学における階級──格差社会の本質を問う』田中久男［監修］、早瀬博範［編著］（英宝社、2009. 3）82-107 頁
本稿中に、「ウィルボーンの敵は『彼ら』と呼ばれているが、これは、アーネスト・ヘミングウェイの『武器よさらば』（1929）で、ヘンリー・フレデリックが人間に死をもたらす『宿命』を『彼ら』として、敵対視したのに類似している」という指摘がある。ヘンリー・フレデリックは、フレデリック・ヘンリーの誤り。

●坂東省次『スペインを訪れた日本人──エリートたちの異文化体験』（行路社、2009. 6）329 頁
第 18 章「『南蛮のみち』の旅──司馬遼太郎」に、「パンプローナは……ヘミングウェイが終生こよなく愛した都市……」という言葉がある。

●東　理夫『グラスの縁から』（ゴマブックス、2009. 5）287 頁
第 5 章「毎日酔う」中に、ヘミングウェイの酒に関した言及がとりわけ多い。

●樋口友乃「ナボコフのフォークナー批判──階級的視点からの考察」『アメリカ文学における階級──格差社会の本質を問う』田中久男［監修］、早瀬博範［編著］（英宝社、2009. 3）327-43 頁
本稿中に、「ナボコフは、フォークナーをはじめ、『失われた世代』と呼ばれたアーネスト・ヘミングウェイ（1891-1961）やスコット・フィッツジェラルド（1896-1940）たちと同じ世代に属し……」という箇所がある。

●ファイヴェル、T. R.「『トリビューン』での日々」『ジョージ・オーウェルの世界』ミリアム・グロス［編］、大石健太郎［翻訳監修］、川原千絵［訳］（音羽書房鶴見書店、2009. 10）62-72 頁
「作家はレポーターとなり、自らが語る出来事に実際に参加することで、そこに多面性を与えている。例えば、カポレットとカリブ海でのヘミングウェイ……」という箇所がある。

●福田和也『大作家“ろくでなし”列伝──名作 99 篇で読む大人の痛みと歓び』（ワニ・プラス、2009. 10）261 頁
第 11 章が「アーネスト・ヘミングウェイ」になっている。新書版。

●別宮貞徳『裏返し文章講座──翻訳から考える日本語の品格』（筑摩書房、2009. 7）284 頁

第5講中に、スタインは「ヘミングウェイなど名だたる現代作家のお師匠さんと言ってもいいような姐御的詩人作家です」という箇所がある。文庫版。

●本荘忠大「『持つと持たぬと』に見るヘミングウェイの階級意識――隠蔽された男性性喪失の恐怖」『アメリカ文学における階級――格差社会の本質を問う』田中久男［監修］、早瀬博範［編著］（英宝社、2009. 3）227-43 頁
本稿は「1930 年代アメリカの歴史的状況を踏まえた上で、『持つと持たぬと』を再読することにより、ハリーの不自然な描かれ方の背後に隠されたヘミングウェイ自身の階級意識を究明」した論文。

●前原政之「アーネスト・ヘミングウェイ」『ノーベル賞 100 年のあゆみ 6 ――ノーベル文学賞と経済学賞』戎崎俊一［監修］（ポプラ社、2009. 11）18-21 頁
受賞理由等の解説がある。第5刷。

●マーカス、モートン「我らのアメリカの悪夢」『私たちの隣人、レイモンド・カーヴァー』村上春樹［編訳］（中央公論新社、2009. 3）59-96 頁
「レイはその作品［『誰も何も言わなかった』］について、最後まで確信を持つことができなかった。あるいは彼はその作品がヘミングウェイの『老人と海』に似すぎていると思っていたのかもしれない」という箇所がある。

●マキナニー、ジェイ「レイモンド・カーヴァー、その静かな、小さな声」『私たちの隣人、レイモンド・カーヴァー』村上春樹［編訳］（中央公論新社、2009.3）13-31 頁
「事実、カーヴァーの言語はヘミングウェイのそれに明白に類似している。簡潔さと明晰さ、反復、話し言葉に近いリズム、外見描写の正確さ」といった箇所等がある。

●松浦弥太郎『くちぶえサンドイッチ――松浦弥太郎随筆集』（集英社、2009. 2）331 頁
「猫本コレクションに出会った春」と「偉大な写真家の知られざる一面」にヘミングウェイの名前が出る。文庫、第4刷。

●松下千雅子『クィア物語論――近代アメリカ小説のクローゼット分析』（人文書院、2009. 10）260 頁
ジェイムズ、キャザー、ヘミングウェイという「白人中産階級に属する三人の作家をとりあげ、彼らの物語に登場する白人登場人物たちの欲望、身体、アイデンティティを扱っ」た研究書。

●松本道弘『オバマの本棚』（世界文化社、2009. 8）223 頁
本書中に、「男として　人としての強い憧れ――『誰がために鐘は鳴る』」という一項がある。

●真鍋晶子「ジェイムズ・ジョイス」『アイルランド・ケルト文化を学ぶ人のために』風呂本武敏［編］（世界思想社、2009. 5）226-41 頁
「パリで知り合ったヘミングウェイは発禁処分の本書［『ユリシーズ』］をカナダ国境からアメリカへ密輸入……」という箇所のある論文。

●三木サニア『辻邦生――人と文学』（勉誠出版、2009. 6）267 頁
第 5 章中に、パリのレストランの壁に「ヘミングウェイが一時住んでいたことが記されていたのを、邦生が何より喜んだ」という箇所がある。

●光富省吾「ヘミングウェイと階級」『アメリカ文学における階級――格差社会の本質を問う』田中久男［監修］、早瀬博範［編著］（英宝社、2009. 3）128-46 頁
本稿は「ヘミングウェイが描いた 20 世紀初頭のアメリカ社会における階級を検証」した論文。

●村上紀史郎『「バロン・サツマ」と呼ばれた男――薩摩治郎八とその時代』（藤原書店、2009. 2）401 頁
第 12 章中に、「ヘミングウェイも治郎八と同じ時代のパリに生活していたのである」といった箇所等がある。

●村上春樹「『グレート・ギャツビー』に向けて――訳者あとがき」『冬の夢』スコット・フィッツジェラルド［著］、村上春樹［訳］（中央公論新社、2009. 11）317-21 頁
「『グレート・ギャツビー』を書けるほどの作家が、どうしてこんなつまらない作品をたくさん書かなくてはならないのだろうと……若き日のヘミングウェイは首をひねっている……」という箇所がある。

●――「訳者あとがき――準古典小説としての『ロング・グッドバイ』」『ロング・グッドバイ［軽装版］』レイモンド・チャンドラー［著］、村上春樹［訳］（早川書房、2009. 3）657-711 頁
『日本におけるヘミングウェイ書誌――1999-2008』「書誌――2007」を参照のこと。

●メイン、リチャード「『オーウェルのパリ生活』覚書」『ジョージ・オーウェルの世界』ミリアム・グロス［編］、大石健太郎［翻訳監修］、大木ゆみ［訳］（音羽書房鶴見書店、2009. 10）62-72 頁
「ヘミングウェイはオーウェルの住んでいた通りからほんの五百ヤード先に住んでいた……」といった箇所等がある。

●安河内英光「レイモンド・カーヴァー『大聖堂』――幽閉する日常性」『ポストモダン・アメリカ―― 1980 年代のアメリカ小説』安河内英光、馬場弘利［編著］（開文社、2009. 12）17-48 頁
ジョン・バースは「アメリカ文学でもポー、ホーソン、ヘミングウェイなどの短編理論と実践があり……カーヴァーのような作家が出てくるのは不思議ではない」と言っているという箇所がある。

●山下恒男『シルバー・シネマ・パラダイス』（現代書館、2009. 12）286 頁
第 II 章に、「神話的世界とマッチョ願望：『老人と海』」という一項がある。

●山田武雄『提喩詩人　ロバート・フロスト』（関西学院大学出版会、2009. 1）465 頁
「Frost が Hemingway に与えたと思われる影響」を指摘した箇所がある。本書は増補

改訂版。

●淀川長治、岡田喜一郎［編・構成］『淀川長治映画ベスト1000』（河出書房新社、2009. 5）383頁

ヘミングウェイでは『誰が為に鐘は鳴る』、『武器よさらば』、『老人と海』が紹介されている。

●ルー、デイビッド『アメリカ——自由と変革の軌跡』（日本経済新聞出版社、2009. 1）490頁

「ルイスは、1930年にノーベル文学賞を授与された。パール・バック、ユージン・オニール、ウィリアム・フォークナーやアーネスト・ヘミングウェーなどがその後に続いた」といった箇所等がある。日本語で書き下ろされた書。

●歴史の謎研究会［編］『地図でわかる世界史——歴史を動かした「都市」の地図帳』（青春出版社、2009. 10）217頁

「ハバナ——ヘミングウェイが愛したカリブの都市で起きた大事件」という一項がある。文庫版。

3. 論文・エッセイ（学会誌、紀要等）

●今村楯夫「巻頭言——第10号の発刊にあたり」『ヘミングウェイ研究』第10号（日本ヘミングウェイ協会、2009. 6）3-4頁

日本ヘミングウェイ協会会長による節目の挨拶。

●——「新春の挨拶」『NEWSLETTER』第54号（日本ヘミングウェイ協会、2009. 1）1頁

日本ヘミングウェイ協会会長挨拶。

●梅垣昌子「フォークナーと11人の語り手たち——『ニューオーリンズ』の光とゆらぎ」『フォークナー』第11号（松柏社、2009. 4）127-36頁

「当時無名だったヘミングウェイやハミルトン・バッソ、ソーントーン・ワイルダー、ロバート・ペン・ウォレンなどの作品が紙面［『ダブル・ディーラー』］を飾った」という箇所がある論文。

●大橋健三郎「フォークナー＜鷹匠＞文学余聞⑨——平石貴樹君との往復書簡」『フォークナー』第11号（松柏社、2009. 4）172-80頁

『怒りのぶどう』、『U. S. A.』といった「二大超大作に関わりながらも、またおよそ対極的なヘミングウェイなどにも根強く惹かれていたことは事実なんだよ」という大橋氏の言葉がある。

●大森昭生「英文科以外のカリキュラムで『日はまた昇る』をどう学ぶか——授業実践を通して」『ヘミングウェイ研究』第10号（日本ヘミングウェイ協会、2009. 6）45-59頁

「『日はまた昇る』を学生たちといかに学んだか」の授業実践報告。

●小笠原亜衣「Stein, Cubism, and Cinema: The Visual in *In Our Time*」『英米文学研究』第44号（日本女子大学英文学科、2009. 3）1-21頁
本稿は『われらの時代』に反映する視覚的要素に着目し、特に当時の師匠的存在であったガートルード・スタインの影響およびキュビズム絵画の複眼的世界観との比較を論じた英文の論文。

●諏訪部浩一「『マルタの鷹』講義　第3回」『Web英語青年』（研究社、2009. 6）14-29頁
「その緊張感は、ヘミングウェイがアンダーステートメントを駆使してニック・アダムズの姿を描いた『二つの心臓の大きな川』を想起させるかもしれない」というIrving Malinからの引用がある。

●高野泰志「カウンターテクストを生み出すために――『日はまた昇る』に対抗する方法」『ヘミングウェイ研究』第10号（日本ヘミングウェイ協会、2009. 6）61-74頁
「我々はいかに魅力的に見えるテクストを扱うにせよ、そのテクストの与えるものを学生に素直に受け入れさせてはならない。そうしてしまえば……学生から優れた批評テクストを生み出す可能性を奪ってしまうことになる」というもの。

●――「ヘミングウェイの飲んだ酒」『NEWSLETTER』第55号（日本ヘミングウェイ協会、2009. 5）5-6頁
「ワインバーで初めてアブサンを飲ませてもらって、ヘミングウェイの描くアブサンの描写が初めて実感できました」とあるエッセイ。

●――「ヘミングウェイゆかりの地を訪ねて――第5回：コブレ編」『NEWSLETTER』第56号（日本ヘミングウェイ協会、2009. 11）10-12頁
キューバ旅行記。

●――「マリアの凌辱――『誰がために鐘は鳴る』における性と暴力」『九大英文学』第51号（九州大学大学院　英語学・英文学研究会、2009. 3）25-35頁
本稿は「ジョーダンとマリアの人物造形を再検討し、ジョーダンが従順な女性を暴力的に支配したいという欲望を持っていることを明らかに」した論文。

●千葉義也「閑話究題：はずされたヘミングウェイ」『NEWSLETTER』第56号（日本ヘミングウェイ協会、2009. 11）6頁
ヘミングウェイが最近、全集等からはずされているというエッセイ。

●――「ヘミングウェイを探して――私の書誌作り」『ヘミングウェイ研究』第10号（日本ヘミングウェイ協会、2009. 6）5-6頁
書誌作成をめぐるエッセイ。なお、このエッセイの最後に、高野泰志によって抽出された「学術論文書誌（1999-2008）」が付されている。

●塚田幸光「シネマ×ヘミングウェイ②――タルコフスキーの『殺人者』」『NEWSLETTER』第54号（日本ヘミングウェイ協会、2009. 1）4-5頁

「ヘミングウェイの晩年、1956年の旧ソヴィエト。……一本の映画が大学の片隅で自主制作される」で始まるエッセイ。

●――「シネマ×ヘミングウェイ③――アレクサンドル・ペドロフの『老人と海』」『NEWSLETTER』第55号（日本ヘミングウェイ協会、2009. 5）2-4頁
「ヘミングウェイとアニメーションが交差し、国境を超える。我々は、文学から広がる文化研究の意義を再考すべきだろう」と結ぶエッセイ。

●辻　秀雄「"The Hell with Their Revolutions"―― *To Have and Have Not* におけるハードボイルド言語と "Colonial Hybridity"」『ヘミングウェイ研究』第10号（日本ヘミングウェイ協会、2009. 6）75-86頁
『持つと持たぬと』を（ポスト）コロニアルな文学として再評価した斬新な視点を持つ論文。

●辻　裕美「『インディアン・キャンプ』におけるアメリカ先住民の妊婦表象――異人種間闘争の狭間に位置する身体」『ヘミングウェイ研究』第10号（日本ヘミングウェイ協会、2009. 6）87-97頁
「妊婦の身体表象とニックのイニシエーションの関連性について分析を進め、『インディアン・キャンプ』にジェンダー分析の視点から新たな解釈を導き」出した論文。

●長谷川裕一「閑話究題――ハード・ロックとヘミングウェイ」『NEWSLETTER』第54号（日本ヘミングウェイ協会、2009. 1）4頁
「ヘミングウェイは、この『ハード・ロック』の世界でもなかなかの人気者」とある。

●平井智子「ブレット・アシュリーへの視線――語り手、作者、批評から」『ヘミングウェイ研究』第10号（日本ヘミングウェイ協会、2009. 6）33-43頁
「『日はまた昇る』を読む教室で身につけてほしいものは、ジェンダーを考えることで物語を相対化する態度である」という論文。

●別府恵子「老いた『トウェイン少年』」『マーク・トウェイン――研究と批評』第8号（南雲堂、2009. 4）88-89頁
ジョイス・キャロル・オーツは『嵐吹きあれる夜！』で、「ポー、ディキンソン、トウェイン、ジェイムズ、ヘミングウェイ、五人のアメリカ作家達の老年に想いを馳せ、想像力豊かな短篇小説（五編）に仕上げている」という。

●前田一平「ジェイク・バーンズの出自を『教える』――歪曲された故郷オークパーク」『ヘミングウェイ研究』第10号（日本ヘミングウェイ協会、2009. 6）17-32頁
「アメリカのハイスクールや大学においてすら、ヘミングウェイを読むときは歴史を教えなければならないのだから、日本ではなおさらであろう」という箇所がある。

●――「ヘミングウェイとオバマ大統領を結ぶ線」『ヘミングウェイ研究』第10号（日本ヘミングウェイ協会、2009. 6）13-14頁
「ヘミングウェイからオバマへとつながるローカルな線は……意外と太い線なのかも

しれない」と結ぶエッセイ。

●――「まえがき」『ヘミングウェイ研究』第10号（日本ヘミングウェイ協会、2009. 6）15-16頁

「特集:ヘミングウェイを教室で教える――『日はまた昇る』の場合」に付された「まえがき」。

●増崎　恒「敬愛なるヘミングウェイ」『NEWSLETTER』第54号（日本ヘミングウェイ協会、2009. 1）10頁

「何度でも読み返したくなる誘惑。ヘミングウェイの魅力はそこにある」と結ぶエッセイ。

●光冨省吾「ジャズ講座：ジャズとヘミングウェイ②」『NEWSLETTER』第54号（日本ヘミングウェイ協会、2009. 1）6-7頁

「ジャズの定義」と「ジャズの歴史」からなるエッセイ。

●――「ジャズ講座：ジャズとヘミングウェイ③」『NEWSLETTER』第55号（日本ヘミングウェイ協会、2009. 5）4-5頁

ジャズ・ミュージシャンとヘミングウェイの共通点をまとめたエッセイ。

●――「ジャズ講座：ジャズとヘミングウェイ④」『NEWSLETTER』第56号（日本ヘミングウェイ協会、2009. 11）6-8頁

クール・ジャズを始めとするさまざまなジャズ論が展開されているエッセイ。

●山下美保「Dr. Adamsの『建国神話』再読――アナクロニズムから読み解く『インディアン・キャンプ』論」『ヘミングウェイ研究』第10号（日本ヘミングウェイ協会、2009. 6）99-108頁

「インディアン・キャンプ」が「建国神話」と「20世紀」の現在という二重の時間性を有し、それが「父殺し」であり、父権優位の物語でもあり、「世代交代」のドラマであることを説いた論文。

●若松正晃「閑話究題」『NEWSLETTER』第55号（日本ヘミングウェイ協会、2009. 5）1-2頁

「釣りという行為を通して作品を追体験することも大切だと思います」という箇所があるエッセイ。

4. 邦　訳

●ウィルソン、コリン『世界残酷物語・下』関口 篤［訳］（青土社、2009. 2）420頁

本書は、Colin Wilson, *A Criminal History of Mankind* (London: David Bolt Associates, 1984) の邦訳。「エチオピアに侵攻するムッソリーニ」の項に、「アメリカの作家ヘミングウェイに、この時期のイタリア旅行を描いた『祖国は汝に何を訴えるか』という短篇がある」という箇所がある。

●エクスタインズ、モードリス『春の祭典――第一次世界大戦とモダン・エイジの誕生［新版］』金　利光［訳］（みすず書房、2009. 12）396 頁

本書は、Modris Eksteins, *Rites of Spring: The Great War and the Birth of the Modern Age* (London: Bantam Press, 1989) の邦訳。「ヘミングウェイやF. スコット・フイッツジェラルドに代表される、窮乏に耐えて活躍するたくましい姿……」といった箇所等がある。

●エリスン、ラルフ『影と行為』行方　均、松本　昇、松本一裕、山嵜文男［共訳］（南雲堂フェニックス、2009. 7）347 頁

本書は、Ralph Ellison, *Shadow and Act* (New York: Random House, 1964) の邦訳。特に第 1 章「見る者と見られる者――文学とフォークロア」中にヘミングウェイに言及した箇所が多い。

●オーウェル、ジョージ『オーウェル評論集 3 ――鯨の腹のなかで』川端康夫［編］（平凡社、2009. 12）320 頁

本書は、George Orwell, *The Collected Essays, Journalism & Letters of George Orwell*, 4vols. Eds. By Sonia Orwell and Ian Angus (London: Secker & Warburg, 1968) からの邦訳。「散文作家たちのなかでコナリー［シリル・コナリー］氏がとくに賞讃するのは、自称硬派アメリカ流文学、ヘミングウェイその他であり、つまり暴力を専門的に扱う人々なのだ」という箇所がある。

●ケイメン、ヘンリー『スペインの黄金時代』立石博高［訳］（岩波書店、2009. 1）141 頁

本書は、Henry Kamen, *Golden Age Spain* (New York: Palgrave Macmillan, 2005) の邦訳。第 6 章に、「非スペイン人にとって、スペイン特有の魅力といえばその異国風な姿であった。アメリカ人では、ワシントン・アーヴィングがアルハンブラの歓喜を語り、ヘミングウェイは闘牛を褒め称えた」といった箇所がある。

●ケリー、スチュアート『ロストブックス――未刊の世界文学案内』金原瑞人、野沢佳織、築地誠子［共訳］（晶文社、2009. 8）286 頁

本書は、Stuart Kelly, *The Book of Lost Books* (London: Penguin Books, 2005) の邦訳。第 24 章が「アーネスト・ヘミングウェイ」になっている。

●サイード、エドワード　W.『故国喪失についての省察 1』大橋洋一、近藤弘幸、和田唯、三原芳秋［共訳］（みすず書房、2009. 6）303 頁

本書は、Edward W. Said, *Reflections on Exile and Other Essays* (Cambridge: Harvard Univ. Press, 2006) の邦訳。「15　牛の角に突き殺されない方法――アーネスト・ヘミングウェイ」がある。

●――『故国喪失についての省察 2』大橋洋一、近藤弘幸、和田唯、大貫隆史、貞廣真紀［共訳］（みすず書房、2009. 6）415 頁

本書は、Edward W. Said, *Reflections on Exile and Other Essays* (Cambridge: Harvard Univ. Press, 2000) の邦訳。「『白鯨』は……ヘミングウェイの『午後の死』のように、自己

教訓的なものと哲学的なものを兼ねそなえており……」といった箇所等がある。

●サバト、エルネスト『作家とその亡霊たち』寺尾隆吉［訳］（現代企画室、2009. 3）230頁

本書は、Ernesto Sabato, *El Escritor Y Sus Fantasmas* (Barcelona: Agencia Liiteraria, 1979) の邦訳。「文学サークル」の項に、「極度に洗練されたヨーロッパ文学にヘミングウェイのような作家の血を注ぐことが好影響をもたらす……」という箇所がある。

●ジェフリーズ＝ジョーンズ、ロードリ『FBIの歴史』越智道雄［訳］（東洋書林、2009. 5）430頁

本書は、Rhodri Jeffreys-Jones, *The FBI: A History* (London: Yale Representation Limited, 2007) の邦訳。「FBIが思想と活動をモニターし続けた」人物のひとりに、「アーネスト・ヘミングウェイ」が上げられている。

●シュミート、ヴィーランド『エドワード・ホッパー――アメリカの肖像』光山清子［訳］（岩波書店、2009. 3）126頁

本書は、Wieland Schmied, *Edward Hopper: Bilder aus Amerika* (New York: Pretel Verlag, 2005) の邦訳。《夜更かしの人々》の項に、「ホッパーの絵には、ヘミングウェイのストーリーと同じで、大団円とか解決のようなものはめったに存在しないのである」といった箇所等がある。岩波アート・ライブラリー。

●トリフォノポウロス、ディミートリーズ・P.、スティーヴン・J・アダムズ『アメリカ文学ライブラリー10 ――エズラ・パウンド事典』江田孝臣［訳］（雄松堂、2009. 5）521頁

本書は、Demetres P. Tryphonopoulos and Stephen J. Adams, *The Ezra Pound Encyclopedia* (Westport: Greenwood Press, 2005) の邦訳。「アーネスト・ヘミングウェイ」の一項目がある。

●バーク、モンテ『ザ・ギャンブルフィッシング』伊藤宗道［訳］（つり人社、2009. 6）367頁

本書は、Monte Burke, *Sowbelly* (New York: E. P. Dutton, 2005) の邦訳。第9章「カストロのバス」中にヘミングウェイに言及した箇所がある。

●バタイユ、ジョルジュ『純然たる幸福』酒井 健［編訳］（筑摩書房、2009. 10）502頁

本書は、バタイユ（Georges Bataille）の論考選集。「文化・芸術論」中に、「アーネスト・ヘミングウェイの『誰がために鐘は鳴る』について」という論考がある。文庫版。

●フィッツジェラルド、スコット／アーネスト・ヘミングウェイ『フィッツジェラルド／ヘミングウェイ往復書簡集　日本語版』宮内華代子［編訳］（文藝春秋企画出版部、2009. 4）261頁

本書はフィッツジェラルドとヘミングウェイが交わした「すべての手紙を日本語に翻訳」したもの。

●プレストン、ポール『スペイン内戦――包囲された共和国 1936-1939』宮下嶺夫［訳］（明石書店、2009. 9）410 頁

本書は、Paul Preston, *The Spanish Civil War: Reaction, Revolution and Revenge* (NewYork: Grove Press, 2006) の邦訳。第 6 章「中心的叙事詩」中に、『誰がために鐘は鳴る』に言及した箇所がある。

●ヘミングウェイ、アーネスト『移動祝祭日』高見 浩［訳］（新潮社、2009. 2）330 頁

新訳、文庫版。

●――「in our time」柴田元幸［訳］『モンキービジネス』vol. 6（ヴィレッジブックス、2009. 7）176-203 頁

1924 年版に基づく新訳。

●――「この世の首都」柴田元幸［訳］、信濃八太郎［絵］『Coyote』No. 39（スイッチ・パブリッシング、2009. 11）18-32 頁

新訳。

●――「殺し屋たち」柴田元幸［訳］、タダジュン［絵］『Coyote』No. 40（スイッチ・パブリッシング、2009. 12）240-47 頁

新訳。

●――「清潔な、明かりの心地よい場所」柴田元幸［訳］、早乙女道春［絵］『Coyote』No. 38（スイッチ・パブリッシング、2009. 9）224-31 頁

新訳。

●――『日はまた昇る』佐伯彰一［訳］（集英社、2009. 6）341 頁

改訂新版、文庫、第 1 刷。

●――『老人と海』福田恆存［訳］（新潮社、2009. 6）170 頁

「2009 年新潮文庫の 100 冊」に組み込まれた 1 冊。文庫、第 109 刷。

●――『われらの時代・男だけの世界――ヘミングウェイ全短編・1』高見 浩［訳］（新潮社、2009. 6）493 頁

文庫、第 16 刷。なお、7 月には第 17 刷となっている。

●ホールドマン、ジョー『ヘミングウェイごっこ』大森 望［訳］（早川書房、2009. 2）317 頁

本書は、Joe Haldeman, *The Hemingway Hoax* (New York: Morrow, 1990) の邦訳。「あとがき」で、筆者は「本書は想像力の産物であって学術書ではないが、本書の成立には学者たちが関わってくれた」と述べている。文庫版。

●ミラー、デイヴィッド C.『ダーク・エデン―― 19 世紀アメリカ文化のなかの沼地』黒沢眞理子［訳］（彩流社、2009. 11）471 頁

本書は、David C. Miller, *Dark Eden: the Swanp in the Nineteenth-Century American Culture*

(Cambridge: Cambridge University Press, 1989) の邦訳。「ヘミングウェイの『ツー・ハーティドの大河』のなかで、ニックが沼地を避けようとしたことは……意識的なものというより本能的な決断だった」という箇所がある。

●レイルズバック、ブライアン、マイケル・J・マイヤー『アメリカ文学ライブラリー8 ――ジョン・スタインベック事典』井上謙治［訳］（雄松堂、2009. 10）688 頁

本書は、Brian Railsback and Michael J. Meyer, *A John Steinbeck Encyclopedia* (Westport: Greenwood Press, 2006) の邦訳。「アーネスト・ヘミングウェイ」の一項目がある。

●レヴィ、ショーン『ポール・ニューマン――アメリカン・ドリーマーの栄光』鬼塚大輔［訳］（キネマ旬報社、2009. 12）438 頁

本書は、Shawn Levy, *Paul Newman: A Life* (New York: Harmony Books, 2009) の邦訳。「ニューマンは『拳闘士』でヘミングウェイ自身をモデルとしたピカレスク・ヒーローであるニック・アダムズを演じることになったのだ」といった箇所等がある。

5. 書　評

●内田　樹「宮内華代子 編訳『フィッツジェラルド／ヘミングウェイ往復書簡集　日本語版』――奇跡にも似た才能の出会い」『文學界』第 63 巻・第 7 号（文藝春秋、2009. 7）248-49 頁

「この往復書簡の中で、二人は驚くほどあけすけに……語っている」とある。

●尾崎俊介「丹羽隆昭 著『クルマが語る人間模様――二十世紀アメリカ古典小説再訪』」『アメリカ文学研究』第 45 号（日本アメリカ文学会、2009. 3）137-43 頁

「やたらに個性的なクルマが登場する『偉大なギャッツビー』を書いたフイッツジェラルドとヘミングウェイでは、クルマに対する興味・関心の有り様が違うものだな、ときづかされる」といった箇所等がある。

●齋藤博次「花岡 秀（編著）『神話のスパイラル――アメリカ文学と銃』」『アメリカ文学研究』第 45 号（日本アメリカ文学会、2009. 3）180 頁

「5 人の筆者による論文も重厚で刺激に満ちている……第 4 章（辻本庸子）は、女性と銃という観点からヘミングウェイ……をそれぞれ論じている」という箇所がある。

●巽　孝之「田中久男 監修・早瀬博範 編『アメリカ文学における階級』――展望にあふれた共同研究」『週刊読書人』（2009. 6. 5）5 面

「四部構成の中に、超越主義思想家エマソンからモダニスト作家ヘミングウェイとフォークナー……までにおよぶ力作論考 17 編を収めている」とある。

●立林良一「『物語』＝『歴史』の関係性を見事に浮かび上がらせる――スペイン内戦終結から二十余年後に生まれた作家の作品が支持される理由」『図書新聞』（2009. 2. 28）4 面

本文はハビエル・セルカス 著『サラミスの兵士たち』宇野和美 訳（河出書房新社、

2009）の書評で、ヘミングウェイに言及した箇所がある。

●田中久男「新刊案内」『フォークナー』第 11 号（松柏社、2009. 4）207-10 頁

Theresa M. Towner, *The Cambridge Introduction to William Faulkner*. (Cambridge: Cambridge UP, 2008) の第 3 章では「ヘミングウェイなど同時代の作家たちとの時代の巡り合わせも、的確に視野におさめている」とあるほか、Richard C. Moreland, ed., *A Companion to William Faulkner*. (Malden, MA: Blackwell, 2007) の第 3 部に収められているフィリップ・ワインスタインの論考は「プルースト、［ヴァージニア・］ウルフ、ヘミングウェイ、マンなどの同時代作家たちとの比較考察を、幅広い視野から行っ」ているという指摘がある。

●中村嘉雄「『ドラゴンボール』的労働観、消費感覚」『NEWSLETTER』第 55 号（日本ヘミングウェイ協会、2009. 5）7 頁

リチャード・セネット『不安な経済／漂流する個人』（大月書店、2008）の書評。

●原川恭一「杉山直人 著『トウェインとケイブルのアメリカ南部――近代化と解放民のゆくえ』」『アメリカ文学研究』第 45 号（日本アメリカ文学会、2009. 3）126-31 頁

「第五章は……周知のヘミングウェイのコメントに依りながら、フェルプス農場場面への疑問を呈するところから始まる」という箇所がある。

●村山由佳「作家の家――創作の現場を訪ねて」『朝日新聞』（2009. 3. 15）14 面

フランチェスカ・プレモリ－ドルーレ（文）、エリカ・レナード（写真）『作家の家――作家の家を訪ねて』博多かおる（訳）、鹿島 茂（監訳）（西村書店、2009）の書評。「キーウェストのヘミングウェイの部屋」の写真に、「狩りと釣りと女が好きだったヘミングウェイの書斎は、隅々まで見事に男くさい」とある。なお、本書誌「写真集」の項も参照のこと。

●柳沢秀郎「*Hemingway's Cuban Son: Reflections on the Writer by His Longtime Majordomo*（2009）」『NEWSLETTER』第 56 号（日本ヘミングウェイ協会、2009. 11）8-9 頁

本書には「新事実と新たなヘミングウェイが満載」とある。

6. 雑　誌

[言及ある雑誌]

●青山　南「アメリカ文学が教える開き直りの美学」『日経おとなの OFF』通巻 98 号（日経 BP 社、2009. 9）72-73 頁

「現代アメリカ文学の旗手たち――再読したい代表作」に、高見 浩 訳『日はまた昇る』（新潮文庫）が上げられている。

●――「'70 年代米版『エスクァイア』、沈滞と浮遊の時代に」『Esquire［エスクァイア日本版］』第 23 巻・第 5 号（エスクァイア マガジン ジャパン、2009. 5）240 頁

「1973 年 10 月号は 40 周年記念号で、その表紙には『エスクァイア』を支えてきた

書き手たち 39 人が並んでいるが、女性はふたりだけで、ひとりはドロシー・パーカー、もうひとりがノラ・エフロンである。ヘミングウェイの後ろで笑っている」とある。

●赤阪友昭［文・写真］「サンティアゴの道を歩く」『Coyote』No. 39（スイッチ・パブリッシング、2009. 11）34-57 頁

二日目に「ブルゲーテに到着。ヘミングウェイが『日はまた昇る』でマス釣りに訪れた田舎町だ」とある。

●池上冬樹「ハードボイルド・スタイルの時代」『本の雑誌』第 34 巻・第 8 号（本の雑誌社、2009. 8）103 頁

「ヘミングウェイの影響が濃厚な小川国夫の『アポロンの島』が 57 年である」という箇所がある。

●池澤夏樹「池澤夏樹の世界文学ワンダーランド」『NHK 知る楽　探求　この世界』第 5 巻・第 13 号（日本放送出版協会、2009. 10）150 頁

第 5 回「戦争は文学を生む――『戦争の悲しみ』」中に、ヘミングウェイに言及した箇所がある。

●井手孝介「ヘミングウェイと猫」『ブルータス』第 30 巻・第 5 号（マガジンハウス、2009. 3）90-91 頁

「中でも猫が物語において重要な役割を果たす作品といえば『海流のなかの島々』だ」といった箇所等があり、数枚の写真が付されている。

●井上佐由紀［撮影］、長友善行［スタイリング］、茂見洋子［ヘアメイク］、森山未來［モデル］「Cover Interview 森山未來」『野性時代』第 7 巻・第 4 号（角川書店、2009. 4）11 頁

「『8 分の 1 しか見えていないのに、残りの 8 分の 7 の存在を感じさせる氷山のようなもの』かつてヘミングウェイは『いい文章とは？』という問いに、このように答えた。新作『フィッシュストーリー』の森山未來さんの演技はまさに『氷山』だった」とある。文不詳。

●今井今朝春［編集］「ヘミングウェイのブーツと猫」『mono スペシャル ワークウエア』No. 1（ワールドフォトプレス、2009. 8）316-17 頁

ヘミングウェイのブーツに猫が入っている写真がある。

●逢坂　剛「＜狭く深く＞読んできた」『文藝春秋 SPECIAL』第 3 巻・第 2 号（文藝春秋、2009. 4）52-53 頁

「英米文学では、デフォー、スコット、ワイルド、G. グリーン、ヘミングウェイをよく読んだ」という箇所がある。

●オバマ、バラク「大統領の“見せ本棚”」『ブルータス』第 31 巻・第 1 号（マガジンハウス、2009. 12）118-19 頁

「古典もキチンと読んでます」の中で、*For Whom the Bell Tolls* を第 1 位に上げている。

●片岡義男「百円ずつ買っていくアメリカの物語」『図書』第 723 号（岩波書店、2009. 4）48-51 頁
「『パリのあの夏』」を書いた「キャラガンはヘミングウェイやフィッツジェラルドたちの協力によって文筆の道へ入っていった……」といった箇所等がある。

●金原瑞人「僕が次に訳したい本――翻訳王国ニッポン」『小説すばる』第 23 巻・第 9 号（集英社、2009. 9）314-16 頁
「本国アメリカでも本になっていなかったヘミングウェイの作品まで、日本では本になっていたりする」といった箇所等がある。

●齋藤海仁「伝統曳き縄漁と謎の“潜行板”――潜り泳ぐハイカラ板」『Fishing Café』第 32 号（シマノ、2009. 4）25-30 頁
「紀州の漁師と勝負したい。とヘミングウェイ、晩年、漏らしていた」と司馬遼太郎はかつてこんなエピソードを書いたことがある」という箇所がある。

●柴田元幸「英米小説最前線」『ENGLISH JOURNAL』第 39 巻・第 5 号（アルク、2009. 5）126-27 頁
「レズビアン作家レベッカ・ブラウンに初めて会ったとき、『大きな影響源の一人はヘミングウェイ』と彼女が言うのを聞いて大いに驚いたものだ……」という箇所がある。

●――「岸本佐知子が柴田元幸に聞きたかった『柴田訳の秘密』」『文藝』第 48 巻・第 1 号（河出書房新社、2009. 1）97-109 頁
「僕が学生のころ、ヘミングウェイやフォークナー、フィッツジェラルドなんかは先輩によって所有されている感じがしたんです」という柴田の言葉がある。

●――「柴田元幸の翻訳講座」『Coyote』No. 39（スイッチ・パブリッシング、2009. 11）210-17 頁
「ヘミングウェイの潔さ」という一項がある。

●――「ボストン大学講義録 ① 鑑か鏡か――アメリカ文学は日本でどう読まれてきたか」『すばる』第 31 巻・第 8 号（集英社、2009. 8）168-83 頁
「アメリカ文学日本語訳のリスト」に、「『老人と海』『風と共に去りぬ』といった、日本で永遠のロングセラーとなっている作品も入れてあります」とある。

●――「ボストン大学講義録 ② 豆腐で自殺する法――翻訳について」『すばる』第 31 巻・第 9 号（集英社、2009. 9）200-13 頁
レベッカ・ブラウンは「ヘミングウェイからの影響を自ら認める書き手……」という箇所がある。

●ダイベック、スチュアート、小沼純一、柴田元幸［司会］「スチュアート・ダイベックと語る――シカゴと武満 徹と沈黙」『Coyote』No. 34（スイッチ・パブリッシング、2009. 1）188-92 頁

「あの絵［ホッパーの『夜鷹』］のインスピレーションとなったのはヘミングウェイの短篇『殺し屋』だった」という箇所がある。

●高橋一清「ハードボイルドな小説を読め！」『フリー＆イージー』第12巻・第128号（イーストライツ、2009.6）36-37頁
「好きなハードボイルド小説」の中に、「白い象のような山並み」と「殺し屋」を上げている。

●谷崎由依「英米文学受容史」『文藝』第48巻・第1号（河出書房新社、2009.1）72-79頁
「『誰がために鐘は鳴る』［大久保康雄］」が1951年に翻訳されていたことなどが分かる。

●常盤新平「“男の定宿”指南」『メンズプレシャス』第6巻・第12号（小学館、2009.10）312-35頁
「海外伊達男たちの定宿物語」中に、「ヘミングウェイとホテル・アンボス・ムンドス」がある。

●豊崎由美「ジャック・ロンドンの新訳に震撼！」『本の雑誌』第34巻・第1号（本の雑誌社、2009.1）80頁
「柴田元幸さんが訳した短篇集『火を熾す』」は「ヘミングウェイの最良の短篇にも匹敵する……」とある。

●永江　朗「酒飲みのためのブックガイド」『野性時代』第7巻・第4号（角川書店、2009.4）50-53頁
「オキ・シローは酒に関するエッセイをたくさん書いている人だが、『ヘミングウェイの酒』は、ヘミングウェイの作品および彼の人生に登場する酒について語ったエッセイ集」といった言葉等がある。

●西田善太［編集］「30人の偉人たちと対話するための150冊」『ブルータス』第31巻・第1号（マガジンハウス、2009.12）91-106頁
30人のひとりに取り上げられた「アーネスト・ヘミングウェイ」では、今村楯夫『ヘミングウェイの言葉』（新潮社）ほかが紹介されている。

●根本聡子［文］、小野祐次、木村金太［写真］「ヴェネツィアからちょっと小旅行」『クレア・トラベラー』第4巻・第6号（文藝春秋、2009.11）102-109頁
「ヘミングウェイが愛したホテル――ロカンダ・チプリアーニ」という一項がある。

●ハヤカワミステリマガジン編集部［編］「追悼 永井 淳――主要邦訳書リスト」『ハヤカワミステリマガジン』第54巻・第9号（早川書房、2009.9）86-89頁
2009年6月4日に逝去された氏の邦訳書リスト中に、「『危険な夏』（*The Dangerous Summer*, 1960／ヘミングウェイ／角川文庫）」がある。

●深沢慶太「『エスクァイア』ライブラリーをエディット！」『Esquire［エスクァイア日本版］』第23巻・第2号（エスクァイア マガジン ジャパン、2009. 2）70-71頁
　「増補されたのはこんな115冊」中に、「『ヘミングウェイのパリ・ガイド』今村楯夫著、小野規 撮影（小学館）」が上げられている。

●藤代冥砂［写真］、宇野維正［構成・文］「革命の国キューバへ」『フォートラベル』vol. 1（角川メディアハウス、2009. 1）18-56頁
　『フィンカ・ビヒア』の写真があり、「その主であるヘミングウェイ個人にというよりも、異邦人の住処のあり方への興味で私はそこを訪れた」とある。

●本田康典「『北回帰線』物語9」『水声通信』第5巻・第3号（水声社、2009. 8）236-46頁
　ヘンリー・ミラーはパリ生活のアルバム「一番地の書物」には「『ヘミングウェイについては絶対に言及しない』と付け足している」という。

●松尾よしたか「La Habana　歴史と革命　そして人々の生活」『旅行人』通巻160号（旅行人、2009. 6）14-29頁
　「『エル・フロリディータ』というバーは、ヘミングウェイがいつも通っていた店として知られ、今は観光客の大人気スポットだ」といった箇所等がある。

●八巻由利子［文］、高木康行［写真］「アーノルド・ギングリッチとは何者か？」『Esquire［エスクァイア日本版］』第23巻・第7号（エスクァイア マガジン ジャパン、2009. 7）145-53頁
　「ヘミングウェイが送ってきて、創刊号に掲載したのは釣りについてのエッセィだった」といった箇所等がある。なお、本誌は本号で休刊。

●吉田京子、高須賀 哲「夏の日に涼と酔いを与えてくれるヘミングウェイの愛したカクテル」『フリー＆イージー』第12巻・第129号（イーストライツ、2009. 7）94-95頁
　「ヘミングウェイの愛したカクテル」がレシピ入りで紹介されている。

7. 記　事

●朝日「広告――形崩れしづらいフェルトハット」『朝日新聞』（2009. 11. 17）21面
　「文豪ヘミングウェイが愛用したというオービスブランド」という言葉がある。

●朝日記者不詳「高村勝治さん」『朝日新聞』（2009. 4. 7）29面
　「ヘミングウェーの研究・翻訳などで知られた」とある。氏は日本ヘミングウェイ協会発起人の一人。

●高橋　温「リーダーたちの本棚――良書との出会いは成長の糧、そして生涯の指針となる」『朝日新聞』（2009. 1. 25）5面
　「青年時代には小説をたくさん読みましたが、特に感銘をうけたのはヘミングウェー

の『武器よさらば』」とある。

●筒井康隆「漂流　本から本へ㉝——文体にまいって夢中に」『朝日新聞』（2009. 11. 22）13 面

「ぼくを夢中にさせたのは三笠書房から出ていた大久保康雄訳のヘミングウェイ『日はまた昇る』だった。何よりもその文体にまいってしまったのである」といった箇所等がある。

●——「漂流　本から本へ㉞——『マルタの鷹』に導かれ」『朝日新聞』（2009. 11. 29）19 面

「『血の収穫』というタイトルもあるこの作品は、ヘミングウェイの文体に連なるハードボイルドのミステリーという評判につられて読んだ作品である」という箇所がある。

●——「漂流　本から本へ㉟——『不条理の息詰まる面白さ』『朝日新聞』（2009. 12. 6）11 面

「影響の大きさでいえば、文体ではヘミングウェイ、不条理感覚ではカフカ……」という箇所がある。

●中田雅博「キューバを愛した作家——ヘミングウェー」『産経新聞』（2009. 5. 15）16 面

「キューバ出身の俳優アンディ・ガルシアが……『ヘミングウェーとフエンテス』という映画を監督する計画を立てている」というニュースが含まれている記事。

●根本太一［聞き手・写真］「私だけのふるさと——今村楯夫さん」『毎日新聞』（2009. 12. 17）3 面

「米国留学中にシェリダン・グレブスタインという当時、新進気鋭のヘミングウェイ研究者と出会いました。以来、ヘミングウェイの文学に引き込まれ、彼が描く主人公の生き方にもひかれました」という言葉がある。今村楯夫氏は静岡県富士市出身。

●林　荘祐［文・写真］「三位一体の古都——キューバ」『朝日新聞』（2009. 6. 27）30 面

「文豪ヘミングウェーが通ったハバナのバーでは今も、モヒートをたのむ外国人観光客で毎夜にぎわう」とある。

●村上　東「オバマ政権とプロレタリア文学の復権」『週刊読書人』（2009. 10. 16）6 面

「ヘミングウェイの『誰がために鐘は鳴る』については、世界に民主主義を教えるアメリカ人像だけが前景化され、共産党員と一緒に行ったスペイン民主勢力への支援は無視されてしまう」という箇所がある。

●山田哲朗「『キリマンジャロの雪』2022 年にも消滅」『Yahoo! ニュース』（2009. 11. 3）6 時 4 分

山頂付近の氷河や万年雪は 1 万年以上にわたって存在し、文豪ヘミングウェイの小説『キリマンジャロの雪』の題名にもなった……」という箇所がある。

8. 年　譜

●佐藤美知子「フィッツジェラルド／ヘミングウェイ交遊録・年表」『フィッツジェラルド／ヘミングウェイ往復書簡集　日本語版』宮内華代子［編訳］（文芸春秋企画出版部、2009. 4）243-57 頁

「フィッツジェラルド年表」と「ヘミングウェイ年表」が対になっている。

●高見 浩「ヘミングウェイ年譜」『移動祝祭日』アーネスト・ヘミングウェイ［著］、高見 浩［訳］（新潮社、2009. 2）304-05 頁

「パリ移住からハドリーとの離婚に至るまで」を辿ったもの。

9. 書　誌

●英語年鑑編集部［編］『英語年鑑――2009』（研究社、2009. 3）612 頁

「個人研究業績一覧」（2007 年 4 月―2008 年 3 月）で、5 件のヘミングウェイ研究が掲載されている。

●千葉義也「書誌：日本におけるヘミングウェイ研究――2008」『ヘミングウェイ研究』第 10 号（日本ヘミングウェイ協会、2009. 6）109-39 頁

本「書誌」は、2008 年 1 月 1 日から 12 月 31 日までの一年間にわが国で発表されたヘミングウェイに関する文献のデータを網羅している。

●――「ヘミングウェイ研究書誌」『NEWSLETTER』第 55 号（日本ヘミングウェイ協会、2009. 5）8 頁

2009 年 4 月 27 日までに資料室が受理した 2 点が紹介されている。

●――「ヘミングウェイ研究書誌」『NEWSLETTER』第 56 号（日本ヘミングウェイ協会、2009. 11）13 頁

2009 年 10 月 14 日までに資料室が受理した 6 点が紹介されている。

10. カタログ

※該当なし

11. 映画／テレビ

●『老人と海』（BS2, 2009. 6. 17）

監督ジョン・スタージェス、主演スペンサー・トレイシー。映画製作は 1958 年。

12. DVD ／ビデオ等

※該当なし

13. CD

※該当なし

14. インターネット・ホームページ

※該当なし

15. 写真集

●桑原啓治［編集］『ビジュアル　歴史を変えた1000の出来事』（日経ナショナル ジオグラフィック社、2009. 1）415頁

「第一次世界大戦の終戦から10年後の1929年……傷跡を証言する二つの小説、エーリヒ・マリア・レマルクの『西部戦線異状なし』と、アーネスト・ヘミングウェイの『武器よさらば』が出版された」といった箇所がある。なお、シルヴィア・ビーチとの写真も掲載されている。

●スクリーン［特別編集］『演じるヒーローそのままの誠実なスター――ゲーリー・クーパー』（近代映画社、2009. 3）95頁

ヘミングウェイ原作では、『戦場よさらば』と『誰がために鐘は鳴る』が取り上げられている。

●プレモリ―ドルーレ、フランチェスカ［文］、エリカ・レナード［写真］『作家の家――作家の家を訪ねて』博多かおる［訳］、鹿島 茂［監訳］（西村書店、2009. 2）206頁

序に、「作家が多数の作品を書いた場所、という理由で選ばれた家もある。それは例えばキー・ウェストのヘミングウェイの家」という箇所がある。

16. トラベル・ガイドブック

●戸塚真弓『パリの学生街』（中央公論社、2009. 6）240頁

「ヴェルレーヌが、ヘミングウェイが、辻邦生が住んだデカルト通りの坂」という一項があるほか、「ドラマを感じさせるリュクサンブール公園」にヘミングウェイへの言及が多い。

●福田和也『旅のあとさき［イタリア・エジプト編］――世界を盗もうとした男』（講談社、2009. 6）332頁

「ヘミングウェイが描写した妻帯者の絶望」、「まずは『ハリーズ・バー』へ」、「ヘミングウェイ、ウェルズ……著名なお上りさん」等にヘミングウェイが出てくる。

●村上香住子『パリに生きて』（河出書房新社、2009. 9）195頁

「ホテル・リッツのバー『ヘミングウェイ』で……」という箇所がある。

●横澤潤一『私のパリ物語』（幻冬舎ルネッサンス、2009.4）239 頁
第 3 章中に、「ヘミングウェイ――青春の街」と名付けられた一項がある。

17. テキスト

●講談社インターナショナル［編］『老人と海』（講談社インターナショナル、2009.8）116 頁
ルビつきテキスト。第 12 刷。

18. その他

［ヘミングウェイの名前が出てくる小説・詩・エッセイ］

●開高　健『ああ。二十五年』（光文社、2009.12）433 頁
「ベトナム停戦」の項中に、ヘミングウェイに触れた箇所がある。文庫版。

●――『饒舌の思想』（筑摩書房、2009.12）580 頁
「東欧におけるチェーホフ観」中に、「ポーランドは……フォークナーとヘミングウェイの二人はとくに読書人にとってはウォートカのように歓迎され、大流行している」という箇所がある。

●――『人とこの世界』（筑摩書房、2009.4）344 頁
深沢七郎との項に、「サルトルはカミュの『異邦人』を読んでヘミングウェイの文体で書かれたカフカだ……」と言ったという箇所がある。文庫版。

●――『眼ある花々／開口一番』（光文社、2009.10）291 頁
「眼ある花々」中に、「キリマンジャロの雪」について触れた箇所がある。文庫版。

●小谷野敦『中島敦殺人事件』（論創社、2009.12）300 頁
「解題」中に、ヘミングウェイ作品を数多く翻訳した大久保康雄氏の「年譜」がある。

●司馬遼太郎『街道をゆく 22 ――南蛮の道 I』（朝日新聞出版、2009.1）429 頁
「パンプロナの街角」に、「小説では、パンプロナからブルゲーテまで二階バスでゆくのだが、おそらくヘミングウェイ自身の体験でもあるのだろう」といった箇所等がある。文庫、新装版。

●辻　邦生『生きて愛するために』（中央公論新社、2009.12）140 頁
「中国人、マレー人、インドネシア人、ヴェトナム人たちの喧噪のなかで、甲板に寝そべってヘミングウェイを読むのが、たまらなく嬉しかった」といった箇所等がある。文庫改版。

●筒井康隆『文学部唯野教授』（岩波書店、2009.3）373 頁
「主人公の行動だけを描写したもの」の例として「ヘミングウェイの『殺し屋たち』」を上げた箇所がある。文庫、第 11 刷。

●村上春樹『1Q84 —— Book 1』（新潮社、2009. 5）554 頁

第 11 章中にヘミングウェイの名前が出てくる。

19. 学会／協会誌

●日本ヘミングウェイ協会

[ニューズレター]

The Hemingway Society of Japan Newsletter. No. 54 (31 Jan. 2009)

The Hemingway Society of Japan Newsletter. No. 55 (15 May 2009)

The Hemingway Society of Japan Newsletter. No. 56 (15 Nov. 2009)

[協会誌]

●日本ヘミングウェイ協会［編］『ヘミングウェイ研究』第 10 号（日本ヘミングウェイ協会、2009. 6）160 頁

7 編の論文に、エッセイと書誌が付された学術誌。目次は次の通り。なお、各論文の内容は 3 の論文・エッセイの項を参照のこと。■今村楯夫「巻頭言——第 10 号の発刊にあたり」■千葉義也「ヘミングウェイを探して——私の書誌作り」■前田一平「ヘミングウェイとオバマ大統領を結ぶ線」■前田一平「特集：ヘミングウェイを教室で教える——『日はまた昇る』の場合——まえがき」■前田一平「ジェイク・バーンズの出自を『教える』——歪曲された故郷オークパーク」■平井智了「ブレット・アシュリーへの視線——語り手、作者、批評から」■大森昭生「英文科以外のカリキュラムで『日はまた昇る』をどう学ぶか——授業実践を通して」■高野泰志「カウンターテクストを生み出すために——『日はまた昇る』に対抗する方法」■辻 秀雄「“The Hell with Their Revolutions” —— *To Have and Have Not* におけるハードボイルド言語と “Colonial Hybridity”」■辻 裕美「『インディアン・キャンプ』におけるアメリカ先住民の妊婦表象——異人種間闘争の狭間に位置する身体」■山下美保「Dr. Adams の『建国神話』再読——アナクロニズムから読み解く『インディアン・キャンプ』論」■千葉義也 編「書誌：日本におけるヘミングウェイ研究—— 2008」■千葉義也・高野泰志「あとがき」。

日本におけるヘミングウェイ書誌
――2010年――

1. 単行本

●今村楯夫、山口淳『ヘミングウェイの流儀』（日本経済新聞出版社、2010. 3）230頁
モノから追ったヘミングウェイの実像。目次を上げると次の通り。「ホンモノへのこだわり――まえがきに代えて」、「アメリカン・カジュアルウエア黄金期の記録」、「ナチュラルショルダーとヘミングウェイの時代」、「よく書き、よく読み、よく遊ぶ」、「ハードボイルド・リアリズムと20世紀デザイン」、「はじまりは、一枚の領収書だった――あとがきに代えて」、「ヘミングウェイ年譜」、「参考文献」。

2. 言及ある単行本

●青木　保『作家は移動する』（新書館、2010. 9）269頁
第1章「移動の時代」の「亡命と創造」中に、ヘミングウェイの名前が見えるほか、随所に言及がある。

●井川眞砂「『ハックルベリー・フィンの冒険』」『マーク・トウェイン文学／文化事典』亀井俊介［監修］（彩流社、2010. 10）57-61頁
『アフリカの緑の丘』で、「ヘミングウェイが述べた」言葉に言及がある。

●池内正直『フォークナー、もう一つの楽しみ――短編名作を読む』（朝日出版社、2010. 2）208頁
「序章」中に、「ヘミングウェイの場合」という一項がある。

●池上冬樹「解説」『冬こそ獣は走る』北方謙三（光文社、2010. 2）331-37頁
北方は「マーク・トウェインのハックルベリ・フィンとともにヘミングウェイのニック・アダムズものに愛着をもっている」という箇所がある。

●伊集院 静『美の旅人――スペイン編 III』（小学館、2010）187頁
本書は単行本『美の旅人』（小学館、2005. 5）を3分冊したもの。『日本におけるヘミングウェイ書誌――1999-2008』「書誌――2005」を参照のこと。文庫版。

●伊藤　聡『生きる技術は名作に学べ』（ソフトバンク　クリエイティブ、2010. 1）239頁
第5章が「男らしさはつらいよ――ヘミングウェイ『老人と海』」となっている。新書版。

●岩崎宗治「解説」『荒地』T. S. エリオット［著］、岩崎宗治［訳］（岩波書店、2010. 8）323 頁

第 2 章「エリオット詩の発展——『荒地』まで」中に、ヘミングウェイに言及した箇所がある。

●植草甚一『植草甚一 WORKS 4 ——この映画を僕はこう見る』（近代映画社、2010. 2）198 頁

第 3 章中に、「ニューヨーク封切映画特別紹介『マカンバー事件』」という一項がある。

●上野俊哉『思想家の自伝を読む』（平凡社、2010. 7）331 頁

第 2 章中にある「ミシェル・レリス『成熟の年齢』」中に、「この時代、ヘミングウェイなど闘牛を文学のテーマとした作家は少なくない」という言葉がある。新書版。

●開高　健『開高 健の文学論』（中央公論新社、2010. 6）515 頁

第 67 章に、「E. ヘミングウェイの遺作『エデンの園』を語る」が収載されているほか、随所にヘミングウェイへの言及がある。文庫版。

●鏡　明『二十世紀から出てきたところだけれども、なんだか似たような気分』（本の雑誌社、2010. 3）446 頁

「ニューヨークの面白雑誌」の項に、ヘミングウェイに触れた箇所がある。

●加藤和彦『優雅の条件』（ワニブックス、2010. 2）213 頁

「ア・ラ・ヘミングウェイ」という一項があるほか、随所にヘミングウェイの名前が出る。新書版。

●亀井俊介［編］『「セックス・シンボル」から「女神」へ——マリリン・モンローの世界』（昭和堂、2010. 1）207 頁

「モンローの写真」中に、ノーマン・メイラーの「ヘミングウェイとモンロー。彼らの名前はそっとしておけ……」という言葉が引用されている箇所がある。

●川本三郎『時代劇のベートーヴェン——映画を見ればわかること③』（キネマ旬報社、2010. 4）377 頁

「『ママの遺したラヴソング』のこと、ロバート・フロストのこと、ヘミングウェイのことなど」という一項がある。

●川原崎剛雄『ザックリわかる世界史』（新人物往来社、2010. 10）303 頁

第 8 章中に、ヘミングウェイやマルローのほかに、日本人でスペイン内戦に参加した「ジャック・白井」のことに触れた箇所がある。文庫版。

●喜志哲雄『劇作家ハロルド・ピンター』（研究社、2010. 3）520 頁

「彼［ピンター］が好んだ作家の中には、ヘミングウェイのようにリアリズム作家として扱ってもいいひともいるが……」といった箇所等がある。

●木田　元『私の読書遍歴――猿飛佐助からハイデガーへ』（岩波書店、2010. 6）254頁
「ヘミングウェイは早くから読んでいたのに、あまり熱心になれなかったと」いう箇所がある。文庫版。

●木下昌明『映画は自転車にのって――チャップリンからマイケル・ムーアまで』（績文堂、2010. 11）274頁
第6章「老人になりきれない老人」中に、『老人と海』に触れた箇所がある。

●熊井明子『毛皮の天使たち』（千早書房、2010. 4）228頁
ヘミングウェイの名前は、「猫の本の書き手たち」と「生きる一瞬を永遠に――猫の写真集」に出てくる。

●後藤和彦「マーク・トウェインの著作　序説」『マーク・トウェイン文学／文化事典』亀井俊介［監修］（彩流社、2010. 10）44-55頁
『アフリカの緑の丘』で述べた「ヘミングウェイの言葉」に触れた箇所がある。

●小林信彦『映画が目にしみる』（文藝春秋、2010. 11）537頁
「グレゴリー・ペック死す」の項に、映画「キリマンジャロの雪」に触れた箇所がある。文庫版。

●佐々木真理「『老人と海』」『知っておきたいアメリカ文学』丹治めぐみ、佐々木真理、中谷 崇（明治書院、2010. 9）103-105頁
『老人と海』を、「あらすじ」と「よみどころ」で紹介したもの。

●佐藤忠男『NHKこころをよむ――伝説の名優たち その演技の力』（日本放送出版協会、2010. 1）190頁
「ゲーリー・クーパー」と「イングリッド・バーグマン」の項に、『誰が為に鐘は鳴る』に触れた箇所がある。

●佐藤宏子「解説」『マイ・アントニーア』ウィラ・キャザー［著］、佐藤宏子［訳］（みすず書房、2010. 11）306-19頁
ヘミングウェイの「女性には戦争は描けない」という言葉を上げ、しかし、「互いの存在を意識していた」という指摘がある。

●柴田元幸「アメリカ文学のレッスン」（講談社、2010. 1）204頁
「息子が父から叡智を伝授される話は……マラマッド『アシスタント』が最良の例だろうが……ヘミングウェイの短篇『インディアン村』（1925）はどうだろう」といった箇所等がある。新書、第7刷。新装版。

●――「現代アメリカ文学から見たマーク・トウェイン」『マーク・トウェイン文学／文化事典』亀井俊介［監修］（彩流社、2010. 10）369-75頁
「現代のアメリカ作家の多くの文章は、アーネスト・ヘミングウェイの影響なしでは

ありえない……」といった箇所がある。

●――『つまみぐい文学食堂』(角川書店、2010. 2) 239 頁
『日本におけるヘミングウェイ書誌――1999-2008』「書誌――2006」を参照のこと。文庫版。

●城山三郎、平岩外四『人生に二度読む本』(講談社、2005. 2) 222 頁
対談集。第 2 章が、「アーネスト・ヘミングウェイ『老人と海』」となっている。『日本におけるヘミングウェイ書誌――1999-2008』「書誌――2005」を参照。文庫版。

●杉野健太郎［責任編集］『アメリカ文化入門』(三修社、2010. 7) 418 頁
第 3 章「アメリカの歴史と文学」で、「アーネスト・ヘミングウェイ」が扱われている。

●高野泰志「原罪から逃避するニック・アダムズ――『最後のすばらしい場所』と楽園の悪夢」『悪夢への変貌――作家たちの見たアメリカ』福岡和子、高野泰志［編著］(松籟社、2010. 2) 195-224 頁
「最後のすばらしい場所」で、「ヘミングウェイが実際に描きたかったのは (カトリックの) 楽園を通過するニックであり、その先の『より明るい場所』が不在という虚無に浸食され、崩壊していく過程であったのではないか」とする論文。

●武田亜希子「おすすめ！」『大学生になったら洋書を読もう』水野邦太郎［監修］・アルク企画開発部［編］(アルク、2010. 4) 157 頁
第 3 部「この 100 冊がおもしろい！」で、*The Old Man and the Sea* を上げている。

●田窪　潔『アメリカ文学と大リーグ――作家たちが愛したベースボール』(彩流社、2010. 4) 246 頁
第 2 章中に、「『パパ』ヘミングウェイも野球が好き」という一項がある。

●巽　孝之「解説――罠かけるジェンダー」『女水兵ルーシー・ブルーアの冒険』ナサニエル・カヴァリー［著］、栩木玲子［訳］(松柏社、2010. 6) 246-57 頁
「20 世紀後半には……男性と偽ってヘミングウェイばりのマッチョな文体による SF 作品を書き継いだジェイムズ・ティプトリー・ジュニア……」という言葉がある。

●田中沙織「It Don't Mean a Thing ――『清潔な明るい場所』にみる『無』の意味」『英米文学の可能性――玉井暲教授退職記念論文集』(英宝社、2010. 3) 723-32 頁
本稿は「『推論と連想』を通した『清潔な明るい場所』の『内省、分析、夢想』を試みた」論文。

●丹治めぐみ「アメリカ文学小史」『知っておきたいアメリカ文学』丹治めぐみ、佐々木真理、中谷 崇 (明治書院、2010. 9) 6-21 頁
「第一次世界大戦とロスト・ジェネレーション」の項で、ヘミングウェイに言及がある。

●塚田幸光『シネマとジェンダー――アメリカ映画の性と戦争』(臨川書店、2010. 3) 253 頁

本書には、『ヘミングウェイ研究』（日本ヘミングウェイ協会）に掲載された『脱出』論や『殺人者』論が収載されている。

●辻本庸子「視線のポリティクス——オキーフ・ウェスト・スタイン」『二〇世紀アメリカ文学のポリティクス』貴志雅之［編］（世界思想社、2010. 6）57-85 頁
「ピカソ、マティス、ブラック、ローランサン、サティ、コクトー、ヘミングウェイ、アンダーソン。これら豪華絢爛たる面々がスタインの元に集まりどのような時間をすごしたのか」といった箇所等がある論文。

●外山滋比古『文章を書くこころ——思いを上手に伝えるために』（PHP 研究所、2010. 3）216 頁
第 3 章中の「推敲する」の項に、ヘミングウェイへの言及がある。文庫、第 1 版第 8 刷。

●中垣恒太郎「文学的影響」『マーク・トウェイン文学／文化事典』亀井俊介［監修］（彩流社、2010. 10）190-93 頁
「ハックと同じ少年の視点を軸に据えたヘミングウェイのニック・アダムズ連作」という言葉がある。

●中谷　崇「『武器よさらば』」『知っておきたいアメリカ文学』丹治めぐみ、佐々木真理、中谷 崇（明治書院、2010. 9）70-72 頁
『武器よさらば』を、「あらすじ」と「よみどころ」で紹介したもの。

●中村亨「『日はまた昇る』から消された黒人の声——創作過程と時代状況から考える」『ヘミングウェイ研究』第 11 号（日本ヘミングウェイ協会、2010. 6）61-74 頁
『日はまた昇る』から黒人の声が削除された経緯とその意味を探った論文。

●西崎 憲「解説——ナダにまします我らがナダよ」『ヘミングウェイ短篇集』西崎 憲［編訳］（筑摩書房、2010. 3）267-85 頁
本解説は、「地誌的略伝」、「ヘミングウェイ的諸問題」、「作品」、「移動」で構成されている。文庫版。

●浜本武雄「解説——魂の突き当り」『ワインズバーグ・オハイオ』シャーウッド・アンダーソン［著］、小島信夫、浜本武雄［訳］（講談社、2010. 6）319-33 頁
ヘミングウェイに触れた箇所がある。文庫版、第 9 刷。

●平井智子「『掛けられない絵』としての女性の欲望——『ミシガンの北で』と『われらの時代に』」『英米文学の可能性——玉井暲教授退職記念論文集』（英宝社、2010. 3）711-21 頁
スタインは「ミシガンの北で」という作品を「秀逸であっても公開できない意味のない『掛けられない（inaccrochable）絵』であると退けた。それはこの作品の露骨な性描写によるものだが、その『掛けられない』露骨さについて」考察した論文。

●平石貴樹『アメリカ文学史』（松柏社、2010. 11）597 頁

第16章「スタイン、ヘミングウェイと『時間』の主題」で、ヘミングウェイは論じられるほか、随所に言及がある。

●福井次郎『「カサブランカ」はなぜ名画なのか―― 1940年代ハリウッド全盛期のアメリカ映画案内』（彩流社、2010. 1）259頁
ヘミングウェイでは、「殺人者」（脚本リチャード・ブルックス、ジョン・ヒューストン）、『誰がために鐘は鳴る』、『脱出』に言及がある。

●福田恆存『福田恆存評論集 第14巻 作家論 二』（麗澤大学出版会、2010. 1）364頁
「小説の運命 II」中に、ヘミングウェイに言及した箇所がある。

●――『福田恆存評論集 第15巻 西欧作家論』（麗澤大学出版会、2010. 3）349頁
「ヘミングウェイ」論がある。

●福西英三『洋酒うんちく百科』（筑摩書房、2010. 10）399頁
第3章8項に、「ヘミングウェイ愛飲の『午後の死』」、第4章1項に、「『日はまた昇る』とシャンパン」がある。文庫版。

●松本健一『村上春樹――都市小説から世界文学へ』（第三文明社、2010. 2）239頁
「オーウェルというのは、同じ年代に活躍した作家としては、フィッツジェラルドではなく、どちらかというと、ヘミングウェイに近い作家です」といった箇所等がある。

●松本由美「見えない妻と見ない夫――『雨のなかの猫』の文体と閉塞感」『文学の万華鏡――英米文学とその周辺』山本長一、川成洋、吉岡栄一［編］（れんが書房新社、2010. 11）423-47頁
「雨のなかの猫」を「文体論の立場から」追究した論文。

●丸谷才一、鹿島 茂、三浦雅士『文学全集を立ちあげる』（文藝春秋、2010. 2）325頁
『日本におけるヘミングウェイ書誌――1999-2008』「書誌――2006」を参照のこと。文庫版。

●宮脇俊文『村上春樹を読む――全小説と作品キーワード』』（イースト・プレス、2010. 10）353頁
PART 4「海外文学との親密な関係」中に、「アーネスト・ヘミングウェイ」という一項がある。文庫版。

●村上春樹『夢を見るために毎朝僕は目覚めるのです――村上春樹インタビュー集1997-2009』（文藝春秋、2010. 9）539頁
「世界でいちばん気に入った三つの都市」中に、ヘミングウェイに触れた箇所がある。

●ロバート・ハリス『アフォリズム』（サンクチュアリ出版、2010. 12）425頁
本書は「たくさんの人々の言葉で築いた思考の迷路」で、ヘミングウェイからも『移動祝祭日』の言葉を始めとして数多くの言葉が集められている。

●和田　誠、三谷幸喜『これもまた別の話』（新潮社、2010. 5）655 頁
「ハワード・ホークスの『脱出』と同じヘミングウェイの『持つものと持たざるもの』が原作の『破局』という映画もあった。僕はホークスのより『破局』の方がよくできていたような気がします」という和田の言葉がある。文庫版。

●渡辺利雄『講義アメリカ文学史――補遺版』（研究社、2010. 1）596 頁
全 3 巻の補遺版。随所にヘミングウェイへの言及がある。

3. 論文・エッセイ（学会誌、紀要等）

●今村楯夫「閑話究題：幻の日本人画家　タミ・クメ――ヘミングウェイと日本を結ぶ架け橋」『NEWSLETTER』第 57 号（日本ヘミングウェイ協会、2010. 1）5-6 頁
「ヘミングウェイと日本を結ぶ一人の画家として、久米民十郎の研究がまさに始まろうとしている」という。

●――「新年の挨拶に代えて――協会の新たな幕開けに向けて」『NEWSLETTER』第 57 号（日本ヘミングウェイ協会、2010. 1）1-2 頁
日本ヘミングウェイ協会会長挨拶。

●熊谷順子「閑話究題」『NEWSLETTER』第 58 号（日本ヘミングウェイ協会、2010. 5）3 頁
日本ヘミングウェイ協会の「主に通信事務作業」を担当する者からのお願い。

●島村法夫「ヘミングウェイへの熱き思いを引き継ごう――新たな旅立ちのときを迎えて」『NEWSLETTER』第 58 号（日本ヘミングウェイ協会、2010. 5）1-2 頁
日本ヘミングウェイ協会新会長挨拶。

●――「私のアメリカ、そしてヘミングウェイを掘る」『ヘミングウェイ研究』第 11 号（日本ヘミングウェイ協会、2010. 6）3-10 頁
新会長巻頭言。

●関戸冬彦「Hemingway は *The Great Gatsby* をどう読んだのか？―― *The Sun Also Rises* はその後の *Gatsby* なのか？」『NEWSLETTER』第 25 号（日本スコット・フィッツジェラルド協会、2010. 10）9-10 頁
「日本ヘミングウェイ協会第 20 回大会ワーク・イン・プログレス」の発表要旨。

●高野泰志「キューバのハポネ」『KALS NEWSLETTER』42（九州アメリカ文学会、2010. 11）1-2 頁
キューバ訪問記。「日本では知られていないキューバの様子」が紹介されている。

●――「ニック・アダムズと『伝道の書』――ヘミングウェイ作品における宗教観再考」『文学研究』第 107 輯（九州大学大学院人文科学研究院、2010. 3）67-86 頁
「インディアン・キャンプ」とそれから削除された「三発の銃声」を取り上げ、「そ

こに隠された『伝道の書』のモチーフをあぶり出すことで、当時のヘミングウェイの宗教観を明らかに」した論文。

●――「ヘミングウェイゆかりの地を訪ねて――第6回：コブレ編（つづき）」『NEWSLETTER』第57号（日本ヘミングウェイ協会、2010. 1）11-12頁
今回の旅行記は「コブレ編（つづき）」。

●――「ポーとヘミングウェイ：暴力と身体を描く作家たち」『第82回大会Proceedings』（日本英文学会、2010. 9）152-54頁
ポーとヘミングウェイは、「ともに矛盾する欲望に引き裂かれ、その矛盾の中で作品を生み出していた作家として……大きな共通点がある」と結んだ論文。

●田村恵理「ヘミングウェイ作品におけるヴァージン・シスターズ――脅かされる者から脅かす者へ」『ヘミングウェイ研究』第11号（日本ヘミングウェイ協会、2010. 6）23-36頁
「ニックの物語のなかで脅威にさらされる存在であったヴァージン・シスターは、『最後の良き故郷』において脅威としても存在し始める」と結ぶ論文。

●塚田幸光「シネマ×ヘミングウェイ④――ロバート・シオドマクの『殺人者』」『NEWSLETTER』第57号（日本ヘミングウェイ協会、2009. 1）6-8頁
「シオドマクは、ヘミングウェイ文学の翻案を絶妙な形で成し遂げたと言える」という。

●――「シネマ×ヘミングウェイ⑤――ハワード・ホークスの『脱出』」『NEWSLETTER』第58号（日本ヘミングウェイ協会、2010. 5）4-6頁
映画『脱出』を「『枠と女性』との関係」から考察したエッセイ。

●――「シネマ×ヘミングウェイ⑥――ヨリス・イヴェンスの『スペインの大地』」『NEWSLETTER』第59号（日本ヘミングウェイ協会、2010. 11）7-8頁
「ヘミングウェイの『転向』と『スペインの大地』、そしてニューディールのFSAをフォーカス」したエッセイ。

●中村嘉雄「となりの研究室――関西学院大学 編」『NEWSLETTER』第59号（日本ヘミングウェイ協会、2010. 11）13-16頁
新関研究室及び塚田研究室への訪問記。

●本荘忠大「Hemingway and Africa in the 1930s: Portrayals of Africans and Hemingway's Racial Consciousness」『北海道アメリカ文学』第26号（日本アメリカ文学会北海道支部、2010. 3）46-59頁
1930年代のアフリカを舞台とした物語群と『キリマンジャロの麓で』における先住民の描かれ方を比較検証しながら、ヘミングウェイの人種意識がいかに形成されたかを究明した英文の論文。

●松下千雅子「スキャンダルはいつもスキャンダラス？——「ボクサー」と「最後の良き故郷」の近親姦クローゼット」『ヘミングウェイ研究』第11号（日本ヘミングウェイ協会、2010.6）37-48頁

「スキャンダルは小説そのものよりも、むしろ『読む』（解釈する）」という行為のなかにあるのではないか？」とした論文。

●——「ローザンヌ学会報告」『NEWSLETTER』第59号（日本ヘミングウェイ協会、2010.11）9頁

「日本におけるヘミングウェイ研究が、今後もっと国際的に注目されることを願う」としたエッセイ。

●光冨省吾「ジャズ講座⑤」『NEWSLETTER』第57号（日本ヘミングウェイ協会2010.1）8-9頁

「モード・ジャズ」に焦点を絞ったエッセイ。

●——「ジャズ講座⑥」『NEWSLETTER』第58号（日本ヘミングウェイ協会2010.5）6-7頁

「フリー・ジャズ」に焦点を絞ったエッセイ。

●村上東「聖母もジャンヌもいない国で——ナラティヴ・ヒストリーからみた妹の位置」『ヘミングウェイ研究』第11号（日本ヘミングウェイ協会、2010.6）11-21頁

本稿は「兵士の故郷」と「最後の良き故郷」における「兄と妹にみられる仲睦まじき関係」を追った論文。

●柳沢秀郎「ヘミングウェイ・ニュース」『NEWSLETTER』第59号（日本ヘミングウェイ協会2010.11）11-12頁

「イタリアン・レストラン——『PaPa — HEMINGWAY』」と、「キューバ・ヘミングウェイ博物館の近況」という2本のエッセイから成る。

●若松正晃「The Bull and the Matador: *Death in the Afternoon* as Hemingway's Investigation of Death」『ヘミングウェイ研究』第11号（日本ヘミングウェイ協会、2010.6）59-66頁

『午後の死』の中に見られるヘミングウェイの死生観をニーチェ思想との関連から探求した英文の論文。

4. 邦　訳

●カサーレス、アドルフォ・ビオイ『メモリアス——ある幻想小説家の、リアルな肖像』大西亮［訳］（現代企画室、2010.4）232頁

本書は、Adolfo Bioy Casares, *Memorials* (Barcelona: Tusquets Editores, 1999) の邦訳。21章中に、ヘミングウェイに言及した箇所がある。

●ギル、マイケル・ゲイツ『ラテに感謝——転落エリートの私を救った世界最高の仕事』月沢李歌子［訳］（ダイヤモンド社、2010.3）318頁

本書は、Michael Gates Gill, *How Starbucks Saved My Life* (New York: Gotham Books, 2007) の邦訳。第 5 章中に、ヘミングウェイに会ったエピソードがある。著者はブレンダン・ギルの息子。

●クレフェルト、マーチン・ファン『戦争文化論・上』石津朋之［監訳］（原書房、2010. 9）377 頁

本書は、Martin van Creveld, *The Culture of War* (New York: Random House, 2008) の邦訳。第 3 部「戦争を記念する」中に、ヘミングウェイへの言及が随所にある。

●ゲイル、ロバート L.『F. S. フィッツジェラルド事典』前田絢子［訳］（雄松堂、2010. 6）820 頁

本書は、Robert L. Gale, *An F. Scott Fitzgerald Encyclopedia* (Westport: Greenwood,1998) の邦訳。「アーネスト・ヘミングウェイ」の一項がある。

●シーモア、ミランダ『ブガッティ・クイーン——華麗なる最速のヌードダンサー エレ・ニースの肖像』オルダイス佳苗［訳］（二玄社、2010. 3）381 頁

本書は、Miranda Seymour, *The Bugatti Queen: In Search of a Motor-Racing Legend* (London: David Higham Associates, 2004) の邦訳。第 6 章中に、「ヘミングウェイには自転車競技場は戦場に見えたようだ」といった箇所等がある。

●ジョサ、マリオ・バルガス『嘘から出たまこと』寺尾隆吉［訳］（現代企画室、2010. 2）390 頁

本書は、Mario Vargas Llosa, *La verdad de las mentiras* (Barcelona: Tusquets Editores, 2002) の邦訳。本書中に、「勇気による救済——アーネスト・ヘミングウェイ『老人と海』」、「みんなの祝祭——アーネスト・ヘミングウェイ『移動祝祭日』」が収載されている。

●ステファヌ、ベルナール『図説パリの街路歴史物語・上』蔵持不三也［訳］（原書房、2010. 8）484 頁

本書は、Bernard Stephane, *Petite et Grande Histoire des Rues de PARIS* (Paris: Albin Michel, 1998) の邦訳。「ドヌー通り」と「カルディナル＝ルモワヌ通り」にヘミングェイは出てくる。

●ターケル、スタッズ『スタッズ・ターケル自伝』金原瑞人、築地誠子、野沢佳織［訳］（原書房、2010. 3）445 頁

本書は、Studs Terkel, *Touch and Go: A Memoir* (New York: The New Press, 2007) の邦訳。第 21 章「反骨精神」中に、ヘミングウェイに触れた箇所がある。

●ディルダ、マイケル『本から引き出された本——引用で綴る読書と人生の交錯』高橋知子［訳］（早川書房、2010. 2）265 頁

本書は、Michael Dirda, *Book By Book: Notes on Reading and Life* (New York: 2010) の邦訳。第 8 章「室内の書架」でヘミングウェイに触れた箇所がある。

●ティレル、イアン『トランスナショナル・ネーション アメリカ合衆国の歴史』藤本茂生、山倉明弘、吉川敏博、木下民生［訳］（明石書店、2010. 5）417 頁

本書は、Ian Tyrrell, *Transnational Nation: United States History in Global Perspective since 1789* (New York: Palgrave Macmillan, 2007) の邦訳。第 11 章中にヘミングウェイに言及した箇所がある。

●ビュアン、イヴ『ケルアック』井上大輔［訳］（祥伝社、2010. 6）397 頁

本書は、Yves Buin, *Kerouac* (Paris: Gallimard, 2006) の邦訳。第 13 章中に、ヘミングウェイに触れた箇所がある。

●ファウスト、ドルー・ギルピン『戦死とアメリカ――南北戦争 62 万人の死の意味』黒沢眞里子［訳］（彩流社、2010. 10）344 頁

本書は、Drew Gilpin Faust, *This Republic of Suffering: Death and the American Civil War* (New York: Alfred A. Knopf, 2008) の邦訳。彼［ビアス］の戦争に関する著作は……スティーヴン・クレインやアーネスト・ヘミングウェイに大きな影響を与えたとされる」という箇所がある。

●フォスター、トーマス・C.『大学教授のように小説を読む方法』矢倉尚子［訳］（白水社、2010. 1）337 頁

本書は、Thomas C. Foster, *How to Read Literature Like a Professor* (New York:Greenburger Associates, 2003) の邦訳。『老人と海』、『武器よさらば』等に言及がある。

●ヘミングウェイ、アーネスト「雨の中の猫」柴田元幸［訳］、塩川いづみ［絵］『Coyote』No. 45（スイッチ・パブリッシング、2010. 11）122-27 頁

"Cat in the Rain" の新訳。

●――『in our time』柴田元幸［訳］（ヴィレッジブックス、2010. 5）61 頁

『モンキービジネス』vol. 6（ヴィレッジブックス、2009. 7）176-203 頁に掲載されたものを単行本化したもの。

●――「インディアン村」柴田元幸［訳］、タダジュン［絵］『Coyote』No. 44（スイッチ・パブリッシング、2010. 8）217-23 頁

"Indian Camp" の新訳。

●――「君は絶対こうならない」柴田元幸［訳］、タダジュン［絵］『Coyote』No. 41（スイッチ・パブリッシング、2010. 3）228-39 頁

"A Way You'll Never Be" の新訳。

●――「こころ朗らなれ、誰もみな」柴田元幸［訳］、タダジュン［絵］『Coyote』No. 46（スイッチ・パブリッシング、2010. 12）249-55 頁

"God Rest You Merry, Gentlemen" の新訳。

●――「世界のひかり」柴田元幸［訳］、タダジュン［絵］『Coyote』No. 45（スイッチ・

パブリッシング、2010. 11）216-223 頁
"The Light of the World" の新訳。

●――「闘う者」柴田元幸［訳］、タダジュン［絵］『Coyote』No. 43（スイッチ・パブリッシング、2010. 7）230-39 頁
"The Battler" の新訳。

●――「もうひとつの国で」柴田元幸［訳］、タダジュン［絵］『Coyote』No. 42（スイッチ・パブリッシング、2010. 5）216-24 頁
"In Another Country" の新訳。

●――「フランシス・マカンバーの短い幸福な生涯」高見 浩［訳］『百年文庫 42 夢』（ポプラ社、2010. 10）45-145 頁
「『ヘミングウェイ全短編 2 勝者に報酬はない・キリマンジャロの雪』（新潮文庫）を底本」としたもの。

●――『ヘミングウェイ短篇集』西崎 憲［編訳］（筑摩書房、2010. 3）285 頁
ヘミングウェイ 14 短篇の新訳。文庫版。

●――『老人と海』福田恆存［訳］（新潮社、2010. 6）170 頁
110 刷。文庫版。

●ベレント、ジョン『ヴェネツィアが燃えた日――世界一美しい街の、世界一怪しい人々』高見 浩［訳］（光文社、2010. 4）519 頁
本書は、John Berendt, *The City of Falling Angels* (New York: High Water, 2005) の邦訳。第 2 章「塵と灰」中に、『河を渡って木立の中へ』に触れた箇所がある。

●マーサー、ジェレミー『シェイクスピア & カンパニー書店の優しき日々』市川恵里［訳］（河出書房新社、2010. 5）309 頁
本書は、Jeremy Mercer, *Time Was Soft There: A Paris Sojourn at Shakespeare & Co.* (New York: St. Martin's Press, 2005) の邦訳。本書は二代目シェイクスピア・アンド・カンパニー書店の物語で、たまにヘミングウェイの名が出る。

●マーニョ、アレッサンドロ・マルツォ『ゴンドラの文化史――運河をとおして見るヴェネツィア』和栗珠里［訳］（白水社、2010. 8）279 頁
本書は、Alessandro Marzo Magno, *La carrozza di Venezia Storia della gondola* (Mare diCarta, aprile, 2008) の邦訳。「20 世紀」の項に、「ヘミングウェイは、自分専用のゴンドリエーレを雇っていた」といった箇所等がある。

●マタソン、スティーヴン『アメリカ文学必須用語辞典』村山惇彦、福士久夫［監訳］（松柏社、2010. 7）415 頁
本書は、Stephen Mattersonn, *American Literature: The Essential Glossary* (New York: Arnold, 2003) の邦訳。「Hemingway, Ernest」の一項がある。

●マルケス、ガブリエル・ガルシア「メキシコに帰る」久野量一［訳］、信濃八太郎［絵］、古川日出男［写真］『Coyote』No. 45（スイッチ・パブリッシング、2010. 11）26-31 頁

本稿は、Gabriel Garcia Marquez, "Regreso a Mexico" の邦訳。「……その日付を忘れないだろう。翌朝早く友人に電話で起こされて、ヘミングウェイの死を知ったからだ」といった箇所等がある。

●リー、A. ロバート『多文化アメリカ文学』原　公章、野呂有子［訳］（冨山房インターナショナル、2010. 11）530 頁

本書は、A. Robert Lee, *Multicultural American Literature* (Edinburgh: Edinburgh Univ. Press, 2003) の邦訳。第 4 章等にヘミングウェイに触れた箇所がある。

●リーランド、ジョン『ヒップ――アメリカにおけるかっこよさの系譜学』篠崎直子、松井領明［訳］（ブルース・インターアクションズ、2010. 8）605 頁

本書は、John Leland, *Hip: The History* (New York: Carlisle & Company, 2004) の邦訳。第 3 章「わが黒き／白きルーツ」で、ヘミングウェイに言及がある。

●ワインスタイン、アレン、デイヴィッド・ルーベル『アメリカ――植民地時代から覇権国家の未来まで』越智道雄［訳］（東洋書林、2010. 6）687 頁

本書は、Allen Weinstein and David Rubel, *The Story of America* (London: Dorling Kindersley, 2002) の邦訳。「ロスト・ジェネレーション」の項でヘミングウェイを扱っている。

5. 書　評

●今村楯夫「舌津智之 著『抒情するアメリカ――モダニズム文学の明滅』」『英文學研究』第 87 巻（日本英文学会、2010. 12）72-77 頁

本書は第 6 章「『夜の森』の獣たち」で、ヘミングウェイを扱う。しかし、ジュナ・バーンズとの比較になっていて、評者はそこに「類似性と異質性と変容を見る」と指摘する。

●巽　孝之「武藤脩二『世紀転換期のアメリカ文学と文化』」『マーク・トウェイン――研究と批評』第 9 号（南雲堂、2010. 4）111-13 頁

「「武藤脩二 著『ヘミングウェイ「われらの時代に」読釈――断片と統一』」にも触れた箇所があり、興味深い。

●千葉義也「武藤脩二 著『ヘミングウェイ「われらの時代に」読釈――断片と統一』」『アメリカ文学研究』第 46 号（日本アメリカ文学会、2010. 3）79-83 頁

「終始一貫して『境界の観念』で切っていく氏の解釈批評……」という言葉がある。なお、本書の英文紹介は *The Journal of the American Literature Society of Japan*, Number 8 (2009) でなされている。

●中村嘉雄「神話とメディアと消費とゴミ」『NEWSLETTER』第 57 号（日本ヘミングウェイ協会、2010. 1）9-11 頁

「ジャン・ボードリヤール『消費社会の神話と構造』（紀伊国屋書店、1979）322 頁」の書評。

●早瀬博範「山下昇 編著『メディアと文学が表象するアメリカ文学』」『週刊読書人』（2010. 2. 12）5 面
　この中に収められている塚田幸光の論文は、「ヘミングウェイ文学の新たなる側面を示唆」していると指摘している。

●別府恵子「英語学・英米文学・英語教育各界の解雇と展望――アメリカ小説と批評の研究」『英語年鑑―― 2010』（研究社、2010. 1）24-30 頁
　ヘミングウェイ関連では次の 3 点についての寸評がある。高野泰志『引き裂かれた身体――ゆらぎの中のヘミングウェイ文学』（松籟社、2008. 5）305 頁、武藤脩二『ヘミングウェイ「われらの時代に」読釈――断片と統一』（世界思想社、2008. 9）249 頁、武藤脩二『世紀転換期のアメリカ文学と文化』（中央大学出版部、2008. 10）353 頁

●本荘忠大「書評」『NEWSLETTER』第 59 号（日本ヘミングウェイ協会、2010. 11）10-11 頁
　Kathleen Drowne, *Spirits of Defiance: National Prohibition and Jazz Age Literature, 1920-1933* (Columbus: Ohio State UP, 2005) の書評。

●前田一平「武藤脩二 著『世紀転換期のアメリカ文学と文化』、『ヘミングウェイ「われらの時代に」読釈――断片と統一』」『英文學研究』第 87 巻（日本英文学会、2010. 12）97-105 頁
　評者は二書とも「極めて教育的、啓発的な書であった」と結んでいる。

●松下千雅子「高野泰志 著『引き裂かれた身体――ゆらぎの中のヘミングウェイ文学』」『アメリカ文学研究』第 46 号（日本アメリカ文学会、2010. 3）73-78 頁
　本書は「身体を切り口にして、ヘミングウェイが生きた激動の時代を読み解いた意欲作だ」とする。なお、本書の英文紹介が *The Journal of the American Literature Society of Japan*, Number 8 (2009) に収載されている。

●宮脇俊文「作家形成の視点から綿密に検証――最初から最後まで無駄のない内容」『週刊読書人』（2010. 1. 15）5 面
　本稿は、前田一平 著『若きヘミングウェイ――生と性の模索』の書評。

6. 雑　誌

[言及ある雑誌]

●浅尾大輔「かつて、ぶどう園で起きたこと――等価交換としての文学」『モンキービジネス』vol. 10（ヴィレッジブックス、2010. 7）278-314 頁
　ヘミングウェイに言及した箇所がある。

●大住憲生「表紙の秘密をひもとくモノ語り」『メンズプレシャス』第7巻・第8号（小学館、2010.7）15頁

本誌のカヴァーストーリー。

●片岡義男『2010年は、ラギッドな精神を磨くための本を読む』『フリー＆イージー』第13巻・第136号（イーストライツ、2010.2）198頁

『老人と海』を上げ、解説が付されている。

●金原瑞人「僕が次に訳したい本――女性はどこまで男性に化けられるか」『小説すばる』第24巻・第5号（集英社、2010.5）266-68頁

「『女にアーネスト・ヘミングウェイの小説が書けるとも思えない』とロバート・シルヴァーバーグが語っていた」という箇所がある。

●川本三郎「映画を見ればわかること――ドイツの女優ヒルデガルフ・クネフのこと、ドイツ映画『ヒルデ』のことなど」『キネマ旬報』第1550号（キネマ旬報社、2010.2）98-99頁

「ドイツの女優が好きだった。最初に好きになったのが、ハリウッド映画、ヘミングウェイ原作、ヘンリー・キング監督の『キリマンジャロの雪』（52）に出たヒルデガルフ・クネフ……」という箇所がある。

●鴻巣友季子「カーヴの隅の本棚　第47回」『文學界』第64巻・第2号（文藝春秋、2010.2）256-57頁

『越境する文学』（水声社）の中の座談会において、デビット・「ゾペティ氏は、作家にとって不可欠なものは何かと訊かれて『それはshit detectorである』と答えたヘミングウェイの言葉を借りている。訳すなら『インチキ探知機』」という箇所がある。

●小暮昌弘「時代を超えて愛される伊達男50人の肖像」『メンズプレシャス』第7巻・第6号（小学館、2010.4）28-37頁

「アーネスト・ヘミングウェイ」が出てくる。

●諏訪部浩一、小鷹信光［対談］「『ダシール・ハメット』講義」『ハヤカワ ミステリ マガジン』第55巻・第1号（早川書房、2010.1）14-15頁、28-33頁

「日本でよく、ヘミングウェイがハードボイルド作家だというふうに言われたりするんですけど、アメリカでそういう言い方をする人はほとんどいない」という諏訪部の言葉がある。

●――「ハメットと文学」『ハヤカワ ミステリ マガジン』第55巻・第1号（早川書房、2010.1）22-27頁

アンドレ・マルローは、「ハメットは自然主義作家セオドア・ドライサーとヘミングウェイとを繋ぐ存在だと……語ったそうである……」という箇所がある。

●諏訪部浩一、小鷹信光、滝本誠、吉野仁「米国暗黒小説全集発行計画――これがノワールの精髄だ！（前篇）」『ハヤカワミステリマガジン』第55巻・第10号（早川書房、

2010. 10）4 頁、86-94 頁

「フィッツジェラルドも……30 年代に『夜はやさし』という、ノワール的な小説を書いてます。アーネスト・ヘミングウェイも相変わらず元気に活躍してました」といった言葉等がある。

●瀬川昌久［編集］「ミュージカル『誰がために鐘は鳴る』制作発表会」『ミュージカル』第 28 巻・第 9 号（ミュージカル出版社、2010. 9）39 頁

「宝塚宙組で、ミュージカル『誰がために鐘は鳴る』が上演される」というニュースを紹介したもの。

●高城　高「私の本棚」『ハヤカワミステリマガジン』第 55 巻・第 3 号（早川書房、2010. 3）10-11 頁

「ハードボイルドを書くようになったのは、やはりヘミングウェイ、ハメット、チャンドラーに凝ったせいですね」という箇所がある。

●高橋政喜「激動の 30 年代、それはヘミングウェイの時代」『フリー & イージー』第 13 巻・第 142 号（イーストライツ、2010. 8）108 頁

万年筆「モンブラン・ヘミングウェイモデル」についてのエッセイ。

●――、大内隆史「魚を追う」『フリー & イージー』第 13 巻・第 137 号（イーストライツ、2010. 3）180-87 頁

「ヘミングウェイや開高健といった知の巨人たちが、なにゆえフィッシングに魅了され、フィッシングに執心し続けたのか」といった言葉がある。

●千野帽子「しっぽをページに戻す 60 の方法――文学のなかの猫たち」『ユリイカ』第 42 巻・第 13 号（青土社、2010. 11）166-77 頁

第 23 番目に、「アーネスト・ヘミングウェイ『雨のなかの猫』」が取り上げられ、紹介されている。

●都甲幸治「戦争の記憶――評伝 J・D・サリンジャー」『文學界』第 64 巻・第 4 号（文藝春秋、2010. 4）194-200 頁

サリンジャーにとって、「短篇『最後の休暇の最後の日』をヘミングウェイに褒められたことは大きな自信となったに違いない」といった箇所等がある。

●ドン小西「あの人の心をつかんだ、魅惑の地は？」『pen』第 14 巻・第 3 号（阪急コミュニケーションズ、2010. 2）34-35 頁

モンパルナスの写真に、「アーネスト・ヘミングウェイや藤田嗣治など、さまざまな国籍をもつアーティストのコミューンが生まれた」という説明が添えられている。

●新元良一「翻訳文学課外授業 Vol. 80」『小説現代』第 48 巻・第 4 号（講談社、2010. 4）554-55 頁

『50 Great Short Stories』というアンソロジーには「短編小説の大家が連なっています」とあり、その中の一人はヘミングウェイである。

●西田善太［編集］「なぜヘミングウェイはキューバの海を愛したのか」『ブルータス』第31巻・第15号（マガジンハウス、2010.8）18-27頁
ヘミングウェイのハバナでの暮しを追った写真満載の記事。

●長谷部史親「猟師と狼との間に繰り広げられるもうひとつの『老人と海』——熊谷達也『銀狼王』」『小説すばる』第24巻・第7号（集英社、2010.7）523頁
「ヘミングウェイの『老人と海』へのオマージュだともいう熊谷達也氏の新作『銀狼王』」という言葉がある。

●福田和也「人に旅あり、旅に人あり ⑪——カタロニアと言えば、まずはオーウェル」『クレア・トラベラー』第5巻・第5号（文藝春秋、2010.10）174-75頁
「フランコ反乱の報を聞いて、前線に立たねばと考えた人々」の中にヘミングウェイの名前がある。

●村上春樹「サリンジャー、『グレート・ギャツビー』、なぜアメリカの読者は時としてポイントを見逃すか——村上春樹インタビュー」『モンキービジネス』vol.10（ヴィレッジブックス、2010.7）88-97頁
「80年代初頭、ヘミングウェイは日本ですごく人気があったけど、フィッツジェラルドを読む人はほとんどいなかった。不公平だと思いましたよ」という言葉がある。（聞き手）ローランド・ケルツ、（訳）柴田元幸。

●——「ロングインタビュー」『考える人』No.33（新潮社、2010.7）20-100頁
「3日目」のインタビューで、ヘミングウェイに触れた箇所がある。

●山口 淳「実録！ヘミングウェイが愛した『旅名品』伝説」『メンズプレシャス』第7巻・第8号（小学館、2010.7）42-46頁
ヘミングウェイが「愛した『旅名品』の数々を解き明か」している。最後に、『ヘミングウェイの流儀』の著者の一人である山口氏へのインタビュー記事が付いている。

●山﨑　努「私の読書日記——ヘミングウェイ、軍服と女装」『週刊文春』第52巻・第29号（文藝春秋、2010.7）120-21頁
今村楯夫、山口 淳『ヘミングウェイの流儀』（日本経済新聞出版社、2010.3）の書評が掲載されている。

7. 記　事

●大江健三郎「新しく小説を書き始める人に5 ——情理尽くすリョサの文学論」『朝日新聞』（2010.11.16）18面
リョサ「『嘘から出たまこと』（寺尾隆吉訳、現代企画室）」から、『老人と海』と『移動祝祭日』が紹介されている。

●国末憲人「独裁下の罪　追究の流れ——スペイン・フランコ政権の虐殺」『朝日新聞』（2010.10.1）11面

「フランコ独裁時代の犯罪を封印し、和解を優先して成長を達成してきたが、真相解明を求める声が高まってきた……」という記事で、「スペイン内戦」という項目に、ヘミングウェイの名前が見える。

●小山内伸「ミュージカル『ディートリッヒ』——『信念の一生に共感』」『朝日新聞』(2010. 3. 6) 31面
ディートリッヒは「パリに滞在し……文豪ヘミングウェイらと親交を深める」とある。

●木村信司「宝塚『誰がために鐘は鳴る』32年ぶり再演へ」『YAHOO! ニュース』(2010. 8. 14)
「宝塚大劇場で11月12日〜12月13日まで、東京宝塚劇場では来年1月1日〜30日に上演する」とある。

●越川芳明、菅啓次郎［対談］「ノートを持って旅に出る」『図書新聞』(2010. 6. 5) 4面
「ヘミングウェイの文体」について触れた箇所がある。

●沢木耕太郎「銀の街から——『フローズン・リバー』」『朝日新聞』(2010. 2. 9) 22面
「ヘミングウェイに『メン・ウィズアウト・ウィメン〈女なしの男たち〉』という短編集があるが……もしこの『フローズン・リバー』という映画に別のタイトルをつけるとすれば……『女だけの世界』ということになるかもしれない」という箇所がある。

●巽 孝之、伊藤たかみ［対談］「サリンジャーをめぐって」『週刊読書人』(2010. 3. 19) 1-2面
「ヘミングウェイとフィッツジェラルド」という一項がある。

●筒井康隆「漂流　本から本へ ㊴——再読で知る深みと偉大さ」『朝日新聞』(2010. 1. 17) 11面
「『誰が為に鐘は鳴る』や『武器よさらば』が素敵に面白かったことから戦争文学に興味を持ち……」という箇所がある。

●——「漂流　本から本へ ㊹——大きなテーマを一人称で」『朝日新聞』(2010. 2. 21) 11面
「セリーヌに学び、ヘミングウェイの文体から学んだ一人称でぼくは『東海道戦争』を書くことになる」という箇所がある。

●鳥居達也「谷川雁　熊本に未発表稿」『朝日新聞』(2010. 12. 6) 6面
谷川の「フォークナーやヘミングウェーら米国のロストジェネレーションの作家を論じた未発表の評論がこのほど見つかった」とある。

●村山由佳「視線——熱帯の氷河」『朝日新聞』(2010. 1. 31) 14面
「『熱帯の氷河』［水越武著、山と渓谷社］のページをめくりながら、何度も、ヘミングウェイの『キリマンジャロの雪』の冒頭部分が脳裏をかすめた」という。

8. 年　譜

●今村楯夫「ヘミングウェイ年譜」『ヘミングウェイの流儀』今村楯夫、山口 淳［著］（日本経済新聞出版社、2010. 3）220-26 頁

「ヘミングウェイの略歴」と「主な出来事」から成っている。

9. 書　誌

●英語年鑑編集部［編］『英語年鑑——2010』（研究社、2010. 1）626 頁

「個人研究業績一覧」（2008 年 4 月— 2009 年 3 月）で、6 件のヘミングウェイ研究が掲載されている。

●千葉義也「書誌：日本におけるヘミングウェイ研究——2009」『ヘミングウェイ研究』第 11 号（日本ヘミングウェイ協会、2010. 6）67-91 頁

本「書誌」は、2009 年 1 月 1 日から 12 月 31 日までの一年間にわが国で発表されたヘミングウェイに関する文献のデータを網羅している。

●——「ヘミングウェイ研究書誌」『NEWSLETTER』第 57 号（日本ヘミングウェイ協会、2010. 1）12 頁

2010 年 1 月 8 日までに資料室が受理した 2 点が紹介されている。

●——「ヘミングウェイ研究書誌」『NEWSLETTER』第 58 号（日本ヘミングウェイ協会、2010. 5）7 頁

2010 年 4 月 14 日までに資料室が受理した 3 点が紹介されている。

●——「ヘミングウェイ研究書誌」『NEWSLETTER』第 59 号（日本ヘミングウェイ協会、2010. 11）17 頁

2010 年 10 月 4 日までに資料室が受理した 1 点が紹介されている。

10. カタログ

※該当なし

11. 映画／テレビ

※該当なし

12. DVD ／ビデオ等

●柏原順太［編］『文豪と芸術家ゆかりの地—— NHK 世界遺産 100 No. 27』（小学館、2010. 3）18 頁

「ハバナ旧市街と要塞——ヘミングウェイ」が収載されている。DVD マガジン、55 分。

13. CD

※該当なし

14. インターネット・ホームページ

● ANA『Inspiration of Japan ――ヘミングウェイ篇』(2010. 4. 18)
「旅を愛し、人生そのものが旅だったヘミングウェイならなんて言うだろう」というキャンペーンが流れる。

● IT media News『電子書籍は紙の本より読書スピード遅い――専門家がテスト』(2010. 7. 6.) 17:51 配信
「アーネスト・ヘミングウェイの短編小説を読んでもらい……データを分析した」とある。

15. 写真集

※該当なし

16. トラベル・ガイドブック

●アレグザンダー、イアン 他『いつかは行きたい　一生に一度だけの旅　BEST 500』(日経ナショナル　ジオグラフィック社、2010. 3) 399 頁
「キューバ時代のヘミングウェイ」中に、「アンボス・ムンドス・ホテルのヘミングウェイの部屋の写真がある。

●今村楯夫「キューバを愛した作家――アーネスト・ヘミングウェイ」『地球の歩き方――キューバ & カリブの島々』(ダイヤモンド社、2010. 10) 34-35 頁
ジョン・F・ケネディ図書館収蔵の写真が付いている。改訂第 11 版第 1 刷。

●田崎健太［文］、下田昌克［絵］『辺境遊記』(英治出版、2010. 4) 397 頁
第 1 章「カリブに浮かぶ不思議の島――キューバ」中にヘミングウェイの名前が出る。

●西川　治［写真・文］『世界ぐるっとほろ酔い紀行』(新潮社、2010. 2) 316 頁
「ヨーロッパ編――ベニスは雨だった」の項に、『河を渡って木立の中へ』に触れた箇所がある。文庫版。

●西村冨明『こころ豊かな国、キューバ』(本の泉社、2010. 8) 191 頁
第 I 章「私のハバナ体験・アラカルト」中に、ヘミングウェイに触れた箇所がある。

●蜷川　譲『パリ　かくし味』(海鳴社、2010. 5) 229 頁
「あとがき」中に、『移動祝祭日』の有名な「ヘミングウェイの言葉は身に染みる」とある。

●南川三治郎［写真・文］『世界遺産サンティアゴ巡礼路の歩き方』（世界文化社、2010. 2）135 頁
「パンプローナ」の項で、「ヘミングウェイの『日はまた昇る』」に言及した箇所がある。

17. テキスト

●西村満男［編注］『アメリカ短編珠玉選』（南雲堂、2010. 4）236 頁
ヘミングウェイでは、“Indian Camp” が収載されている。第 50 刷。

18. その他

［ヘミングウェイの名前が出てくる小説・エッセイ］

●池波正太郎『江戸の味を食べたくなって』（新潮社、2010. 4）261 頁
「パリの味・パリの酒」に、ヘミングウェイに触れた箇所がある。文庫版。

●――『散歩のとき何か食べたくなって』（新潮社、2010.3）240 頁
「フランスへ行ったとき」中に、ヘミングウェイに触れた箇所がある。文庫、第 52 刷。

●いしいしんじ「アルプスと猫――いしいしんじのごはん日記 3」（新潮社、2010. 6）373 頁
4 月 4 日と 14 日の日記にヘミングウェイの名前が出てくる。文庫版。

●井上ひさし『ボローニャ紀行』（文藝春秋、2010. 3）253 頁
「牛を連れたストライキ」中に、ヘミングウェイに言及した箇所がある。文庫版。

●川本三郎［文］、樋口進［写真］『小説家たちの休日――昭和文壇実録』（文藝春秋、2010. 8）397 頁
「開高 健」の項に、ヘミングウェイに触れた箇所がある。

●北方謙三『君は、いつか男になる』（光文社、2010. 3）347 頁
「猫と信天翁」の項に、ヘミングウェイの名前が出る。文庫版。

●ケルアック、ジャック『オン・ザ・ロード』青山 南［訳］（河出書房新社、2010. 6）524 頁
第 1 部に、「『よせよ、ジェイク』とぼくはヘミングウェイ流につづけた」という箇所がある。文庫版。

●城山三郎『嬉しうて、そして……』（文藝春秋、2010. 3）346 頁
第 IV 章中の「読者を捕らえて放さない哀歌――ジェイムズ・ジョイス」に、ヘミングウェイに言及した箇所がある。文庫版。

●――『仕事と人生』（角川書店、2010. 4）168 頁
「海軍と陸軍、日米の戦争文学」中に、ヘミングウェイに触れた箇所がある。文庫版。

●ブローティガン、リチャード『エドナ・ウェブスターへの贈り物——故郷に残されていた未発表作品』藤本和子［訳］（集英社、2010. 3）260 頁
「ヘミングウェイ的世界から来ていた誰か」といった短編等がある。

●村上 龍『案外、買い物好き』（幻冬社、2010. 8）178 頁
「思い出編 その 10 ハバナ」ほかに、ヘミングウェイの名が出る。文庫版。

●村松友視『淳之介流——やわらかい約束』（河出書房新社、2010. 2）232 頁
第 6 章「作家への助走」中に、ヘミングウェイに言及した箇所がある。文庫版。

●ロビンズ、デイヴィッド・L.『カストロ謀殺指令・上』村上和久［訳］（新潮社、2010. 5）280 頁
第 7 章「3 月 23 日 オビスポ通り、ハバナ」中に、ヘミングウェイに言及した箇所がある。文庫版。

[ヘミングウェイの作品が出てくる小説・エッセイ]

●開高 健『直筆原稿版 オーパ』（集英社、2010. 4）301 頁
第 5 章が「川を渡って木立の中へ」というタイトルが付されている。

●佐藤隆介『池波正太郎直伝 男の心得』（新潮社、2010. 4）312 頁
第 1 章中の「ウイスキー」に、『武器よさらば』に触れた箇所がある。文庫版。

●辻 邦生、北 杜夫『若き日の友情——辻 邦生・北 杜夫』（新潮社、2010. 7）319 頁
1960 年 10 月 17 日の辻の手紙に『武器よさらば』に言及した箇所がある。

●中森明夫「アナーキー・イン・ザ・JP」『新潮』第 107 第 5 号（新潮社、2010. 5）6-168 頁
「『われらの時代』アーネスト・ヘミングウェイ 作」という言葉がある。

●山口 瞳『酒呑みの自己弁護』（筑摩書房、2010. 10）469 頁
「ドライ・マルチニ論争」中に、『河を渡って木立の中へ』が出てくる。文庫版。

19. 学会／協会誌

●日本ヘミングウェイ協会

[ニューズレター]

The Hemingway Society of Japan Newsletter. No. 57 (31 Jan. 2010)
The Hemingway Society of Japan Newsletter. No. 58 (15 May 2010)
The Hemingway Society of Japan Newsletter. No. 59 (15 Nov. 2010)

[協会誌]

●日本ヘミングウェイ協会［編］『ヘミングウェイ研究』第11号（日本ヘミングウェイ協会、2010.6）111頁

5編の論文に、エッセイと書誌が付された学術誌。目次は次の通り。なお、各論文の内容は3の論文・エッセイの項を参照のこと。■島村法夫「私のアメリカ、そしてヘミングウェイを掘る」■村上東「聖母もジャンヌもいない国で――ナラティヴ・ヒストリーからみた妹の位置」■田村恵理「ヘミングウェイ作品におけるヴァージン・シスターズ――脅かされる者から脅かす者へ」■松下千雅子「スキャンダルはいつもスキャンダラス？――「ボクサー」と「最後の良き故郷」の近親姦クローゼット」■中村亨「『日はまた昇る』から消された黒人の声――創作過程と時代状況から考える」■若松正晃「The Bull and the Matador: *Death in the Afternoon* as Hemingway's Investigation of Death」■千葉義也 編「書誌：日本におけるヘミングウェイ研究――2009」■千葉義也・高野泰志「あとがき」。

日本におけるヘミングウェイ書誌
——2011年——

1. 単行本

●日本ヘミングウェイ協会［編］『アーネスト・ヘミングウェイ——21世紀から読む作家の地平』（臨川書店、2011. 12）370頁

ヘミングウェイ没後50周年記念論集。主な目次を紹介すると次の通り。なお、各論文の内容は3の論文・エッセイの項を参照のこと。■今村楯夫「巻頭言——12年の地平」［第1章］■今村楯夫「ヘミングウェイと日本を結ぶ画家——久米民十郎を中心に」■小笠原亜衣「ヘミングウェイ・メカニーク——『神のしぐさ』とニューヨーク・ダダを起点に」■瀬名波栄潤「男らしさの神話と実話——ニックのキャンプの物語」■中村　享「同性愛検閲および強制的異性愛を避ける欲望——『日はまた昇る』の草稿を中心に」■勝井　慧「暴露する手——『武器よさらば』における逃避と隠蔽」■平井智子「フレデリック・ヘンリーの学びの欲望」■倉林秀男「ニックのイニシエーションは成功したのか——文体論とヘミングウェイ研究の接点を求めて」■千葉義也「ヘミングウェイの作品が語るオジブウェイ・インディアンたちの暮し——アメリカ文化を垣間見ながら」［第2章］■本荘忠広「ヘミングウェイと禁酒法」■辻秀雄「ヘミングウェイのスタイル宣誓——文学実践としての『アフリカの緑の丘』」■長谷川裕一「ペンと『ケン』の間で——作家の黄昏と、黄昏の政治と」■高野泰志「革命家の祈り——『誰がために鐘は鳴る』の宗教観と政治信条」■柳沢秀郎「消えゆく国際友人のペルソナ——中国国民党機密文書に認められるヘミングウェイの痕跡」■大森昭夫「『戦争作家』の『真実』——出版されなかった第二次世界大戦」［第3章］■前田一平「マノリンは二十二歳——欲望のテキスト『老人と海』」■上西哲雄「物語『移動祝祭日』に読むヘミングングウェイ——『フィッツジェラルドもの』の場合」■フェアバンクス香織「最期のラブレター——ショーン版『移動祝祭日』が開示したハドリーへのメッセージ」■塚田幸光「ライティング・ブラインドネス——ヘミングウェイと『老い』の詩学」■田村恵理「森からサファリへ——『アフリカン・ブック』からみるヘミングウェイの『ポスト植民地性』」■島村法夫「ヘミングウェイのアフリカを読み解く——『キリマンジャロの麓で』と晩年の創作事情」■千葉義也「資料 日本におけるヘミングウェイ研究書誌 1999—2010」■島村法夫・大森昭生「あとがき」。

●山口　淳『PAPA & CAPA ——ヘミングウェイとキャパの17年』（阪急コミュニケーションズ、2011. 5）145頁

51 枚の写真とエッセイで綴ったキャパとヘミングウェイの「出会いと交流」。

2. 言及ある単行本

●阿久根利具「ヘミングウェイと闘牛」『スペイン文化事典』川成 洋、坂東省次［編］、セルヴァンテス文化センター東京［編集協力］（丸善株式会社、2011. 1）334-35 頁

「『スペイン、そして闘牛との出会い』、『午後の死』、『危険な夏』」で構成されている。

●麻生享志『ポストモダンとアメリカ文化――文化の翻訳に向けて』（彩流社、2011. 6）240 頁

第 1 章中に、ヘミングウェイに言及した箇所がある。

●阿部静子『「テル・ケル」は何をしたか――アヴァンギャルドの架け橋』（慶應義塾大学出版会、2011. 11）451 頁

「ヘミングウェイは『パウンドは、自分の時間の五分の一を詩に捧げ、残りを友人たちの物質面・芸術活動面での援助に捧げた聖人である』と語った」といった箇所等がある。

●池澤夏樹『完全版　池澤夏樹の世界文学リミックス』（河出書房新社、2011. 4）305 頁

「フォークナー『アブサロム、アブサロム！』」の項に、「徒労の美しさ『老人と海』」があるほか随所にヘミングウェイへの言及がある」。

●井上篤夫、NHK 取材班『永遠のヒロイン――ハリウッド大女優たちの愛と素顔』（NHK 出版、2011. 11）276 頁

第 3 章「マレーネ・ディートリッヒ」、第 4 章「イングリッド・バーグマン」中に、ヘミングウェイに言及した箇所がある。

●井上　健『文豪の翻訳力――近現代日本の作家翻訳　谷崎潤一郎から村上春樹まで』（武田ランダムハウスジャパン、2011. 8）431 頁

「序章（二）における「戦後翻訳文学史における 60 年代と 70 年代」で、「占領期には、大戦による空白を埋めるべく、アメリカであればヘミングウェイ、フィッツジェラルド、フォークナーなどの 1920 年代、30 年代作家たちが紹介される……」とあるほか随所にヘミングウェイへの言及がある。

●今村楯夫「巻頭言――12 年の地平」『アーネスト・ヘミングウェイ――21 世紀から読む作家の地平』日本ヘミングウェイ協会［編］（臨川書店、2011. 12）3-13 頁

本稿は、『ヘミングウェイ研究』に、「『特集』として収録された研究論文を主軸にして、これまでの軌跡を明らかに」した論考。

●――「ヘミングウェイと日本を結ぶ画家――久米民十郎を中心に」『アーネスト・ヘミングウェイ――21 世紀から読む作家の地平』日本ヘミングウェイ協会［編］（臨川書店、2011. 12）20-37 頁

日本人画家久米民十郎とヘミングウェイとの関係にメスを入れた論文。

●岩崎夏海『小説の読み方の教科書』（潮出版社、2011. 10）222 頁

第 3 章中に、『ハックルベリー・フィンの冒険』について述べたヘミングウェイの言葉に言及した箇所がある。

●上西哲雄「物語『移動祝祭日』に読むヘミングングウェイ――「フィッツジェラルドもの」の場合」『アーネスト・ヘミングウェイ――21 世紀から読む作家の地平』日本ヘミングウェイ協会［編］（臨川書店、2011. 12）288-302 頁

本稿は、『移動祝祭日』から、「フィッツジェラルドもの」と呼ぶ三つの章をひとまとまりの「物語として読むことによって、作者ヘミングウェイの何が見えてくるのかという」ことを追求した論文。

● NHK スペシャル取材班『アフリカ――資本主義最後のフロンティア』（新潮社、2011. 2）251 頁

第 1 章中に、「その［キリマンジャロの］頂上には神が住んでいる」とヘミングウェイが『キリマンジャロの雪』で書いてたな……」という箇所がある。新書版。

●大岡　玲『本に訊け！』（光文社、2011. 11）330 頁

「趣味は釣り」の項にヘミングウェイに触れた箇所がある。

●大森昭生「『戦争作家』の『真実』　出版されなかった第二次世界大戦」『アーネスト・ヘミングウェイ――21 世紀から読む作家の地平』日本ヘミングウェイ協会［編］（臨川書店、2011. 12）250-68 頁

本稿は、「没後 50 年の今、第二次世界大戦を中心に、ヘミングウェイの戦争を改めて紐解い」た論文。

●小笠原亜衣「機会仕掛けのモダニズム――『神のしぐさ』とニューヨーク・ダダを起点に」『アーネスト・ヘミングウェイ――21 世紀から読む作家の地平』日本ヘミングウェイ協会［編］（臨川書店、2011. 12）38-57 頁

「通常機械と対置されるヘミングウェイ作品にマシン・エイジのモダニズムの影響を見いだし、『機械の目』となる語りに注目」した論文。

●――「幻視する原初のアメリカ――『まずアメリカを見よう』キャンペーンとヘミングウェイの風景」『＜風景＞のアメリカ文化学』野田研一［編著］（ミネルヴァ書房、2011. 4）177-200 頁

ヘミングウェイが「友人の九歳の息子に」書いた手紙には、「アメリカのすべての少年に向けて描かれたとも言える」原初のアメリカの風景があるという論文。

●――「メタフィクション『大きな二つの心臓のある川』を書いたのは誰か？――ヘミングウェイと『作者』の身体」『作品は「作者」を語る――アラビアン・ナイトから丸谷才一まで』ソーントン不破直子、内山加奈枝［編著］（春風社、2011. 10）171-98 頁

「『語りの構造』や『作者』の役割といったことを考えるとき、ニックの存在がさらなる魅力を増すことに」注目した論文。

●小川洋子『みんなの図書室』（PHP 研究所、2011. 12）277 頁
「夏の本棚」中に、『老人と海』が上げられ、解説が付されている。文庫版。

●鹿島　茂『パリの異邦人』（中央公論新社、2011. 5）285 頁
第 2 章が「ヘミングウェイ」になっている。文庫版。

●勝井　慧「暴露する手――『武器よさらば』における逃避と隠蔽」『アーネスト・ヘミングウェイ――21 世紀から読む作家の地平』日本ヘミングウェイ協会［編］（臨川書店、2011. 12）92-107 頁
『武器よさらば』の中の「『手』の描写は、キャサリンとの恋愛の裏に隠された、フレデリックの語られることのない戦争と死への恐怖と、同じく明言されることのない同性愛へのアンビバレントな感情を明らかにする鍵となる」という論文。

●川本三郎『君のいない食卓』（新潮社、2011. 11）172 頁
「ミシシッピ河のナマズ」中に、ヘミングウェイの名前が出る。

●木村榮一『ラテンアメリカ十大小説』（岩波書店、2011. 2）180 頁
「マルケス『百年の孤独』」の項で、ヘミングウェイに触れた箇所がある。新書版。

●國友万裕『マッチョになりたい――世紀末ハリウッド映画の男性イメージ』（彩流社、2011. 7）291 頁
第 8 章中に、「海はしばしば男性性を呑み込んでしまう女性性の象徴となる」という箇所がある。

●倉林秀男「ニックのイニシエーションは成功したのか――文体論とヘミングウェイ研究の接点を求めて」『アーネスト・ヘミングウェイ――21 世紀から読む作家の地平』日本ヘミングウェイ協会［編］（臨川書店、2011. 12）123-38 頁
本稿は、「アーネスト・ヘミングウェイの短編小説を、これまでの文学研究の成果を踏まえながら、文体論の観点から再考察」した論文。

●栗原　裕『英語文学論』（開拓社、2011. 10）187 頁
第 I 章が「“Cat in the Rain” 論」となっている。

●児島玲子『釣り浪漫――釣りが教えてくれたこと』（幻冬社、2011. 11）206 頁
第 2 章「狙ったエモノは逃さない――世界釣紀行」中に、『老人と海』に言及した箇所がある。

●小鷹信光『アメリカ・ハードボイルド紀行――マイ・ロスト・ハイウェイ』（研究社、2011. 12）363 頁
第 II 部第 1 章「ハメット没後 50 周年」中に、「ヘミングウェイより四つ年上だった

ハメットは1961年の1月に肺癌で亡くなった」とある。

●佐藤真由美『恋する世界文学』(集英社、2011.4) 237頁
第12章が「ノーリターン――ヘミングウェイ『武器よさらば』」となっている。文庫版。

●座右の銘研究会［編］『名言――人生を豊かにするために』(里文出版、2011.4) 371頁
ヘミングウェイから三つの名言が取り上げられている。第4刷。

●柴田元幸「解説」『ロード・ジム』ジョゼフ・コンラッド［著］、柴田元幸［訳］(河出書房新社、2011.3) 451-69頁
「アーネスト・ヘミングウェイもそうした仲間の一人としてコンラッドへの敬意を共有していた」という箇所がある。

●島村法夫「ヘミングウェイのアフリカを読み解く――『キリマンジャロの麓で』と晩年の創作事情」『アーネスト・ヘミングウェイ――21世紀から読む作家の地平』日本ヘミングウェイ協会［編］(臨川書店、2011.12) 349-67頁
本稿は、「『老人と海』以降、ヘミングウェイが書き溜め2005年にその全容が明らかになった『キリマンジャロの麓で』という書物」に関する論文。

●関口義人『ジプシーを訪ねて』(岩波書店、2011.1) 226頁
「ジプシーが外部の作曲家、小説家などによって描き出されている」例として、「セルバンテス、シェークスピア、プーシキン、ユーゴー、メリメ、ブロンテ、ロルカ、コナン・ドイル、ヘミングウェー」を上げている箇所がある。新書版。

●瀬名波栄潤「男らしさの神話と実話――ニックのキャンプの物語」『アーネスト・ヘミングウェイ――21世紀から読む作家の地平』日本ヘミングウェイ協会［編］(臨川書店、2011.12) 58-75頁
「自分の分身とも言えるニックを何度もキャンプへ送り続けたヘミングウェイにとって、キャンプは儚い自虐的な望みを意味したのかもしれない」と結ぶ論文。

●高野泰志「革命家の祈り――『誰がために鐘は鳴る』の宗教観と政治信条」『アーネスト・ヘミングウェイ――21世紀から読む作家の地平』日本ヘミングウェイ協会［編］(臨川書店、2011.12) 208-26頁
本稿は、「政治と宗教に関するヘミングウェイの矛盾する態度を、複雑に絡み合った同一の問題として扱うことによって、ヘミングウェイの政治姿勢と宗教観が一致していなかった理由を考え直」した論文。

●竹本憲昭『現代アメリカ小説研究』(大学教育出版、2011.4) 254頁
「あとがき」で、ヘミングウェイに言及した箇所がある。

●田村恵理「森からサファリへ――『アフリカン・ブック』からみるヘミングウェイの『ポスト植民地性』」『アーネスト・ヘミングウェイ――21世紀から読む作家の地平』日

本ヘミングウェイ協会［編］（臨川書店、2011. 12）333-48 頁
本稿は、「インディアンの物語から『アフリカン・ブック』への流れにおいて、ヘミングウェイの持つ『ポスト植民地性』は引き継がれ、前景化する」という論文。

●千葉義也「ヘミングウェイの作品が語るオジブウェイ・インディアンたちの暮し——アメリカ文化を垣間見ながら」『アーネスト・ヘミングウェイ——21 世紀から読む作家の地平』日本ヘミングウェイ協会［編］（臨川書店、2011. 12）139-56 頁
本稿は、ヘミングウェイが「とりわけ初期の作品に散りばめ」たオジブウェイ・インディアンを「抽出することによって、当時の彼らの暮らしぶり」を「史実との関係から」追った論文。

●塚田幸光「ライティング・ブラインドネス——ヘミングウェイと『老い』の詩学」『アーネスト・ヘミングウェイ——21 世紀から読む作家の地平』日本ヘミングウェイ協会［編］（臨川書店、2011. 12）318-32 頁
本稿は、「ヘミングウェイの最晩年、1957 年に発表された二つの『盲目』の物語、『盲導犬してではなく』と『世慣れた男』に焦点を当て」た論文。

●辻　佐保子『辻邦生のために』（中央公論新社、2011. 12）210 頁
『日本におけるヘミングウェイ書誌——1999-2008』「書誌——2002」を参照のこと。文庫版。

●辻　秀雄「ヘミングウェイのスタイル宣誓——文学実験としての『アフリカの緑の丘』」『アーネスト・ヘミングウェイ——21 世紀から読む作家の地平』日本ヘミングウェイ協会［編］（臨川書店、2011. 12）174-90 頁
本稿は、『アフリカの緑の丘』に見られるヘミングウェイの「文学実践をスタイルと呼ぶことで、内容と形式という二項対立の概念にからめとられながら定義されてきた文学スタイルの理解を刷新することを試み」た論文。

●筒井康隆『漂流——本から本へ』（朝日新聞出版、2011. 1）218 頁
第一章に、「ヘミングウェイ『日はまた昇る』」という一項がある。

●天童晋助「スペイン内戦」『世界驚愕大事件史』新人物往来社［編］（新人物往来社、2011. 5）52-53 頁
ヘミングウェイが写った「従軍記者たち」という写真が掲載されている。

●直井　明『ヴィンテージ作家の軌跡——ミステリ小説グラフィティ』（論創社、2011. 8）374 頁
第 2 章が、「アーネスト・ヘミングウェイ——文豪の活劇小説」となっており、「1.『殺し屋』、「2.『持てるもの持たざるもの』——ハリー・モーガンの生と死」で構成されている。

●中村　享「同性愛検閲および強制的異性愛を避ける欲望——『日はまた昇る』の草稿を中心に」『アーネスト・ヘミングウェイ——21 世紀から読む作家の地平』日本へ

ミングウェイ協会［編］（臨川書店、2011. 12）76-91 頁
本稿は、「『日はまた昇る』の草稿と完成稿の比較を通して、男同士の関係と性をめぐるヘミングウェイの欲望と自己規制の在り方を検討」した論文。

●野間昭二『小説の読み方／論文の書き方』（昭和堂、2011. 4 ）351 頁
第 3 章中に、「ヘミングウェイの『エデンの園』をフェミニズムの視点から読む」と、第 4 章中に、「ヘミングウェイの『老人と海』を謎をてがかりに読む」がある。

●野依昭子「『戦争文学』の系譜――ヘミングウェイからサリンジャーへ」『異相の時空間――アメリカ文学とユートピア』大井浩二［監修］（英宝社、2011. 5）276-92 頁
「本論は戦争を軸にしてサリンジャーがヘミングウェイからどのような影響を受け、かつ彼独自の手法で『ライ麦畑のキャッチャー』を創作したかを述べ」た論文。

●長谷川裕一「ペンと『ケン』の間で――作家の黄昏と、黄昏の政治と」『アーネスト・ヘミングウェイ――21 世紀から読む作家の地平』日本ヘミングウェイ協会［編］（臨川書店、2011. 12）191-207 頁
本稿は、ヘミングウェイが『ケン』を通して「どのように自らの政治的関心を、作家として『公に』示していこうとしたのか、その過程を再検討し、つまびらかに」した論文。

●服部文祥「解説――10 頭目の鹿、もしくは狩猟文学の傑作たち」『狩猟文学マスターピース』服部文祥［編］（みすず書房、2011. 12）247-80 頁
『老人と海』で、「老人がカジキマグロとやりとりしながら、この獲物を購入する人間に、はたして食べる権利があるのかと逡巡するシーンが私は大好きだ」という箇所がある。

●日垣　隆『つながる読書術』（講談社、2011. 11）256 頁
「付録――読まずに死ねない厳選 100 冊の本」中に、「ヘミングウェイ／福田恆存訳『老人と海』（新潮文庫）」が上げられている。新書版。

●平井智子「フレデリック・ヘンリーの学びの欲望」『アーネスト・ヘミングウェイ――21 世紀から読む作家の地平』日本ヘミングウェイ協会［編］（臨川書店、2011. 12）108-22 頁
本稿は、「フレデリックが生と死の残酷さを見据えながら耐え抜くというニックの意志の継承者であることを検証しつつ……感情を抑えたジャーナリスティックな文体によって表現するというヘミングウェイの作家としての狙いが、『武器よさらば』でひとつのゴールを迎えていることを考察した」論文。

●フェアバンクス香織「最期のラブレター――ショーン版『移動祝祭日』が開示したハドリーへのメッセージ」『アーネスト・ヘミングウェイ――21 世紀から読む作家の地平』日本ヘミングウェイ協会［編］（臨川書店、2011. 12）303-17 頁
本稿は、「メアリー版『移動祝祭日』とショーン版『移動祝祭日――修復版』の比較を通じて、メアリー編纂の何が問題だったのかを具体的に指摘するとともに、ショー

ンがもっとも変更を加えた人称と最終章の検証を通じて、ヘミングウェイがハドリーに発したメッセージの様相を明らかに」した論文。

●藤田修平「ポール・ストランドの写真と映画――抽象化とリアリズムをめぐって」『映画のなかの社会／社会のなかの映画』杉野健太郎［編著］（ミネルヴァ書房、2011.12）49-98頁

「註」に、イヴェンスの『スペインの大地』では、「現実の記録としてのリアリズムが強調され、ナレーションにおいてもそれが求められたのだった」という箇所がある。

●別冊宝島編集部［編］『人生の指針が見つかる恋愛の名言1300』（宝島社、2011.3）311頁

『武器よさらば』からの言葉が引用されている箇所がある。文庫版。

●細川布久子『わたしの開高健』（集英社、2011.5）228頁

「ヘミングウェイが着ていた海の男専用のTシャツに一目惚れし、……開高さんに着せてみたいと思い込んだのである」いう箇所がある。

●本荘忠広「ヘミングウェイと禁酒法」『アーネスト・ヘミングウェイ――21世紀から読む作家の地平』日本ヘミングウェイ協会［編］（臨川書店、2011.12）160-75頁

本稿は、「人種的な視点から禁酒運動、禁酒法を巡る歴史的背景を概観した上で、『日はまた昇る』および『ワイオミングのワイン』においてカトリック教徒として設定されている語り手の描かれ方を中心に分析」した論文。

●前田一平「マノリンは二十二歳――欲望のテキスト『老人と海』」『アーネスト・ヘミングウェイ――21世紀から読む作家の地平』日本ヘミングウェイ協会［編］（臨川書店、2011.12）272-87頁

本稿は、「『老人と海』の批判的読みを展開……さらに、『老人と海』を父親・作者ヘミングウェイの危機と欲望のテキストとしてとらえ」た論文。

●村上春樹「『グレート・ギャツビー』に向けて――訳者あとがき」『冬の夢』村上春樹［訳］（中央公論新社、2011.11）349-53頁

「『グレート・ギャツビー』を書けるほどの作家が、どうしてこんなつまらない作品をたくさん書かなくてはならないのだろうと……ヘミングウェイは首をひねっている……」という箇所がある。新書版。

●――『雑文集』（新潮社、2011.1）435頁

「器量のある小説」中に、ヘミングウェイに触れた箇所がある。

●森岡裕一［編著］『西洋文学――理解と鑑賞』（大阪大学出版会、2011.10）256頁

第8講中に、「ヘミングウェイの短編連作」という一項があるほか、第3講「口語文体／パラタクシス／イニシエーション」でもヘミングウェイに言及がある。

●八木敏雄『マニエリスムのアメリカ』（南雲堂、2011.11）500頁

第 6 章等でヘミングウェイに言及した箇所がある。

●安井信子『荒野と家――アメリカ文学と自然』（青簡舎、2011. 6）265 頁
本書は、「男らしさとヘミングウェイ」、「家なき作家ヘミングウェイ」、「ヘミングウェイの戦争と恋」を含んだアメリカ文学論。

●柳沢秀郎「消えゆく国際友人のペルソナ――中国国民党機密文書に認められるヘミングウェイの痕跡」『アーネスト・ヘミングウェイ―― 21 世紀から読む作家の地平』日本ヘミングウェイ協会［編］（臨川書店、2011. 12）227-49 頁
本稿は、「『PM』記者、諜報員、そして『国際友人』と実にさまざまなマスクをかぶり分けて、初めてアジアという舞台に立ったその作家像」を追った論文。

●柳田邦男『もう一度読みたかった本』（平凡社、2011. 2）283 頁
「アーネスト・ヘミングウェイ『老人と海』――虚無とロマンティシズム」という一項がある。文庫版。

●山里勝己「序――移動の文化学」『<移動>のアメリカ文化学』山里勝己［編著］（ミネルヴァ書房、2011. 3）1-18 頁
「ヘミングウェイやフィッツジェラルドやエリオットの作品にはアメリカとヨーロッパの都市を漂流する人物たちが登場した」という箇所がある。

●横山安由美「さまざまな芸術のかたち」『フランス文化 55 のキーワード』朝比奈美和子、横山安由美［編著］（ミネルヴァ書房、2011. 4）87 頁
「国際芸術都市パリの持つ意味」で、ヘミングウェイに触れた箇所がある。

●四方田犬彦『書物の灰燼に抗して』（工作舎、2011. 4）349 頁
第 5 章「怒りと響き」中に、ヘミングウェイに触れた箇所がある。

●渡辺利雄『講義アメリカ文学史――入門編』（研究社、2011. 3）274 頁
全 3 巻プラス補遺版からエッセンスを抽出したもの。第 18 章がヘミングウェイの項になっている。

3. 論文・エッセイ（学会誌、紀要等）

●大森昭生［責任者・司会］「ヘミングウェイ没後 50 年を迎えて――『ヘミングウェイ事典』編集過程から浮び上がるヘミングウェイ研究の視座」『日本アメリカ文学会会報 ALSJ』第 49 号（日本アメリカ文学会、2011. 8）56 頁
関西大学で開かれた日本アメリカ文学会第 50 回大会（2011 年 10 月 9 日）でのワークショップ II。発表者は今村楯夫、島村法夫、真鍋晶子の 3 氏。

●小笠原亜衣「Zooms, Close-ups, and the Fixed Movie Camera: Analogy with the Art of Cinema in *In Our Time*」（『英米文学研究』第 46 号（日本女子大学、2011. 3）1-16 頁
モダニズム期は詩・小説と視覚空間芸術の親和性、あるいは影響関係が濃厚であっ

たと言える。本稿では『われらの時代に』における語りの技法と、この短編集に収められた作品が書かれた当時にパリで大衆の娯楽として市民権を得た映画の技法を比較し、その類似から、映画的感性が散文に与えた影響を考察している。英文の論文。

●島村法夫「会長挨拶」『NEWSLETTER』第 60 号（日本ヘミングウェイ協会、2011. 5）1-2 頁
日本ヘミングウェイ協会新会長挨拶。

●高野泰志「欲望の荒野――トウェインとヘミングウェイの楽園」『マーク・トウェイン――研究と批評』第 10 号（南雲堂、2011. 5）70-78 頁
「『インディアンの中のハック・フィンとトム・ソーヤー』と、やはり未完成に終わったヘミングウェイの『最後のすばらしい場所』を比較することで、両者のセクシャリティがはらむ共通の問題点を明らか」にした論文。

●竹内勝徳「千葉義也先生の定年退官記念号に寄せて」『VERBA』No. 35（鹿児島大学言語文化研究会、2011. 3）23-24 頁
「千葉義也教授退任記念号」掲載エッセイ。

●千葉義也「わがヘミングウェイ研究を振り返る――評価された業績を中心に」『VERBA』No. 35（鹿児島大学言語文化研究会、2011. 3）15-19 頁
「千葉義也教授退任記念号」掲載エッセイ。

●塚田幸光「シネマ・アンド・ウォー――ヘミングウェイとメディアの性／政治学」『ヘミングウェイ研究』第 12 号（日本ヘミングウェイ協会、2011. 6）31-46 頁
本稿は「ヘミングウェイ原作の映画を軸に、『映画と戦争』の関係を捉え直」した論考。

●――「シネマ×ヘミングウェイ 7 ――サム・ウッドの『誰が為に鐘は鳴る』」『NEWSLETTER』第 60 号（日本ヘミングウェイ協会、2011. 5）5-7 頁
「傷／病の克服と美しき泣き顔。これこそが、戦争メロドラマの存在理由だろう」と結ぶエッセイ。

●――「シネマ×ヘミングウェイ 8 ――ジョン・スタージェスの『老人と海』」『NEWSLETTER』第 61 号（日本ヘミングウェイ協会、2011. 11）10-12 頁
「冷戦下の文学と政治の関係を探」ったエッセイ。

●辻　裕美「インドで文学を読む――ヘミングウェイ作品におけるインド人とイスラム教徒」『NEWSLETTER』第 60 号（日本ヘミングウェイ協会、2011. 5）4-5 頁.
「閑話究題」エッセイ。

●長尾晋宏「『大きな二つの心臓のある川』再読――『黒いバッタ』と『茶色のバッタ』」『ヘミングウェイ研究』第 12 号（日本ヘミングウェイ協会、2011. 6）47-57 頁
「バッタに焦点をあてて『大きな二つの心臓のある川』を再読し……精査」した論文。

●――「閑話究題」『NEWSLETTER』第 61 号（日本ヘミングウェイ協会、2011. 11）7 頁
「バッタとイナゴは非常に似通った存在であるが、ヘミングウェイ作品においては、それぞれの持つ役割は明確に区別されている」というエッセイ。

●長澤唯史「外傷という様式――ノワール・ホークス・ヘミングウェイ」『ヘミングウェイ研究』第 12 号（日本ヘミングウェイ協会、2011. 6）3-15 頁
本稿は「19 世紀までの物語様式との差異という点から出発し、アーネスト・ヘミングウェイと映画の関係について論じ」たもの。

●中村嘉雄「起源の暴力：闘牛と革命の間」『ヘミングウェイ研究』第 12 号（日本ヘミングウェイ協会、2011. 6）59-71 頁
「芸術的な観点から見れば、形式的特徴と密接に関係している……暴力の意義について」考察した論文。

●比嘉美代子「カーロス・ベーカーからの手紙」『NEWSLETTER』第 60 号（日本ヘミングウェイ協会、2011. 5）8-10 頁
カーロス・ベーカー教授からの手紙「2 通について紹介した」エッセイ。

●フェアバンクス香織「晩年の『ニック』――『エデンの園』と『最後の良き故郷』をつなぐ miscegenational な憧憬」『ヘミングウェイ研究』第 12 号（日本ヘミングウェイ協会、2011. 6）73-84 頁
「後年・晩年のヘミングウェイの miscegenational な憧憬が、『エデンの園』前半に登場するニック・シェルドンから『最後の良き故郷』のニック・アダムズ、そして『エデンの園』後半におけるデイヴィッドに至るまで、いかに連なって反映されているかを考察した」論文。

●光冨省吾「ジャズ講座 7」『NEWSLETTER』第 60 号（日本ヘミングウェイ協会、2011. 5）8-10 頁
「マイルス・デイヴィス」を主に扱ったエッセイ。

●――「ジャズ講座 8」『NEWSLETTER』第 61 号（日本ヘミングウェイ協会、2011. 11）8-9 頁
「ビートたけしと新宿ジャズ文化」、「ジャズ喫茶の開店」、「マイルス・デイヴィスとフュージョン」で構成されたエッセイ。

●宮脇俊文「小説と映画的想像力――ヘミングウェイとフィッツジェラルドの場合」『ヘミングウェイ研究』第 12 号（日本ヘミングウェイ協会、2011. 6）17-30 頁
本稿は「フィッツジェラルドに見られる映画的想像力に焦点を当て、そこからヘミングウェイに関連づけ」た論考。

●森　孝晴「ヘミングウェイとジャック・ロンドン――千葉義也先生と私」『VERBA』No. 35（鹿児島大学言語文化研究会、2011. 3）21-22 頁
「千葉義也教授退任記念号」掲載エッセイ。

●柳沢秀郎「第13回国際ヘミングウェイ会議（キューバ）参加報告」『NEWSLETTER』第61号（日本ヘミングウェイ協会、2011. 11）14-15頁

「6月16日から4日間に渡」って開かれた「ヘミングウェイ国際会議」の報告エッセイ。

●――「ヘミングウェイ・ニュース」『NEWSLETTER』第60号（日本ヘミングウェイ協会、2011. 5）8頁

「『三つの短編と十の詩』の初版本が……最高額に輝いたという」ニュースを紹介したエッセイ。

4. 邦　訳

●ウェラー、サム『ブラッドベリ年代記』中村　融［訳］（河出書房新社、2011. 3）427頁

本書は、Sam Weller, *The Bradbury Chronicles: The Life of Ray Bradbury* (New York: William Morrow, 2005) の邦訳。「彼女［リイ ブラケット］はヘミングウェイのファンでもあり、その作家をもっと読めとレイに勧めた」といった箇所等がある。

●カイバード、デクラン『「ユリシーズ」と我ら――日常生活の芸術』坂内 太［訳］（水声社、2011. 12）384頁

本書は、Declan Kiberd, Ulysses *and Us: The Art of Everyday Living* (London: Faber and Faber, 2009) の邦訳。ヘミングウェイに言及した箇所がある。

●カラー、ジョナサン『文学と文学理論』折島正司［訳］（岩波書店、2011. 9）430頁

本書は、Jonathan Culler, *The Literary in Theory* (Stanford: Stanford Univ. Press, 2007) の邦訳。第8章中に「殺し屋」に言及した箇所がある。

●ストラスバーグ、スーザン『マリリン・モンローとともに――姉妹として、ライバルとして、友人として』山田宏一［訳］（草思社、2011. 10 ）527頁

本書は、Susan Strasberg, *Marilyn and Me* (New York: Warner, 1992) の邦訳。第10章中にヘミングウェイに言及した箇所がある。

●ノルビ、アーリング『ノーベル賞はこうして決まる――選考者が語る自然科学三賞の真実』千葉喜久枝［訳］（創元社、2011. 11）401頁

本書は、Erlimg Norrby, *Nobel Prizes and Life Sciences* (New York: World Scientific, 2010) の邦訳。第6章中に、「インスリン発見に関係した科学者のあいだで激しい対立があったことは完全には報道陣に伝わらなかった。当時トロント・スター紙には、生計のために書いている、働きすぎで疲れ果てた記者がいた。その記者の名はアーネスト・ヘミングウェイ……」という箇所がある。

●ハルパート、サム［編］『私たちがレイモンド・カーヴァーについて語ること』村上春樹［訳］（中央公論新社、2011. 6）449頁

本書は、Sam Halpert, *Raymond Carver: An Oral Biography* (Iowa: Iowa Press, 1959) の邦訳。ジェイ・マキナニーとリチャード・フォードのインタビューにヘミングウェイ

に触れた箇所がある。新書版。

●ビーヴァー、アントニー『スペイン内戦、上・下』根岸隆夫［訳］（みすず書房、2011. 2）259 頁、455 頁

本書は、Antony Beevor, *The Battle For Spain* (London: Weidenfeld & Nicolson, 2006) の邦訳。特に、21 章でのヘミングウェイへの言及は興味深い。

●ビーチ、シルヴィア『シェイクスピア・アンド・カンパニー書店』中山末喜［訳］（河出書房新社、2011. 6.）342 頁

本書は、Sylvia Beach, *Shakespeare and Company* (New York: Harcourt, Brace, 1959) の邦訳。第 9 章「私の最良のお客様」ほか随所にヘミングウェイに言及がある。復刻新版初版。

●ファレル、ニコラス『ムッソリーニ、上・下』柴野 均［訳］（白水社、2011. 6）449 頁、412 頁

本書は、Nicholas Farrell, *Mussolini* (London: Weidenfeld & Nicolson, 2003) の邦訳。第 9 章、第 13 章中にヘミングウェイに言及した箇所がある。

●フレミング、ジャック、キャロライン・フレミング『偉大なアイディアの生まれた場所』藤岡啓介、上松さち、村松静枝［訳］（清流出版、2011. 2）366 頁

本書は、Carolyn and Jack Fleming, *Thinking Places* (Bloomington: Trafford Publishing, 2007) の邦訳。「アーネスト・ヘミングウェイ」の一項がある。

●ヘミングウェイ、アーネスト『移動祝祭日』高見 浩［訳］（新潮社、2011. 10）330 頁

第 2 刷。文庫版。

●――「ギャンブラー、尼僧、ラジオ（前篇）」柴田元幸［訳］、タダジュン［絵］『スイッチ』Vol. 29 No. 11（スイッチ・パブリッシング、2011. 11）122-29 頁

"The Gambler, the Nun, and the Radio" の新訳。前篇。

●――「ギャンブラー、尼僧、ラジオ（後篇）」柴田元幸［訳］、タダジュン［絵］『スイッチ』Vol. 29 No. 12（スイッチ・パブリッシング、2011. 12）117-21 頁

"The Gambler, the Nun, and the Radio" の新訳。後篇。

●――「五万ドル」『賭けと人生』鮎川信夫［訳］（筑摩書房、2011. 4）249-97 頁

「ちくま文学の森」シリーズ 9。第 1 刷。文庫版。

●――「殺し屋」『悪いやつの物語』鮎川信夫［訳］（筑摩書房、2011. 2）223-45 頁

「ちくま文学の森」シリーズ 7。第 1 刷。文庫版。

●――「死者の博物誌」柴田元幸［訳］、タダジュン［絵］『スイッチ』Vol. 29 No. 10（スイッチ・パブリッシング、2011. 10）122-28 頁

"A Natural History of the Dead" の新訳。

●――「誰も死なない（前篇）」柴田元幸［訳］、タダジュン［絵］『スイッチ』Vol. 29 No. 8（スイッチ・パブリッシング、2011. 8）120-25 頁
“Nobody Ever Dies” の新訳。前篇。

●――「誰も死なない（後篇）」柴田元幸［訳］、タダジュン［絵］『スイッチ』Vol. 29 No. 9（スイッチ・パブリッシング、2011. 9）122-27 頁
“Nobody Ever Dies” の新訳。後篇。

●――「蝶と戦車」柴田元幸［訳］、タダジュン［絵］『スイッチ』Vol. 29 No. 7（スイッチ・パブリッシング、2011. 7）118-25 頁
“The Butterfly and the Tank” の新訳。

●――『日はまた昇る』高見 浩［訳］（新潮社、2011. 5）487 頁
8 刷。文庫版。

●――「兵士帰る」柴田元幸［訳］、タダジュン［絵］『スイッチ』No. 29 No. 6（スイッチ・パブリッシング、2011. 6）106-11 頁
“Soldier’s Home” の新訳。

●――『老人と海』福田恆存［訳］（新潮社、2011. 6）170 頁
110 刷。文庫版。

●マシーセン、F. O.『アメリカン・ルネサンス、上・下』飯野友幸、江田孝臣、大塚寿郎、高尾直知、堀内正規［訳］（上智大学出版、2011. 5）593 頁、499 頁
本書は、F. O. Matthiessen, *American Renaissance* (New York: Yale UP, 1941) の邦訳。「芸術の性格に関するソローの信念は、ヘミングウェイのそれを先取りしている」といった箇所等がある。

●ラモネ、イグナシオ『フィデル・カストロ――みずから語る革命的人生、上・下』伊高浩昭［訳］（岩波書店、2011. 2）388 頁、383 頁
本書は、Ignacio Ramonet, *Fidel Castro* (New York: Random House Mondadori, 2007) の邦訳。第 27 章中に、「ヘミングウェイをもっとよく知ることができたらよかったと思っている……」といった箇所等がある。

●ルカーチ、ジョン『評伝　ジョージ・ケナン――対ソ「封じ込め」の提唱者』菅英輝［訳］（法政大学出版局、2011. 8）274 頁
本書は、John Lukacs, *George Kennan: A Study of Character* (New Haven: Yale UP, 2007) の邦訳。「彼［ケナン］は、物書きとしての非凡な才能を発揮……ヘミングウェイも含めて、何百人もの他の作家と比べても、彼のほうがすぐれている」といった指摘等がある。

5. 書　評

●大竹昭子『読むとだれかに語りたくなる——わたしの乱読手帖』（中央公論新社、2011. 10）285 頁

「伝説の書店主の愛すべき混乱と夢——『シェイクスピア & カンパニー書店の優しき日々』」中にヘミングウェイに言及した箇所がある。

●亀井俊介「平石貴樹著『アメリカ文学史』」『週刊読書人』（2011. 1. 14）6 面

「成り立ちと仕組みを説く——大胆で細心な記述と知的刺激にみちた内容」とあり、ヘミングウェイに触れた箇所もある。

●鴻巣友季子『本の寄り道』（河出書房新社、2011. 10）309 頁

中に、「『移動祝祭日』アーネスト・ヘミングウェイ　高見浩訳」が取り上げられた箇所がある。書評集。

●塚田幸光「前田一平著『若きヘミングウェイ　生と性の模索』」『英文學研究』第 88 巻（2011. 12）180-84 頁

筆者は、「次に、作家ヘミングウェイは何処に向かい、何を描くのか。本書の続編が待ち遠しく思える」と結ぶ。

●長岡真吾「旅行記と自伝とを組み合わせた長編小説のような文学史」『図書新聞』（2011. 3. 5）4 面

「平石貴樹著『アメリカ文学史』の書評。「チャールズ・ブコウスキーとヘミングウェイとの類似点が孤独を恐れない点にある……」という箇所がある。

●中　良子「Keith Gandal, The Gun and the Pen: Hemingway, Fitzgerald, Faulkner, and the Fiction of Mobilization」『フォークナー』第 13 号（松柏社、2011. 4）152-55 頁

本書は、「三作家の代表作」に、「人種、エスニシティ、ジェンダー、セクシュアリティの問題を読み取り、戦後のモダニズム文学を（サブタイトルにあるように）『動員文学』として捉え直そうという極めてユニークな試み」だとする。

●堀江敏幸『本の音』（中央公論新社、2011. 10）269 頁

書評集。第 4 章中の、「わき道にひろがる自伝——佐伯彰一『作家の手紙をのぞき読む』」でヘミングウェイに言及がある。文庫版。『日本におけるヘミングウェイ書誌——1999-2008』「書誌——2002」を参照。

●本荘忠大「書評」『NEWSLETTER』第 61 号（日本ヘミングウェイ協会、2011. 11）12-13 頁

「イアン・ハンコック著、水谷驍 訳『ジプシー差別の歴史と構造——パーリア・シンドローム』（彩流社、2005）」の書評。

●松永美穂「『本』と『人』と『夢』と」『群像』第 66 巻・第 4 号（2011. 4）362-63 頁

筒井康隆『漂流 本から本へ』の書評。ヘミングウェイの名も出る。

●武藤脩二「Loving, Jerome, Mark Twain: The Adventures of Samuel L. Clemens」『マーク・トウェイン――研究と批評』第10号（2011. 5）126-28頁

マーク・トウェインは、「フォークナー、ヘミングウェイ、フィツジェラルドがらみでは、酒との関わりにおいて」論じられている、とある。

6. 雑　誌

[特集した雑誌]

●「ヘミングウェイ再び――没後50年のいま、稀代の作家を読む」『pen』No. 288（阪急コミュニケーションズ、2011. 4）26-87頁

目次を紹介すると次の通り。■柴田元幸 訳「『僕たちの時代に』ほか」■柴田元幸 選・訳「作品だけにとどまらない、心に響く名言」■山口 淳「パパと呼ばれた文豪と、息子になった写真家」■小池高弘「ドラマの連続だった、61年の人生をたどる」■ A.E. ホッチナー「手渡された原稿の衝撃を、いまも覚えている」■石原慎太郎「わずか36歳で描いた死生観に、舌を巻いた」■タッド若松「助手時代に手に入れた初版本は、人生の戦友」■高見 浩「短篇のエッセンスが、すべて凝縮されている」■藤 竜也「ヘミングウェイを身近に感じる、海の長編」■マイケル・ペイリン「まるで『ロスト・ヴァージン』のような読後感」■向井万起男「短い文章こそ、人の心に響くことを知った」■ロバート・ハリス「この作品を読み、パリで作家になると決めた」■矢作俊彦「通俗的な内容を、芸術にまで昇華させる凄さ」■幅允孝「年を重ねるほど変化する、繊細な描写の感じ方」■島地勝彦「私は、これから彼をアーニーと呼ぶんや」■今村楯夫「世界中を精力的に旅した、文豪の軌跡」ほか■バド・パーディ「アーニーとは、よく一緒に鴨を撃ったんだよ」■今村楯夫「絵画からインスパイアされ、文体を革新」■山口 淳「モノ選びの達人、『パパ』は一流品がお好き」■山口友里「浴びるように飲む酒が、創作のエネルギー」■山口淳「恋多き文豪の、4人の妻との結婚狂想曲」■ジャン・ノビル（イラスト）「数々のヘミングウェイ伝説は、本当なのか？」ほか。

[連載した雑誌]

●山口　淳［構成、文］、ベターデイズ［レイアウト］「ヘミングウェイ――旅する文豪伝説（1）」『メンズプレシャス』（小学館、2011. 5）276-81頁

「旅する文豪＝ヘミングウェイ漂泊の軌跡」をたどったエッセイ。

●――［構成、文］、ベターデイズ［レイアウト］「ヘミングウェイ――釣り、狩り、そして闘牛に淫した作家（2）」『メンズプレシャス』（小学館、2011. 7）222-25頁

「『釣り』『狩猟』『闘牛』などの趣味やスポーツに、彼がいかに淫し、それがどのように作品に反映されていったか」をひもといたエッセイ。

●――［構成、文］、ベターデイズ［レイアウト］「ヘミングウェイ――酒豪伝説に隠された素顔（3）」『メンズプレシャス』（小学館、2011. 11）292-97頁

「酒と文豪の関係に迫」ったエッセイ。

[言及ある雑誌]

●石井一成［編］『伊集院 静の流儀』（文藝春秋、2011.8）229頁
　江夏豊との対話中に、「ヘミングウェイ野球」について言及した箇所がある。

●伊勢京子「フィンカ・ビヒアの猫たち」『猫びより』（日本出版社、2011.4）26-27頁
　特集「作家と猫」のエッセイ。

●今福龍太「琥珀のアーカイヴ」『考える人』No.37（新潮社、2011.7）106-16頁
　「ナチス・ドイツによる焚書」に触れた箇所で、「ヘミングウェイやジャック・ロンドンらアメリカ作家の小説もことごとく焚書の対象となった」という箇所がある。

●ウッド、マイケル［聞き手］、平塚隼介［訳］「ポール・オースター・インタビュー」『モンキービジネス』vol.13（ヴィレッジブックス、2011.4）50-78頁
　「影響を受けた」作家の一人に、ヘミングウェイを上げている箇所がある。

●大岡　玲「釣り――ここではないどこか、へ」『考える人』（新潮社、2011.2）72-73頁
　「旅の本棚」で、『ヘミングウェイ釣文学全集』（朔風社）を上げている。

●小野里稔［編集］「いま、マスターピースが欲しい」『フリー & イージー』第14巻・第155号（イーストライツ、2011.9）75頁
　「モンブラン作家シリーズ　ヘミングウェイ」が取り上げられている。

●角田光代「もうひとつのガイドブック――キューバでヘミングウェイを読む」『考える人』（新潮社、2011.2）54-55頁
　「キューバを訪れたときは、ヘミングウェイの『海流のなかの島々』を持っていった」という。

●Kanki Hirokuni「島に魅せられた表現者たちが、暮らした家」『ブルータス』第32巻・第16号（マガジンハウス、2011.9）84-85頁
　キーウェストのヘミングウェイ邸の写真があり、「『持つと持たぬと』は、この地を舞台にした長編小説だ」とある。

●小鷹信光「ハメット没後50周年に寄せて」『ハヤカワミステリマガジン』第56巻・第8号（早川書房、2011.8）70-75頁
　「ヘミングウェイより4つ年上だったハメットは1961年の1月に肺癌で亡くなった」とある。

●菅　孝行「生誕100年によせて――多面体・福田恆存」『テアトロ』通巻851号（カモミール社、2011.8）20-23頁
　「学者・翻訳家としての福田恆存」中に、ヘミングウェイに言及した箇所がある。

●鈴木文彦「男たちを思索にかりたてたカフェの物語」『メンズプレシャス』（小学館、2011.5）248-49頁

「ルソーやヘミングウェイも通いつめた名店」カフェ・フローリアンの写真が掲載されている。

●諏訪哲史「10代に、ひとり初夏の海辺で読むべき3冊」『群像』第66巻・第8号（講談社、2011. 8）242-43頁
「大学2年の夏に……アメリカ・メキシコを旅した折はヘミングウェイの『海流のなかの島々』を読んでいた」という箇所がある。

●西江雅之「作家の家を訪ねる」『考える人』（新潮社、2011. 2）92-93頁
作者が訪ねた家に、「ヘミングウェイ（フロリダ、ケニア各地、スペイン各地、パリ、ハバナなど、キューバ各地）」とある。

●野寺治孝「キューバ――カリブの赤い星」『カメラ・ライフ』Vol. 8（玄光社、2011. 3）4-13頁
「ヘミングウェイ博物館中庭」の写真がある。

●野谷文昭「酒はうまさの証拠」『yom yom』（新潮社、2011. 3）164-65頁
「ラム酒の国キューバに行くと、僕はヘミングウェイを偲ぶこともなく……モヒートやダイキリを飲む」という箇所がある。

●バルガス＝リョサ、マリオ「私の小説作法」寺尾隆吉［訳］『新潮』第108巻・第11号（新潮社、2011. 11）223-34頁
「もう一つ、私に決定的な影響を与えたのは、アメリカ合衆国の文学……ヘミングウェイ、ドス・パソス、特にフォークナーの小説作品です」という箇所がある。

●林　信朗「ラルフ　ローレン――そのルーツには20年代の輝きがあった」『華麗なるラルフ　ローレン物語』（小学館、2011. 11）6-7頁
「ウディ・アレン監督の最新作『ミッドナイト・イン・パリス』」に登場する「ヘミングウェイやフィッツジェラルド、ピカソ」といった人たちを「演じる役者たちが、また、たまらなく巧い」という箇所がある。本誌は、『メンズプレシャス』（小学館、2011. 11）の別冊付録。

●前田一平「『日はまた昇る』と故郷の町――ヘミングウェイと20世紀」『自動車技術会関東支部報、高翔』No. 55（社団法人自動車技術会関東支部、2011. 1）14-17頁
「のぼる」というテーマで特集を組んだ同誌に『日はまた昇る』を紹介。「伝道の書」の一節に20年代のバブル経済の「のぼる」をからめたもの。

●山口　淳「ライカ、コンタックス、ローライとキャパの数奇な物語」『メンズプレシャス』（小学館、2011. 7）232-39頁
「キャパとローライの名コンビだけが知っている」ヘミングウェイの写真が掲載されている。

●山﨑真由子「作家の道具――ヘミングウェイとモレスキンの手帳」『大人の文房具』（晋

遊舎、2011. 10）42-43 頁
「ヘミングウェイが生涯を通して愛用」とある。

●和田　誠「小説を映画にする時」『yom yom』（新潮社、2011. 6）350-53 頁
映画「殺し屋」について触れた箇所がある。

7. 記　事

●朝日「天声人語」『朝日新聞』（2011. 6. 21）1 面
「ヘミングウェイが自死して今年で 50 年、モンローの謎の死からは来年で 50 年になる」とある。

●今村楯夫「ヘミングウェイ没後 50 年——不屈の精神に見える尊厳」『東京新聞』夕刊（2011. 6. 7）4 面
「人は負けるようには作られていない……人は破壊されることはあっても打ち負かされることはない」という『老人と海』の老漁師の「言葉が真に理解できたと実感できたのは､未曾有の震災の中で生き抜いている人びとの姿を見たときである」と語っている。なお、この寄稿文に対する感想文が『東京新聞』夕刊（2011. 6. 18）に「道端の花」として紹介された。

●下山静香、川成 洋「『スペイン文化事典』をめぐって」『図書新聞』（2011. 3. 26）1-2 面
「闘牛、フラメンコ」の項で、ヘミングウェイに触れた箇所がある。

●筒井康隆、丸谷才一、大江健三郎「本の世界　知の楽しみ」『朝日新聞』（2011. 1. 30）14 面
「『自分が影響を受けたのはヘミングウェーとカフカだ』と堂々言ってきましたが、実はほかにも影響をいっぱい受けていることがわかった」という筒井の言葉がある。

●都甲幸治、ジュノ・ディアス、小野正嗣「露になった『暗い力』——生きるための闘いとジャンク・カルチャーのかかわり」『図書新聞』（2011. 10. 15）2 面
都甲の「普通アメリカ文学というと、ヘミングウェイ、O・ヘンリーといった作家が思い浮かびますが、彼らの作品と『オスカー・ワオ［の短く凄まじい人生］』とは全く違いますよね」という言葉がある。

●長岡真吾「書き綴られた人生と書き綴る人生——マルコム X からスティーブ・ジョブズまで、伝記・評伝に労作、力作多数」『図書新聞』（2011. 12. 24）5 面
「伝記の出版が目立った一年であった。サリンジャー、スーザン・ソンタグ、ジョーゼフ・ヘラー、ヘミングウェイ……」という箇所がある。

●日本ダービー［広告］「文豪たちが愛した競馬にまた今年も特別な日がやってくる」『朝日新聞』（2011. 5. 28）21 面
夏目漱石とアーネスト・ヘミングウェイの二人が紹介されている。

●春山陽一「かわいいと思う猫」『朝日新聞』（2011. 7. 9）b2 面
「作家と猫のマッチングがいい。日本では夏目漱石、谷崎潤一郎、内田百閒、米国ではE. ヘミングウェイ」とある。

●平石貴樹、亀井俊介「生命をもった文学史を」『図書新聞』（2011. 1. 22）1 面
「ヘミングウェイなどのロストジェネレーションの作家たちについて論じておられるときに、平石さんは……重要なのは戦争の影響よりも、モダニズムという手法を切りひらいたことだ、と書いておられる」という亀井の言葉がある。

●福田和也「旅と書物と取材ノート――第 27 回」『週刊現代』（2011. 2. 5）132 頁
「物書きと戦地というのは、深い深い因縁がある。スタンダールから、ヘミングウェイまで」という箇所がある。

●向井万起男「大リーグが大好き！――ヘミングウェイの真意」『朝日新聞』（夕刊）（2011. 1. 12）10 面
『老人と海』のマノーリンは「20 代の『若者』」ではないかという説を紹介している。

8. 年　譜

●山口　淳「ヘミングウェイ旅と作品年表」『メンズプレシャス』（小学館、2011. 5）280-81 頁
旅と作品から眺めたヘミングウェイ年譜。

9. 書　誌

●安藤　勝［編］『英米文学研究文献要覧――2005-2009』（日外アソシエーツ、2011. 7）809 頁
2005 年から 2009 年までの 5 年間に発表されたわが国の英米文学の研究文献総目録。ヘミングウェイでは 225 件の文献が紹介されている。

●英語年鑑編集部［編］『英語年鑑――2011』（研究社、2011. 1）608 頁
「個人研究業績一覧」（2009 年 4 月― 2010 年 3 月）で、3 件のヘミングウェイ研究が掲載されている。

●高野泰志「資料室便り」『NEWSLETTER』第 61 号（日本ヘミングウェイ協会、2011. 11）17 頁
「ヘミングウェイ研究書誌（10 月 25 日現在）」として 5 点が上げられている。

●千葉義也「書誌：日本におけるヘミングウェイ研究――2010」『ヘミングウェイ研究』第 12 号（日本ヘミングウェイ協会、2011. 6）85-104 頁
本「書誌」は、2010 年 1 月 1 日から 12 月 31 日までの一年間にわが国で発表されたヘミングウェイに関する文献のデータを網羅している。

●――「資料 日本におけるヘミングウェイ書誌 1999〜2010」『アーネスト・ヘミングウェイ――21 世紀から読む作家の地平』日本ヘミングウェイ協会［編］（臨川書店、2011. 12）xv-xxv 頁

本稿は、高野泰志氏が、「『ヘミングウェイ研究』第 1 号から第 12 号に掲載された千葉義也編『書誌』の一部をまとめたもの」である。

10. カタログ

●今村楯夫「生まれながらの詩人で作家だった」『ヘミングウェイ大事典予告パンフレット』（勉誠出版、2011. 12）5 頁

「この大事典は……文学者であり同時にひとりの人間であったヘミングウェイの実像を浮き彫りにしている」と語る。

●小川国夫「私を先導した作家――アーネスト・ヘミングウェイ」『ヘミングウェイ大事典予告パンフレット』（勉誠出版、2011. 12）1 頁

本稿は、『小川国夫全集』からの転載で、「ヘミングウェイに教えられるところが多かった」とある。

●川本三郎「移動し続けた作家」『ヘミングウェイ大事典予告パンフレット』（勉誠出版、2011. 12）1 頁

本稿は、『ユリイカ』からの抜粋。「ヘミングウェイのハードボイルド的と呼ばれる文体の疾走感、平面性は、この移動のありようと関わり合っている」という。

●紀伊國屋書店『Books Kinokuniya』（紀伊國屋書店、2011. 6）1 頁

Sandra Spanier & Robert W. Trogdon, *The Letters of Ernest Hemingway*（『ヘミングウェイ書簡集（全 15 巻予定）』）(Cambridge: Cambridge U. P., 2011) の刊行案内の掲載。

●――『洋書新刊案内』601A（紀伊國屋書店、2011. 7）151 頁

Henry Claridge ed. *Ernest Hemingway: Critical Assessment of Major Writers*（『ヘミングウェイ：批評的評価（全 4 巻）』）(New York: Routledge, 2011) の刊行案内の掲載。

●椎名　誠「巨人の驚くべきスケール」『ヘミングウェイ大事典予告パンフレット』（勉誠出版、2011. 12）2 頁

「ヘミングウェイは自身を海流や気流に乗せて地球や宇宙を彷徨わせ、物語を綴っていたのではないかと思っている」という。

●島村法夫「激動の二〇世紀を駆け抜けたヘミングウェイ」『ヘミングウェイ大事典予告パンフレット』（勉誠出版、2011. 12）6 頁

本事典は、「偉大な作家の全貌が多角的に捉えられ」ているという。

●平石貴樹「味わい深い情報があふれ出す」『ヘミングウェイ大事典予告パンフレット』（勉誠出版、2011. 12）2 頁

「ヘミングウェイ・ファンの渇きをいやす 1 冊がとうとう出る」とある。

11. 映画／テレビ

※該当なし

12. DVD ／ビデオ等

● 『老人と海』（シグロ／スターサンズ、2011. 4）片面・一層
「与那国島で巨大カジキを追い求めた 82 歳の漁師の物語」。

13. CD

※該当なし

14. インターネット・ホームページ

●日本ヘミングウェイ協会
http://hemingwayjp.web.fc2.com/index.html
ホームページが上記に移動した。

15. 写真集

※該当なし

16. トラベル・ガイドブック

●板垣真理子『キューバへ行きたい』（新潮社、2011. 3）135 頁
第 1 章中に、「ヘミングウェイが愛した街」という 1 項がある。

●家庭画報特別編集『ヴェネツィア――美の遺産を旅する』（世界文化社、2011. 10）129 頁
第 5 章中に、「ヘミングウェイが愛した味は今も健在」という「ハリーズ・バー」に言及した一項がある。

17. テキスト

※該当なし

18. その他

[ヘミングウェイの名前が出てくる小説]
●柴田哲孝『オーパ！の遺産』（祥伝社、2011. 7）223 頁
第 2 章中に、ヘミングウェイに触れた箇所がある。文庫版。

●佐々木　譲『冒険者カストロ』（集英社、2011. 9）286 頁
第 22 章中に、『老人と海』に言及した箇所がある。文庫、第 5 刷。

[ヘミングウェイの作品が出てくる小説・エッセイ]
●北方謙三『風待ちの港で』（集英社、2011. 7）205 頁
「男の居場所」で、「心が二つある大きな川」に触れた箇所がある。文庫、第 2 刷。

●沢木耕太郎『ポーカー・フェース』（新潮社、2011. 10）296 頁
「ゆびきりげんまん」中に、ヘミングウェイに言及した箇所がある。

●そのさなえ『マンガ版 老人と海』（集英社、2011. 10）207 頁
Manga Bungo シリーズの一冊。

19. 学会／協会誌

●日本ヘミングウェイ協会

[ニューズレター]
The Hemingway Society of Japan Newsletter. No. 60 (12 May 2011)
The Hemingway Society of Japan Newsletter. No. 61 (1 Nov. 2011)

[協会誌]
●日本ヘミングウェイ協会［編］『ヘミングウェイ研究』第 12 号（日本ヘミングウェイ協会、2011. 6）127 頁
6 編の論文に、書誌が付された学術誌。目次は次の通り。なお、各論文の内容は 3 の論文・エッセイの項を参照のこと。■長澤唯史「外傷という様式――ノワール・ホークス・ヘミングウェイ」■宮脇俊文「小説と映画的想像力――ヘミングウェイとフィッツジェラルドの場合」■塚田幸光「シネマ・アンド・ウォー――ヘミングウェイとメディアの性／政治学」■長尾晋宏「『大きな二つの心臓のある川』再読――『黒いバッタ』と『茶色のバッタ』」■中村嘉雄「起源の暴力：闘牛と革命の間」■フェアバンクス香織「晩年の『ニック』――『エデンの園』と『最後の良き故郷』をつなぐ miscegenational な憧憬」■千葉義也「書誌：日本におけるヘミングウェイ研究――2010」■千葉義也・高野泰志「あとがき」。

日本におけるヘミングウェイ書誌
——2012年——

1. 単行本

●今村楯夫・島村法夫［監修］、上西哲雄・大森昭生・岡本正明・小笠原亜衣・熊谷順子・倉林秀男・高野泰志・田村恵理・千葉義也・塚田幸光・辻秀雄・辻裕美・中垣恒太郎・中村亨・長谷川裕一・フェアバンクス香織・前田一平［編集］、田畑佳菜子［編集・進行管理］『ヘミングウェイ大事典』（勉誠出版、2012. 7）903頁

日本ヘミングウェイ協会の総力を結集した大事典。本書誌では以後、今村・島村［監修］とのみ表記し、項目も執筆者もすべて割愛した。よって、本事典の項目を参照されたい。

●日下洋右『ヘミングウェイと戦争——「武器よさらば」神話解体』（彩流社、2012. 5）186頁

「『武器よさらば』のイゾンツォ川流域の山岳戦とその戦況の描写が、歴史的事実を正確に反映しているとするレノルズの見方」を検証しようとした書。主な目次を上げると次の通り。［第1章］歴史的事実としての『武器よさらば』、［第2章］自伝としての『武器よさらば』、［第3章］『武器よさらば』と二人の作家、［第4章］アグネス・フォン・クロウスキー」。

●日本ヘミングウェイ協会［編］『アーネスト・ヘミングウェイ—— 21世紀から読む作家の地平』（臨川書店、2012. 6）370頁

詳細は、本「書誌——2011」を参照のこと。第2刷。

2. 言及ある単行本

●有木恭子『文豪から学ぶ目からうろこの人生レシピ読本——スタインベックに聞いてみよう』（大阪教育図書、2012. 11）271頁

第8章「作家の恋からわかること」中に、ヘミングウェイに言及した箇所がある。

●井上一郎『アメリカ南部小説論——フォークナーからオコーナーへ』（彩流社、2012. 9）258頁

「インディアン・キャンプ」と「殺し屋」に触れた箇所がある。

●井上　健「文学の翻訳から翻訳文学へ——昭和初期のヘミングウェイ、プルースト

翻訳を事例に」『翻訳文学の視界——近現代日本文化の変容と翻訳』井上　健［編］（思文閣出版、2012. 1）85-118 頁

中に、「ヘミングウェイ『白い象に似た山々』の場合——伊藤整訳と大久保康雄訳」と、「ヘミングウェイ文体の衝撃」の二論考が含まれている。

●植竹大輔『名画で出会うアメリカの姿と文学者たち——植民地時代から 9.11 前夜まで』（金星堂、2012. 9）184 頁

第 10 章「ヒトラーの脅威」で、特に名画『誰がために鐘が鳴る』に言及がある。

●海老根静江『総体としてのヘンリー・ジェイムズ——ジェイムズの小説とモダニティ』（彩流社、2012. 10）222 頁

「ヘミングウェイにとっても縁の深い土地であったことを考えると『フロリダ』と『モダニズム』という意外な関係が見える」という。

●逢坂剛、川本三郎『さらば愛しきサスペンス映画』（七つ森書館、2012. 10）301 頁

逢坂剛「はじめに——あらゆる小説や映画はサスペンスである」中に、「バート・ランカスターは……初期の作品はフィルムノワールを含む、サスペンスものが多い。『殺人者』（ヘミングウェイ原作）……」といった箇所等がある。

●大島　渚「いつもそばに本が」『いつもそばに本が』田辺聖子 ほか［著］、首藤幹夫［撮影］（ワイズ出版、2012. 1）14-19 頁

「フランスではサルトル、カミュ、ジャン・ジュネ、アメリカではフォークナー、ヘミングウェイ……」という箇所がある。

●大原千春『名画の食卓を読み解く』（大修館書店、2012. 7）185 頁

「第 17 章　大戦間パリのカフェ」中に、ヘミングウェイに言及した箇所がある。

●大村数一、寺地五一［編著］『アメリカ一日一言』（ジャパンブック、2012. 7）255 頁

「アメリカ人たちが事にあたって発した多様な言葉をとりあげ」た一冊。ヘミングウェイからは「すべての現代アメリカ文学は『ハックルベリー・フィン』から始まっている」という言葉と、「金持ちたちは僕らより金を持っている」が取り上げられ、説明が付されている。

●柏倉康夫『ノーベル文学賞——「文芸共和国」をめざして』（吉田書店、2012. 10）341 頁

第 8 章「アメリカ文学の勝利」中に、「アーネスト・ヘミングウェイ」という一項がある。

●亀井俊介『ヤンキー・ガールと荒野の大熊——アメリカの文化と文学を語る』（南雲堂、2012. 5）307 頁

「講演 12 篇」を集めたもの。特に、第 7 章、第 10 章にヘミングウェイへの言及が随所にある。

●河島弘美『動物で読むアメリカ文学案内』（岩波書店、2012. 7）170 頁

第5章が、「老人の同志カジキマグロ――アーネスト・ヘミングウェイ『老人と海』」論となっている。新書版。

●川本皓嗣「『武器よさらば』」『[新版] アメリカを知る事典』荒このみ、岡田泰男、亀井俊介、久保文明、須藤功、阿部斉、金関寿夫、斎藤眞［監修］（平凡社、2012.4）527頁

事典の一項目。新版第1刷。『日本におけるヘミングウェイ書誌――1999-2008』「書誌――2000」を参照。

●――「ヘミングウェー」『[新版] アメリカを知る事典』荒このみ、岡田泰男、亀井俊介、久保文明、須藤功、阿部斉、金関寿夫、斎藤眞［監修］（平凡社、2012.4）573-74頁

事典の一項目。新版第1刷。『日本におけるヘミングウェイ書誌――1999-2008』「書誌――2000」を参照。

●川本三郎「第1章 まず、フィルムノワールを語ってみる」『さらば愛しきサスペンス映画』川本三郎、逢坂剛（七つ森書館、2012.10）13-97頁

「『殺人者』は……エヴァ・ガードナーの出世作といっていい」という川本の言葉がある。

●木村榮一『翻訳に遊ぶ』（岩波書店、2012.4）214頁

第8章「翻訳という魔物――長編小説と短編の翻訳」中に、ヘミングウェイに触れた箇所がある。

●桑原武夫［監修］、黒田憲治、多田道太郎［編］『西洋文学事典』（筑摩書房、2012.4）625頁

「ヘミングウェイ」のほかに、「失われた世代」、「武器よさらば」、「誰がために鐘は鳴る」の項目がある。文庫版。

●鴻巣友季子『熟成する物語たち』（新潮社、2012.4）231頁

「プレーン・ジャパニーズの行方」中に、ヘミングウェイに言及した箇所がある。

●小鷹信光「解説」『マルタの鷹［改訳決定版］』ダシール・ハメット［著］、小鷹信光［訳］（早川書房、2012.9）357-73頁

「1969年に刊行されたウイリアム・F・ノーラン（ヘミングウェイ、ジョン・ヒューストン、スティーヴ・マックィーンなどの評伝やSF、ミステリを書く、多才で勤勉な作家）の *Dashiell Hammett: A Casebook* は小さな評伝を兼ねた、はじめてのまとまったハメット論だった」という箇所がある。文庫版。

●里中哲彦『スペンサーという者だ――ロバート・パーカー研究読本』（論創社、2012.12）297頁

「物語作家の手腕は細部に宿る」、「男は、男といるのが好き」中で、ヘミングウェイに言及がある。

●潮凪洋介『「戦う自分」が道をひらく――人生を変える「強い心」のつくり方50の法則』(大和書房、2012.7) 223頁
帯に、「この世は素晴らしい。戦う価値がある」というヘミングウェイの言葉がある。

●柴田元幸「訳者あとがき」『こころ朗らなれ、誰もみな』アーネスト・ヘミングウェイ［著］、柴田元幸［訳］(スイッチ・パブリッシング、2012.11) 387-97頁
「『へーこういうところもある人なのか』と読者が思ってくだされば……訳者は大きなボーナスを貰ったことになる」とある。

●白岩英樹『シャーウッド・アンダーソン論――他者関係を見つめつづけた作家』(作品社、2012.7) 171頁
「序論」中に、「アーネスト・ヘミングウェイたちに比べると、作品の全体像について語られることは極めて少ないといえるでしょう」とあるほか随所に言及がある。

●城山三郎「いつもそばに本が」『いつもそばに本が』田辺聖子 ほか［著］、首藤幹夫［撮影］(ワイズ出版、2012.1) 18頁
「私はヘミングウェイやスタインベック、ノーマン・メイラーなど次々に読んでいった」という箇所がある。

●鈴木正文『スズキさんの生活と意見』(新潮社、2012.6) 282頁
第3章中に、「カフェのヘミングウェイ」という一項がある。

●諏訪部浩一「失われた秩序を求めて」『日はまた昇る』アーネスト・ヘミングウェイ［著］、土屋政雄［訳］(早川書房、2012.3) 377-83頁
『日はまた昇る』解説。文庫版。

●――『「マルタの鷹」講義』(研究社、2012.3) 380頁
「医者とその妻」、『日はまた昇る』、「二つの心臓の大きな川」に触れた箇所がある。

●関口義人『図説　ジプシー』(河出書房新社、2012.5) 115頁
第3章「描き、描かれたジプシー――文学、音楽、映画から」中に、『誰がために鐘は鳴る』に触れた箇所がある。

●武内太一、桑原啓治、大塚茂夫、長友真理［編集］『ビジュアル1001の出来事でわかる世界史』(日経ナショナル　ジオグラフィック社、2012.2) 419頁
「1929年……エーリヒ・マリア・レマルクの『西部戦線異状なし』と、アーネスト・ヘミングウェイの『武器よさらば』が出版された」とある。

●竹村和子『文学力の挑戦――ファミリー・欲望・テロリズム』(研究社、2012.5) 350頁
「気が滅入る作家――ヘミングウェイと志賀直哉」という「コラム」がある。

●田中安行［監修］『音読したい英語名言300選』(中経出版、2012.2) 239頁

ヘミングウェイからは、「道徳的なことは行った後で気持ちがよいことであり、不道徳なことは後味の悪いことである」という言葉が紹介されている。CD 付。

●田邊忠彦『一冊でわかるイラストでわかる図解世界史 100 人』（成美堂出版、2012. 4）160 頁
「コラム――アメリカの繁栄期を彩った人たち」の中に、「ヘミングウェー」は出てくる。

●塚田幸光「『老い』の／政治学」――冷戦、カリブ、『老人と海』」『アメリカ文学における「老い」の政治学』金澤哲［編］（松籟社、2012. 3）155-75 頁
本稿は、「『老人と海』における政治と文化の交差」を見た論文。

●坪内祐三『文藝綺譚』（扶桑社、2012. 4）295 頁
「第三夜『ロスト・ジェネレーション』と『蟹工船』」中で、ヘミングウェイに言及した箇所がある。

●都甲幸治「解説」『トム・ソーヤーの冒険』マーク・トウェイン［著］、土屋京子［訳］（光文社、2012.6）515-29 頁
『アフリカの緑の丘』で述べたヘミングウェイの言葉に言及がある。

●――『21 世紀の世界文学 30 冊を読む』（新潮社、2012. 5）244 頁
「＜コラム＞アメリカ・イギリス・アイルランドの文学賞」中に、「1917 年の創設以降、ピューリッツァー章を獲得した作家たちは……ヘミングウェイ、スタインベック、フォークナーなどのノーベル賞受賞者」という言葉がある。

●戸塚真弓『パリの学生街――歩いて楽しむカルチェ・ラタン』（中央公論新社、2012. 11）228 頁
「ヘミングウェイの空腹とリュクサンブール公園今昔」という一項がある。文庫版。

●富岡多恵子『ト書集』（ぷねうま舎、2012. 8）230 頁
第 3 章中にある「にがくておいしい物語――スタイン『三人の女』」中にヘミングウェイに言及した箇所がある。

●富田昭次『ホテル博物誌』（青弓社、2012. 4）280 頁
「はじめに」の中に、ヘミングウェイに言及した箇所がある。

●中垣恒太郎『マーク・トウェインと近代国家アメリカ』（音羽書房鶴見書店、2012. 2）414 頁
第 9 章注釈 1 に、ヘミングウェイに言及した箇所がある。

●長瀬恵美『「グレート・ギャッツビー」の言語とスタイル』（大阪教育図書、2012. 12）232 頁
第 7 章が「フィッツジェラルドとヘミングウェイ」という一項になっている。

●中山善之「訳者あとがき」『タイピー——南海の愛すべき食人族たち』ハーマン・メルヴィル［著］、中山善之［訳］（柏艪舎、2012. 3）307-09 頁
「私は学生だった折に卒論のテーマに『モービィ・ディック』を選んだ……当時は、ヘミングウェイ、D. H. ローレンス、フォークナー、グレアム・グリーンそのほか著名な作家が目白押しで……」という箇所がある。

●那須省一「アメリカ文学紀行——マーク・トウェイン、ヘミングウェイからサリンジャーまで」（書肆かんかん房、2012. 4）253 頁
「アーネスト・ヘミングウェイ」という一項がある。

●藤井淑禎『名作がくれた勇気——戦後読書ブームと日本人』（平凡社、2012. 8）230 頁
第 I 章「戦争——平和もの名作の同時代史」中に、「『武器よさらば』——戦後日本にぴったりだった？」という一項がある。

●本合　陽『絨毯の下絵—— 19 世紀アメリカ小説のホモエロティックな欲望』（研究社、2012. 12）306 頁
「序論」中に、「レスリー・フィードラーは……クーパーからアーネスト・ヘミングウェイに至る作品に見られる男性の友情関係に見られる『ホモエロティックな寓話の暗示』を指摘する……」といった箇所等がある。

●松原陽子「第一次世界大戦から第二次世界大戦まで」『アメリカ文学のミニマム・エッセンシャルズ』丹羽隆昭、町田哲司、柏原和子、松原陽子［編著］（大阪教育図書、2012. 7）71-97 頁
ヘミングウェイは特に「失われた世代」の項で扱われているが、第 II 部でも『日はまた昇る』の作品紹介がある。

●丸谷才一『快楽としてのミステリー』（筑摩書房、2012. 11）465 頁
「ケインとカミュと女について」の項に、「1930 年代の末、普通のヨーロッパの読者にとって、アメリカ小説とはまず、ヘミングウェイの『誰がために鐘は鳴る』、次いでケインの『郵便配達……』を意味していたのである」といった箇所がある。

●三浦玲一「『文学』の成立と社会的な想像力の排除」——『キャッチャー・イン・ザ・ライ』の現在とコーマック・マッカーシーの『ザ・ロード』」『文学研究のマニフェスト——ポスト理論・歴史主義の英米文学批評入門』三浦玲一［編著］（研究社、2012. 12）63-86 頁
「モダニスト的展開」の項で、ヘミングウェイに言及した箇所がある。

●宮崎正勝［監修］『ビジュアル世界史 1000 人・下』（世界文化社、2012. 9）224 頁
第 4 章「2 度の世界大戦」中に、「ヘミングウェー」の項がある。

●宮永忠将「『誰がために鐘は鳴る』解説」『死ぬまでに読んでおきたい世界の名著』井上裕務［編］（洋泉社、2012. 4）41-50 頁

「古典のあらすじと解説」でまとめられたもの。

●宮脇俊文『アメリカの消失――ハイウェイよ、再び』(水曜社、2012. 2) 247 頁
第 4 章中に、「スタインは……ヘミングウェイをはじめ多くのアメリカ作家や、ピカソらの画家とも親交の深かったモダニズムの立役者の一人である」という言葉がある。

●森下賢一『偉人の残念な息子たち』(朝日新聞出版、2012. 1) 269 頁
第 4 章が「麻薬で医師免許停止、性転換して女性になった――文豪ヘミングウェイの息子グレゴリー」となっている。文庫版。『日本におけるヘミングウェイ書誌――1999-2008』「書誌――2002」を参照のこと。

●山本ゆりこ『芸術家が愛したスイーツ』(ブロンズ新社、2012. 11) 158 頁
「ヘミングウェイ――タルト・オ・ポム」という一項があり、その写真も付いている。

●弓狩匡純『The Words ――世界 123 賢人が英語で贈るメッセージ』(朝日新聞出版、2012. 11) 159 頁
"Grace under pressure"(「いついかなる時も高潔たれ」)というヘミングウェイの言葉が紹介され、説明が付されている。

●湯川　豊『本のなかの旅』(文藝春秋、2012. 11) 243 頁
「アーネスト・ヘミングウェイ――川には鱒がいて」というエッセイが収められている。

●吉田広明『亡命者たちのハリウッド――歴史と映画史の結節点』(作品社、2012. 10) 425 頁
第一部、第二章が『殺人者』に触れた「ロバート・シオドマク――逆境こそわが故郷」となっている。

●余田真也『アメリカ・インディアン・文学地図――赤と白と黒の遠近法』(彩流社、2012. 3) 415 頁
ヘミングウェイに言及した箇所がある。

●和田　誠「いつもそばに本が」『いつもそばに本が』田辺聖子 ほか［著］、首藤幹夫［撮影］(ワイズ出版、2012. 1) 62-67 頁
「ヘミングウェイの『殺し屋』を高校生の時に雑誌で読んだ。本邦初訳と書いてあったと思う」といった箇所等がある。

3. 論文・エッセイ (学会誌、紀要等)

●今村楯夫「消え行くインディアンの記憶―― "The Indian Moved Away" を中心に」『英米文学評論』第 58 巻 (東京女子大学、2012. 3) 23-44 頁
本論は、「『ニック・アダムズ物語』に登場するインディアンがどのように描かれて

おり、それがいかにヘミングウェイの中で記憶となって脳裏に刻まれ、その残影が文字となって蘇ったかを明らかにし」た論文。

●――「Hemingway, Pound, and the Japanese Artist, Tamijuro Kume」『ヘミングウェイ研究』第13号（日本ヘミングウェイ協会、2012. 6）37-47頁

ヘミングウェイ、パウンド、久米民十郎（1893-1923）との関係を追った、協会発足20周年記念シンポジウムでの口頭発表に基づく英文の論文。

●上西哲雄「『ヘミングウェイ研究』に協会の風を――支える査読を目指して」『NEWSLETTER』第63号（日本ヘミングウェイ協会、2012. 11）15頁

「協会の雰囲気を『ヘミングウェイ研究』にももたらすことが私の使命と自覚しています」と語る新「選考委員会委員長」の挨拶。

● Ewick, David「Notes Toward a Cultural History of Japanese Modernism in Modernist Europe, 1919~1920, With Special Reference to Kori Torahiko」『ヘミングウェイ研究』第13号（日本ヘミングウェイ協会、2012. 6）37-47頁

"Hemingway, Yeats, Pound and the Japanese Connection" と題した記念シンポジウムでの口頭発表に基づく論文。特に、郡虎彦（1890-1924）に言及する。

●大森昭生「第22回全国大会――日本ヘミングウェイ協会発足20周年記念大会、盛会のうちに終了」『NEWSLETTER』第62号（日本ヘミングウェイ協会、2012. 5）15頁

「2011年12月17日（土）・18日（日）の両日、日本ヘミングウェイ協会第22回全国大会が、協会発足20周年記念大会として、東京女子大学を会場に、開催され」たという報告。

●――「ヘミングウェイ没後50年事業（ヘミングウェイ没後50年論集出版事業）報告」『NEWSLETTER』第62号（日本ヘミングウェイ協、2012. 5）4頁

「『アーネスト・ヘミングウェイ――21世紀から読む作家の地平』（臨川書店）」発刊報告。

●勝井　慧「講演報告」『NEWSLETTER』第62号（日本ヘミングウェイ協会、2012. 5）17-18頁

Debra A. Moddelmog氏の講演報告。

● Kleitz, Dorsey「Michio Ito and the Modernist Vortex」『ヘミングウェイ研究』第13号（日本ヘミングウェイ協会、2012. 6）49-60頁

"Hemingway, Yeats, Pound and the Japanese Connection" と題した記念シンポジウムでの口頭発表に基づく論文。イエーツと共に日本の能を研究したダンサー兼振付師の伊藤道郎（1893-1961）に言及したもの。

●島村法夫「会長挨拶」『NEWSLETTER』第62号（日本ヘミングウェイ協会、2012. 5）1-2頁

「昨年12月の全国大会」に「モデルモグ教授を招聘し、"The Future of Hemingway

Studies" の演題で講演をしていただ」いたといった内容の会長挨拶。

●――「第 22 回日本ヘミングウェイ協会全国大会挨拶文」『NEWSLETTER』第 62 号（日本ヘミングウェイ協会、2012. 5）16 頁
会長による英文の挨拶文。

●谷本千雅子「となりの研究室――比嘉美代子先生」『NEWSLETTER』第 62 号（日本ヘミングウェイ協会、2012. 5）9-10 頁
沖縄に比嘉先生を訪ねたというエッセイ。

●田村行孝「敬愛する作家」『NEWSLETTER』第 62 号（日本ヘミングウェイ協会、2012. 5）5-6 頁
「インディアン・キャンプ」を例にとり、「ヘミングウェイが作品で私達に伝えたいことを推理」したエッセイ。

●――「敬愛なるヘミングウェイ―― "Indian Camp" 謎解き、その 2」『NEWSLETTER』第 63 号（日本ヘミングウェイ協会、2012. 11）9-10 頁
「インディアン・キャンプ」の謎を、「数」等から追ったエッセイ。

●塚田幸光「シネマ×ヘミングウェイ⑨――ニューズリールとギリシア・トルコ戦争」『NEWSLETTER』第 62 号（日本ヘミングウェイ協会、2012. 5）11-14 頁
今回は「ギリシア・トルコ戦争とヘミングウェイ文学、そしてニューズリールの関係に焦点を当て」たエッセイ。

●――「シネマ×ヘミングウェイ⑩――『裏切りの密輸船』『NEWSLETTER』第 63 号（日本ヘミングウェイ協会、2012. 11）10-12 頁
「ドン・シーゲルの『裏切りの密輸船』、そして 1950 年代」を眺めたエッセイ。

●十握秀紀「カリブの潮風――愚行と戦う作家」『野の声』No. 39（日本民主主義文学会富山支部機関誌、2012. 8）79-151 頁
「『戦争の否定と回避』を企てたアメリカ人作家ヘミングウェイ」を追った評論。

● Manabe, Akiko（真鍋晶子）「Pound, Yeats & Hemingway Meet Japan—A Long Neglected Study of Kyogen & Hemingway's Poetry」『ヘミングウェイ研究』第 13 号（日本ヘミングウェイ協会、2012. 6）61-74 頁
"Hemingway, Yeats, Pound and the Japanese Connection" と題した記念シンポジウムでの口頭発表に基づく英文の論文。日本の伝統芸能のひとつである狂言とヘミングウェイの詩との関連に言及したもの。

●光冨省吾「ジャズ講座（9）」『NEWSLETTER』第 62 号（日本ヘミングウェイ協会、2012. 5）7-8 頁
「マイルス・デイヴィスの間を尊重した演奏スタイルは、ヘミングウェイの極端に簡素化された文体と通じるものがある」と結ぶエッセイ。

● Moddelmog, Debra「The Future of Hemingway Studies」『ヘミングウェイ研究』第 13 号（日本ヘミングウェイ協会、2012. 6）3-17 頁

今後のヘミングウェイ研究の課題に言及したもの。勝井　慧「講演報告」『NEWSLETTER』第 62 号を参照のこと。

●柳沢秀郎「第 14 回ヘミングウェイ国際キューバ会議」『NEWSLETTER』第 63 号（日本ヘミングウェイ協会、2012. 11）13 頁

来年 6 月、キューバのヘミングウェイ博物館で「国際会議」が開かれるというニュース。

4. 邦　訳

●ウィルソン、コリン『アウトサイダー、上・下』中村保男［訳］（中央公論新社、2012. 12）278 頁、317 頁

本書は、Colin Wilson, *The Outsider* (London: Victor Gallancz, 1956) の邦訳。第 2 章にヘミングウェイに言及した箇所がある。文庫版。

●ウェラー、サム『ブラッドベリ、自作を語る』小川高義［訳］（晶文社、2012. 6）395 頁

本書は、Ray Bradbury, Sam Weller and Black Francis, *Listen to the Echoes: The Ray Bradbury Interviews* (New York: Melville House, 2010) の邦訳。ヘミングウェイに言及した箇所が随所にある。

●オーツ、ジョイス・キャロル『新しい天、新しい地――文学における先見的体験』吉岡葉子［訳］（開文社、2012. 10）444 頁

本書は雑誌に発表されたオーツの論文を集めたもので、第 7 章と第 8 章にヘミングウェイに言及した箇所がある。

●カルヴィーノ、イタロ『なぜ古典を読むのか』須賀敦子［訳］（河出書房新社、2012. 4）401 頁

本書は、Italo Calvino, *Perche Leggere I Classici* (UK: The Wylie Agency, 2002) の邦訳。「ヘミングウェイと私たち」という一項がある。 文庫版。

●ギルモア、デヴィッド『父と息子のフィルム・クラブ』高見浩［訳］（新潮社、2012. 7）250 頁

本書は、David Gilmour, *The Film Club* (New York: Owls, 2008) の邦訳。15 章中に、「デザート代わりに『脱出』を見せてやることにしよう」という箇所がある。

●グリッサン、エドゥアール『フォークナー、ミシシッピ』中村隆之［訳］（インスクリプト、2012. 8）421 頁

本書は、Edouard Glissant, *Faulkner, Misissippin* (Editions Stock, 1996) の邦訳。「現実、後れて来るもの」の中に、ヘミングウェイに言及した箇所がある。

●J. H. ステイプ[編著]『コンラッド文学案内』社本雅信[監訳]、日本コンラッド協会[訳]（研究社、2012. 5）403 頁
本書は、J. H. Stape, *The Cambridge Companion to Joseph Conrad* (New York: Cambridge UP, 1996) の邦訳。特に、第 12 章「コンラッドが与えた影響」でヘミングウェイに言及した箇所がある。

●ジン、ハワード、アンソニー・アーノブ［編］『肉声でつづる民衆のアメリカ史、上・下』寺島隆吉、寺島美紀子［訳］（明石書店、2012. 6）713 頁、647 頁
本書は、Howard Zinn & Anthony Arnove, *Voices of a People's History of the United States* (New York: Seven Stories Press, 2004) の邦訳。第 14 章「第一次世界大戦にたいする抵抗と反戦運動」中に、『武器よさらば』に言及した箇所がある。

●タイラー、スティーヴン『スティーヴン・タイラー自伝』（ヤマハミュージックメディア、2012. 3）454 頁
第 9 章が「いい面、ワルな面、惨めな面……ヘミングウェイ攻め」となっている。

●ツルゲーネフ『猟人日記抄』工藤精一郎［訳］（未知谷、2012. 12）253 頁
帯に、「ヘミングウェイの愛読書！　代表作『日はまた昇る』では主人公が読み耽る」とある。

●テラサワ、ミキ『人を動かすことば』井上久美［訳］、増澤史子［解説］（IBC パブリッシング、2012. 11）238 頁
本書は、Miki Terasawa, *Inspiring Words* (Tokyo: IBC, 2012) の邦訳。ヘミングウェイから「人の話は、全身全霊で聞くべし。ほとんどの人は、聞く耳を持たない」と、「……真の崇高さとは、過去の自分よりも優れた人間になることである」の二つの言葉が紹介されている。CD 付。

●ビーヴァー、アントニー、アーミス・クーパー『パリ解放―― 1944-49』北代美和子［訳］（白水社、2012. 9）498 頁
本書は、Antony Beevor, Artemis Cooper, *Paris after the Liberation 1944-1949* (London: Ocito, 2004) の邦訳。第 7 章中に、マレーネは「＜リッツ＞のヘミングウェイの部屋にふらりとはいってきて、ヘミングウェイが髭を剃っているあいだ、おしゃべりをした」とあるほか随所にヘミングウェイに言及がある。

●ヘミングウェイ、アーネスト『こころ朗らなれ、誰もみな』柴田元幸［訳］（スイッチ・パブリッシング、2012. 11）397 頁
19 編のヘミングウェイの短編が新訳されている。柴田元幸翻訳叢書。

●――『勝者に報酬はない・キリマンジャロの雪――ヘミングウェイ全短編・2』高見浩［訳］（新潮社、2012. 10）404 頁
文庫、第 15 刷。

●――『日はまた昇る』高見 浩［訳］（新潮社、2012. 3）487 頁

文庫、9 刷。

●——『日はまた昇る』土屋政雄［訳］（早川書房、2012. 3）383 頁
文庫、新訳。

●——「よいライオン」柴田元幸［訳］、タダジュン［絵］『スイッチ』Vol. 30 No. 1（スイッチ・パブリッシング、2012. 1）124-27 頁
“The Good Lion” の新訳。

●——『老人と海』福田恆存［訳］（新潮社、2012. 6）170 頁
文庫、115 刷。

●マレイ、デイビッド・コード『不確実な世界で生きのびるための 11 の法則』（東洋経済新報社、2012. 7）283 頁
第 6 章が「プラン A を立てる——アーネスト・ヘミングウェイ、考えるように書く、計画書に関する法則」となっている。

5. 書　評

●伊藤　章「『シリーズ・アメリカ文化を読む』全 3 巻」『英文學研究』第 89 巻（日本英文學会、2012. 12）131-35 頁
野田研一 編『＜風景＞のアメリカ文化学』に収載されている小笠原亜衣「幻視する原初のアメリカ」論に言及した箇所がある。

●今村楯夫「人生はダカーポのごとく、終わりはまた始めに回帰する——オルダス・ハクスリー著『二、三のグレース』井伊順彦 訳」『図書新聞』（2012. 11. 17）5 面
「この小説の書評に関心を抱いたのは同じ年にアーネスト・ヘミングウェイの『日はまた昇る』が出版されたところにあった」という箇所等がある。

●柏木　博「アーネスト・ヘミングウェイ『こころ朗らなれ、誰もみな』（柴田元幸 訳、スイッチ・パブリッシング）」『図書新聞』（2012. 12. 22）6 面
「'12 年下半期読書アンケート」の中に上げられた一冊。

●加藤哲郎「キャパの新しい伝説、銀塩写真時代のアウラそのもの——ベルナール・ルブラン／ミシェル・ルフェーブル 著『ロバート・キャパ』」『週刊読書人』（2012. 11. 9）7 面
「1930 年代半ば……モンパルナス墓地界隈でのショットは、ヘミングウェイを撮ったユーモラスなスナップ……」という箇所がある。

●芝田正夫「書物の受容の社会史——藤井淑禎『名作がくれた勇気』」『週刊読書人』（2012. 10. 26）7 面
「まず、『武器よさらば』が取りあげられる」とある。

●巽　孝之「同世代の同志の仕事をふりかえる——竹村和子著『文学力の挑戦』」『週刊読書人』（2012.9.14）5面

「あくまでもアメリカ文学研究を中心に据え、ホーソーン、ジェイムズ、ヘミングウェイ、フォークナーら正典中の正典を論じた本書……」とある。

●中村嘉雄「回帰するゴジラ——青柳宇井郎、赤星政尚『懐かしのヒーローウルトラマン99の謎』、『懐かしのヒーローウルトラ怪獣99の謎』」『NEWSLETTER』第63号（日本ヘミングウェイ協会、2012.11）12頁

「黒光りする闘牛の鉛の体へ剣を突き立てる闘牛士……ヘミングウェイはよく作品に描きました」という箇所がある。

●山本洋平「新たな文学批評とアメリカ文化論の新地平を切り拓く、珠玉の論集——日本ヘミングウェイ協会 編『アーネスト・ヘミングウェイ——21世紀から読む作家の地平』」『図書新聞』（2012.11.24）5面

ヘミングウェイ「没後50年を記念して出版された」論集の書評。

●若島　正「時間を忘れてしまう—— F・プレモリ＝ドルーレ（文）、E・レナード（写真）『作家の家』」『週刊読書人』（2012.5.4）3面

「ヘミングウェイの死後に遺稿を整理するため未亡人に呼ばれて、キー・ウェストにある彼の家に長いあいだ滞在したことがあるという、知り合いの編集者から聞いた話を思い出しながら、ヘミングウェイの家のページを繰るのも楽しい」とある。

6. 雑　誌

[特集を組んだ雑誌]

●「ヘミングウェイと愛用品」『2nd』Vol. 58（枻出版社、2012.1）211-39頁

目次を紹介すると次の通り。■山口淳（監修）「パパ・ヘミングウェイ、その揺るぎないスタイルの磁力」■山口淳（監修）「ヘミングウェイ偏愛プロダクト集」■山口淳（監修）「プロフェッショナルはこう見る」■山口淳（監修）「私的ヘミングウェイ'sベスト」■山口淳（監修）「2ブランドで作る最旬スタイル」。

[連載した雑誌]

●山口　淳［構成、文］、ベターデイズ［レイアウト］「ヘミングウェイに小説を書かせた女神たち」（最終回）」『メンズプレシャス』（小学館、2011.5）290-93頁

「ヘミングウェイと女性たちの関係」に迫ったエッセイ。「没後50年、シリーズ連載、最終回」。

[言及ある雑誌]

●阿刀田　高「時間制限付き読書」『フリー＆イージー』第15巻・第168号（イーストライツ、2012.10）24頁

「中学生から高校生にかけての頃……雪崩をうったように読み漁りました。O. ヘンリー……ヘミングウェイ……」という言葉がある。

●小田光男「本屋と文豪を巡るヨーロッパ史」『男の隠れ家』第16巻・第5号（朝日新聞出版、2012.4）98-101頁
「ヘミングウェイとビーチ」の写った写真が掲載されている。

●桑原将嗣「『釣り』と『ハンティング』は冒険心を掻き立てる」『ライトニング』第19巻・第1号（枻出版社、2012.1）18-19頁
ヘミングウェイの「日常着」の写真もある。

●巽　孝之「感電するほどの墓碑銘を――レイ・ブラッドベリのために」『S-Fマガジン』第53巻・第10号（早川書房、2012.10）238-43頁
「ブラッドベリがオマージュを捧げた先はメルヴィルやヘミングウェイばかりに限らない」といった箇所等がある。

●松林眞弘「銀輪を夢見て春を待つ、もうひとつの釣り」『Fishing Café』第43号（シマノ、2012.12）40-44頁
「松林さんが推薦する本10冊」の中に、「J. ヘミングウェイ『青春は川の中に』」が入っている。

●村上康成「フィッシングの旅」『フリー&イージー』第15巻・第165号（イーストライツ、2012.7）52-57頁
「釣りと作家は相性がいい。ヘミングウェイしかり、開高健しかり、井伏鱒二しかりである」という言葉がある。

●山口　淳「生き様を記した男に学ぶ」『フリー&イージー』第15巻・第163号（イーストライツ、2012.5）262頁
ヘミングウェイが愛用した「パーカー51」に言及したエッセイ。

7. 記　事

●朝日記者不詳「石　一郎さん」『朝日新聞』（2012.3.23）35面
訃報の記事。「著書に『ヘミングウェイと女たち』、訳書に『怒りの葡萄』『武器よさらば』など」とある。なお、氏は日本ヘミングウェイ協会発起人の一人。

●今村楯夫「大事典発刊に向けて――多眼的な視点と実証的な研究の集大成で実像を明らかに」『週刊読書人』（2012.7.20）10面
「『ヘミングウェイ大事典』刊行」にあたっての記事。

●――、島村法夫［対談］「激動の時代を生きたヘミングウェイ、その作品と人間像の新たな面が見えてくる」『ヘミングウェイ大事典』（勉誠出版）刊行によせて」『図書新聞』（2012.7.28）3面
『ヘミングウェイ大事典』監修者による対談。

●大串尚代「巨大な作家への究極の挑戦状――作家を丸裸にする揺るぎない意気込み」

『週刊読書人』（2012.7.20）10 面
「『ヘミングウェイ大事典』刊行」にあたっての記事。

●金原瑞人「問答無用で度肝を抜かれる――日本がアメリカに誇っていい大事典」『週刊読書人』（2012.7.20）10 面
「『ヘミングウェイ大事典』刊行」にあたっての記事。

●諏訪部浩一、小鷹信光［対談］「『ハードボイルド』とは何か」『図書新聞』（2012.6.2）1-2 面
諏訪部の「そうですね。『グレート・ギャツビー』(1925 年刊)にも出てくる言葉なので。もちろんヘミングウェイの『日はまた昇る』（1926 年刊）にも出てきます」という言葉がある。

●巽　孝之「追悼　レイ・ブラッドベリ――ブラッドベリ・マシーン」『図書新聞』（2012.7.7）1 面
「メルヴィルやヘミングウェイばかりではない……ブラッドベリのレンズを介して認識されたアメリカ作家は数多い」といった指摘等がある。

●東京新聞「『ヘミングウェイ大事典刊行』――全業績 1000 ページに網羅」『東京新聞』（2012.8.15）5 面
『ヘミングウェイ大事典』刊行のニュース。

●柳沢秀郎「ヘミングウェイ・ニュース――ヘミングウェイの家、売りに出される」『NEWSLETTER』第 62 号（日本ヘミングウェイ協会、2012.5）14 頁
「米イリノイ州オークパークにあるヘミングウェイの家が 52 万 5000 ドル（約 4200 万円）で売りにだされた」というニュースの紹介。

●ロジャー・エバート「映画クロスレビュー――『ミッドナイト・イン・パリ』」『朝日新聞グローブ』87 号（朝日新聞社、2012,5.20）12 頁
「映画で描かれているフィッツジェラルド夫妻のやりとりや、ヘミングウェイの格式高いマッチョな話しぶりに、すっかり魅了される私みたいな人もいるに違いない」とある。

8. 年　譜

●島村法夫「アーネスト・ヘミングウェイ年譜」『ヘミングウェイ大事典』今村楯夫・島村法夫［監修］（勉誠出版、2012.7）873-91 頁
ヘミングウェイの生涯を辿った詳細な年譜。

9. 書　誌

●英語年鑑編集部［編］『英語年鑑―― 2012』（研究社、2012.1）612 頁
「個人研究業績一覧」（2010 年 4 月― 2011 年 3 月）で、4 件のヘミングウェイ研究が

掲載されている。

●高野泰志「ヘミングウェイ研究書誌」『NEWSLETTER』第62号（日本ヘミングウェイ協会、2012.5）20頁
2012年3月31日までの資料5件が掲載されている。

●――「ヘミングウェイ研究書誌」『NEWSLETTER』第63号（日本ヘミングウェイ協会、2012.11）15頁
2012年10月25日までの資料1件が掲載されている。

●千葉義也「書誌：日本におけるヘミングウェイ研究――2011」『ヘミングウェイ研究』第13号（日本ヘミングウェイ協会、2012.6）75-94頁
本「書誌」は、2011年1月1日から12月31日までの一年間にわが国で発表されたヘミングウェイに関する文献のデータを網羅している。

10. カタログ

該当なし

11. 映画／テレビ

●コマーシャル『ダイドーブレンドコーヒー』（ダイドー、2012.12）30秒
「文学・ヘミングウェイ篇」が放映された。

12. DVD ／ビデオ等

※該当なし

13. CD

※該当なし

14. インターネット・ホームページ

●勉誠出版ホームページ『監修者インタビュー「ヘミングウェイ大事典」:今村楯夫先生』
今村楯夫氏へのインタビュー。

15. 写真集

●ジェフリー、イアン『写真の読み方――初期から現代までの世界の大写真家67人』伊藤俊治［監修］、内藤憲吾［訳］（創元社、2012.1）383頁
本書は、Ian Jeffrey, *How to Read a Photograph* (Antwerpen: Ludion Press, 2008) の邦訳。ウォーカー・エヴァンスの項に、「当時ハバナの通信員だったアーネスト・ヘミング

ウェイと飲みながら時間をつぶしたと語っている」という箇所がある。

●田中里奈［文］、富田文雄他［写真］『世界の作家が愛した風景』（パイインターナショナル、2012. 12）121 頁
ヘミングウェイでは、「キューバ／コヒマル」と「イタリア／トルチェッロ島」の写真が付されている。

●藤岡　功『世界は猫のもの』（エムディエヌコーポレーション、2012. 12）191 頁
「人と一緒に」の項に、猫と写ったヘミングウェイの写真がある。

●前嶋裕紀子『アカデミー賞の女優たち』（新人物往来社、2012. 2）127 頁
「イングリッド・バーグマン」の項に、彼女と写ったヘミングウェイの写真が掲載されている。

●ルブラン、ベルナール、ミシェル・ルフェーブル、『ロバート・キャパ』太田佐絵子［訳］（原書房、2012. 9）267 頁
本書は、Bernard Lebrun & Michel Lefebvre, *Robert Capa* (Paris: Editions de La Martiniere, 2011) の邦訳。「ノルマンディ戦線にて」の中に、ヘミングウェイの写っている写真がある。

16. トラベル・ガイドブック

●今村楯夫「キューバを愛した作家――アーネスト・ヘミングウェイ」『地球の歩き方――キューバ＆カリブの島々 2013~2014 年版』（ダイヤモンド社、2012. 10）28-29 頁
なお、本書には、今村楯夫「キューバを愛したヘミングウェイの足跡をたどる」という一項も付いている。本「書誌――2010」を参照のこと。

●柳原孝敦「闘牛――光と影のスペクタクル」『アンダルシアを知るための 53 章』立石博高、塩見千加子［編著］（明石書店、2012. 11）155-58 頁
「外国の作家で闘牛を愛し、広めたもう一人の最大の貢献者はアーネスト・ヘミングウェイだ……」という箇所がある。

17. テキスト

●洋販『老人と海』（IBC パブリッシング、2002. 9）179 頁
ナビつき洋書、第 4 刷。

18. その他

［ヘミングウェイの名前が出てくる小説・エッセイ等］

●逢坂　剛『小説家・逢坂　剛』（東京堂出版、2012. 2）371 頁
「私はいかにして本と出会い、作家になったか」の項に、「英米文学では、デフォー、スコット、ワイルド、G. グリーン、ヘミングウェイをよく読んだ」という箇所がある。

●北　杜夫『巴里茫々』（新潮社、2012.1）134頁

「まだ無名のヘミングウェイがパリのカフェーの席で原稿を書いた話は誰でも知っている」といった箇所等がある。2刷。

●村上春樹『夢を見るために毎朝僕は目覚めるのです――村上春樹インタビュー集1997-2011』（文藝春秋、2012.9）586頁

「世界でいちばん気に入った三つの都市」中に、「ヘミングウェイの事を考えると、飛行機事故のことを考える」という言葉が出てくる。文庫版。

[ヘミングウェイの作品が出てくる小説・エッセイ]

●大江健三郎『定義集』（朝日新聞社、2012.7）299頁

「新しく小説を書き始める人に」の中に、『老人と海』に触れた箇所がある。

●伊丹十三『ヨーロッパ退屈日記』（新潮社、2012.12）304頁

『日本におけるヘミングウェイ書誌――1999-2008』「書誌――2005」を参照。文庫、12刷。

19. 学会／協会誌

●日本ヘミングウェイ協会

[ニューズレター]

The Hemingway Society of Japan Newsletter. No. 62 (1 May 2012)
The Hemingway Society of Japan Newsletter. No. 63 (1 Nov 2012)

[協会誌]

●日本ヘミングウェイ協会［編］『ヘミングウェイ研究』第13号（日本ヘミングウェイ協会、2012.6）120頁

5編の論文に、書誌が付された学術誌。目次は次の通り。なお、各論文の内容は3の論文・エッセイの項を参照のこと。■ Debra Moddelmog「The Future of Hemingway Studies」■ David Ewick「Notes Toward a Cultural History of Japanese Modernism in Modernist Europe,1919~1920, With Special Reference to Kori Torahiko」■ Tateo Imamura「Hemingway, Pound, and the Japanese Artist, Tamijuro Kume」■ Dorsey Kleitz「Michio Ito and the Modernist Vortex」■ Akiko Manabe「Pound, Yeats & Hemingway Meet Japan ― A Long Neglected Study of Kyogen & Hemingway's Poetry」■千葉義也「書誌：日本におけるヘミングウェイ研究――2011」■谷本千雅子・高野泰志「あとがき」。

日本におけるヘミングウェイ書誌
――2013年――

1. 単行本

●今村楯夫、山口淳『お洒落名人――ヘミングウェイの流儀』（新潮社、2013.10）249頁

単行本『ヘミングウェイの流儀』（日本経済新聞社、2010）を改題し、「若干の修正を行った」文庫版。本「書誌――2010」を参照のこと。

●高野泰志［編著］『ヘミングウェイと老い』（松籟社、2013.11）313頁

「『老い』をテーマとしてヘミングウェイ文学に切り込」んだ書。目次は次の通り。序章■高野泰志「老人ヘミングウェイをめぐる神話」、第1章■島村法夫「ヘミングウェイの晩年を鳥瞰する――創作と阻害要因の狭間で」、第2章■勝井慧「ロング・グッドナイト――『清潔で明るい場所』における『老い』と父と子」、第3章■堀内香織「弱さが持つ可能性――『橋のたもとの老人』における『老い』の想像力」、第4章■千葉義也「老人から少年へ――『老人と海』と『熊』の世界」、第5章■上西哲雄「フィッツジェラルドから見たヘミングウェイ文学の『老い』――『日はまた昇る』から『老人と海』へ」、第6章■塚田幸光「睾丸と鼻――ヘミングウェイ・ポエトリーと『老い』の身体論」、第7章■真鍋晶子「『老い』の詩学――ヘミングウェイの一九四〇年代以後の詩を中心に」、第8章■今村楯夫「忍び寄る死と美の舞踏――『河を渡って木立の中へ』論」、第9章■高野泰志「創造と陵辱――『河を渡って木立の中へ』における性的搾取の戦略」、第10章■前田一平「小学校六年生の『老人と海』」、第11章［討論］「『老人と海』は名作か否か」■今村楯夫・島村法夫・前田一平・高野泰志、［編集］■上西哲雄、■英文要旨。

●千葉義也［編著］『日本におけるヘミングウェイ書誌――1999-2008』（松籟社、2013.7）385頁

「書誌」の項を参照のこと。

2. 言及ある単行本

●赤祖父哲二『アメリカ――三つの顔』（英宝社、2013.7）296頁

ヘミングウェイは、第III章（二）「女は文明へ、男は自然へ」の中で、論じられている。

●安達秀夫「ヘミングウェイ『エデンの園』註解」『新たな異文化解釈』中央英米文学会［編］（松柏社、2013. 3）201-36 頁

物語の内容を要約し、註釈を加えながら、「『エデンの園』が、創世記や『失楽園』やミケランジェロなどを背景とした明快な構図をもって、現代的な楽園の喪失と回復の物語としてよみがえったことは確かだろう」と結んだ論文。

●阿部公彦「解説」『魔法の樽他 12 篇』バーナード・マラマッド［著］、阿部公彦［訳］（岩波書店、2013. 10）387-408 頁

「マラマッドは英米問わずさまざまな作品を読み込んでいた」とあり、「アーネスト・ヘミングウェイ」の名前もその中にある。

●新井景子「シャーウッド・アンダソン――『グロテスク』な人々への愛」『アメリカ文学入門』諏訪部浩一［責任編集］（三修社、2013. 11）106-07 頁

本文学史の一項目。「アンダソンはアーネスト・ヘミングウェイやウィリアム・フォークナーらモダニストの作家達に大きな影響を与えた」という箇所がある。

●今村楯夫「忍び寄る死と美の舞踏――『河を渡って木立の中へ』論」『ヘミングウェイと老い』高野泰志［編著］（松籟社、2013. 11）199-220 頁

「主人公と同様、五十の歳を迎えたヘミングウェイは『老い』に、はたして何を見たのだろうか」ということを追求した論文。

●――「文庫版のためのあとがき」『お洒落名人――ヘミングウェイの流儀』今村楯夫、山口淳（新潮社、2013. 10）233-37 頁

元のハードカヴァー版にはあった一編「本棚に並んだ黒い手帖」は「不確か」のせいで省いたとある。

●――「[討論]『老人と海』は名作か否か」『ヘミングウェイと老い』高野泰志［編著］（松籟社、2013. 11）267-313 頁

四氏による徹底討論を上西哲雄の編集で活字化したもの。

●岩波　明『精神科医が読み解く名作の中の病』（新潮社、2013. 2）207 頁

「カルテ 57」で、「生気的抑うつ」と題し、「『清潔で、とても明るいところ』」が取り上げられている。

●岩波書店辞典編集部［編］『岩波世界人名大辞典』（岩波書店、2013. 12）3610 頁

「ヘミングウェイ」という一項がある。

●植草甚一『いつも夢中になったり飽きてしまったり』（筑摩書房、2013. 9）509 頁

「やさしい本ばかり読んできた」の中に、『海流の中の島々』をめぐるエッセイ「ヘミングウェイの遺作」がある。文庫版。

●上西哲雄「フィッツジェラルドから見たヘミングウェイ文学の「『老い』」――『日はまた昇る』から『老人と海』へ」『ヘミングウェイと老い』高野泰志［編著］（松

籍社、2013. 11）115-35 頁

「ヘミングウェイとフィッツジェラルドの老いに対する思いは、老いを巡ってバランスと思考停止というそれぞれの枠組みを交差させながら、それぞれの老境に持ち込まれて行った」と説く論文。

●大井浩二『エロティック・アメリカ――ヴィクトリアニズムの神話と現実』（英宝社、2013. 11）260 頁

第四章中に、メンケンは、「公立高校を卒業後『ボルティモア・モーニング・ヘラルド』の記者となり（この辺りの事情はやはり高卒後すぐに『カンザスシティ・スター』の見習い記者となったアーネスト・ヘミングウェイを思い出させる）……」という箇所がある。

●加島祥造「あとがき」『兵士の報酬』ウィリアム・フォークナー［著］、加島祥造［訳］（文遊社、2013. 4）477-82 頁

「批評家のうちにはこの作品を、ヘミングウェイやドス・パソスやカミングズの書いた戦後小説とひとしく、いわゆるロスト・ジェネレーションの作品とみている……」という箇所がある。

●――「解説」『店員』バーナード・マラマッド［著］、加島祥造［訳］（文遊社、2013. 2）417-25 頁

「ヘミングウェイやフォークナーのような精緻あるいは複雑な技法の作家でさえ、現実に対処して行動する人間を描く態度は同じものを保持していた」という箇所がある。

●勝井　慧「ロング・グッドナイト――『清潔で明るい場所』における『老い』と父と子」『ヘミングウェイと老い』高野泰志［編著］（松籟社、2013. 11）49-69 頁

「『清潔で明るい場所』は……戦争の恐怖と父親の自殺という二つの大きな「傷」について、距離を保ちながら書き始めた重要な転機となる作品であるといえる」とする論文。

●小谷一明「スポーツ文化――文学と筋肉美の相関図」『アメリカ文化 55 のキーワード』笹田直人、野田研一、山里勝己［編著］（ミネルヴァ書房、2013. 11）236-39 頁

「観客のいないスポーツ」で、『老人と海』に言及する。

●小野俊太郎『英米小説でレポート・卒論ライティング術』（松柏社、2013. 6）214 頁

第 2 章「名場面を探しだそう」で、『武器よさらば』に言及した箇所がある。

●――『「ギャツビー」がグレートな理由――映画と小説の完全ガイド』（彩流社、2013. 6）127 頁

「CHAPTER 2 ―― 25 のキーワードで『ギャツビー』を深読みする」の中に、「ロスト・ジェネレーション」という項目があり、ヘミングウェイに触れる。

●梶原照子「エズラ・パウンド――破綻した言動でも敬愛されたモダニズム作家達の父」

『アメリカ文学入門』諏訪部浩一［責任編集］（三修社、2013. 11）112-13 頁
本文学史の一項目。「T・S・エリオット、ジェイムズ・ジョイス、アーネスト・ヘミングウェイら後のモダニズムの大作家を世に出したのもパウンドだった」といった箇所等がある。

●――「ラングストン・ヒューズ――アフリカとアメリカ、黒人と白人、過去と現在をつなぐ」『アメリカ文学入門』諏訪部浩一［責任編集］（三修社、2013. 11）134-35 頁
本文学史の一項目。「ヘミングウェイやF・スコット・フィッツジェラルドなど白人の国籍離脱者達がパリのカフェに集まっていた頃、ヒューズがカフェのキッチンで働いていたのは対照的だ」という箇所がある。

●川成　洋『ジャック白井と国際旅団――スペイン内戦を戦った日本人』（中央公論新社、2013. 10）339 頁
第 III 章「スペイン」をはじめとして、ヘミングウェイに言及した興味深い箇所が随所にある。文庫版。

●川本三郎『美女ありき――懐かしの外国映画女優讃』（七つ森書館、2013. 1）262 頁
「ローレン・バコール」の項で、『脱出』に触れた箇所がある。

●喜多哲正『挑発の読書案内』（論創社、2013. 9）216 頁
第 23 章中に、「フォークナーとヘミングウェイはどう違っているか」という一項がある。

●木村榮一「解説」『グアバの香り――ガルシア＝マルケスとの対話』G・ガルシア＝マルケス［著］、木村榮一［訳］（岩波書店、2013. 9）177-213 頁
1948 年、マルケスはバランキーリャの町で、友人たちと「文学論や政治論を戦わせた」。彼らを通して出会った作家の名前に、ヘミングウェイの名もある。

●久我勝利『老いを考える 100 冊の本』（致知出版社、2013. 9）232 頁
第 3 章「老いもまた楽しからずや」の中に、『老人と海』で使われた言葉が取り上げられ、解説が付されている。

●栗原裕一郎、豊崎由美『石原慎太郎を読んでみた』（原書房、2013. 9）367 頁
第 10 章「慎太郎の死と生と性と聖」の中に、「インディアン・キャンプ」を巡ってのトークがある。

●鴻巣友季子『本の森　翻訳の泉』（作品社、2013. 8）381 頁
第二部中にある「ポーエスクなブックガイド――越境するゴシック」に、ジーン・リースという女流作家はパリで、「ジョイスやヘミングウェイとも」交わっていたという言及がある。

●小鷹信光、逢坂剛『ハードボイルド徹底考証読本』（七つ森書館、2013. 9）271 頁

第2章「ハードボイルドとの出会い」の中に、ヘミングウェイが取りざたされた箇所がある。

●小谷野敦『日本人のための世界史入門』(新潮社、2013. 2) 271頁
第5章「日本の擡頭、二度の大戦」の中に、「米国の作家ヘミングウェイなども人民戦線側に、参加……」という箇所がある。新書版。

●斎藤美奈子『名作うしろ読み』(中央公論新社、2013. 1) 297頁
「男子の生き方」の中で、『老人と海』が取り上げられている。

●佐伯彰一「あとがき」『烈しく攻むる者はこれを奪う』フラナリー・オコナー[著]、佐伯彰一[訳](文遊社、2013. 1) 289-96頁
「まるでヘミングウェイの初期の短編みたいに、輪郭鮮明で、およそ贅肉というものがない」という箇所がある。

●佐伯泰樹「解説」『フィッツジェラルド短篇集』佐伯泰樹[編訳](岩波書店、2013. 6) 413-32頁
「フィッツジェラルドと同時代の一流作家たちにはアルコール中毒者もしくはそれに近い飲酒癖の主が何と多いことだろう」と述べ、ヘミングウェイにも言及している。第11刷。

●佐々木真理「ジューナ・バーンズ　規範をこえたセクシュアリティと、モダニズム精神の結晶」『アメリカ文学入門』諏訪部浩一[責任編集](三修社、2013. 11) 120-21頁
本文学史の一項目。「バーンズはモダニズム運動と大きく関わるようになり、ジェイムズ・ジョイスやガートルード・スタイン、アーネスト・ヘミングウェイ、そしてT. S. エリオットらと交流した」という箇所がある。

●――「セクシュアリティ」『アメリカ文学入門』諏訪部浩一[責任編集](三修社、2013. 11) 278-81頁
本文学史の一項目。「『失われた世代』の作家達においては、セクシュアリティの表象はさらに変化する」と述べ、ヘミングウェイに言及した箇所がある。

●貞廣真紀「スティーヴン・クレイン――19世紀的教訓文学からの脱却」『アメリカ文学入門』諏訪部浩一[責任編集](三修社、2013. 11) 88-89頁
本文学史の一項目。「後にヘミングウェイが『アフリカの緑の丘』でクレインをマーク・トウェインと並べて評価しているほどだ」という箇所がある。

●澤村修治「解説――遥か遠くからやってきた日本人、その生と死が照らす『一九三〇年代』」『ジャック白井と国際旅団――スペイン内戦を戦った日本人』川成洋[著](中央公論新社、2013. 10) 320-35頁
「内戦の実状は……世界じゅうに報じられた……ヘミングウェイやジョージ・オーウェルの活動があり、本書[川成著]でも描かれている」とある。

●柴田元幸「世界は映画で出来ている」『文学と映画のあいだ』野崎　歓［編］（東京大学出版会、2013.6）149-70 頁

「［カメラの目の］非―非人称性が、同時代小説にあっては、ドス・パソスやヘミングウェイといったモダニズム期のアメリカ作家たちによって、いち早く実践された」といった箇所等がある。

●――『生半可版英米小説演習』（朝日新聞出版、2013.3）219 頁

第 28 章「スティーヴン・ライト『緑色の瞑想』」の中に、『武器よさらば』に触れた箇所がある。文庫版。

●――『翻訳教室』（朝日新聞出版、2013.4）411 頁

第 6 章が「Ernest Hemingway, *In Our Time*」となっている。文庫版。

●――、高橋源一郎『小説の読み方、書き方、訳し方』（河出書房新社、2013.4）252 頁

本「書誌――2009」を参照のこと。文庫版。

●島村法夫「［討論］『老人と海』は名作か否か」『ヘミングウェイと老い』高野泰志［編著］（松籟社、2013.11）267-313 頁

四氏による徹底討論を上西哲雄の編集で活字化したもの。

●――「ヘミングウェイの晩年を鳥瞰する――創作と阻害要因の狭間で」『ヘミングウェイと老い』高野泰志［編著］（松籟社、2013.11）17-46 頁

「ヘミングウェイが『生き抜いて仕事をやり遂げ』ようとしたことは事実である。だが、老いとともにそれを阻害する多くの要因が、彼の行く手に立ち塞がっていたのだ」とする論文。

●杉野健太郎「共同体」『アメリカ文学入門』諏訪部浩一［責任編集］（三修社、2013.11）306-09 頁

「『ワインズバーグ・オハイオ』の群像劇的構成は……アーネスト・ヘミングウェイのニック・アダムズ短編連作、ウィリアム・フォークナーのヨクナパトーファ・サーガと総称される作品群に大きな影響を与え、その後も応用され続けている」という箇所がある。

●鈴江璋子『表層と内在――スタインベックの「エデンの東」をポストモダンに開く』（南雲堂、2013.12）334 頁

「確かにスタインベックはヘミングウェイの明晰さ、フォークナーの神秘性や晦渋性に欠ける」といった指摘等がある。

●諏訪部浩一「視点／語り手（小説）」『アメリカ文学入門』諏訪部浩一［責任編集］（三修社、2013.11）314-17 頁

「ヘミングウェイやレイモンド・カーヴァーが省略の多い簡潔な文体を選び取ったことも……すべて『視点／語り手』の問題と密接に関係しているといっていい」とい

う箇所がある。

●——「第1次世界大戦後から第2次世界大戦まで——モダニズムとロスト・ジェネレーション」『アメリカ文学入門』諏訪部浩一［責任編集］（三修社、2013. 11）94-101頁
本文学史の一項目。「アンダソンの『ワインズバーグ・オハイオ』(1919)やヘミングウェイの『我らの時代に』（1925）は（連作）短編集という形式をとっているように見えるがその主眼は、それぞれの物語＝「部分」と、書物「全体」が浮かび上がらせる主題のあいだの緊張関係にこそある……」といった指摘等がある。

●——「ダシール・ハメット——ハードボイルド探偵小説の確立者」『アメリカ文学入門』諏訪部浩一［責任編集］（三修社、2013. 11）122-23頁
本文学史の一項目。「……しばしばアーネスト・ヘミングウェイと比較されるという事実にも現れているように、優れて20世紀的な小説家だったといえる」という箇所がある。

●——「ノワール小説とフィルム・ノワール」『文学と映画のあいだ』野崎　歓［編］（東京大学出版会、2013. 6）171-90頁
「ヘミングウェイによれば、作者は水面に出ている氷山の八分の一だけを描き、残りの八分の七は読者に想像させる方が高い文学的効果を得られるとされました」という箇所がある。

●大地真介「アーネスト・ヘミングウェイ——革新的文体と氷山理論」『アメリカ文学入門』諏訪部浩一［責任編集］（三修社、2013. 11）130-31頁
本文学史の一項目。ヘミングウェイの文学を概観している。

●——「ヘンリー・ミラー——現代のホイットマン」『アメリカ文学入門』諏訪部浩一［責任編集］（三修社、2013. 11）154-55頁
本文学史の一項目。「ノーマン・メイラーは、アーネスト・ヘミングウェイを除けば、文体において20世紀のアメリカ人作家に最も影響を及ぼしたのはミラーであると述べている」という箇所がある。

●——「マーク・トウェイン——現代アメリカ文学の原型」『アメリカ文学入門』諏訪部浩一［責任編集］（三修社、2013. 11）68-69頁
本文学史の一項目。「ヘミングウェイの師匠シャーウッド・アンダソンの『黒い笑い』は、アイロニカルな『ハックルベリー・フィンの冒険』といえる」とある。

●高野泰志「アーネスト・ヘミングウェイの描く戦争と死」『生と死の探求』片岡啓、清水和裕、飯島秀治［編］（九州大学出版会、2013. 2）151-68頁
「いったいなぜ、ヘミングウェイは徐々に戦争を描けなくなっていったのか、いったいなぜ第二次世界大戦を描いた作品をほとんど残せなかったのか……この大きな謎に迫っ」た論文。

●——「創造と陵辱——『河を渡って木立の中へ』における性的搾取の戦略」『ヘミン

グウェイと老い』高野泰志［編著］（松籟社、2013. 11）221-43 頁
本稿は、「主人公リチャード・キャントウェルに、ヘミングウェイがある程度自分を投影しながらも、自らの老いをいかに相対化して描いていたかを明らかにした」論文。

●――「序章――老人ヘミングウェイをめぐる神話」『ヘミングウェイと老い』高野泰志［編著］（松籟社、2013. 11）11-14 頁
「『老い』をテーマとしてヘミングウェイ文学に切り込むことは、たんなる一研究テーマと言うにとどまらず、今後のヘミングウェイ研究のパラダイムを決定づける重要な一歩である」とする序章。

●――「動物と文化の狭間で――ヘミングウェイの『父と子』における自己回帰の罠」『あめりか　いきものがたり――動物表象を読み解く』辻本庸子、福岡和子［編］（臨川書店、2013. 6）163-83 頁
「父親への共感と、その共感への不安とが入り交じった『父と子』は、作品内に大きな矛盾を生み出す原因となり、その矛盾が解消されることなく主人公ニックは自己回帰の連鎖に捕われてしまう」という論文。

●――「[討論]『老人と海』は名作か否か」『ヘミングウェイと老い』高野泰志［編著］（松籟社、2013. 11）267-313 頁
四氏による徹底討論を上西哲雄の編集で活字化したもの。

●高見　浩「訳者あとがき」『ヘミングウェイの妻』ポーラ・マクレイン［著］、高見　浩［訳］（新潮社、2013. 7）451-57 頁
高見は「マクレインの手柄は、二人の暮らしの大筋を『移動祝祭日』に拠りながら、あくまでもハドリーの目を通したヘミングウェイの人間像を深く、的確に彫琢している点」にあるとする。

●巽　孝之『モダニズムの惑星――英米文学思想史の修辞学』（岩波書店、2013. 10）257 頁
序章第 5 節「濫喩としての氷山――またはモダニズムの惑星」をはじめとして、ヘミングウェイへの言及が多い。

●田村義進「訳者あとがき」『書くことについて』スティーヴン・キング［著］、田村義進［訳］（小学館、2013. 7）406-12 頁
「『道具箱』[S. キング] では……トム・ウルフ、アーネスト・ヘミングウェイ、ジョン・スタインベック、H. P. ラヴクラフトなど多くの作家の文章の実例をあげての講釈も興味深い」とある。

●千葉義也「老人から少年へ――『老人と海』と『熊』の世界」『ヘミングウェイと老い』高野泰志［編著］（松籟社、2013. 11）93-113 頁
老人と少年という観点から、アメリカ文学の傑作である両作品を比較検討した論文。

●塚田幸光「ゲルニカ×アメリカ――ヘミングウェイ、イヴェンス、クロスメディア・

スペイン」『交錯する映画——アニメ・映画・文学』杉野健太郎［編著］（ミネルヴァ書房、2013.3）201-27 頁

本稿は、「スペイン内戦とメディアの『交差』に焦点を当て」、「とりわけ……ヘミングウェイ……の政治的『転向』の軌跡を」辿った論文。

●——「睾丸と鼻——ヘミングウェイ・ポエトリーと『老い』の身体論」『ヘミングウェイと老い』高野泰志［編著］（松籟社、2013.11）139-60 頁

「ヘミングウェイにとって、『老い』とは、フリークス的身体が開示するグロテスクであり、リアルに対峙せよという告発となる」と結ぶ論文。

●堂垣園江「世界のキューバ——ヘミングウェイは“誰がために鐘を鳴らし”たか？」『戦争の記録と表象——日本・アジア・ヨーロッパ』増田周子［編著］（関西大学出版部、2013.3）21-32 頁

「なぜ、彼ら［ラテンアメリカの作家］にとってキューバなのか。三つの戦争に参加したヘミングウェイが、必死に掴もうとしていたものとは何だったのだろう」といったことを追求した論文。

●常盤新平『私の「ニューヨーカー」グラフィティ』（幻戯書房、2013.10）252 頁

「アーウィン・ショーの素顔」の中に、「ショーは作家たちだけでなく、ブロードウェイにもハリウッドにも多くの人とつきあいがあった……ただし、ヘミングウェイとはうまくいかなかった」といった箇所等がある。

●中野学而「ジェンダー」『アメリカ文学入門』諏訪部浩一［責任編集］（三修社、2013.11）274-77 頁

本文学史の一項目。「インディアン・キャンプ」を例に取って、説明した箇所がある。

●中山善之「訳者あとがき」『老人と海』アーネスト・ヘミングウェイ［著］、中山善之［訳］（柏艪社、2013.9）140-45 頁

訳者本人「自身と原作との出会い」等を記したあとがき。

●新納卓也「フレデリック・ヘンリーの形而上学——ヘミングウェイの大衆性と芸術性」『アメリカ文学のアリーナ——ロマンス・大衆・文学史』平石貴樹、後藤和彦、諏訪部浩一［編］（松柏社、2013.4）258-95 頁

『武器よさらば』を、「作家ヘミングウェイがどのような問題にぶつかり、どのような判断をくだして……書きあげていったかという点」を中心に考察した論文。

●錦織則政『ザ・ヒストリー・オブ・バンブーフライロッド——バンブーロッドとその開拓者たち』（つり人社、2013.9）352 頁

第 3 章中に、「アーネスト・ヘミングウェイのサオ」に言及した箇所がある。

●野崎　歓「新しい『言語』を求めて」『文学と映画のあいだ』野崎　歓［編］（東京大学出版会、2013.6）41-60 頁

「映画が本来もつ、心理の説明を欠落させた省略による話法を小説で実現し、めざま

しい成果を上げたのは、何といってもアメリカのハメットやヘミングウェイらだったのも事実です」という箇所がある。

●野村達朗『アメリカ労働民衆の歴史』（ミネルヴァ書房、2013.3）339頁
第9章中に、「危機に瀕したスペインの人民戦線政府をフランコのファシスト軍の攻撃から救うために、約3200人のアメリカ人がエイブラハム・リンカン連隊に参加した。ヘミングウェーの有名な『誰がために鐘は鳴る』が出版されたのは1940年のことである」とある。

●野谷文昭「革命を批判する文学と映画」『文学と映画のあいだ』野崎　歓［編］（東京大学出版会、2013.6）191-211頁
「[エドムンド・] デスノエスはあるエッセーでヘミングウェイ批判を行っている……」といった箇所等がある。

●荻原シュック 江里子「アメリカの高齢者文化――反エイジズムの歴史」『アメリカを知るための18章――超大国を読み解く』杉田米行［編］（大学教育出版、2013.10）22-31頁
本論の第4項、「二〇世紀前半――高齢者文化史における『老人と海』の例外性」は興味深い。

●波戸岡景太「コーマック・マッカーシー――自然と人間の『わかりあえなさ』を描くハイブリッド作家」『アメリカ文学入門』諏訪部浩一［責任編集］（三修社、2013.11）244-45頁
本文学史の一項目。「フォークナーの豊穣性とアーネスト・ヘミングウェイの簡潔さを兼ね備えたものとする見方がある……」という箇所がある。

●――「レイモンド・カーヴァー――ミニマリズムの枠に収まらない文学性」『アメリカ文学入門』諏訪部浩一［責任編集］（三修社、2013.11）218-19頁
本文学史の一項目。「ヘミングウェイの初期短編を彷彿とさせる、静謐なストイシズムに満ちたカーヴァーの小説世界……」と言う箇所がある。

● Pavloska, Susan「ヘミングウェイの短編を用いたラジオプレイの試み」『文学教材実践ハンドブック――英語教育を活性化する』吉村俊子、安田 優 他［編著］（英宝社、2013.9）162-70頁
「なぜ文学なのか、なぜヘミングウェイなのか」という一項がある。

●疋田知美「コーパスと文学的想像力で見るジグに訪れた光―― "Hills Like White Elephants" 論」『水と光――アメリカの文学の原点を探る』入子文子［監修］、谷口義朗、中村善雄［編］（開文社、2013.2）201-24頁
作品を、「コーパス言語学の分析方法を用いて、文学的想像力を交えながら進め」た論文。

●福田和也『二十世紀論』（文藝春秋、2013. 2）227 頁
第 6 章中に、「ヘミングウェイの小説『老人と海』にもディマジオに関する描写があり、当時彼がどれほど社会的に注目されていたのかが窺えます」という箇所がある。新書版。

●堀内香織「弱さが持つ可能性――『橋のたもとの老人』における『老い』の想像力」『ヘミングウェイと老い』高野泰志［編著］（松籟社、2013. 11）71-90 頁
「『橋のたもとの老人』には、困難を乗り越えようとするたくましさを備えた老人ではなく、孤独で脆弱な老人の姿に『老い』が持つ可能性を見出そうとする作者の姿勢が窺える」と説く論文。

●前田一平「小学校六年生の『老人と海』」『ヘミングウェイと老い』高野泰志［編著］（松籟社、2013. 11）247-66 頁
「『老人と海』を「海の命」［立松和平］と比較して、ヘミングウェイの筆の衰え、即ち老いを指摘した」論文。

●――「［討論］『老人と海』は名作か否か」『ヘミングウェイと老い』高野泰志［編著］（松籟社、2013. 11）267-313 頁
四氏による徹底討論を上西哲雄の編集で活字化したもの。

●町山智浩、柳下毅一郎［対談］『ファビュラス・バーカー・ボーイズの地獄のアメリカ観光』（筑摩書房、2013. 11）411 頁
「Chapter 1」の中に、「ヘミングウェイと初体験」という一項がある。文庫版。

●真鍋晶子「『老い』の詩学――ヘミングウェイの一九四〇年代以後の詩を中心に」『ヘミングウェイと老い』高野泰志［編著］（松籟社、2013. 11）161-95 頁
「ヘミングウェイの晩年のいくつかの詩に、彼の老いの心理の反映を見」た論文。

●丸谷才一「孤独な青年――訳者あとがき」『孤独な娘』ナサニエル・ウェスト［著］、丸谷才一［訳］（岩波書店、2013. 5）161-73 頁
「人々は 30 年代文学を、いわば政治文学として規定していたような感じがある……もちろんアーネスト・ヘミングウェイがいた。アンドレ・マルローがいた。サン・テグジュペリがいた。ジョージ・オーウェルがいた。しかし彼らは単なる政治文学を書いたのだろうか」という箇所がある。

●――、湯川豊［聞き手］『文学のレッスン』（新潮社、2013. 10）338 頁
「もしも雑誌がなかったら」の項に、「アーノルド・ギングリッチは、ヘミングウェイなどの作家をずいぶん大事にした……」という箇所がある。文庫版。

●――『星のあひびき』（集英社、2013. 9）350 頁
随所に、ヘミングウェイの名前が出てくるエッセイ集。文庫版。

●末里周平『セオドア・ルーズベルトの生涯と日本――米国の西漸と二つの「太平洋

戦争」』（丸善プラネット、2013. 8）195 頁

第 4 章中に、「ダイキリの名は、ヘミングウェイも愛飲したカクテルの名前として残っている」という箇所がある。

●宮脇俊文『「グレート・ギャツビー」の世界』（青土社、2013. 6）196 頁

第二章「『グレート・ギャツビー』体感」中に、「彼［ニック］はギャツビーの嘘のすべてを許すことができた。このことは、パリ時代、ヘミングウェイが『グレート・ギャツビー』を読んでフィッツジェラルドのすべてを許す気になったことに似ている」とある。

●村尾純子「スコット・フィッツジェラルドの『夜はやさし』――忘却された記憶の回帰とディック・ダイヴァーの崩壊」『<記憶>で読む英語文学――文化的記憶・トラウマ的記憶』現代英語文学研究会［編］（開文社、2013. 6）199-236 頁

第 6 章中に、「ヘミングウェイとフォークナーは身体的欠陥のために戦闘に参加できず……」という言及がある。

●山口和彦「イノセンス（無垢）」『アメリカ文学入門』諏訪部浩一［責任編集］（三修社、2013. 11）294-97 頁

「メルヴィルの『バートルビー』やヘミングウェイのニック・アダムズものをはじめ、短編小説にも『イニシエーション』の話型を採用し、『無垢』を表現する傑作が多い」という箇所がある。

●吉田暁子「訳者あとがき」『最後に見たパリ』（河出書房新社、2013. 1）424-26 頁

「新聞記者である［エリオット・］ポールは、当時パリに住んでいたヘミングウェイ他、錚錚たる人々と会い、話もしたのだ……」という箇所がある。

●若島　正［編訳］、森慎一郎［訳］『アップダイクと私――アップダイク・エッセイ傑作選』（河出書房新社、2013. 1）290 頁

「本から映画へ」の中に、「映画として成功するには、原作にこだわりすぎるよりいっそ離れてしまったほうがいいらしい」と述べ、『持つと持たぬと』に触れた箇所等がある。

●渡邉真理子「戦争」『アメリカ文学入門』諏訪部浩一［責任編集］（三修社、2013. 11）282-85 頁

本文学史の一項目。「『武器よさらば』は、フレデリック・ヘンリーとキャサリン・バークレイとの恋愛物語の分析なくしては、作品に描かれた戦争の本当の意味を理解することはできない」とある。

3. 論文・エッセイ（学会誌、紀要等）

●今村楯夫「“Walking to the ‘Indian Camp’” に寄せて」『ヘミングウェイ研究』第 14 号（日本ヘミングウェイ協会、2013. 6）4 頁

『ヘミングウェイ研究』第 14 号冒頭を飾るジャンキンズによる詩の解説。

●――「ヘミングウェイ――作家の『知的な』振る舞いと美学」『ヘミングウェイ研究』第 14 号（日本ヘミングウェイ協会、2013. 6）5-18 頁

本稿は、「マスコミによって作り上げられた虚像のアンチテーゼとして……ヘミングウェイの『作家としての<知的な>振る舞いと美学』について論じた特別寄稿論文。

●奥野礼良「敬愛なるヘミングウェイ様」『NEWSLETTER』第 64 号（日本ヘミングウェイ協会、2013. 5）4-5 頁

「ヘミングウェイ作品を読む際、とりわけ若い世代にとっては共感することに高いハードルがある気がします」と語るエッセイ。

●勝井　慧「サウンド・アンド・サイレンス――『日はまた昇る』における『音』の機能」『ヘミングウェイ研究』第 14 号（日本ヘミングウェイ協会、2013. 6）81-93 頁

本稿は、「『音』に対するジェイクの態度から、彼の価値観の変化を読み解い」た論文。

●――「第 15 回国際ヘミングウェイ学会報告」『NEWSLETTER』第 65 号（日本ヘミングウェイ協会、2013. 11）10-14 頁

「2012 年 6 月にミシガンで開催」された国際学会報告。

●島村法夫「新たな年度を迎えて思い巡らしたこと」『NEWSLETTER』第 64 号（日本ヘミングウェイ協会、2013. 5）1-2 頁

日本ヘミングウェイ協会会長挨拶。

●ジャンキンズ、ドナルド「Walking to the "Indian Camp"」『ヘミングウェイ研究』第 14 号（日本ヘミングウェイ協会、2013. 6）3 頁

『ヘミングウェイ研究』第 14 号に寄稿された Donald Junkins による一編の詩。なお、今村楯夫の解説が付されている。

●高野泰志「届かない祈り―― 20 年代のヘミングウェイ作品に見られる宗教モチーフ」『文學研究』第 110 号（九州大学大学院人文科学研究院、2013. 3）29-43 頁

「ヘミングウェイの主人公たちは非常に頻繁に祈る……彼らは一体何を祈っていたのか。本稿は 20 年代の作品を中心にし、ヘミングウェイにとっての『祈り』の意味を探」った論文。

●田村行孝「敬愛なるヘミングウェイ―― "The Revolutionist" の謎を解く」『NEWSLETTER』第 65 号（日本ヘミングウェイ協会、2013. 11）7-9 頁

短編 "The Revolutionist" に潜む「多くの謎」を解いたエッセイ。

●辻　裕美「ヘミングウェイ・テクストにおけるキプリングのインド植民地表象の影響――人種越境性とアイデンティティの流動性」『ヘミングウェイ研究』第 14 号（日本ヘミングウェイ協会、2013. 6）53-66 頁

「キプリングとヘミングウェイの類似点や相違点を比較しつつ、ヘミングウェイの文学性の原点について分析」した論文。

●中村亨「男性的規範の圧制と、抵抗する黒人達――『殺し屋』と『持つと持たぬと』を中心に」『ヘミングウェイ研究』第14号（日本ヘミングウェイ協会、2013.6）95-104頁

本稿は、「ヘミングウェイの作品における白人男性と黒人男性の関係を検証することによって、男性的規範と人種の問題がいかに交差しているかを考察」した論文。

●マクダッフィ、ブラド「"Nothing to sustain us but the counsel of our fathers": The Counsel of Ernest Hemingway on the Fiction of Cormac McCarthy」『ヘミングウェイ研究』第14号（日本ヘミングウェイ協会、2013.6）21-35頁

コーマック・マッカーシーの作品に流れるヘミングウェイについて追求した論文。

●柳沢秀郎「戦場へのレクイエム―― atomic jokes と『河を渡って木立の中へ』」『ヘミングウェイ研究』第14号（日本ヘミングウェイ協会、2013.6）37-52頁

「ヘミングウェイがキャントウェルの饒舌なジョークに込めた意図、あるいは『河を渡って』に課したその役割とは、『核の時代』とともに訪れた『戦場作家』としての終焉を告げる自分自身への『弔いの鐘』だったのである」とする論文。

●――「Hemingway News」『NEWSLETTER』第64号（日本ヘミングウェイ協会、2013.5）6頁

The Hemingway Review (Vol. 32, No. 1, Fall 2012) に、谷本千雅子の論文、"Queering Sexual Practices in 'Mr. and Mrs. Eliot'" が掲載されたというニュース。

●――「ヘミングウェイ・ニュース」『NEWSLETTER』第65号（日本ヘミングウェイ協会、2013.11）15-16頁

「*The Hemingway Review* (USA) の編集長交代」、「グレース・ヘミングウェイのスクラップブック公開」、「"The Hemingway DAPTA in Finca Vigia, Cuba" 始動」のニュースが紹介されている。

●――「モーガンの Interracial Identity ――大恐慌期オリエンタリズムと『持つと持たぬと』」『ヘミングウェイ研究』第14号（日本ヘミングウェイ協会、2013.6）105-18頁

本稿は、「中国人密航者たちの移動の軌跡に沿って……より広い文脈で、大恐慌下のキーウェストを舞台にしたこのテクストを読み直」した論文。

●陸　君「"Hemingway's Acceptance in China ―― A Historical Viewpoint"」『ヘミングウェイ研究』第14号（日本ヘミングウェイ協会、2013.6）67-79頁

中国において、ヘミングウェイはどのように受け入れられたのかということを追求した論文。

●渡邉藍衣「『ミシガンの北で』における女性の性的欲望の表象とその時代背景」『ヘミングウェイ研究』第14号（日本ヘミングウェイ協会、2013.6）119-29頁

本稿は、「本作品の解釈が作品の時代背景といかに深く関わるかを確認することによって、ひとりの女性の内に潜む性的欲望と性行為に対する女性の主体性がどのように描かれているのかを明らかにした」論文。

4. 邦　訳

●キング、スティーヴン『書くことについて』田村義進［訳］（小学館、2013. 7）412頁

本書は、Stephen King, *On Writing: A Memoir of the Craft* (New York: The Lotts, 2010) の邦訳。本書に収められた「道具箱」等で、頻繁にヘミングウェイに言及がある。

●コーエン、タイラー『アメリカはアートをどのように支援してきたか――芸術文化支援の創造的成功』石垣尚志［訳］（ミネルヴァ書房、2013. 8）306 頁

本書は、Tyler Cowen, *Good & Plenty* (NJ: Princeton UP, 2006) の邦訳。第 1 章「対立するふたつの視点」の中に、ヘミングウェイに言及した箇所がある。

●スクレナカ、キャロル『レイモンド・カーヴァー――作家としての人生』星野真里［訳］（中央公論新社、2013. 7）743 頁

本書は、Carol Sklenicka, *Raymond Carver: A Writer's Life* (New York: Scribner, 2010) の邦訳。第 9 章「研がれて、尖っていく」の中等に、ヘミングウェイへの言及がある。

●スラウェンスキー、ケネス『サリンジャー――生涯 91 年の真実』田中啓史［訳］（晶文社、2013. 8）648 頁

本書は、Kenneth Slawenski, *J. D. Salinger: A Life Raised High* (U. K.: Pomona Books, 2010) の邦訳。ヘミングウェイへの言及が随所にある。

●バートレット、アリソン・フーヴァー『本を愛しすぎた男――本泥棒と古書店探偵と愛書狂』築地誠子［訳］（原書房、2013. 11）270 頁

本書は、Allison Hoover Barlett, *The Man Who Loved Books Too Much: The True Story of a Thief, a Detective, and a World of Literary Obsession* (New York: Riverhead Books, 2009) の邦訳。第 1 章「大古本市」に、ヘミングウェイに言及した箇所がある。

●ヘミングウェイ、アーネスト『誰がために鐘は鳴る・上』大久保康雄［訳］（新潮社、2013. 4）470 頁

文庫、64 刷

●――『誰がために鐘は鳴る・下』大久保康雄［訳］（新潮社、2013. 4）494 頁

文庫、57 刷

●――『日はまた昇る』高見浩［訳］（新潮社、2013. 7）487 頁

文庫、10 刷。

●――『武器よさらば』高見浩［訳］（新潮社、2013. 7）565 頁

文庫、7 刷。

●――『老人と海』中山善之［訳］（柏艪社、2013. 9）156 頁

新訳、初版。

●──『老人と海』福田恆存［訳］（新潮社、2013. 6）170 頁
文庫、116 刷。

●ポール、エリオット『最後に見たパリ』吉田暁子［訳］（河出書房新社、2013. 1）426 頁
本書は、Elliot Paul, *The Last Time I Saw Paris* (New York: Random House, 1942) の邦訳。第 36 章「ポーランド支援について」の中に、ヘミングウェイに言及した箇所がある。

●ボクスオール、ピーター『世界の小説大百科──死ぬまでに読むべき 1001 冊の本』別宮貞徳［監訳］（柊風社、2013. 10）959 頁
本書は、Peter Boxall, *1001 Books You Must Read Before You Die* (New York: Cassell Illustrated, 2012) の邦訳。ヘミングウェイでは、『日はまた昇る』、『武器よさらば』、『誰がために鐘は鳴る』、『老人と海』の四作品を扱っている。

●マクレイン、ポーラ『ヘミングウェイの妻』高見　浩［訳］（新潮社、2013. 7）457 頁
本書は、Paula McLain, *The Paris Wife* (New York: Ballatine Books, 2012) の邦訳。ヘミングウェイ最初の妻、ハドリーの物語。

●マルケス、G. ガルシア、P. A. メンドーサ［聞き手］『グアバの香り──ガルシア＝マルケスとの対話』木村榮一［訳］（岩波書店、2013. 9）213 頁
本書は、Plinio Apuleyo Mendoza y Gabriel Garcia Marquez, *EL OLOR DE LA GUAYABA* (Barcelona: Agencia Literaria Carmen, 1982) の邦訳。「執筆中の本が、そろそろ出来上がりそうだとわかると、どんな感じがするんだい？」（第 3 章中）という質問に、ガルシアは、「まったく興味がなくなるんだ。ヘミングウェイの言う、死んだライオンと同じだよ」と答えた箇所等がある。

●マングェル、アルベルト『読書の歴史──あるいは読者の歴史』原田範行［訳］（柏書房、2013. 1）354 頁
本書は、Alberto Manguel, *A History of Reading* (UK: Penguin, 1977) の邦訳。「見返しのページ」の冒頭に、「キリマンジャロの雪」に触れた箇所がある。新装版第 1 刷。

●ルヴィロワ、フレデリック『ベストセラーの世界史』大原宣久、三枝大修［訳］（太田出版、2013. 7）414 頁
本書は、Frederic Rouvillois, *Une histoire des best-sellers* (Paris: Flammarion, 2011) の邦訳。第 6 章中に、「ヨーロッパでは戦後のドイツにおいて、紙不足の状況にもかかわらずローヴォルト社が略称『Ro-Ro-Ro』で知られる『ローヴォルト輪転機小説』叢書を発売した。このうち四作品は、ヘミングウェイ……」といった箇所等がある。

5. 書　評

●いとうせいこう「禁欲的な隠遁者──執筆と祈りの日々」『朝日新聞』（2013. 10. 13）

12 面

ケネス・スラウェンスキー『サリンジャー――生涯91年の真実』田中啓史 訳（晶文社）の書評。「戦火の下、サリンジャーは従軍作家ヘミングウェイに会いに行く。その記録は短いが興味深い」とある。

●岩本和久「世界文学におけるチェーホフの大きさを確認する」『図書新聞』（2013. 6. 7）2 面

井桁貞義、井上健 編『チェーホフの短篇小説はいかに読まれてきたか』（世界思想社）の書評。ヘミングウェイに触れた箇所がある。

●大地真介「日本ヘミングウェイ協会編『アーネスト・ヘミングウェイ―― 21 世紀から読む作家の地平』」『アメリカ文学研究』第 49 号（日本アメリカ文学会、2013. 3）75-80 頁

本書は、「ヘミングウェイ研究者以外の者にとっても一読に値する優れた研究書となっていることを最後に強調しておきたい」とある。

●金原瑞人、巽孝之［対談］「人生なんて、そんなものさ」『図書新聞』（2013. 10. 5）8 面

チャールズ・J・シールズ著、金原瑞人、桑原洋子、野沢佳織 訳『人生なんて、そんなものさ――カート・ヴォネガットの生涯』（柏書房、2013. 7）の書評。金原の、「シンクレア・ルイス、ユージン・オニール、ウィリアム・フォークナー、アーネスト・ヘミングウェイ、ジョン・スタインベック……人間としての弱さという意味では、ヴォネガットをこの作家の中にいれてもそう違和感はないような気がします」という言葉がある。

●佐久間文子「ボリューム満点　巨匠の伝記三本立てだ！」『本の雑誌』第 38 巻・第 10 号（本の雑誌社、2013. 10）36-37 頁

ヘミングウェイ最初の妻、ハドリーを描いた小説、「ポーラ・マクレイン『ヘミングウェイの妻』」が紹介されている。

●竹内勝徳「地区便り――鹿児島地区」『KALS NEWSLETTER』48（九州アメリカ文学会、2013. 11）4 頁

千葉義也 編著『日本におけるヘミングウェイ書誌――1999-2008』（松籟社）に触れた箇所がある。

●巽　孝之「'13 年下半期読書アンケート」『図書新聞』（2013. 12. 21）5 面

高野泰志 編著『ヘミングウェイと老い』（松籟社、2013）が取り上げられ、「好着眼」とある。

●田中久男「『光と水』という主題を『アメリカの文学』に究明した充実した論集」『週刊読書人』（2013. 6. 7）5 面

入子文子（監修）、谷口義朗・中村善雄 編『水と光』（開文社）の書評。疋田知美論文、

「白い象たちのような山々」に触れた箇所がある。

●長岡真吾「既知のテクストを再文脈化し異化する試み」『週刊読書人』（2013. 9. 13.）5 面

平石貴樹、後藤和彦、諏訪部浩一 編『アメリカ文学のアリーナ』（松柏社）の書評。「12人の執筆者がそれぞれ重点的に論じている作家の名前」に、ヘミングウェイもある。

●中辻理夫「きわめて高度な試み——多様な意味を持つ概念として捉えようと」『週刊読書人』（2013. 10. 25）5 面

小鷹信光、逢坂剛 著『ハードボイルド徹底考証読本』（七つ森書館）の書評。「ヘミングウェイの小説はミステリーではないけれど、その情感を排した文体はハードボイルドだ、という解釈を間違いだと断言できる人はまずいないだろう」という箇所がある。

●別府恵子「アメリカ小説と批評の研究」『英語年鑑——2013』（研究社、2013. 1）9-16 頁

日本ヘミングウェイ協会 編『アーネスト・ヘミングウェイ——21 世紀から読む作家の地平』に触れた寸評がある。

●本荘忠大「書評」『NEWSLETTER』第 64 号（日本ヘミングウェイ協会、2013. 5）7 頁

「トーマス・C・フォスター著、矢倉尚子訳『大学教授のように小説を読む方法』（2010）」の書評。本書には『日はまた昇る』にも触れた箇所があるという。

●宮脇俊文「もう一つの『移動祝祭日』——単なる伝記からは見えてこない永遠の愛」『週刊読書人』（2013. 9. 20.）5 面

ポール・マクレイン著『ヘミングウェイの妻』（新潮社）の書評。「まだ無名の若き作家がその頭角を現していく過程が見事な筆致でスリリングに描かれている」とある。

●森　孝晴「千葉前会長の新著『日本におけるヘミングウェイ書誌——1999-2008』」『KSES NEWSLETTER』第 19 号（鹿児島英語英文学会、2013. 11）5 頁

日本ジャック・ロンドン協会会長、森孝晴（鹿児島国際大学教授）による著書紹介。

●柳沢秀郎「ポーラ・マクレイン著、高見浩 訳『ヘミングウェイの妻』（2013）」『NEWSLETTER』第 65 号（日本ヘミングウェイ協会、2013. 11）14-15 頁

「これはヘミングウェイの最初の妻ハドリーの視点でヘミングウェイとの出会いから別れまでを描いた小説です……」とある。

6. 雑　誌

［言及ある雑誌］

●青山　南「ビートの女たち」『本の雑誌』第 38 巻・第 10 号（本の雑誌社、2013. 10）

90-91頁
「杉江松恋さんが主催するガイブン酒場、その日のオススメに『ヘミングウェイの妻』（ポーラ・マクレイン著）」も上げられていたという。

●木下孝浩［編集人］「ここに彼らはいたんだ！」『ポパイ』第38巻・第10号（マガジンハウス、2013.9）102頁
「1920年代はパリが最も華やかだった時代」とあり、ヘミングウェイの名も出る。

●栗野真理子「パリ左岸の名店、"アルニス"――男たちの永遠の物語」『メンズプレシャス』（小学館、2013.1）222-29頁
「ヘミングウェイ、ル・コルビュジュ、パブロ・ピカソ、ジャン・コクトー……アルニスには各界の名士が集いました」とある。

●柴田元幸「小説を分解する」『コヨーテ』No.48（スイッチ・パブリッシング、2013.3）200-05頁
「ヘミングウェイ、フィッツジェラルド、フォークナー……短篇の訳し方、楽しみ方をめぐる」講義。

●――、穂村　弘「対談 はじめてのヘミングウェイ」『コヨーテ』No.48（スイッチ・パブリッシング、2013.3）194-98頁
穂村の、「子どもの頃から好きだったのはニック・アダムズものの短篇でした」という言葉に対して言った柴田の、「ニックはヘミングウェイの分身のような登場人物で、彼を主人公にした作品は僕も好き」でしたといった箇所等がある。

●竹石安宏「アイツがいたから輝けた――希代の酒脱人ライバル物語」『ゲーテ』第8巻・第11号（幻冬社、2013.11）90-93頁
9組のライバルに、「アーネスト・ヘミングウェイ 対 F. スコット・フィッツジェラルド」も取り上げられている。

●タダジュン「短篇を絵にする」『コヨーテ』No.48（スイッチ・パブリッシング、2013.3）206-07頁
タダジュンは『コヨーテ』に連載された「柴田元幸のヘミングウェイ短篇翻訳シリーズに、毎回絵を描いた」人。

●穂村　弘「ヘミングウェイ短歌」『コヨーテ』No.48（スイッチ・パブリッシング、2013.3）199頁
「ヘミングウェイの作品のイメージや小説からの引用を織り込んだ短歌を作ってみました」とある。

●中矢俊一郎「スペイン内戦の構造と力」『トランジット』No.22（講談社、2013.9）114-15頁
ヘミングウェイに言及した箇所がある。

●宮脇俊文「原作者スコット・フィッツジェラルドってどんな人？」『GQ JAPAN』（コンデナスト・ジャパン、2013. 7）94-95 頁

日本フィッツジェラルド協会前会長へのインタビュー。フィッツジェラルドは「自分を『失敗の権威』、ヘミングウェイを『成功の権威』と呼んだりしていますが、僕はむしろ、彼が自分の弱さとしっかり向き合っていたところに感銘を受けますね」という箇所がある。

7. 記　事

●安済卓也「カリブ生まれのカクテル――陽気に家飲みモヒート」『読売新聞』（2013. 7. 23）12 面

「モヒートは 1890 年代にキューバで誕生したカクテルで、文豪ヘミングウェーが愛したことでも知られる」とある。

●榎本啓一郎「ヘミングウェイの『A MOVEABLE FEAST』」『図書館報』No. 124（福岡大学、2013. 11）5 頁

「アメリカ映画『ミッドナイト　イン　パリ』は、『A MOVEABLE FEAST』のパロディーとでもいうべきもので、実に楽しい作品です」とある。

●竹原あき子「ガガーリンは『老人と海』を読んでいた」『図書新聞』（2013. 6. 15）2 面

「『老人と海』とはどんな文化を基盤にしていようと死を覚悟する男性に必読の書なのだろうか」とある。

8. 年　譜

●今村楯夫「ヘミングウェイ年譜」『お洒落名人――ヘミングウェイの流儀』今村楯夫、山口淳（新潮社、2013. 10）238-47 頁

「関連項目」まで付した年譜。

●青山万里子「アーネスト・ヘミングウェイ年譜」『老人と海』中山善之［訳］（柏艪社、2013. 9）156 頁

ヘミングウェイ、1899-1961 までの年譜。

9. 書　誌

●英語年鑑編集部［編］『英語年鑑――2013』（研究社、2013. 1）595 頁

「個人研究業績一覧」（2011 年 4 月― 2012 年 3 月）で、10 件のヘミングウェイ研究が掲載されている。

●高野泰志「ヘミングウェイ研究書誌」『NEWSLETTER』第 64 号（日本ヘミングウェイ協会、2013. 5）9 頁

3 月 31 日までの 3 点が掲載されている。

●——「ヘミングウェイ研究書誌」『NEWSLETTER』第65号（日本ヘミングウェイ協会、2013. 11）18頁

10月31日までの2点が掲載されている

●千葉義也［編著］『日本におけるヘミングウェイ書誌——1999-2008』（松籟社、2013. 7）385頁

本「書誌」は、1999-2008年までの10年間におけるわが国のヘミングウェイに関する文献のデータを網羅したもの。

●——「書誌：日本におけるヘミングウェイ研究——2012」『ヘミングウェイ研究』第14号（日本ヘミングウェイ協会、2013. 6）131-47頁

本「書誌」は、2012年1月1日から12月31日までの一年間にわが国で発表されたヘミングウェイに関する文献のデータを網羅したもの。

10. カタログ

※該当なし

11. 映画／テレビ

●日テレ「杏のヒストリージャーニー——ヘミングウェイが愛したキューバ」（2013. 3. 9）19.00-21:00

本番組は、4月21日にも再放送された。

12. DVD ／ビデオ等

※該当なし

13. CD

※該当なし

14. インターネット・ホームページ

※該当なし

15. 写真集

●今村楯夫［解説］「DAYS OF HEMINGWAY —— PAPAS 2014 CALENDAR」（PAPAS、2013 . 10）14頁

2014年版カレンダー。ヘミングウェイの写真の裏側に今村楯夫の解説が付されている。

16. トラベル・ガイドブック

●浦　一也「ヘミングウェイと鱒——オスタル・ブルゲーテ」『旅はゲストルームII——測って描いたホテル探検記』（光文社、2013. 12）36-39 頁
本書の「祭り自慢」にもヘミングウェイは出てくる。文庫版。

●奥家慎二［編集］『一生に一度は見たい世界の祭り』（宝島社、2013. 10）113 頁
「ヨーロッパ編」で、「ヘミングウェイも愛した」サン・フェルミン祭り（スペイン）が紹介されている。

●恩田　陸『隅の風景』（新潮社、2013. 11）230 頁
「旅エッセイ集」。「スペイン奇想曲」の中に、ヘミングウェイに言及した箇所がある。

●塩野七生、宮下規久朗『ヴェネツィア物語』（新潮社、2013. 9）126 頁
塩野の、「『海の都』の美を歩く」の中に、「ヘミングウェイみたいに売れっ子作家だったら、ホテル・グリッティに泊まれるけれども、そんなお金はありません」という箇所がある。

●菅原千代志、山口純子『スペイン　美・食の旅——バスク＆ナバーラ』（平凡社、2013. 5）127 頁
菅原は、「サン・フェルミン祭のある一日」の中で、「7 月 6 日の正午、眠らない祭りは爆発する」と、『日はまた昇る』の中の言葉を引いている。

●バクスター、ジョン『二度目のパリ——歴史歩き』長崎真澄［訳］（ディスカヴァー・トゥエンティワン、2013. 6）239 頁
本書は、*Chronicles of Old Paris: Exploring the Historic City of Light* (New York: Museyon, 2012) の邦訳。第 20 章が「ヘミングウェイが愛したパリ」となっている。

17. テキスト

● Hemingway, Ernest、伊佐憲二［註］『老人と海』（講談社、2013. 3）132 頁
講談社英語文庫、第 27 刷。

● Minami, Fiona Wall、田口誠一、本山ふじ子［編著］『フィクションにみる食文化』（朝日出版社、2013. 1）70 頁
第 8 章「The Old Man and Fish」で、『老人と海』から食文化としての魚が取り上げられている。

18. その他

［ヘミングウェイの名前が出てくる小説］

●伊集院　静『伊集院 静の流儀』（文藝春秋、2013. 3）285 頁
「作家の流儀」の中に、「ヘミングウェイと野球」という一項があるほか、「人生の流

儀」でもヘミングウェイに触れた箇所がある。文庫版。

●――『旅だから出逢えた言葉』(小学館、2013.3) 221頁
第1章が「なぜならパリは移動祝祭日だからだ」というヘミングウェイの言葉になっているほか、第25章中にもヘミングウェイに触れた箇所がある。

●照山雄彦『虐待を生き抜いた少年――梅の木の証言』(知玄舎、2013.4) 255頁
帯に、「著者は、ヘミングウェイ英文研究家、人間心理研究家、作家」とある。

19. 学会／協会誌

●日本ヘミングウェイ協会

[ニューズレター]

The Hemingway Society of Japan Newsletter. No. 64 (1 May 2013)
The Hemingway Society of Japan Newsletter. No. 65 (15 Nov 2013)

[協会誌]

●日本ヘミングウェイ協会［編］『ヘミングウェイ研究』第14号(日本ヘミングウェイ協会、2013.6) 174頁
9編の論文に、書誌が付された学術誌。目次は次の通り。なお、各論文の内容は3の論文・エッセイの項を参照のこと。■Donald Junkins「Walking to the "Indian Camp"」■今村楯夫「"Walking to the 'Indian Camp'" に寄せて」■今村楯夫「ヘミングウェイ――作家の『知的な』振る舞いと美学」■Brad McDuffie「"Nothing to sustain us but the counsel of our fathers": The Counsel of Ernest Hemingway on the Fiction of Cormac McCarthy」■柳沢秀郎「戦場へのレクイエム―― atomic jokes と『河を渡って木立の中へ』」■辻裕美「ヘミングウェイ・テクストにおけるキプリングのインド植民地表象の影響――人種越境性とアイデンティティの流動性」■Jun Lu「"Hemingway's Acceptance in China —— A historical Viewpoint"」■勝井慧「サウンド・アンド・サイレンス――『日はまた昇る』における『音』の機能」■中村亨「男性的規範の圧制と、抵抗する黒人達――『殺し屋』と『持つと持たぬと』を中心に」■柳沢秀郎「モーガンの Interracial Identity ――大恐慌期オリエンタリズムと『持つと持たぬと』」■渡邉藍衣「『ミシガンの北で』における女性の性的欲望の表象とその時代背景」■千葉義也「書誌：日本におけるヘミングウェイ研究――2012」■上西哲雄・高野泰志「あとがき」。

日本におけるヘミングウェイ書誌
——2014 年——

1. 単行本

●今村楯夫『「キリマンジャロの雪」を夢見て——ヘミングウェイの彼方へ』(柏艪舎、2014. 4) 183 頁

「アフリカを訪ねることは長い間の夢であった」と語る著者の最新作。目次は次の通り。■はじめに ■空からの眺め ■風景の中を歩く ■一期一会 人と所と ■風土病の恐れ ■神々と呪術の世界 ■ベナン断章 ■オン・ザ・ロード ■キリマンジャロの麓でパリを想う ■ベナン前後 パリにて ■ジヴェルニーを訪ねて ■旅を終えて『老人と海』再読 ■あとがき。

2. 言及ある単行本

●阿刀田 高［編］『作家の決断——人生を見極めた 19 人の証言』(文藝春秋、2014. 3) 319 頁

第 3 章中の「筒井康隆」と、第 4 章中の「北方謙三」とのインタビューに、ヘミングウェイに触れた箇所がある。新書版。

●阿部公彦『英語的思考を読む——英語文章読本 II』(研究社、2014. 5) 213 頁

本書中に、「英語名言読本④格好よすぎる台詞——ヘミングウェイ『老人と海』」という一項がある。

●池澤夏樹『現代世界の十大小説』(NHK 出版、2014. 12) 282 頁

第 9 章中に、『武器よさらば』に言及した箇所がある。

●生駒久美「白と黒——『ハックルベリー・フィンの冒険』における人種の境界線」『文学理論をひらく』木谷 巌［編著］(北樹出版、2014. 10) 87-108 頁

ヘミングウェイが『アフリカの緑の丘』の中で言及した言葉が紹介されている。

●石原 剛「解説」『ハックルベリー・フィンの冒険・下』マーク・トウェイン［著］、土屋京子［訳］(光文社、2014. 6) 365-93 頁

「トウェインはヘミングウェイの文章を盗用した」と面白くノーマン・メイラーは語ったというが、「二人の文学世界は実際のところ相当違う」といった指摘等がある。文庫版。

●稲生平太郎、高橋　洋『映画の生体解剖――恐怖と恍惚のシネマガイド』（洋泉社、2014.4）399頁

「悪のインパクトが映画を輝かせる」の中に、ヘミングウェイ原作の、シオドマック版『殺人者』とシーゲル版『殺人者たち』に触れた箇所がある。

●今村楯夫「推薦文」『異郷―― E・ヘミングウェイ短編集』山本光伸［訳］（柏艪舎、2014.5）217-18頁

「ヘミングウェイの文体とリズムを生かした日本語訳」だという日本ヘミングウェイ協会顧問による推薦文。

●海野　弘「フォール・エポックふたたび」『（別冊）バハマ・ベルリン・パリ――加藤和彦ヨーロッパ3部作』牧村憲一［監修］、大川正義［リマスター］（リットーミュージック出版部、2014.3）40-42頁

「あそこにはガーシュインが、あそこにはヘミングウェイが……。あなたは再び、昔の音楽、昔の友人に会う。パリは祝祭なのである」といった箇所がある。エッセイ。

●大浦暁生「クレインの言語とノリスの言語」『いま読み直すアメリカ自然主義文学――視線と探求』大浦暁生［監修］（中央大学出版部、2014.3）65-94頁

『赤い武功章』は、「主人公が英雄になるにつれて、平凡な兵士の目から見たアイロニーは弱まっていく。代わりに強くなってくるのが、世間知らずの無垢な若者がこの世の現実を体験することで成長していくという、たとえばヘミングウェイの『武器よさらば』にも見られるあのアメリカ的なテーマなのだ」という指摘がある論文。

●大串夏身『世界文学をDVD映画で楽しもう！』（青弓社、2014.4）244頁

ヘミングウェイでは、『日はまた昇る』、『誰がために鐘は鳴る』、『殺人者』、『殺人者たち』の四作品が紹介されている。

●逢坂　剛『わたしのミステリー』（七つ森書館、2014.7）213頁

「何と言ってもグレアム・グリーン」の項に、チャンドラーとグリーンの関係は、「ハメットとヘミングウェイの関係を、彷彿とさせるものがある」という箇所がある。

●小川高義「解説」『老人と海』小川高義［訳］（光文社、2014.9）130-49頁

「マノーリン少年の年齢」等に触れた箇所がある。なお、このきっかけは「高野泰志編著『ヘミングウェイと老い』（松籟社）」にあったという。

●――「訳者あとがき」『老人と海』小川高義［訳］（光文社、2014.9）160-65頁

「あえて言うが、『老人と海』には、サンチャゴが声を張って語る場面はない」という箇所がある。文庫版。

●尾崎俊介『ホールデンの肖像――ペーパーバックからみるアメリカの読書文化』（新宿書房、2014.10）297頁

「二人のアンダスン」の項に、西川正身訳「殺人者」（河出書房）に触れた箇所があるし、「ホールデンの肖像」の項には、Dell版 *Across the River and into the Trees* の表紙絵が

ある。

●折田育造「レコーディング秘話」『(別冊)バハマ・ベルリン・パリ――加藤和彦ヨーロッパ3部作』牧村憲一［監修］、大川正義［リマスター］（リットーミュージック出版部、2014.3）10-17頁

『パパ・ヘミングウェイ』(1979)を制作した時の加藤和彦は、「ヘミングウェイを題材にしたい。海外レコーディングをしたい。場所はクリス・ブラックウェル（アイランド・レコードの創始者）が作ったバハマのコンパス・ポイントスタジオがいい、そんな感じだった」という箇所がある。エッセイ。

●木村榮一『謎ときガルシア＝マルケス』（新潮社、2014.5）250頁

第8章中に、「フォークナー、ヘミングウェイらを手本に」という一項がある。

●今野雄二「失われた世代に愛を求めて新しい世代の音を創り出したアルバム」『(別冊)バハマ・ベルリン・パリ――加藤和彦ヨーロッパ3部作』牧村憲一［監修］、大川正義［リマスター］（リットーミュージック出版部、2014.3）14-17頁

「海野弘による『ジャズ・エイジの乗客たち――ホテル、ライナー、トレン・ド・リュクス』（『現代思想』臨時増刊「1920年代の光と影」に所載）は……加藤和彦の歌声に耳をかたむけながらページをひもとくに最適のものである」という箇所がある。エッセイ。

●齋藤博次「冷戦知識人の誕生」『冷戦とアメリカ――覇権国家の文化装置』村上　東［編］（臨川書店、2014.3）285-333頁

「『左翼主義』批判の政治学」中に、ヘミングウェイに言及した箇所がある。

●澤田　肇「序章、光の都か花の都か？――世界一魅力的な都市の成立」『パリという首都風景の誕生――フランス革命期から両大戦間まで』澤田　肇、北山研二、南 明日香［共編］（上智大学出版、2014.5）1-6頁

「アーネスト・ヘミングウェイ」に言及した箇所がある。

●重金敦之『ほろ酔い文学事典――作家が描いた酒の情景』（朝日新聞出版、2014.3）267頁

随所に、ヘミングウェイに言及した箇所がある。新書版。

●柴田元幸「解説」『コールド・スナップ』トム・ジョーンズ［著］、舞城王太郎［訳］（河出書房新社、2014.8）315-21頁

「アメリカで書かれる短篇小説は、『話』以上に『声』が前面に出ている……ヘミングウェイの、いわゆる文学的な言い回しはいっさい使わず抽象語も排してシンプルな言葉による描写に徹することで新しい文学性を生み出した声……」という箇所がある。

●白岩英樹「訳者あとがき」『シャーウッド・アンダーソン全詩集――中西部アメリカの聖歌、新しい聖約』白石英樹［訳］（作品社、2014.6）246-57頁

アンダーソンの作家活動は、「すべてが順調にはこんでいたわけではありません。弟

子のように面倒をみたウィリアム・フォークナーやアーネスト・ヘミングウェイが離反していったこともありましたし……」という箇所がある。

●スーサイドノート研究会［編］『著名人が遺した最期の言葉――自殺、殉死、謎の死の果てに』（蒼竜社、2014.4）255頁

46人の言葉に、「アーネスト・ヘミングウェイ」と「マーゴ・ヘミングウェイ」の言葉がある。

●杉江松恋「はじめに」『ビブリオミステリーズI』（ディスカヴァー・トゥエンティワン、2014.11）5-17頁

「ヘミングウェイを題材にした作品」に、『ヘミングウェイのスーツケース』（新潮社）と『ヘミングウェイの妻』（新潮社）を上げている箇所がある。

●諏訪部浩一『ノワール文学講義』（研究社、2014.5）204頁

「殺し屋」ほか、随所にヘミングウェイに触れた箇所がある。

●舌津智之「文学・文化」『現代アメリカ――日米比較のなかで読む』渡辺 靖［編］（新曜社、2014.10）171-210頁

「モダニズム／マッカーシズム／マルティカルチュラリズム――現代文学の流れとその背景は？」の項に、『日はまた昇る』に言及した箇所がある。

●塚田幸光「プロダクション・コードの性／政治学――ジェンダー、幽閉、『サンセット大通り』」『アメリカ観の変遷 上巻――人文系』杉田米行［編］（大学教育出版、2014.10）135-52頁

「当然のことながら、「ボクサーとベッド」表象は、『殺人者』において幾度となく反復される」といった指摘等がある。

●徳永暢三『人と思想―― T・S.・エリオット』（清水書院、2014.9）257頁

第2章中に、「『日はまた昇る』の主人公にとって、ヨーロッパの過去の伝統的精神文化は唾棄すべきものと映っていた……」という箇所がある。新装版第1刷。

●都甲幸治『狂気の読み屋』（共和国、2014.6）285頁

第III章中の、「戦争の記憶――評伝J.D.サリンジャー」等で、ヘミングウェイに言及した箇所がある。

●中村甚五郎『アメリカ史「読む」年表事典3――20世紀』（原書房、2014.11）646頁

ヘミングウェイでは、「『陽はまた昇る』出版」、「『武器よさらば』出版」、「『老人と海』出版」の3項目が組み込まれている。

●西谷拓哉「1920年代のメルヴィル・リヴァイヴァル再考」『白鯨』千石英世［編］（ミネルヴァ書房、2014.12）77-90頁

本稿は第2部第4章に当る論文。「メルヴィルとモダニズム」の項に、ヘミングウェイに触れた箇所がある。

●野上秀雄『歴史の中のエズラ・パウンド』（文沢社、2014. 9）362 頁
随所にヘミングウェイに言及した箇所がある。特に第 10 章「パリのアメリカ人」中で、ヘミングウェイに言及した箇所と、付録「久米民十郎の絵」は興味深い。

●東　理夫『マティーニからはじまる夜――読むお酒』（実業の日本社、2014. 7）287 頁
第 5 章が、「ヘミングウェイのモヒート――文豪に酔う」という一項になっている。

●平出昌嗣『名作英米小説の読み方・楽しみ方』（学術出版会、2014. 2）260 頁
第 II 部中に、『日はまた昇る』が取り上げられ、論じられている。

●星　亮一『老いてこそ過激に生きよ』（イースト・プレス、2014. 2）309 頁
第 11 章「四人の作家」中で、「アーネスト・ヘミングウェイ」を論じている。

●堀　邦維『ユダヤ人と大衆文化』（ゆまに書房、2014. 4）296 頁
マジソン・グラント著『偉大なる人種の終焉』に触れ、「作家のフィッツジェラルドとヘミングウェイの各々が作品中でこの著書に言及している」という箇所がある。

●前川玲子『亡命知識人たちのアメリカ』（世界思想社、2014. 5）321 頁
第 7 章「赤狩りの嵐とブレヒト」中に、ヘミングウェイに言及した箇所がある。

●牧村憲一「刊行にあたって」『（別冊）バハマ・ベルリン・パリ――加藤和彦ヨーロッパ 3 部作』牧村憲一［監修］、大川正義［リマスター］（リットーミュージック出版部、2014. 3）2-3 頁
加藤和彦は、「ヘミングウェイっていうのは、彼の作品より人生の方が面白いのよ」と言っていたという箇所がある。エッセイ。

●増崎　恒「米国と観光（刊行）のまなざし――ヘンリー・ジェイムズ、スティーヴン・クレイン、アーネスト・ヘミングウェイを繋ぐ国際意識」『アメリカのまなざし――再魔術化される観光』天理大学アメリカス学会［編］（天理大学出版部、2014. 12）158-75 頁
「米文学とツーリズムの関係を掘り起こし、米文学研究の地平に新たな展開を拓」こうとした論文。

●三浦玲一『村上春樹とポストモダン・ジャパン――グローバル化の文化と文学』（彩流社、2014. 3）178 頁
第三章中に、「アイデンティティが競争し合う市場――『日はまた昇る』」論が掲載されている。

● Yoichiro, Miyamoto（宮本陽一郎）"'Papa' and Fidel: Cold War, Cuba, and Two Interpretive Communities," *Hemingway, Cuba, and the Cuban Works.* Ed. Larry Grimes. Kent State UP, 2014. 180-93.
とりわけアメリカ合衆国におけるヘミングウェイ研究のなかにあって、ヘミングウェイのキューバにおける亡命生活、およびカストロ政権との関わりは、意図的と思え

るほどに無視されてきた。この論文のなかでは、冷戦期に確立された合衆国におけるヘミングウェイ批評と、カストロおよび革命後のキューバの批評家たちのヘミングウェイ読解を、『老人と海』を中心として比較しつつ、この二つの解釈共同体を視野に入れるときに明らかになるヘミングウェイのリアリズムの特質を明らかにする。英文の論文。

●村上春樹「器量のある小説」『夜はやさし』F・スコット・フィッツジェラルド［著］、森 慎一郎［訳］（作品社、2014. 7）461-66 頁
「まだほとんど無名のヘミングウェイをスクリブナー社の編集者に紹介する労をとったのはフィッツジェラルドだ……」といった箇所等がある。

●村上　東『冷戦とアメリカ――覇権国家の文化装置』（臨川書店、2014. 3）391 頁
「序にかえて」中に、『誰がために鐘は鳴る』に言及した箇所がある。

●森 慎一郎「訳者あとがき」『夜はやさし』F・スコット・フィッツジェラルド［著］、森 慎一郎［訳］（作品社、2014. 7）467-73 頁
「ヘミングウェイの『夜はやさし』評価の変化……」といった箇所等がある。

●山澄　亨「スペイン内戦とアメリカ」『大学で学ぶアメリカ史』和田光弘［編著］（ミネルヴァ書房、2014. 4）196 頁
「ヘミングウェイが内戦中のスペインに赴き、帰国後、内戦を舞台にした『誰がために鐘は鳴る』を著した」という箇所がある。

●山本光伸「あとがき」『異郷―― E・ヘミングウェイ短編集』山本光伸［訳］（柏艪舎、2014. 5）214-16 頁
新訳に付されたあとがき。

●湯川　豊『ヤマメの魔法』（筑摩書房、2014. 4）249 頁
第 III 章「渓流図書館」中で、「大きな二つの心臓の川」が取り上げられ、解説されている。

●渡辺信二「うたはアメリカの大義から――パウンドの詩学」『抵抗することば――暴力と文学的想像力』藤平育子［監修］（南雲堂、2014. 7）97-120 頁
「ヘミングウェイやイエイツなどは、イタリアに移ったパウンドをラパロに尋ねてもいる」といった箇所等がある論文。

●渡辺利雄『アメリカ文学に触発された日本の小説』（研究社、2014. 8）263 頁
第 3 章中に、「メルヴィル、ヘミングウェイの海を扱った作品を連想させる『鯨神』」という一項がある。

3. 論文・エッセイ（学会誌、紀要等）

●今村楯夫「第 16 回国際ヘミングウェイ学会・ヴェネツィア大会に参加して」

『NEWSLETTER』第 67 号（日本ヘミングウェイ協会、2014. 11）11-12 頁

「学会を終えて、真鍋さんと私は共著『ヴェネツィア――ヘミングウェイとパウンドの愛した街』の原稿を書き上げた」という箇所がある。

●上西哲雄「『西部放浪記』に読むトウェインの南北戦争―― F・スコット・フィッツジェラルドとの比較の中で」『マーク・トウェイン――研究と批評』第 13 号（南雲堂、2014. 4）35-41 頁

フィッツジェラルドは、「アーネスト・ヘミングウェイやジョン・ドス・パソスのようにヨーロッパ戦線への参加の経験もなければ、戦争と時期の重なる物語においても戦争そのものについて触れることは殆どない」という指摘がある論文。

●――「『日はまた昇る』の信仰―― Technically Catholic に込められた方向」『ヘミングウェイ研究』第 15 号（日本ヘミングウェイ協会、2014. 6）45-55 頁

本稿は、「作品［『日はまた昇る』］でヘミングウェイは宗教の何を表現したかったのか、あるいは作者の意図を超えてヘミングウェイの宗教に対する何がテキストに表出しているのかを明らか」にした論文。

●河田英介「イカロスの翼――地崩れするニック・アダムズ的自我」『NEWSLETTER』第 66 号（日本ヘミングウェイ協会、2014. 5）4-5 頁

平石貴樹「先生の最終講義」を巡る「閑話究題」でのエッセイ。

●木田のり子「講座――ヘミングウェイの流儀（講師 今村楯夫氏）」『会報』第 46 号（世田谷文学友の会、2014. 11）5 頁

「9 月 4 日、20 世紀を生きたアーネスト・ヘミングウェイの貴重なお話を、味わいのあるスライドを見ながら聴くことができた」という報告。

●日下幸織「『痛み』と遭遇する場としての『インディアン・キャンプ』」『ヘミングウェイ研究』第 15 号（日本ヘミングウェイ協会、2014. 6）57-66 頁

本稿は、「伝記的側面にとどまらず美学的問題をはらんでいるといえる」このテキストの「拮抗する態度がなぜ描かれたのかという点に注目し、そこから読み取れる作家としてのヘミングウェイの姿勢について考察」した論文。

●久保公人「不能の表象――『日はまた昇る』におけるヘミングウェイの儀式的試み」『ヘミングウェイ研究』第 15 号（日本ヘミングウェイ協会、2014. 6）67-75 頁

本稿は、「『日はまた昇る』における闘牛士ペドロ・ロメロの身体的技法が氷山理論の体現である」ことを追求した論文。

●古峨美法「院生であること、ヘミングウェイを読むこと―― "Student Panel: Graduate Students & Hemingway Studies" のパネル報告」『NEWSLETTER』第 67 号（日本ヘミングウェイ協会、2014. 11）13 頁

「ヴェニスで開催された国際ヘミングウェイ学会に参加した」という報告。

●島村法夫「新たな年度を迎えて想起したこと――ご挨拶に代えて」『NEWSLETTER』

第 66 号（日本ヘミングウェイ協会、2014. 5）1-2 頁
2014 年度「会長挨拶」。

●高野泰志「信仰途上のジェイク――『日はまた昇る』における 2 つの時間のゆがみ」『ヘミングウェイ研究』第 15 号（日本ヘミングウェイ協会、2014. 6）7-20 頁
本稿は、「ヘミングウェイがフィッシャーキング伝説に基づいて作品を書いたことを前提にし、この途上で待ち続けるジェイクに大きな影響を与える 2 つの転換点に関して論じ」た論文。

●――「まえがき」『ヘミングウェイ研究』第 15 号（日本ヘミングウェイ協会、2014. 6）3-6 頁
本稿は、「特集：宗教の近代化とヘミングウェイ」の「まえがき」。

●田村行孝「"A Clean, Well-Lighted Place" の謎を解く」『NEWSLETTER』第 66 号（日本ヘミングウェイ協会、2014. 5）6-9 頁
「この短編は 'It' で始まり 'it' で終わっています……その 'it' が謎です」とする「敬愛なるヘミングウェイ様」でのエッセイ。

●――「"Mr. and Mrs. Elliot" の謎を解く―― 'Calutina' と呼ばれたエリオット夫人」『NEWSLETTER』第 67 号（日本ヘミングウェイ協会、2014. 11）9-10 頁
この短編に潜む「謎を、'Calutina'、'Jaeger' という語を手掛かりにして解い」た「敬愛なるヘミングウェイ様」でのエッセイ。

●千代田夏夫「中学校英語教育教材としての米国文学作品――大学学部教育におけるテクスト選定作業を中心に」『教育学部教育実践研究紀要』第 23 巻（鹿児島大学、2014. 1）95-102 頁
ヘミングウェイでは、"Indian Camp"、*The Old Man and the Sea*、"Cat in the Rain" に言及した箇所がある。論文。

●――「地区便り――鹿児島地区」『KALS NEWSLETTER』49（九州アメリカ文学会、2014. 6）3-4 頁
千葉義也「老人から少年へ――『老人と海』と『熊』の世界」『ヘミングウェイと老い』高野泰志 編著（松籟社）に言及した箇所がある。

●――「地区便り――鹿児島地区」『KALS NEWSLETTER』50（九州アメリカ文学会、2014. 11）4-5 頁
千葉義也『書誌：日本におけるヘミングウェイ研究――2013』に言及した箇所がある。

●陳　珊珊「中国におけるジャック・ロンドンの研究動向について」『ジャック・ロンドン研究』第 2 号（日本ジャック・ロンドン協会、2014. 6）25-33 頁
「アメリカ作家の中では 4 人の作品がもっとも中国で翻訳されている。マーク・トウェイン、シオドア・ドライサー、アーネスト・ヘミングウェイとジャック・ロンドンである」という箇所がある「研究ノート」。

●塚田幸光「シネマ×ヘミングウェイ 11 ――『ミッドナイト・イン・パリ』」『NEWSLETTER』第 66 号（日本ヘミングウェイ協会、2014. 5）10-11 頁
「ウディ・アレンの『ミッドナイト・イン・パリ』」を紹介したエッセイ。

●――「シネマ×ヘミングウェイ 12 ――『ラヴ・アンド・ウォー』『NEWSLETTER』第 67 号（日本ヘミングウェイ協会、2014. 11）16-17 頁
「ヘミングウェイの人生が如何に人々を魅了し、プリミティヴな欲望を喚起するのかは、再考すべきかもしれない。映像化され、メディアを彩るアメリカン・アイコン。その不思議な魅力は、メディアのなかで変容し、人々に感染するのだ」と結ぶエッセイ。

●辻　和彦「永原 誠先生の思い出」『マーク・トウェイン――研究と批評』第 13 号（南雲堂、2014. 4）93-94 頁
「永原先生」の、「アーネスト・ヘミングウェイの短篇を論じた記念論文は、研いだばかりの刃物のようだった」という箇所がある。

●辻　秀雄「ミピポポラス伯爵がギャッビーであるようにブレット・アシュレーはマリアである――中世主義、マリア崇拝、重層的テクスト」『ヘミングウェイ研究』第 15 号（日本ヘミングウェイ協会、2014. 6）21-33 頁
本稿は、「『日はまた昇る』という小説の持つ複層性、また、他の歴史的文化的表象や事象との関係性に着目」した論文。

●中垣恒太郎「ヘミングウェイのいる光景（第 1 回）――大衆文化におけるヘミングウェイ表象の想像力」『NEWSLETTER』第 67 号（日本ヘミングウェイ協会、2014. 11）7-8 頁
本稿は、「現在にも繋がる大衆文化の中に映り込んでいる『ヘミングウェイ』の姿を概観することを通して、ヘミングウェイの文化的アイコンの姿を展望してみたい」というのが趣旨。

●本荘忠大「真似ること」『NEWSLETTER』第 67 号（日本ヘミングウェイ協会、2014. 11）15 頁
「移民を対象とした英語教育政策とヘミングウェイとの関連も検証する必要がある」という「閑話究題」でのエッセイ。

●柳沢秀郎「『オリジナル・エデンの園』に見る出逢いの再現――長髪の日本人画家と長髪の画家ニック」『英文學研究』第 91 巻（日本英文学会、2014. 12）21-36 頁
「幼少期より育まれた日本への憧れと若きパリ時代に刻まれた日本人画家たちとの出逢いの記憶がモダニストの血を再び呼び起こし、この晩年の実験的試みへとヘミングウェイを突き動かしたに違いない」とする論文。

●――「ヘミングウェイ・ニューズ」『NEWSLETTER』第 67 号（日本ヘミングウェイ協会、2014. 11）13-14 頁
著者は、「ヘミングウェイ・ノーベル賞受賞 60 周年記念式典（キューバ）」に参加し、

実際に、ヘミングウェイが貰った「ノーベル賞メダル」に触ってみたという。

●山本洋平「考えるジェイク――『日はまた昇る』のカトリシズム表象」『ヘミングウェイ研究』第 15 号（日本ヘミングウェイ協会、2014. 6）35-44 頁

本稿は、「『日はまた昇る』12 章を出発点として、ヘミングウェイの宗教観、とりわけカトリシズム表象について考察」した論文。

4. 邦　訳

●アッシャー、ショーン［編］『注目すべき 125 通の手紙――その時代に生きた人々の記憶』北川 玲［訳］（創元社、2014. 12）384 頁

本書は、Shaun Usher, *Letters of Note: Correspondence Deserving of a Wider Audience* (Canongate, 2013) の邦訳。ヘミングウェイからフィッツジェラルドへ宛てた 1934 年 5 月 28 日の手紙、「小説家から小説家へのアドバイス」が収録されている。

●イーグルトン、テリー『文学とは何か――現代批評理論への招待・下』大橋洋一［訳］（岩波書店、2014. 9）278 頁

本書は、Terry Eagleton, *Literary Theory: An Introduction, 25th Anniversary Edition* (Cambridge: Blackewell, 2008) の邦訳。「だがその種のエクリチュールも、ヘミングウェイの例が典型的に示しているように、実際には、他の文体とかわらず、文体のひとつにすぎない」という箇所がある。文庫版。

●グッドウィン、ドリス・カーンズ『フランクリン・ローズヴェルト――日米開戦への道・上』砂村榮利子、山下淑美［訳］（中央公論新社、2014. 8）567 頁

本書は、Doris Kearns Goodwin, *No Ordinary Time* (New York: Simon & Schuster, 1994) の邦訳。第 8 章中に、「エレノアは何とかニューヨークへ数日間逃避し、作家のアーネスト・ヘミングウェイと昼食を取った」という箇所がある。

●バリー、ピーター「第 11 章――文体論」宮永隆一郎［訳］『文学理論講義――新しいスタンダード』高橋和久［監訳］（ミネルヴァ書房、2014. 4）243-63 頁

本書は、Peter Barry, *Beginning Theory: An Introduction to Literature and Cultural Theory* (UK: Manchester UP, 2009) の邦訳。第 11 章中にある「文体論の目論見」で、ヘミングウェイに言及した箇所がある。

●フィッツジェラルド、F. スコット「小説『夜はやさし』の舞台裏――作者とその周辺の人々の書簡より」森 慎一郎［編訳］『夜はやさし』森 慎一郎［訳］（作品社、2014. 7）475-593 頁

本稿は、F. Scott Fitzgerald, *Tender Is the Night* (New York: Scribners, 1934) の邦訳に付された「付録」。フィッツジェラルドからヘミングウェイへ宛てた書簡もあり、興味深い。

●ヘミングウェイ、アーネスト『異郷―― E・ヘミングウェイ短編集』山本光伸［訳］

（柏艪舎、2014. 5）233 頁

本書は、Ernest Hemingway, *The Complete Short Stories of Ernest Hemingway: The Finca Vigía Edition* (New York: Scribners, 1987) に拠った新訳。生前未発表の 7 編を収録している。

●——『老人と海』小川高義［訳］（光文社、2014. 9）165 頁

文庫、新訳初版。

●——『老人と海』福田恆存［訳］（新潮社、2014. 9）170 頁

文庫、117 刷。

●——『われらの時代・男だけの世界——ヘミングウェイ全短編・1』高見 浩［訳］（新潮社、2014. 3）493 頁

文庫、第 19 刷。

●マクリン、ミルト「アーネスト・ヘミングウェイ」野中邦子［訳］『インタヴューズⅡ ——ヒトラーからヘミングウェイまで』シルヴェスター、クリストファー［編］（文藝春秋、2014. 4）449 頁

本書は、Christopher Silvester, *The Penguin Book of Interviews* (New York: Penguin-Viking, 1993) の邦訳。『アルゴシー』（1958 年 9 月号）に掲載されたヘミングウェイへのインタヴュー記事。文庫版。

●マングェル、アルベルト『読書礼賛』野中邦子［訳］（白水社、2014. 6）430 頁

本書は、Alberto Manguel, *A Reader on Reading* (New Haven: Yale UP, 2010) の邦訳。「独裁者バティスタとその腐敗した政権には、アーネスト・ヘミングウェイやグレアム・グリーンも注目し、強い反感をもった」といった箇所等がある。

●ミラー、ヘンリー『わが生涯の書物——ヘンリー・ミラー・コレクション・13』本田康典ほか［訳］（水声社、2014. 12）576 頁

本書は、Henry Miller, *The Book in My Life* (New York: New Directions, 1952) の邦訳。付録に、ミラー自身が作成した「読書リスト」が付いていて、その中にヘミングウェイの作品も入っている。

5. 書　評

●辻　秀雄「日下洋右著『ヘミングウェイと戦争——「武器よさらば」神話解体』」『英文學研究』第 91 巻（日本英文学会、2014. 12）116-19 頁

日下洋右『ヘミングウェイと戦争——「武器よさらば」神話解体』（彩流社）の書評。「本書は、『武器よさらば』研究の、そしてより大きなヘミングウェイ研究の有力な入り口となってくれるはずだ」と結んでいる。

●早瀬博範「『ヘミングウェイ大事典』」『アメリカ文学研究』第 50 号（日本アメリカ文学会、2014. 3）135-36 頁

「日本のヘミングウェイ研究の集大成をここに見ることが出来る」とある短評。

●別府惠子「アメリカ小説と批評の研究」『英語年鑑――2014』(研究社、2014.1) 10-16頁

ヘミングウェイでは、日下洋右『ヘミングウェイと戦争――『武器よさらば』神話解体』(彩流社、2012) の寸評が掲載されている。

●堀　邦雄「ベロー作品の多層性を改めて確認させてくれる一冊」『図書新聞』(2014.4.26) 6面

鈴木元子『ソール・ベローと「階級」』(彩流社) の書評。「1950年代以降のアメリカ文学は、ヘミングウェイやフォークナーの時代が終わり、小説、批評、詩にいたるまで、ユダヤ系が活躍する時代へと移っていく」という箇所がある。

●柳沢秀郎「今村楯夫著『「キリマンジャロの雪」を夢見て――ヘミングウェイの彼方へ』(柏艪舎、2014.)」『NEWSLETTER』第67号(日本ヘミングウェイ協会、2014.11) 15-16頁

「評者がもっとも興味を引かれたのが本書中盤で扱われているアフリカの宗教である」という箇所がある。なお、本文中「星雲社」とあるのは、柏艪舎の誤り。

6. 雑　誌

[言及ある雑誌]

●池澤夏樹、柴田元幸[対談]「どこまでもアメリカ的なジャック・ロンドン」『モンキー』Vol.4 (スイッチ・パブリッシング、2014.10) 98-105頁

池澤の、「ヘミングウェイはどこかで自己陶酔していると思うんですよ。読み手を差し置いて、僕はうまいと思って書いている。実際にうまいんですけどね」といった箇所等がある。

●今村楯夫「ヘミングウェイが愛した"開襟シャツ"」『サファリ』第12巻・第4号(日之出出版、2014.4) 87頁

「緑豊かなヘミングウェイ邸でくつろぐ姿も、カリブの青い海を背景にした男らしい立ち姿も、開襟シャツが、まばゆいばかりに精悍に輝いて見える」とある。

●――「ヘミングウェイと猫」『フリー＆イージー』第17巻・第186号(イースト・コミュニケーションズ、2014.4) 150頁

「実人生でも小説という虚構の世界でもヘミングウェイの人生には猫は遍在してた」と結ぶエッセイ。

●大平美智子[コーディネート]、編集部[文]、橋本篤[写真]「湖水地方を巡るとっておきのヴァカンス」『クレア・トラベラー』第9巻・第4号(文藝春秋、2014.10) 68-91頁

「ヘミングウェイも『武器よさらば』で主人公をマッジョーレ湖に逃避させる」とい

う箇所がある。

●岡崎武志「文庫王 三たびあらわる」『考える人』No. 49（新潮社、2014. 7）64-65 頁
「……ヘミングウェイ『老人と海』、ヴェルヌ『十五少年漂流記』など、魅力的なカバーが、旧版を所持している私に改めて買わせる力となった」という箇所がある。

●角田光代、坪内祐三、祖父江慎［対談］「やっぱり文庫が好き！」『考える人』No. 49（新潮社、2014. 7）20-31 頁
角田の、「旅先で変わりますね。キューバに行くのにヘミングウェイがキューバを書いた『海流のなかの島々』を持っていってその地で読むとか……」という箇所がある。

●木村榮一「触媒と創造——ガルシア＝マルケスの小説世界」『こころ』Vol. 17（平凡社、2014. 2）30-33 頁
マルケスは、「以後カフカやフォークナー、ヘミングウェイ、グレアム・グリーンといった作家たちから技法を学びとりながら創作を行なった」という箇所等がある。

●柴田　充「孤高を目指して」『メンズプレシャス』第 11 巻・第 9 号（小学館、2014. 6）70-71 頁
「タフネスな実用性と先取りの精神はヘミングウェイの嗜好や生き方にも合致したのだろう」とあり、ロレックスの「バブルバック」をしたヘミングウェイの写真が掲載されている。

●西田善太［編］「酒と本」『ブルータス』第 35 巻・第 17 号（マガジンハウス、2014. 9）32 頁
酒が出てくる小説に、『日はまた昇る』が取り上げられている。

●ハリス、ロバート「ヘミングウェイを愛した女たち」『トランジット』No. 24（講談社、2014. 3）125 頁
「最後まで女性を愛し、女性に愛された文豪、アーネスト・ヘミングウェイ」という言葉がある。エッセイ。

●松林眞弘「絶版 釣り図書の冒険——第 6 回」『Fishing Café』第 49 号（シマノ、2014. 12）74 頁
『青春は川の中に』ジャック・H・N・ヘミングウェイ 著、沼沢治治 訳（TBS ブリタニカ、1990）が紹介されている。

●三浦玲一「『多崎つくる』とリアリズムの消滅——アメリカ・モダニズム小説の意味」『文學界』第 68 巻・第 2 号（文藝春秋、2014. 2）190-214 頁
長編評論。第 IV 章が「アイデンティティが競争し合う市場——『日はまた昇る』」論になっている。

●村上春樹「職業としての小説家」『モンキー』Vol. 4（スイッチ・パブリッシング、2014. 10）168-85 頁

ヘミングウェイの「作品は『初期の方が良い』というのは、いちおう世間の定説になっています」といった箇所等がある。

7. 記　事

●朝日記者不詳「大橋健三郎さん」『朝日新聞』(2014. 5. 13) 36面

訃報。「東大名誉教授・米文学、元日本アメリカ文学会会長。4月22日老衰で死去、94歳」とある。なお、氏は日本ヘミングウェイ協会発起人の一人。

●――「L. バコールさん死去」『朝日新聞』(2014. 8 14) 26面

訃報。「ハンフリー・ボガートさんと共演した『脱出』で映画デビュー」とある。

● ANA作者不詳「世界のセレブリティが愛する伝統菓子」『ANA My Choice』(2014. 12) 3-4頁

「ヘミングウェイは、代表作『武器よさらば』の文中に、コヴァの名前やお菓子を登場させるなど、ファンとして知られています」という箇所がある。

●伊藤千尋「カリブ海の魅惑――間室道子さんに聞く」『朝日新聞』(2014. 7. 26) b4面

代官山蔦屋書店の間室さんの推薦書の一冊に、『老人と海』が上げられている。

●小川高義、木村政則［対談］「翻訳を読む楽しみ――ヘミングウェイ『老人と海』(光文社古典新訳文庫) 刊行を機に」『週刊読書人』(2014. 10. 24) 1-2面

『老人と海』を新訳した小川氏と、同時期に『チャタレー夫人の恋人』を新訳した木村氏との対談。

●櫻井朝雄「パリ逍遥」『週刊読書人』(2014. 2. 7) 1面

「私の好きなヘミングウェイがパリで初めて住んだ家や仕事場が……間近なことから、テラスでワイングラスを手に、何回か心の時を踏んだ」という箇所がある。

●東京・寅さん「かたえくぼ」『朝日新聞』(2014. 12. 2) 14面

「『政治とカネ』、誰がためにカネは成る――国民」というのが取り上げられている。

●平山亜理「祖父と海――ヘミングウェイの孫、舞台訪問」『朝日新聞』夕刊 (2014. 9. 9) 2面

「キューバの漁村コヒマルを8日、ヘミングウェイの孫2人が訪れた」とある。ヘミングウェイの孫とはパトリックとジョン。

●読売記者不詳「キューバ危機」『読売新聞』(2014. 12. 19) 25面

『老人と海』からキューバ危機に触れ、「小説の海のように、敵意と敵意の織りなす緊張がようやく疲れて眠りに就く時刻を迎えたらしい」という記述がある。

8. 年　譜

●小川高義「アーネスト・ヘミングウェイ年譜」『老人と海』小川高義［訳］（光文社、2014.9）150-59 頁

新訳に付された年譜。

●山本光伸「アーネスト・ヘミングウェイ年譜」『異郷—— E・ヘミングウェイ短編集』山本光伸［訳］（柏艪舎、2014.5）219-23 頁

新訳に付された年譜。

9. 書　誌

●英語年鑑編集部［編］『英語年鑑——2014』（研究社、2014.1）583 頁

「個人研究業績一覧」（2013 年 4 月— 2014 年 3 月）で、6 件のヘミングウェイ研究が掲載されている。

●千葉義也「書誌：日本におけるヘミングウェイ研究——2013」『ヘミングウェイ研究』第 15 号（日本ヘミングウェイ協会、2014.6）77-96 頁

本「書誌」は、2013 年 1 月 1 日から 12 月 31 日までの一年間にわが国で発表されたヘミングウェイに関する文献のデータを網羅したもの。

10. カタログ

※該当なし

11. 映画／テレビ

※該当なし

12. DVD ／ビデオ等

●ヘミングウェイ、アーネスト［原作］『破局』（ジュネスコ企画、2014.2）片面一層

監督：マイケル・カーチス、出演：ジョン・ガーフィールドほか。「『脱出』より原作に忠実」。

●——［原作］『キリマンジャロの雪』（キープ、2014.5）片面一層

監督：ヘンリー・キング、出演：グレゴリー・ペック、エヴァ・ガードナーほか。

●モンキー・パンチ［原作］、柏原寛司［脚本］『ルパン三世イッキ見スペシャル』（双葉社、2014.7）片面二層

1989 年、1990 年に制作・放映された『ルパン三世』がまとめて収録されている。なお、1990 年 7 月 20 日に放映されたものが、『ルパン三世——ヘミングウェイ・ペーパーの謎』である。

13. CD

●牧村憲一［監修］、大川正義［リマスター］『バハマ・ベルリン・パリ――加藤和彦ヨーロッパ3部作』（リットーミュージック、2014. 3）CD3枚セット

加藤和彦『パパ・ヘミングウェイ』（1979）、加藤和彦『うたかたのオペラ』（1980）、加藤和彦『ベル・エキセントリック』（1981）の名盤3枚が「オリジナル音源」で復刻されている。なお、『パパ・ヘミングウェイ』には、「ヘミングウェイをテーマ」にした11曲が収録されている。

14. インターネット・ホームページ

※該当なし

15. 写真集

●今村楯夫「解説」『PAPAS ＋ DIARY 2015』（PAPAS COMPANY、2014. 11）96頁

2015年版手帳。ヘミングウェイの12枚の写真に今村楯夫の解説が付されている。

16. トラベル・ガイドブック

●大木雅志「ボティン――世界最古のレストラン」『マドリードとカスティーリャを知るための60章』川成 洋、下山静香［編著］（明石書店、2014. 6）281-83頁

「ヘミングウェイはボティンをとても気に入り、いくつかの作品でボティンを登場させている」といった箇所等がある。

●鎌田暁子「カスティーリャの食文化」『マドリードとカスティーリャを知るための60章』川成 洋、下山静香［編著］（明石書店、2014. 6）120-24頁

「マドリードのマジョール広場裏手にある、ヘミングウェイがよく通ったというレストランもこの子豚の丸焼きが有名である」という箇所がある。

●西山とき子『エキサイティング　キューバ――音楽と革命・世界遺産への旅』（かもがわ出版、2014. 10）63頁

「ヘミングウェイが愛したキューバ――『老人と海』の舞台・漁村コヒマル」という一項があるほか、「ヘミングウェイの常宿のホテル『アンボス・ムンドス』」に触れた箇所もある。

●羽多郁夫「マジョール広場」『マドリードとカスティーリャを知るための60章』川成 洋、下山静香［編著］（明石書店、2014. 6）241-43頁

「スペイン内戦時、激しいマドリード攻防戦下の応援に駆けつけたヘミングウェイ、マルローやキャパたちが、厳しい表情で広場を横切って行く姿が思い浮かびそうだ」という箇所がある。

● BS日テレ［編］『ホテルの窓から――とっておきの滞在と街歩きを楽しむトラベル

ガイドブック』(PARCO 出版、2014. 8) 159 頁
「イタリア・ヴェネツィア『ホテル・ダニエリ』」の項に、このホテルは、「マリア・カラスやヘミングウェイなど、多くの芸術家たちを迎えてきた」とある。

17. テキスト

● Hemingway, Ernest、伊佐憲二［註］『老人と海』(講談社、2014. 9) 132 頁
講談社英語文庫、第 28 刷。

●出水田隆文「解説」『英語で読むトム・ソーヤーの冒険』(IBC パブリッシング、2014. 5) 239 頁
「覚えておきたい英語表現」の項に、「"Indian Camp" には、ネイティブ・アメリカンの陣痛に苦しむ女性のために、男性たちが外でタバコを吸い安産を祈っているシーンが出てきます」という箇所がある。

●金原瑞人［注釈］『「キリマンジャロの雪」、「フランシス・マカンバーの短く幸せな生涯」』(青灯社、2014. 7) 179 頁
「まえがき」の中に両作とも、「短編小説としても驚くほど完成度が高く、何度読み返しても、感動が薄れない」とある。

18. その他

［ヘミングウェイの名前が出てくる小説・エッセイ］
●石原慎太郎『エゴの力』(幻冬舎、2014. 10) 218 頁
第四章中に、「ヘミングウェイが勧める初めての酒」という一項がある。新書版。

●木下半犬「バター好きのヘミングウェイ」『ワンダフル　ストーリー』伊坂幸太郎、大崎 梢、木下半太、横関 大、貫井徳郎［著］(PHP 研究所、2014. 10) 109-56 頁
「美人妻の窮地を描いた」短編。

●ピンチョン、トマス『重力の虹・上』佐藤良明［訳］(新潮社、2014. 9) 751 頁
第三部「イン・ザ・ゾーン」中に、ヘミングウェイに言及した箇所がある。

［ヘミングウェイの作品が出てくる小説・エッセイ］
●村上春樹『女のいない男たち』(文藝春秋、2014. 4) 285 頁
「まえがき」に、このタイトルから、「多くの読者はアーネスト・ヘミングウェイの素晴らしい短編集を思い出されることだろう……」という箇所がある。

●和田　誠『和田 誠シネマ画集』(ワイズ出版、2014. 7) 271 頁
映画化されたヘミングウェイの作品一覧のほか、著者自身が描いたヘミングウェイの肖像画が付されている箇所がある。

19. 学会／協会誌

●日本ヘミングウェイ協会

［ニューズレター］

The Hemingway Society of Japan Newsletter. No. 66 (1 May 2014)
The Hemingway Society of Japan Newsletter. No. 67 (13 Nov. 2014)

[協会誌]

●日本ヘミングウェイ協会［編］『ヘミングウェイ研究』第15号（日本ヘミングウェイ協会、2014.6）119頁

6編の論文に、書誌が付された学術誌。目次は次の通り。なお、各論文の内容は3の論文・エッセイの項を参照のこと。■高野泰志「まえがき」■高野泰志「信仰途上のジェイク――『日はまた昇る』における2つの時間のゆがみ」■辻　秀雄「ミピポポラス伯爵がギャッピーであるようにブレット・アシュレーはマリアである――中世主義、マリア崇拝、重層的テクスト」■山本洋平「考えるジェイク――『日はまた昇る』のカトリシズム表象」■上西哲雄「『日はまた昇る』の信仰――Technically Catholicに込められた方向」■日下幸織「『痛み』と遭遇する場としての『インディアン・キャンプ』」■久保公人「不能の表象――『日はまた昇る』におけるヘミングウェイの儀式的試み」■千葉義也 編「日本におけるヘミングウェイ研究――2013」■上西哲雄・高野泰志「あとがき」。

日本におけるヘミングウェイ書誌
——2015 年——

1. 単行本

●今村楯夫『ヘミングウェイの愛したスペイン』（風濤社、2015. 11）245 頁

本書は、「『午後の死』に描かれたスペインに焦点をあて、『日はまた昇る』なども見つつ、ヘミングウェイがスペインのどこに魅了されたのか、旅を通して明らかにした」書。主な目次は次の通り。■第 1 章「スペインに魅了されたヘミングウェイ」■第 2 章「国境を巡って—— 1923 vs. 1953」■第 3 章「闘牛の美学」■第 4 章「闘牛とゴヤの故郷——サラゴーサ〜フェンデトードス」■第 5 章「白い象のような山なみ——カセタス駅での出来事」■第 6 章「白いアスパラガス——アランフェス」■第 7 章「同時代の画家とヘミングウェイ」■第 8 章「ミロの故郷への旅——モンロッチ」■第 9 章「世界で一番おいしいレストラン——マドリッド 1」■第 10 章「『世界の首都』のレストラン——マドリッド 2」■第 11 章「エル・グレコの世界——トレド」■第 12 章「ゴヤの霊廟——マドリッド 3」■「あとがき」■「主要参考文献」■「年譜」。

●——、真鍋晶子『ヘミングウェイとパウンドのヴェネツィア』（彩流社、2015. 1）227 頁

本書は、「ヴェネツィアという水の都を磁場にして、ふたり［ヘミングウェイとパウンド］の軌跡を辿っ」た書。全体は二部から構成されている。主な目次は次の通り。■第一部「ヘミングウェイとヴェネツィア」（今村楯夫）■第二部「パウンドとヴェネツイア」（真鍋晶子）■「参考文献」■「あとがき」。

●高野泰志『アーネスト・ヘミングウェイ、神との対話』（松籟社、2015. 3）252 頁

本書は、「ヘミングウェイの生涯続いた信仰をめぐる葛藤を、いわば神との挑戦的な対話を、詳しく追った」書。主な目次は次の通り。■「序章」■第 1 章「ニック・アダムズと『伝道の書』——オークパークとピューリタニズム」■第 2 章「信仰途上のジェイク——スコープス裁判と聖地巡礼」■第 3 章「届かない祈り——戦争とカトリシズム」■第 4 章「異端審問にかけられたキャサリン」■第 5 章「信者には何もやるな——出産と自殺の治療法」■第 6 章「革命家の祈り——政治と宗教の狭間で」■第 7 章「サンチャゴとキリスト教的マゾヒズム」■第 8 章「ニック・アダムズと楽園の悪夢」■終章「ヘミングウェイが見た神の光」■「参考文献」■「あとがき」。

●フェアバンクス香織『ヘミングウェイの遺作――自伝への希求と<編纂された>テクスト』（勉誠出版、2015. 3）349 頁

本書はヘミングウェイ「晩年の作品群の変更過程をオリジナル原稿の修正痕から丁寧に辿り」、そこから、「多層的」作家像を明らかにした書。主な目次は次の通り。■「序章」■第 1 章「ヘミングウェイと『ヘミングウェイ』の分岐点―― 1940 年代以降の人生と作品」■第 2 章「『海流の中の島々』」■第 3 章「『エデンの園』／『最後の良き故郷』」■第 4 章「『夜明けの真実』／『キリマンジャロの麓で』」■第 5 章「第二次世界大戦を題材にした生前未出版の短編」■第 6 章「『移動祝祭日』／『移動祝祭日――修復版』」■第 7 章「『危険な夏』」■終章「ヘミングウェイ自伝の諸相――キュビズム、パリへの追憶、そして死の予兆」■「年譜」■「あとがき」。

2. 言及ある単行本

●青山　南「訳者解説 1」『パリ・レヴュー・インタヴューⅠ――作家はどうやって小説を書くのか、たっぷり聞いてみよう！』青山 南［編訳］（岩波書店、2015. 11）399-405 頁

「1920 年代のパリには、本国アメリカの空前の好景気と強いドルに支えられて遊びに来ているアメリカ人が多くいた。ヘミングウェイやフィッツジェラルド……」と言う箇所がある。

●荒木飛呂彦『荒木飛呂彦の漫画術』（集英社、2015. 4）281 頁

第四章「ストーリーの作り方」中に、「表現はヘミングウェイに学べ！」という一項がある。新書版。

●池上冬樹「解説」『ベスト・アメリカン・短編ミステリ 2014』リザ・スコットライン［編］（DHC、2015. 1）585-98 頁

マイカ・ネイサンの「獲物」に、「静かにもりあがる緊張感は、緊密な文体の勝利だろう。ヘミングウェイの伝統を現代の視点から捉え直した作品といってもいい」という箇所がある。

●池澤夏樹『池澤夏樹の世界文学リミックス』（河出書房新社、2015. 10）354 頁

「フォークナー『アブサロム、アブサロム！』」の項中に、「徒労の美しさ『老人と海』」と、「鱒を釣る悦楽『二つの心臓の大きな川』」がある。文庫版。

●いしかわ　あさこ［文］、佐藤英行［イラストレーション］『重鎮バーテンダーが紡ぐスタンダード・カクテル』（スタジオ　タック　クリエイティブ、2015. 12）187 頁

「山本隆範×モヒート」の項中に、ヘミングウェイに言及した箇所がある。

●石出法太、石出みどり『これならわかるアメリカの歴史 Q & A』（大月書店、2015. 4）158 頁

第 11 章中の Q5 の答えの中に、ヘミングウェイに言及した箇所がある。

●浦田憲治『未完の平成文学史——文芸記者が見た文壇30年』（早川書房、2015. 3）590頁

第15章「群れないで書く」中に、丸山健二の小説には「苛烈で非情な運命にもてあそばれながらも、流されることなく力強く生きていく男たち」が登場する。「アメリカ文学においてハーマン・メルヴィルが『白鯨』で、アーネスト・ヘミングウェイが『老人と海』で描いた孤高の男たちだ」といった指摘等がある。

●逢坂　剛「解説——スペイン内戦最大の謎を追う」『キャパの十字架』沢木耕太郎（文藝春秋、2015. 12）389-96頁

「あれほど＜闘争＞というものに関心の強かったヘミングウェイが、銃を取らなかったという事実は不可解、としかいいようがない」という箇所がある。文庫版。

●大滝恭子、永峰好美、山本 博『スペイン・ワイン』（早川書房、2015. 7）252頁

ワインの生産地のひとつ「ナバーラ」を紹介した項に、ヘミングウェイに言及した箇所がある。

●小笠原豊樹「訳者あとがき」『八十路から眺めれば』マルコム・カウリー［著］、小笠原豊樹［訳］（草思社、2015. 10）131-37頁

「カウリーが終始最大の関心をもって論じた対象は、ほかならぬ『失われた世代』の作家たち……」といった箇所等がある。文庫版。

●角田光代「『武器よさらば』——人が極限にあるときの、飲食という、生のきらめき」『私的読食録』堀江敏幸、角田光代［著］（プレジデント社、2015. 10）60-61頁

「小説のなかで主人公が食事をする。非常によくあるシーンである。でも、忘れられない食事シーンとなると、そうはない」と述べて上げるのが『武器よさらば』である。

●金原瑞人『サリンジャーに、マティーニを教わった』（潮出版社、2015. 8）257頁

本書中の「翻訳王国ニッポン」という一項に、「本国アメリカでも本になっていなかったヘミングウェイの作品まで、日本では本になっていたりする」と指摘した箇所があるほか随所にヘミングウェイに言及がある。

●川本三郎「解説——『さようなら』の詩人」『歌おう、感電するほどの喜びを！』［新版］レイ・ブラッドベリ［著］、伊藤典夫 他［訳］（早川書房、2015. 6）541-45頁

短編「キリマンジャロ・マシーン」は、「自殺したヘミングウェイを敬愛する主人公はタイム・マシーンに乗って生前のパパ・ヘミングウェイに会いに行き、この偉大な作家をタイム・マシーンに乗せ古き良き過去へと戻ってゆく」話だという箇所がある。文庫版。

●——『サスペンス映画 ここにあり』（平凡社、2015. 6）455頁

映画『殺人者』が取り上げられ論じられているほか、『脱出』にも言及がある。

●久我俊二『スティーヴン・クレインの「全」作品解説』（慧文社、2015. 3）532頁

「『赤い武勲章』を……ヘミングウェイは、1942年には『南北戦争を描いた最初のリ

アルな作品』と語っている」といった箇所等がある。

●郷原佳以「カフェ」『比較文化事典』関東学院大学国際文化学部比較文化学科［編］（明石書店、2015.2）50-51頁
「モンパルナス界隈のロトンド、セレクト、クーポール、ドーム等のカフェ」に集まった人の中に、ヘミングウェイの名前も出てくる。

●小鷹信光「訳者あとがき」『チューリップ――ダシール・ハメット中短篇集』（草思社、2015.11）369-83頁
「ダシール・ハメットは、よく知られている二人のアメリカ作家、アーネスト・ヘミングウェイ、ウイリアム・フォークナーと同じ時代を生きた作家でした」といった箇所等がある。

●今野　敏「解説――私的ハードボイルド考」『冒険の森へ　傑作小説大全11――復活する男』（集英社、2015.5）595-600頁
「そもそもハードボイルドとは何だろう。一般には、暴力的な事柄や犯罪的な物語を、批判を加えずに、客観的かつ簡潔な文体で綴る作品のことだと言われている。そのスタイルの先駆者となったのは、アーネスト・ヘミングウェイだ」という言葉がある。

●佐伯彰一「批評家魂のサムライ」『福田恆存――人間・この劇的なるもの』（河出書房新社、2015.5）85-91頁
「アメリカの軍人たち」は、「こちらが戦争中の英文科学生、『アメリカ文学専攻』とき知ると、率直に驚き、すぐに『兵隊文庫』のスタインベック、ヘミングウェイの小説集などを手渡してくれたりもした」という箇所がある。

●佐々木正悟『すごい手抜き』（ワニブックス、2015.12）191頁
「『習慣化で』安定させる」の項に、ヘミングウェイに触れた箇所がある。

●竹内康浩『謎とき「ハックルベリー・フィンの冒険」――ある未解決殺人事件の深層』（新潮社、2015.1）296頁
本書は、「作中、何者かに殺されたハックの父。その犯人が見つからぬまま終ってしまうのはなぜか？」という謎を追求した書。有名なヘミングウェイの言葉に言及した箇所がある。

●立花珠樹『女と男の名作シネマ――極上恋愛名画100』（言視舎、2015.9）237頁
第X章「歴史の渦の中で」に於いて、『誰が為に鐘は鳴る』が取り上げられ、紹介されている。

●千葉義也「1930年代のアメリカ――『持つと持たぬと』の世界」『片平50周年記念論文集――英語英米文学研究』片平会［編］（金星堂、2015.3）263-80頁
『持つと持たぬと』に描かれた1930年代アメリカの大衆文化を追った論文。

●辻　秀雄「1920年代パリの悪――ラルフ・エリソンと読むアーネスト・ヘミングウェ

イの『日はまた昇る』」『文学と悪』白百合女子大学言語･文学研究センター［編］（弘学社、2015. 6）123-33 頁

ラルフ・エリソンと共に「『日はまた昇る』を読むことで、同小説の隠れた魅力」に迫った論文。

●栂　正行「移動する土着、移動する近代―― V・S・ナイポールの作品から」『土着と近代――グローカルの大洋を行く英語圏文学』栂 正行､木村茂雄､武井暁子［編著］（音羽書房鶴見書店、2015. 10）211-43 頁

「1. ジャンル」の項で、ヘミングウェイに言及した箇所がある。

●永田浩三『ベン・シャーンを追いかけて』（大月書店、2015. 5）303 頁

第 3 章「アメリカのアートジャーナリスト」の「リベラとの壁画制作」の項中に､「スペインで内戦が起きたとき、ジョージ・オーウェル、ロマン・ロラン、アーネスト・ヘミングウェイ、ドス・パソスらの反戦・反ファシズムを呼びかける輪の中に、［シモーヌ］ヴェイユも入っていった」という言及がある。第 2 刷。

●中谷　崇「モダニズムのテクスト――フォークナー『響きと怒り』」『テクストとは何か――編集文献学入門』明星聖子、納富信留［編］（慶應義塾大学出版会、2015. 10）181-202 頁

「4. モダニズム文学における『作者』と『編集者』の共同作業」の項中でヘミングウェイに言及した箇所がある。

●中村邦生『はじめての文学講義――読む・書く・味わう』（岩波書店、2015. 7）166 頁

第 2 章「文学のいとなみ――読むこと・書くこと」の「翻訳をめぐって」の中に、ヘミングウェイに言及した箇所がある。新書版。

●――「『ハックルベリー・フィンの冒険』」『小説への誘い――日本と世界の名作 120』小池昌代、芳川泰久、中村邦生［著］（大修館書店、2015. 2）18-19 頁

文末に、「必ず引き合いに出されるヘミングウェイの賛辞があることも付記しておきたい」とある。

●――「『老人と海』」『小説への誘い――日本と世界の名作 120』小池昌代、芳川泰久、中村邦生［著］（大修館書店、2015. 2）118-19 頁

「疲労の果ての静寂に羨望すらおぼえて」という題名で書き始められている。

●野中邦子「文庫版あとがきにかえて」『名編集者パーキンズ・下』A. スコット・バーグ［著］、鈴木主税［訳］（草思社、2015. 6）481-84 頁

「現在、この本をもとに映画『Genius (天才)』（原題）の企画が進んでいる……ヘミングウェイにドミニク・ウェストが決まって……」という箇所がある。

●萩尾望都「ブラッドベリ体験」『［新版］歌おう､感電するほどの喜びを！』レイ・ブラッドベリ［著］、伊藤典夫 他［訳］（早川書房、2015. 6）547-51 頁

「それから、『キリマンジャロ・マシーン』。ヘミングウェイをキリマンジャロへ運ぶ男の話」という箇所がある。文庫版。

●堀内香織「『脱出』の名セリフと解説」『アメリカ映画の名セリフベスト100』曽根田憲三、寶壺貴之［監修］（フォーイン　スクリーンプレイ事業部、2015. 12）78-79 頁
“You know how to whistle, don’t you, Steve?” “You just put your lips together and blow.”（「口笛の吹き方は知ってるわよね、スティーヴ？」「ただ唇を会わせて、吹けばいいのよ」）というセリフが紹介、解説されている。

●本荘忠大「“The Porter” とプルマン・ポーター労働運動」『英語と文学、教育の視座』渋谷和郎、野村忠央、土居峻［編著］（DTP 出版、2015. 12）85-96 頁
本稿は、「プルマン・ポーター労働運動を中心とした歴史的文脈を踏まえながら作品分析を行うことによって、作者ヘミングウェイの創作意図を究明した」論文。

●丸山ゴンザレス『世界の危険に挑む 99 の言葉』（文庫ぎんが堂、2015. 11）220 頁
第 4 章「命をかけた言葉」中に、「『キリマンジャロの雪』の冒頭を飾る一節」が紹介されている。

●本村浩二「『ハックルベリー・フィンの冒険』」『比較文化事典』関東学院大学国際文化学部比較文化学科［編］（明石書店、2015. 2）153-54 頁
『アフリカの緑の丘』で述べたヘミングウェイの言葉に言及がある。

●森本真一、白岩英樹『ユニバーサル文学談義』（作品社、2015. 7）249 頁
「第 1 章」中の「いかに生きるか」の項に、「狩猟」をめぐって両氏がヘミングウェイに言及した箇所がある。

●山本史郎［文］、大竹 守［絵］『読み切り 世界文学――人生は賢者に学べ』（朝日新聞出版、2015. 9）308 頁
第 15 章が、『老人と海』になっている。なお、第 3 章『異邦人』に、カミュは「ヘミングウェイの作品や、ジェイムズ・ケインの犯罪小説『郵便配達は二度ベルを鳴らす』（1934）などの影響を強く受けている」という指摘がある。

3. 論文・エッセイ（学会誌、紀要等）

●今村楯夫「巻頭言：革命と言葉――ヘミングウェイのキューバ」『言語の世界』Vol. 33. No. 2（言語研究学会、2015. 12）1 頁
「アメリカとキューバは新たなる国交樹立に向かって動き出した。ヘミングウェイとカストロが予告した『われわれは勝利する』ときがまさに訪れようとしているのだ」という言葉があるエッセイ。

●――「国際学会と現地取材――ヘミングウェイの『河を渡って木立の中へ』を巡って」『英文學研究支部統合号』第 7 号（日本英文學會、2015. 1）93-100 頁
「『河を渡って木立の中へ』を生んだヴェネツィアと『武器よさらば』に描かれた戦

場を結ぶ接点は、このたびのヘミングウェイ国際大会によって、人びととの出会いと案内によって、鮮明な軌跡と地勢を視覚的に確認することができた」という箇所がある論文。

●――「ユダヤ・ゲットーの広場――ヴェネツィアの旅のこぼれ話」『ヘミングウェイ研究』第16号（日本ヘミングウェイ協会、2015.6）3-6頁

「『ダヌンツィオはユダヤ人』ではないか、というキャントウェルの勝手な推測に触発されてゲットーにまで足を運んだことは意味深いことであった」というエッセイ。

●日下香織「敬愛なるヘミングウェイ様」『NEWSLETTER』第69号（日本ヘミングウェイ協会、2015.11）9頁

「フィッツジェラルドにせよ、ヘミングウェイにせよ、晩年は『書けない』ことを自覚しながら、それでも『書く』ことにこだわり続け、それぞれのやり方で自分の『弱さ』に向き合い続けた作家たちの『強さ』に対して」、「敬意を感じずにはいられない」というエッセイ。

●佐々木徹「トウェインはアメリカのディケンズか？」『マーク・トウェイン――研究と批評』第14号（南雲堂、2015.4）10-18頁

「ジェイン・スマイリーは1996年に、『ヘミングウェイはすべてのアメリカ文学は『ハック・フィン』から生じたと言ったが、アメリカ文学・文化にとっては、われわれの文学が『アンクル・トム』から生まれていた方が明らかによかったのだ』と発言して物議をかもした」という箇所がある。

●島村法夫「再び桜の季節を迎え思うこと――ご挨拶に代えて」『NEWSLETTER』第68号（日本ヘミングウェイ協会、2015.4）1-2頁

2015年度「会長挨拶」。今村楯夫氏との関係にも触れた箇所がある。

●菅井大地「消費対象としてのパストラル――ブローティガンが読むヘミングウェイの鱒釣り」『ヘミングウェイ研究』第16号（日本ヘミングウェイ協会、2015.6）61-70頁

「ブローティガンが描いたように、1960年代のアメリカにおいてヘミングウェイの『鱒釣り』は、消費対象として資本主義社会の中に溶け込んでいくのである」と結ぶ論文。

●鈴木智子「Rereading "Out of Season": Hemingway's Experiment in Story Development」『ヘミングウェイ研究』第16号（日本ヘミングウェイ協会、2015.6）103-12頁

Dewey Ganzelの議論を掘り下げると同時に、「walkingの役割の解明を通じて、作品の本質に迫」った英文の論文。

●高野泰志「『夜はやさし』の欲望を読む」『英文學研究』第92巻（日本英文學会、2015.12）61-76頁

「2. ディツク・ダイヴァーの『有用性』」の項で、『武器よさらば』に言及した箇所が

ある。論文。

●田中久男「アメリカ文学におけるリージョナリズム」『フォークナー』第17号（松柏社、2015. 4）148-59頁

「故郷との軋轢という点から言えば、それは南部作家だけに固有の問題ではなく、どの地域の作家にも見られる普遍的な現象である」とし、その中に「アーネスト・ヘミングウェイとシカゴ郊外のオークパーク」を上げた箇所がある。論文。

●――「ヘミングウェイとフォークナー――『氷山理論』と『波紋理論』」『ヘミングウェイ研究』第16号（日本ヘミングウェイ協会、2015. 6）19-33頁

座談会で推薦された重要な論文の再録。『日本におけるヘミングウェイ書誌――1999-2008』「書誌――2002」（『ヘミングウェイ研究』第4号）を参照のこと。

●千代田夏夫「地区便り――鹿児島地区」『KALS NEWSLETTER』51（九州アメリカ文学会、2015. 6）4-5頁

千葉義也「1930年代のアメリカ――『持つと持たぬと』の世界」『片平50周年記念論文集――英語英米文学研究』片平会 編（金星堂、2015. 3）に言及した箇所がある。

●――「地区便り――鹿児島地区」『KALS NEWSLETTER』52（九州アメリカ文学会、2015. 11）4-5頁』

千葉義也「日本におけるヘミングウェイ研究――2014」及び「座談会」『ヘミングウェイ研究』16号（2015. 6）に触れた箇所がある。

●――「中等教育英語における、米国文学とジェンダー・セクシュアリティ――高等教育での教材選定と模擬授業を通して」『教育実践研究紀要』第24巻（鹿児島大学教育学部、2015. 1）103-18頁

本稿は、「中等教育における英語科教材としての米国文学の可能性」を探った論文。『日はまた昇る』に触れた箇所がある。

●塚田幸光「シネマ×ヘミングウェイ13――『潮騒とベーコンサンドとヘミングウェイ』」『NEWSLETTER』第68号（日本ヘミングウェイ協会、2015. 4）9-12頁

本映画の「老人たちが、奇妙にもニューシネマの男たちの『その後』に重なってくるから不思議だ」と語るエッセイ。

●――「シネマ×ヘミングウェイ14――『私が愛したヘミングウェイ』」『NEWSLETTER』第69号（日本ヘミングウェイ協会、2015. 11）10-12頁

「フィリップ・カウフマン監督『私が愛したヘミングウェイ』（*Hemingway & Gellhorn*, 2012）」は、マーサとアーネストのスロッピー・ジョーでの出会いの「瞬間の激しさを、二人の視線の応酬で捉え」ていると語るエッセイ。

●辻　秀雄「ヘミングウェイ『われらの時代に』第8章に関する覚書」『Metropolitan』第II期第1号（首都大学東京、2015. 1）87-93頁

本稿は、「『われらの時代に』の中間章第8章に現れる警官の一人、Boyleのエスニ

シティに関する」興味深い論文。

●長尾晋宏「『スイス賛歌』再考――差異から考える差異」『ヘミングウェイ研究』第16号（日本ヘミングウェイ協会、2015. 6）71-81頁

本稿は、「『スイス賛歌』における重要な要素であると考えられる反復に注目」し、「再評価」した論文。

●中垣恒太郎「ヘミングウェイのいる光景（第2回）――ポピュラー音楽の中のヘミングウェイ像」『NEWSLETTER』第68号（日本ヘミングウェイ協会、2015. 4）4-8頁

本稿は、次の3項目から構成されている。■「『偉大なる旅人』としてのヘミングウェイ――英語圏のポピュラー音楽作品から」■「『夏・海・リゾート』のイメージ――オメガトライブ～今井美樹」■「バハマからヨーロッパへ――加藤和彦『パパ・ヘミングウェイ』（1979）。

●中村嘉雄「コーンの鼻はなぜ『平たく』なければならないのか―― 20世紀初頭のアメリカにおける混血恐怖と美容整形術を中心に」『ヘミングウェイ研究』第16号（日本ヘミングウェイ協会、2015. 6）83-92頁

本稿は、コーンの「『鼻』に秘められた反ユダヤ主義的ニュアンスを暴き、ジェイクがコーンの『鼻』について――嫌味気に――語る理由を明らかに」した論文。

●新関芳生「ユダヤ・医学・カソリック――宗教と医学から読む『神よ陽気に殿方を憩わせたまえ』」『ヘミングウェイ研究』第16号（日本ヘミングウェイ協会、2015. 6）35-48頁

座談会で推薦された重要な論文の再録。『日本におけるヘミングウェイ書誌――1999-2008』「書誌――1999」（『ヘミングウェイ研究』創刊号）を参照のこと。

●野崎　歓「悲劇の啓示――フォークナーと第二次大戦後のフランス」『フォークナー』第17号（松柏社、2015. 4）4-12頁

「ハワード・ホークス監督の傑作『三つ数えろ』や『脱出』の脚本家として彼［フォークナー］の名前は改めて記憶に刻まれることとなった」という箇所がある。

●長谷川裕一「ヘミングウェイと『エスクァイア』――『男性消費者雑誌』という弁証法、そして一九三〇年代」『ヘミングウェイ研究』第16号（日本ヘミングウェイ協会、2015. 6）49-60頁

座談会で推薦された重要な論文の再録。『日本におけるヘミングウェイ書誌――1999-2008』「書誌――1999」（『ヘミングウェイ研究』創刊号）を参照のこと。

●原　信雄「追想」『フォークナー』第17号（松柏社、2015. 4）108-09頁

「『危機の文学』は二〇世紀文学の一大危機的時代におけるアメリカ小説の本質を、ドス・パソス、ファレル、スタインベック、ヘミングウェイ、そしてフォークナーなどをとりあげ論究されたもの」という箇所がある。本稿は「大橋健三郎先生追悼特集」の中のエッセイ。

●古谷裕美「ヘミングウェイ『日はまた昇る』における身体・衣服・ジェンダー・パフォーマンスに関する一考察」『英米文学手帳』第53号（関西英米文学研究会、2015. 12）46-59頁

本稿は、「ブレットの詳細な身体表象分析を介して、古典的名著『日はまた昇る』に新たな解釈を導き出」した論文。

●堀内香織「ヘミングウェイと大衆文化――『蝶々と戦車』における "eau de cologne" と "flit gun" の役割」『ヘミングウェイ研究』第16号（日本ヘミングウェイ協会、2015. 6）93-102頁

本稿は、「"eau de cologne" と、それが入れられていた "flit gun" の社会文化的意味合いを当時のアメリカ映画にも触れながら検討」した論文。

●武藤脩二「『ハックルベリー・フィンの冒険』の最初期の書評――トマス・サージェント・ペリーの『マーク・トウェイン』」『マーク・トウェイン――研究と批評』第14号（南雲堂、2015. 4）4-8頁

「[ライト・] モリスはその希望の『彼方なる土地』は存在せず、アメリカ作家たちはむしろ『背後なる土地』つまり過去の土地に向かう、それはトウェイン以前から続いていた、ヘミングウェイもまたまさにその典型に他ならない、というのである」という箇所がある。「マーク・トウェイン研究余話11」。

●柳沢秀郎「ヘミングウェイ・ニュース」『NEWSLETTER』第69号（日本ヘミングウェイ協会、2015. 11）13-14頁

■「科研費とヘミングウェイ研究」■「第15回キューバ国際ヘミングウェイ学会参加報告」の2つのニュースで構成されている。

4. 邦　訳

●カウリー、マルコム『八十路から眺めれば』小笠原豊樹［訳］（草思社、2015. 10）137頁

本書は、Malcolm Cowley, *The View from 80* (New York: Viking, 1980) の邦訳。第2章「八十歳からの未来を考える」の中に、ヘミングウェイに言及した箇所がある。

●カリー、メイソン『天才たちの日課――クリエイティブな人々の必ずしもクリエイティブでない日々』金原瑞人、石田文子［訳］（フィルムアート社、2015. 2）358頁

本書は、Mason Currey, *Daily Rituals: How Artists Work* (New York: Alfred A. Knopf, 2013) の邦訳。第28番目に、「アーネスト・ヘミングウェイ」も取り上げられている。第3刷。

●シールズ、デイヴィッド、シェーン・サレルノ『サリンジャー』坪野圭介、樋口武志［訳］（角川書店、2015. 5）742頁

本書は、Shane Salerno and David Shields, *Salinger* (New York: Simon & Schuster, 2013) の邦訳。第5章「冬の死者たち」を中心に、ヘミングウェイに言及した箇所がある。

伝記。

●シャーバー、イルメ『ゲルダ』高田ゆみこ［訳］（祥伝社、2015. 11）457 頁

本書は、Irme Schaber, *Gerda Taro, Fotoreporterin: Mit Robert Cap aim Spanischen Buergerkrieg. Die Biografie* (Paris: Jonas Verlag F. Kunst U, 2013) の邦訳。第 18 章「ヒロインの帰還」中に、「ゲルホーンは……のちに夫となるアーネスト・ヘミングウェイについてさえ、敢えてそのまま描いたため、彼女の作品は情報が豊富である」と指摘した箇所がある。

●スミス、ヴァレリー『トニ・モリスン——寓意と想像の文学』木内徹、西本あづさ、森あおい［訳］（彩流社、2015. 10）218 頁

本書は、Valerie Smith, *Toni Morison: Writing the Moral Imagination* (Wiley-Blackwell, 2012) の邦訳。「イントロダクション」中に、「ウィラ・キャザー、メルヴィル、エドガー・アラン・ポー、アーネスト・ヘミングウェイなどによって書かれたテクストが関与している人種的な言説をモリソンは実証しようとしている」という箇所がある。

●デイヴィス、フィリップ『ある作家の生——バーナード・マラマッド伝』勝井伸子［訳］（英宝社、2015. 4）699 頁

本書は、Philip Davis, *Bernard Malamud: A Writer's Life* (Oxford: Oxford University Press, 1970) の邦訳。第 2 章中に、マラマッドはある学生に、ヘミングウェイの「単純さという仕掛けがこれほど力強いものだとは知らなかった」と語ったという箇所等がある。

●バーグ、A. スコット『名編集者パーキンズ、上・下』鈴木主税［訳］（草思社、2015. 6）499 頁、484 頁

本書は、A. Scott Berg, *Max Perkins: Editor of Genius* (New York: E. P. Dutton, 1978) の邦訳。天才編集者パーキンズの伝記。ヘミングウェイの名前が随所に出てくる。文庫版。

●バザン、アンドレ『オーソン・ウェルズ』堀 潤之［訳］（インスクリプト、2015. 12）189 頁

本書は、Jean Cocteau et Andre Bazin, *Orson Welles*, Editions Chavane, 1950) に雑誌記事を加えた邦訳。「『市民ケーン』の技法」中に、ヘミングウェイに言及した箇所がある。

●ブライソン、ビル『アメリカを変えた夏—— 1927 年』伊藤 真［訳］（白水社、2015. 11）581 頁

本書は、Bill Bryson, *One Summer: America 1927* (New York: Anchor Books, 2013) の邦訳。ヘミングウェイへは第 28 章で言及される。

●ブラッドベリ、レイ『［新版］歌おう、感電するほどの喜びを！』伊藤典夫、吉田誠一 他［訳］（早川書房、2015. 6）551 頁

本書は、Ray Bradbury, *I Sing the Body Electric!* (New York: Vintage, 2015) の邦訳。冒頭に、ヘミングウェイを敬愛する主人公が出てくる「キリマンジャロ・マシーン」（吉

田誠一 訳）が収載されている。

●フリード、ディナ『ひと皿の小説案内――主人公たちが食べた50の食事』阿部公彦［監訳］（マール社、2015. 2）134頁

本書は、Dinah Fried, *Fictitious Dishes* (New York: Harper Collins, 2014) の邦訳。ヘミングウェイでは、「二つの心臓の大きな川」が取り上げられている。

●ベイカー・ジュニア、ヒューストン・A.『ブルースの文学――奴隷の経済学とヴァナキュラー』松本昇、清水菜穂、馬場聡、田中千晶［訳］（法政大学、2015. 5）395頁

本書は、Houston A. Baker, Jr., *Blues, Ideology, and Afro-American Literature: A Vernacular Theory* (Chicago and London: The University of Chicago Press, 1984) の邦訳。第3章冒頭に、『午後の死』からの引用等がある。

●ヘミングウェイ、アーネストほか『パリ・レヴュー・インタヴューⅡ――作家はどうやって小説を書くのか、たっぷり聞いてみよう！』青山 南［編訳］（岩波書店、2015. 11）21-49頁

本稿は、元々、George Plimpton, ed. *Writers at Work: The Paris Review Interviews, Second Series* (Harmondsworth: Penguin, 1977) に収録されたもの。先訳に、宮本陽吉 訳(1964)、今村楯夫 訳（1999）がある。

●――『日はまた昇る』高見 浩［訳］（新潮社、2015. 5）487頁

文庫、第11刷。

●――『ヘミングウェイ短篇集・上』谷口陸男［編訳］（岩波書店、2015. 8）204頁

文庫、第22冊。

●――『ヘミングウェイ短篇集・下』谷口陸男［編訳］（岩波書店、2015. 8）318頁

文庫、第19冊。

●――『老人と海』宮永重良［訳］（文芸社、2015. 4）152頁

「海と船に造詣が深い訳者」による新訳。

●――『老人と海』福田恆存［訳］（新潮社、2015. 5）170頁

文庫、第118刷。

●ロス、リリアン「ヘミングウェイの横顔――さあ、皆さんのご意見はいかがですか？」木原善彦［訳］『ベスト・ストーリーズⅠ』若島 正［編］（早川書房、2015. 12）191-239頁

本文は、元々、*The New Yorker* (1950. 5.13) に掲載されたものだが、後に、Lillian Ross. *Portrait of Hemingway* (New York: Simon and Schuster, 1961) として出版された。先訳に、青山 南 訳（1999）がある。

5. 書　評

●阿部公彦「2015 年上半期の収穫から——英米文学」『週刊読書人』（2015. 7. 24）6 面

高野泰志 著『アーネスト・ヘミングウェイ——神との対話』（松籟社）の寸評がある。

●上西哲雄「今村楯夫著『ヘミングウェイの愛したスペイン』——画家たちの心象風景を求める旅」『週刊読書人』（2015. 12. 11）5 面

評者は、本書は「第一人者が『闘牛の美学は分からない』と告白した誠実によってもたらされたものだ。研究者は襟を正すべき一冊でもある」と結んでいる。

●金澤　哲「高野泰志 編著『ヘミングウェイと老い』松籟社」『アメリカ文学研究』第 51 号（日本アメリカ文学会、2015. 3）105-11 頁

評者は、「本書は『老い』をテーマにした書にふさわしく、緻密かつ大胆、時にあえて頑な〔な〕論者たちによる『論争的』で拡散的な論集である」と結んでいる。

●菊地利奈「今村楯夫、真鍋晶子著『ヘミングウェイとパウンドのヴェネツィア』（彩流社）」『彦根論叢』No. 405（滋賀大学経済学会、2015. 9）112-14 頁

「両著者が本書で伝えているのは……作品を体験することで知る、文学作品を読む喜びなのではないかと思う」という箇所がある。

●島村法夫「芸術の都に浮かぶ面影」『デーリー東北』（時事通信社、2015. 3. 24）6 面

本稿は、今村楯夫、真鍋晶子『ヘミングウェイとパウンドのヴェネツィア』（彩流社）の書評。ヘミングウェイとパウンドの「この都市に魅せられた思いが、当地を再訪した 2 人の碩学により見事にあぶり出される」とある。

●高野泰志「ヴェネツィアの迷宮に浮かび上がる作家と作品——ヘミングウェイとパウンドの足跡を追う」『図書新聞』（2015. 3）3 面

本稿は、今村楯夫、真鍋晶子『ヘミングウェイとパウンドのヴェネツィア』（彩流社）の書評。「自分でもこの地に赴き、作家の足跡を追ってみたいと思わせる」とある。

●巽　孝之「アメリカ小説と批評の研究」『英語年鑑——2015』（研究社、2015. 1）10-16 頁

高野泰志 編著『ヘミングウェイと老い』（松籟社、2013. 11）を詳しく紹介した箇所がある。

●——「2015 年上半期の収穫から——アメリカ文学」『週刊読書人』（2015. 7. 24）5 面

高野泰志 著『アーネスト・ヘミングウェイ——神との対話』（松籟社）の寸評がある。

●若松正晃「『天才たちの日課——クリエイティブな人々の必ずしもクリエイティブでない日々』」『NEWSLETTER』第 68 号（日本ヘミングウェイ協会、2015. 4）8-9 頁

本書は、メイソン・カリー（著）、金原瑞人・石田文子（訳）で、第 1 刷が 2014 年の出版。本書中に「ヘミングウェイの日課もある」という。

6. 雑　誌

［言及ある雑誌］

●アトキンソン、バレンタイン「鱒の国、アイダホ州ヘンリーズフォーク・リバー」松倉志信［訳］『Fishing Café』第 52 号（シマノ、2015. 12）57-60 頁

「私がこの川について知ったのは、32 年前だった……ジャック・ヘミングウェイという作家が書いた本と雑誌の記事を読んでいた……」という箇所がある。

●コヨーテ編集部「ヘミングウェイと 14 歳差の友情」『コヨーテ』No. 55（スイッチ・パブリッシング、2015. 3）102 頁

「1937 年春、二人の男［ヘミングウェイとキャパ］がマドリードで出会った」で始まるエッセイ。なお、本誌は、「旅する二人――キャパとゲルダ」の特集号。

●斎藤美奈子「中古典ノスヽメ――ハードボイルドな日本文学～片岡義男『スローなブギにしてくれ』の巻」『スクリプタ』第 9 巻・第 4 号（紀伊國屋書店、2015. 7）2-4 頁

「外形的、客観的な描写に徹した小説の表現スタイルは通常『ハードボイルド・スタイル』と呼ばれる。ヘミングウェイやチャンドラーが愛用したことで有名な様式だ」という箇所がある。

●柴田　充「ヘミングウェイの足元」『ゲーテ』第 10 巻・第 8 号（幻冬社、2015. 8）29 頁

「この夏のメンズファッションのカラーテーマは……ヘミングウェイのこだわりのライフスタイルと、彼が愛したカリブ諸島からイメージを膨らませ、ブルーとグリーンを中心としたカラーパレット」だという。

●高野秀行「ゼロ度の男――追悼・船戸与一さん」『波』第 49 巻・第 6 号（新潮社、2015. 6）34-35 頁

「旅の最中、毎晩五時間は酒宴が続いたが、そのときよく［船戸さんは］『ヘミングウェイはさすがに上手いと思うけどよ、所詮は毛唐だな』とか……言っていた」という箇所がある。

●高野泰志「大作家ヘミングウェイとキューバの秘めた関係」『ニューズウィーク日本版』Vol. 30 No. 18（CCC メディアハウス、2015. 5）43 頁

「いったいなぜ FBI は『武器よさらば』『老人と海』などで知られる大作家を監視しなければならなかったのか。その理由はキューバにあった」と語るエッセイ。

●田中秀臣「常盤新平の『触媒』――『アメリカの編集者たち』と 1920 年代」『en-taxi［エンタクシー］』第 44 号（扶桑社、2015. 4）114-17 頁

「パーキンズは 1920 年代にスコット・フィッツジェラルドを文壇にデビューさせ、アーネスト・ヘミングウェイ、トーマス・ウルフらの担当編集者として有名だ」という箇所がある。

●坪内祐三「坪内祐三の読書日記」『本の雑誌』第40巻・第6号（本の雑誌社、2015. 6）140-41頁

3月4日の日記中に、「[宮内華代子 編訳]『フィッツジェラルド／ヘミングウェイ往復書簡集』（文藝春秋、2009年）」に触れた箇所がある。

●永江　朗「国立国会図書館に全集を見に行く」『コトバ』第20号（集英社、2015. 9）118-21頁

「ドストエフスキーもヘミングウェイもスタンダールも『世界文学全集』[河出書房版]で知った」という箇所がある。

●仲俣暁生「カフェからはもう、文学は生まれない？」『インザシティ』Vol. 14（ビームス、2015. 12）90-105頁

「『日はまた昇る』は、同時に彼らが屯した『文学カフェ』の観光案内ともいえる作品です」という箇所がある。

●西江雅之「追っかけの精神――アーネスト・ヘミングウェイ」『すばる』第37巻・第6号（集英社、2015. 6）344-47頁

「ヘミングウェイの作品の中でわたしが最も好きなものは、彼の没後に出版された『移動祝祭日』……」という箇所がある。

●松林眞弘「フィッシング・カフェ・クラブ――『老人と海』」『Fishing Café』第51号（シマノ、2015. 8）68頁

「海釣りとボート遊びを嗜む、宮永重良訳の『新訳 老人と海』[文芸社]を読むのが楽しみ」と結ぶエッセイ。

●村上春樹、柴田元幸［対談］、安西水丸［絵］「帰れ、あの翻訳」『モンキー』第7号（スイッチ・パブリッシング、2015. 10）6-25頁

村上は「ベスト・オブ・ベスト」の短篇に、カーヴァーの『足もとに流れる深い川』を上げ、「それまで、フィッツジェラルドもヘミングウェイも読んでいたけど、まったく違うものが出てきたと思った」と語る。

●山田詠美「『ヘミングウェイ美食の冒険』クレイグ・ボレス［著］、野間けい子［訳］、アスペクト」『文學界』第69巻・第10号（文藝春秋、2015. 10）135-36頁

特集「酒とつまみと小説と」のアンケートに答えたもの。「この本のページをめくるたびに、飲酒に関する描写が、彼［ヘミングウェイ］の作品の重要な魅力をになっているのが解る」とある。

●吉岡秀治、知子「文字で味わうキャンプ料理」『ブルータス』第36巻・第11号（マガジンハウス、2015. 6）106-07頁

ヘミングウェイでは、「最後の良き故郷」から「ベーコンの油で炒めるマスのソテー」と、「二つの心臓の大きな川」より「そば粉のパンケーキ」が紹介されている。

7. 記　事

●朝日記者不詳「天声人語」『朝日新聞』（2015. 7. 3）1 面

「[アメリカとキューバ] どちらの国でも愛される『老人と海』の大作家、犬猿の仲の修復に天上で杯を挙げていようか」と結ばれている。

●鵜飼哲夫「本を買う社会耕す」『読売新聞』（2015. 10. 17）13 面

「専修大学文学部の植村八潮教授は、初めて自分で本を買った中学 1 年のときのことをよく覚えている。それはヘミングウェー『老人と海』の新潮文庫で、1 冊 90 円だった」という箇所がある。

●大野晴香「イケメン過ぎる写真集」『朝日新聞』（2015. 9. 25）39 面

「扶桑社から出版されることになったゴリラの『シャバーニの写真集』[『シャバーニ！』] には、『ヘミングウェー』など『偉人の名言も並ぶ』」とある。

●白川義和「読み解く――キューバのヘミングウェー」『読売新聞』（2015. 8. 29）3 面

「国交回復後、米国人旅行者は増えている」と語る。

●日経新書案内記事「『荒木飛呂彦の漫画術』荒木飛呂彦 著」『日本経済新聞』（2015. 5. 10）20 面

「キャラクターの作り方や、ヘミングウェイに学んだという説明を廃したストーリーの組み立て……」という箇所がある。

●毎日記者不詳「パリ同時テロ――ヘミングウェイ人気　パリっ子希望見いだす」『毎日新聞』（2015. 11. 24）13 面

「フランスで、パリを愛した米国の作家、アーネスト・ヘミングウェイの小説『移動祝祭日』の人気が高まっている」とある。

●山脇岳志「スパイだったヘミングウェー――ハヴァナ（キューバ）から」『朝日新聞』（2015. 4. 18）15 面

「文豪には、『別の顔』があった。第 2 次世界大戦中、米国のためスパイ活動をしていたのである。」といった箇所等がある。

●読売記者不詳「ヘミングウェー施設 米から支援――キューバに資材提供へ」『読売新聞』（2015. 6. 24）7 面

これは、「国交正常化交渉を進める米国とキューバの関係改善を示す動きだ……」とある。

8. 年　譜

●今村楯夫「年譜――ヘミングウェイとスペイン」『ヘミングウェイの愛したスペイン』（風濤社、2015. 11）242-45 頁

副題が示すように、これは「ヘミングウェイとスペイン」に焦点をあてた年譜。

●フェアバンクス香織「年譜――ヘミングウェイの人生と作品（1939年以降）」『ヘミングウェイの遺作――自伝への希求と＜編纂された＞テクスト』（勉誠出版、2015. 3）338-43頁

副題が示すように、これは、1939年以降のヘミングウェイに焦点をあてた年譜。

9. 書　誌

●英語年鑑編集部［編］『英語年鑑――2015』（研究社、2015. 1）583頁

「個人研究業績一覧」（2014年4月～2015年3月）で、6件のヘミングウェイ研究が掲載されている。

●高野泰志「資料室便り」『NEWSLETTER』第68号（日本ヘミングウェイ協会、2015. 4）15頁

3点の文献を「ヘミングウェイ研究書誌」に上げている。

●――「資料室便り」『NEWSLETTER』第69号（日本ヘミングウェイ協会、2015. 11）17頁

3点の文献を「ヘミングウェイ研究書誌」に上げている。

●千葉義也「書誌：日本におけるヘミングウェイ研究――2014」『ヘミングウェイ研究』第16号（日本ヘミングウェイ協会、2015. 6）113-28頁

本「書誌」は、2014年1月1日から12月31日までの一年間にわが国で発表されたヘミングウェイに関する文献のデータを網羅している。

10. カタログ

※該当なし

11. 映画／テレビ

※該当なし

12. DVD／ビデオ等

●ヘミングウェイ、アーネスト［原作］『海流のなかの島々』（パラマウント ジャパン、2015. 5）片面二層

監督：フランクリン・J・シャフナー、出演：ジョージ・C・スコットほか。

●コンラッド、スティーヴ［脚本］『潮騒とベーコンサンドとヘミングウェイ』（復刻シネマライブラリー、2015. 3）片面二層

監督：ランダ・ヘインズ、出演：ロバート・デュヴァルほか。

13. CD

●ヘミングウェイ、アーネスト［原作］『老人と海』（東京ブックランド、2015.9）3枚
「英語で書かれたベストセラー小説と全文朗読CDをセット組」にしたもの。朗読者は、Donald Sutherland。

14. インターネット・ホームページ

※該当なし

15. 写真集

●石徹白未亜［取材、文］、難波雄史［撮影］『シャバーニ！』（扶桑社、2015.10）63頁
ヘミングウェイの「この世はすばらしい。戦う価値がある」という言葉が引用されている箇所がある。

●今村楯夫「解説」『PAPAS ＋ DIARY 2016』（PAPAS COMPANY、2015.11）190頁
2016年版手帳。ヘミングウェイの12枚の写真に今村楯夫の解説が付されている。

●岩合光昭『「いい猫だね」――僕が日本と世界で出会った50匹の猫たち』（山と渓谷社、2015.12）155頁
「6本指たち」の項で、「ヘミングウェイのネコ」に言及した箇所がある。新書版。

●――『岩合光昭の世界ネコ歩き』（クレヴィス、2015.4）127頁
「キーウエスト」の項に、「ヘミングウェイの別荘のネコ」という箇所がある。

16. トラベル・ガイドブック

※該当なし

17. テキスト

●早瀬博範、江頭理江［編注］『アメリカ文学から英語を学ぼうII』（英宝社、2015.1）71頁
第3章が「フランシス・マカンバーの短い幸福な生涯」からの抜粋、第4章が『老人と海』からの抜粋で、それぞれに練習問題が付されている。

18. その他

［ヘミングウェイの名前が出てくる作品］
●岡本勝人『ナポリの春』（思潮社、2015.9）99頁
「ヘミングウェイはどこへいった」という詩を含む詩集。

●沢木耕太郎『キャパへの追走』（文藝春秋、2015.5）318頁
「パパ・ヘミングウェイ」という一項があり、2枚の写真が付されている。

●——、中田春彌［画］『春に散る』（朝日新聞、2015.4.2）29面
新しく始まった連載小説。「アーネスト・ヘミングウェイ」の名前が出てくる。

●前田けえ『資産15億円男が調べまくった成功者たちの㊙習慣—— THE K ノート』（コアマガジン、2015.8）190頁
第2章中に、「立って原稿を書く——アーネスト・ヘミングウェイ」と、「1日に執筆した原稿の文字数をカウントして、表にまとめる——アーネスト・ヘミングウェイ」の2項目がある。新書版。

［ヘミングウェイの作品が出てくる小説・エッセイ］
●沢木耕太郎『銀の街から』（朝日新聞出版、2015.2）373頁
「彼女のダンディズム——『キリマンジャロの雪』」中に、「多くの人が『キリマンジャロの雪』という題名から連想するのはヘミングウェイの小説ではないか」という箇所がある。

●村上春樹『村上春樹雑文集』（新潮社、2015.11）537頁
「スコット・フィッツジェラルド——ジャズ・エイジの旗手」と「器量のある小説」中にヘミングウェイの名前が出てくる。文庫版。

19. 学会／協会誌

●日本ヘミングウェイ協会

［ニューズレター］
The Hemingway Society of Japan Newsletter. No. 68 (22 Apr. 2015)
The Hemingway Society of Japan Newsletter. No. 69 (11 Nov. 2015)

［協会誌］
●日本ヘミングウェイ協会［編］『ヘミングウェイ研究』第16号（日本ヘミングウェイ協会、2015.6）157頁
「座談会、日本のヘミングウェイ研究 1999-2008」で推薦された重要な論文3本と、投稿論文4本、それに1本の研究ノート、エッセイ、書誌が付された学術誌。目次は次の通り。なお、各論文の内容は3の論文・エッセイの項を参照のこと。■今村楯夫「ユダヤ・ゲットーの広場——ヴェネツィアの旅のこぼれ話」■今村楯夫、島村法夫、千葉義也、前田一平、新関芳生、上西哲雄、高野泰志「日本のヘミングウェイ研究・座談会（1）1999-2008」■【再録】田中久男「ヘミングウェイとフォークナー——『氷山理論』と『波紋理論』」■【再録】新関芳生「ユダヤ・医学・カソリック——宗教と医学から読む『神よ陽気に殿方を憩わせたまえ』」■【再録】長谷川裕

一「ヘミングウェイと『エスクァイア』——『男性消費者雑誌』という弁証法、そして一九三〇年代」■菅井大地「消費対象としてのパストラル——ブローティガンが読むヘミングウェイの鱒釣り」■長尾晋宏「『スイス賛歌』再考——差異から考える差異」■中村嘉雄「コーンの鼻はなぜ『平たく』なければならないのか——20世紀初頭のアメリカにおける混血恐怖と美容整形術を中心に」■堀内香織「ヘミングウェイと大衆文化——『蝶々と戦車』における “eau de cologne” と “flit gun” の役割」■鈴木智子「Rereading “Out of Season”:Hemingway’s Experiment in Story Development」■千葉義也 編「書誌：日本におけるヘミングウェイ研究——2014」■村上東、高野泰志「あとがき」。

日本におけるヘミングウェイ書誌
——2016年——

1. 単行本

●今村楯夫『スペイン内戦の跡を訪ねて——ヘミングウェイと共に』(DVD版)(2016.10)109頁

豊富で見事な写真と文で綴られたスペイン紀行。なお、本稿はホームページ上で公開され、閲覧できるようになる。目次は次の通り。■「まえがき」■第一部「スペイン　光と影の揺らぎ」(1.「サグラダ・ファミリア　垂直の自由を求めて」2.「ミロの美術館　平和な時代と共に」3.「タホ川からテージョ川へ」4.「トレドのアルカサール　内戦の記憶」5.「トレドの名画　『聖衣剥奪』」6.「ガルシア・ロルカの故郷」7.「ジャカランダの花」)■第二部「『誰がために鐘は鳴る』の世界」(1.「ヘミングウェイと内戦」2.「『誰がために鐘は鳴る』の舞台　史実と虚構」3.「川辺のセキレイ　『誰がために鐘は鳴る』の静謐な情景」4.「アビラの尼僧院」5.「バルコ・デ・アビラの古城」6.「ラ・グランハ　サン・イルデフォンソ宮殿の町」7.「セゴビア　ファシスト軍の拠点」8.「エル・エスコリアル　もう一つの宮殿」9.「崖の上の町　ロンダ」)■第三部「NANA北米通信　スペイン内戦」(1.「はじめに　ヘミングウェイと北米通信」2.「激戦の傷跡　ベルチテ」3.「テリエル攻防」4.「避難民の群」5.「トルトサの橋」6.「アンポスタ　エブロ川の河口のほとり」7.「もう一つの廃墟　コルベラ・ド・エブロ」)■「あとがき」■「主要参考文献」。

2. 言及ある単行本

●阿部珠理『メイキング・オブ・アメリカ——格差社会アメリカの成り立ち』(彩流社、2016.10)262頁

第7章「アメリカの世紀の光と陰」に、ヘミングウェイに言及した箇所がある。

●井伊順彦「異色の短篇集——『パット・ホビー物語』を読み解く」『パット・ホビー物語』F.スコット・フィッツジェラルド［著］、井伊順彦、今村楯夫他［訳］(風濤社、2016.12)234-53頁

「フィッツジェラルドはこの長篇代表作［『グレート・ギャツビー』(1925)］を出版後ほどなく、モダニズムの中心地パリでヘミングウェイと知り合った……そうして世界大恐慌が起きた1929年にヘミングウェイと仲たがいしたようだ……」という箇所がある。

●石塚久郎「解説」『病短編小説集』石塚久郎［監訳］（平凡社、2016. 9）303-46 頁
「ある新聞読者の手紙」("One Reader Writes") と「清潔な、明かりのちょうどいい場所」("A Clean, Well-Lighted Place") についての詳しい解説が付されている。

●稲田武彦「ユダヤのアイデンティティ」『アメリカ・ユダヤ文学を読む——ディアスポラの想像力』邦高忠治、稲田武彦［共著］（風濤社、2016. 9）241-360 頁
ヘミングウェイに触れた箇所がある。

● Tateo, Imamura（今村楯夫）"A Japanese Aesthetic Perspective on Haiku and the Arts," *Cultural Hybrids of (Post)Modernism: Japanese and Western Literature, Art and Philosophy*. Eds. Beatriz Penas-Ibanez and Akiko Manabe. Peter Lang, 2016. 145-54.
「俳句と絵画における日本的な感性と美学」と題して、西欧のモダニズムの潮流の中で日本的な感性と美学がいかに自らのアイデンティティを失うことなく現在に至っているかを端的に明らかにする。言語的な表現として俳句を、また視覚的な表現として水墨画をとらえ、それぞれ松尾芭蕉（1644-94）、東野光生（1947-）、エズラ・パウンド（1885-1972）と 300 年の隔たりを越えて継承されている美学の特性を論じている。英文の論文。

●——「フィッツジェラルド讃歌」『パット・ホビー物語』F. スコット・フィッツジェラルド［著］、井伊順彦、今村楯夫 他［訳］（風濤社、2016. 12）224-33 頁
「冬の夢」の一節を取り上げ、「ヘミングウェイの無飾の文体とは対照的に、彩色豊かな描写と比喩や引喩を交えて文を練り上げ……」といった箇所等がある。なお、本書を、中村邦生氏は「2016 年の収穫」（『週刊読書人』第 3169 号）の一つに上げている。

●岩元　巌『現代アメリカ文学講義』（彩流社、2016. 6）169 頁
第二章「J. D. サリンジャー——シーモアを葬う」中に、ヘミングウェイに言及した箇所がある。

●内田水生「アーネスト・ヘミングウェイの『エデンの園』における『白さ』の問題——キャサリン・ボーンの人種に関する強迫観念とヘミングウェイの『白さ』への不安」『ホワイトネスとアメリカ文学』安河内英光、田部井孝次［編著］（開文社出版、2016. 10）101-37 頁
本稿は、『第 88 回大会 Proceedings』（日本英文学会、2016. 9）294-95 頁に掲載された論文を拡大したもの。本「書誌」3 の項を参照。

●小笠原豊樹「訳者あとがき」『サマードレスの女たち』アーウィン・ショー［著］、小笠原豊樹［訳］（小学館、2016. 6）361-72 頁
ショーの「人物たちが主として下層中産階級以下の細民であるところから、ある批評はこれらの作品を『プロレタリア文学』に分類し、別の批評は文体と雰囲気に注目して、ヘミングウェイやフィッツジェラルドの名を引合いに出した」という箇所がある。文庫版。

●岡本太郎『美の世界旅行』（新潮社、2016. 8）285 頁
第三章中の「はじめてのスペイン」という項に、ヘミングウェイに言及した箇所がある。文庫版。

●角田光代、鴻巣友季子［対談］『翻訳問答 2 ――創作のヒミツ』鴻巣友季子（左右社、2016. 2）103-34 頁
「The Snow Woman」の項中に、角田の「ヘミングウェイの『武器よさらば』を金原瑞人さんが翻訳されたのですが、そこで一人称が変わっていました。『おれ』になっていたのかなあ……最初は違和感があったのを覚えています。若返った！みたいな(笑)」という箇所がある。

●加島祥造「訳者あとがき」『アリバイ・アイク――ラードナー傑作選』リング・ラードナー［著］、加島祥造［訳］（新潮社、2016. 9）442-49 頁
「フォークナーが彼［ラードナー］を読みふけり、同じように若かったヘミングウェイはラードナーの作品を真似て習作を書いた、と伝えられている」という箇所等がある。文庫版。

●柏倉康夫『ノーベル文学賞［増補新装版］――「文芸共和国」をめざして』（吉田書店、2016. 12）401 頁
「アメリカ文学の勝利」で、ヘミングウェイを扱っている。

●邦高忠治「ユダヤ系文学の展開」『アメリカ・ユダヤ文学を読む――ディアスポラの想像力』邦高忠治、稲田武彦［共著］（風濤社、2016. 9）11-240 頁
ヘミングウェイに触れた箇所がある。

●米谷ふみ子「ミラー、メイラー会談傍聴記」『ヘンリー・ミラー・コレクション⑯――対話／インタヴュー集成』飛田茂雄、本田康典、松田憲次郎［編］（水声社、2016. 10）237-60 頁
「あれ［『陽はまた昇る』を読んだこと］がフランスへ行った一つの動機だったんです」といったミラーの言葉等がある。

●柴田元幸「解説セッション――饒舌と自虐の極北へ」『素晴らしいアメリカ野球』フィリップ・ロス［著］、中野好夫、常盤新平［訳］（新潮社、2016. 5）677-97 頁
村上春樹との対談で、柴田の、「もっともっとグレートな、まだ見ぬ偉大なるアメリカ小説というものがイデアのようにあって、ヘミングウェイでも誰でもそれを書きたいと思ってきた」という箇所がある。文庫版。

●――「解説セッション――闇のみなもとから救い出される」『救い出される』ジェイムズ・ディッキー［著］、酒本雅之［訳］（新潮社、2016. 9）451-68 頁
村上春樹との対談で、柴田の、「ヘミングウェイも文明を超えた掟というようなことを書きますが……」という言葉がある。文庫版。

●――「解説セッション――ラードナーの声を聴け」『アリバイ・アイク――ラードナー

傑作選』リング・ラードナー［著］、加島祥造［訳］（新潮社、2016. 9）451-69 頁
村上春樹との対談で、柴田の、「［ラードナーは］ヘミングウェイとはちがって、事実なのか法螺話なのかわからない面白おかしい記事を主にスポーツについて書いていました」といった言葉等がある。文庫版。

●――「解説」『マーク・トウェイン』柴田元幸［編］、中垣恒太郎［編集協力］（集英社、2016. 3）689-703 頁
冒頭に、ヘミングウェイの『アフリカの緑の丘』からの一節が引用された箇所がある。文庫版。

●――「注釈」『素晴らしいアメリカ野球』フィリップ・ロス［著］、中野好夫、常盤新平［訳］（新潮社、2016. 5）645-70 頁
特に、「プロローグ」でヘミングウェイに言及がある。

●――「マーク・トウェイン『ハックルベリー・フィンの冒険』」『世界の名作を読む――海外文学講義』工藤庸子［編］（株式会社 KADOKAWA、2016. 8）183-99 頁
「ヘミングウェイも……言ったように、『ハック・フィン』最後の数章はいささか退屈である」という箇所がある。文庫版。

●――「訳者あとがき」『僕の名はアラム』ウィリアム・サローヤン［著］、柴田元幸［訳］（新潮社、2016. 4）244-62 頁
「文章はいたってシンプル、しかも同じシンプルでもヘミングウェイのようにシンプルなセンテンスの緻密な積み上げから緊張感が生じていくわけでもなく……」といった箇所等がある。

●諏訪部浩一「解説」『八月の光・下』ウィリアム・フォークナー［著］、諏訪部浩一［訳］（岩波書店、2016. 11）393-409 頁
「フォークナーと同時代に活躍したアーネスト・ヘミングウェイやF・スコット・フィッジェラルドなども、彼らなりの方法で、それぞれ『悲劇』を書こうとしたのである」という箇所がある。文庫版。

●高野泰志「ポーの見たサイボーグの夢」『身体と情動――アフェクトで読むアメリカン・ルネサンス』竹内 勝徳、高橋 勤［共編］（彩流社、2016. 4）17-37 頁
「『春の奔流』に登場する両手両足を義手義足で補完しながら誰よりも上手にビリヤードをするインディアン」という箇所がある。論文。

●巽　孝之『盗まれた廃墟――ポール・ド・マンのアメリカ』（彩流社、2016. 5）220 頁
第三部、第三章「リヴァーサイド恋物語」で、ヘミングウェイに言及した箇所がある。

●常盤新平『翻訳出版編集後記』（幻戯書房、2016. 6）317 頁
「敗者をいつも理解した人」の項に、「中田［耕治］さんは先物買いだった。ヘミングウェイにしても、最も早く注目した人の一人である」といった箇所等がある。

●中牟田洋子『モレスキンのある素敵な毎日』（大和書房、2016. 9）119 頁
「モレスキンノートの伝説と歴史」中に、ヘミングウェイに言及した箇所がある。

●中山喜代市『ジョン・スタインベック――人と思想』（清水書院、2016. 3）278 頁
本書は、「ジョン・スタインベックの生涯」と「スタインベックの主要作品と思想」から成り立っている。随所にヘミングウェイに言及した箇所がある。新書版。

●平石貴樹「あとがき」『アメリカ短編ベスト 10』平石貴樹［編訳］（松柏社、2016. 6）323-61 頁
「何かの終わり」("The End of Something") の解説がある。

●藤井　光『ターミナルから荒れ地へ――「アメリカ」なき時代のアメリカ文学』（中央公論新社、2016. 3）265 頁
第 I 章中の「イシグロで焦り、アメリカを感じる」の項に、「ウィラ・キャザーやマーク・トウェイン、アーネスト・ヘミングウェイといった作家たちが一気にアメリカ文学を高みに押し上げることに成功した」という箇所がある。

●藤谷聖和『フィッツジェラルドと短編小説』（彩流社、2016. 2）295 頁
第 3 章「手法の変化」中の一項に、「絵画的手法――クレイン、ヘミングウェイ、フィッツジェラルド」があるほか随所にヘミングウェイに言及した箇所がある。

●保阪正康「解説」『さらばスペインの日日・下』逢坂 剛（2016. 9）405-13 頁
「この内戦に文学者や画家など芸術家がその体験、あるいは悲劇を作品化したことである。ヘミングウェイの『誰がために鐘は鳴る』やピカソの『ゲルニカ』……」という箇所がある。文庫版。

●細田晴子『カストロとフランコ――冷戦期外交の舞台裏』（筑摩書房、2016. 3）250 頁
第二章「形容矛盾――革命前後のキューバとカストロ」中に、「『誰がために鐘は鳴る』から感銘を受けていたアマチュアゲリラのカストロ……」といった言葉等がある。新書版。

● Akiko, Manabe（真鍋晶子）"Liteary Style and Japanese Aesthetics: Hemingway's Debt to Pound as Reflected in his Poetic Style," *Cultural Hybrids of (Post)Modernism: Japanese and Western Literature, Art and Philosophy.* Eds. Beatriz Penas-Ibanez and Akiko Manabe. Peter Lang, 2016. 121-44.
本稿は、ヘミングウェイの詩を分析することで、その文体はヘミングウェイ自身に生み出されたものであると同時に、アーネスト・フェノロサ、エズラ・パウンド経由でもたらされた日本の美学・詩学を体現していることを読み解く。また、ヘミングウェイの詩と散文を、「間（ま）」と「空（くう）」という極めて日本的な美学・哲学を通して読むと、新しい次元が提示されることを示している。英文の論文。

●宮本陽一郎『アトミック・メロドラマ――冷戦アメリカのドラマトゥルギー』（彩流社、2016. 3）380 頁

第6章に、「1960年に不幸なショック療法を体験したヘミングウェイを持ち出すまでもなく、ショック療法は完全に消え去ることなく継続していく」といった指摘等がある。

●宗形賢二「コムストック法とYMCAの時代」『英米文学にみる検閲と発禁』英米文化学会［編］（彩流社、2016.7）211-37頁
「寓話のレトリック」の項に、ヘミングウェイに触れた箇所がある。

●村上春樹「解説セッション——饒舌と自虐の極北へ」『素晴らしいアメリカ野球』フィリップ・ロス［著］、中野好夫、常盤新平［訳］（新潮社、2016.5）677-97頁
柴田元幸との対談で、村上の、「60年代にヘミングウェイが自殺しちゃって以降、そういうもの［グレートな、まだ見ぬ偉大なるアメリカ小説］が書かれる可能性ってもはや消えちゃっているんじゃないかな」といった発言等がある。文庫版。

●——「解説セッション——闇のみなもとから救い出される」『救い出される』ジェイムズ・ディッキー［著］、酒本雅之［訳］（新潮社、2016.9）451-68頁
柴田元幸との対談で、村上の、「ヘミングウェイには悪に対抗するのに悪をもってするという発想はないですよね」という言葉がある。文庫版。

●——「解説セッション——ラードナーの声を聴け」『アリバイ・アイク——ラードナー傑作選』リング・ラードナー［著］、加島祥造［訳］（新潮社、2016.9）451-69頁
柴田元幸との対談で、村上の、「ヘミングウェイやフィッツジェラルドの時代になると『スリック・マガジン』が生まれて、売れっ子作家たちが派手な生活を送るようになります……」といった言葉等がある。文庫版。

●村山淳彦「序説」『アメリカ文学と革命』アメ労編集委員会［編］（英宝社、2016.12）3-14頁
「ヘミングウェイ、フォークナーなど主流作家たちにも、革命との関係を通じてはじめて浮かび上がる次元がそなわっている」という箇所がある。

●——「『誰がために鐘は鳴る』と革命」『アメリカ文学と革命』アメ労編集委員会［編］（英宝社、2016.12）299-328頁
『誰がために鐘は鳴る』は、「ヘミングウェイ最大の野心作」でありながら、日本において、この作品を「まともに取り上げて」「論じる試みは」、「意外に少ない」と述べ、自ら「本格的に」論じた論文。

●安河内英光「序文」『ホワイトネスとアメリカ文学』安河内英光、田部井孝次［編著］（開文社出版、2016.10）1-11頁
アメリカの作家が「いかに人種の問題にかかわってきたか」と問いながら、ヘミングウェイを扱った内田水生論文を紹介した箇所がある。

● Hideo, Yanagisawa（柳沢秀郎）"Re-emergence of Encounter with Long-Haired Painters: The Hidden Influence of the Japanese Artists in *The Garden of Eden* Manuscripts," *Cultural Hybrids of (Post)*

Modernism: Japanese and Western Literature, Art and Philosophy. Eds. Beatriz Penas-Ibanez and Akiko Manabe. Peter Lang, 2016. 177-94.

本稿では、『移動祝祭日――修復版』(2009)と『エデンの園』(1986)のオリジナル原稿の分析から、『移動祝祭日』(1964)と『エデンの園』という二つの遺作が、その編集上の共犯関係によって、これまで「日本人」という人種をヘミングウェイのエスニシティ研究から遠ざけてきたカラクリについて説明し、当時ヘミングウェイが出逢った長髪の日本人画家たちが「オリジナル・エデンの園」の二組の夫婦の物語にどう関与しているのかを明らかにしている。英文の論文。

●湯川　豊『本の中の旅』(中央公論新社、2016. 2) 301 頁

本書中に、「アーネスト・ヘミングウェイ――川には鱒がいて」というエッセイが収録されている。文庫版。

●吉田廸子『トニ＝モリソン――人と思想』(清水書院、2016. 4) 263 頁

VII 章「モリソンの批評」中に、ヘミングウェイに言及した箇所がある。新装版第 1 刷。

●歴史の謎研究会［編］『謎と暗号の世界史大全』(青春出版会、2016. 3) 375 頁

第 2 章中に、「ヘミングウェイ――その死で囁かれている不可解な『噂』」という一項がある。

●渡邉克昭『楽園に死す――アメリカ的想像力と＜死＞のアポリア』(大阪大学出版会、2016. 1) 548 頁

「清潔で明るい場所」に触れた部分では、「自殺し損ねた老人が深夜に通いつめるカフェの儀式空間は、今やスーパーやテレビという、もうひとつの「清潔で明るい場所」にとって代わられたのである……」といった指摘等がある。大部の著書。

3. 論文・エッセイ(学会誌、紀要等)

● David, Ewick(イーウィック、デイヴィッド)「モダニスト・ヨーロッパにおける日本のモダニズムの文化史――1910~20 年、郡虎彦を中心に」真鍋晶子、今村楯夫［訳］『東京女子大学比較文化研究所紀要』第 77 巻(東京女子大学比較文化研究所、2016. 1) 1-17 頁

「エズラ・パウンドはヘミングウェイがここ［『移動祝祭日――改訂版』］で述べている『高貴な日本人画家』を少なくともふたり知っていた」といった箇所等がある。なお、本稿は『ヘミングウェイ研究』第 13 号(2012)に掲載された英文の論文を邦訳したもの。

●今村楯夫「『タミの夢』――パウンドとヘミングウェイと日本を結ぶ橋」『東京女子大学比較文化研究所紀要』第 77 巻(東京女子大学比較文化研究所、2016. 1) 19-37 頁

「20 世紀初頭のヨーロッパにおいてイェイツやパウンドたちが新たな芸術の可能性を求め模索していた時期に、ロンドンとパリに滞在した日本人芸術家、伊藤道郎、郡虎彦と並んで久米民十郎の存在の意味は大きい」と述べた箇所のある論文。

●――「追悼　佐伯彰一氏の訃報に接して」『ヘミングウェイ研究』第 17 号（日本ヘミングウェイ協会、2016. 6）3-4 頁
　追悼文。最後に、「あらためて佐伯彰一氏の偉業に思いを馳せ、敬意を表したい」とある。

●――「『ニューズレター』第 70 号発行に際して」『NEWSLETTER』第 70 号（日本ヘミングウェイ協会、2016. 4）6-7 頁
　「古稀を超えて、さらなる充実と発展に向かって邁進していくことを期待」するという「ニューズレター第 70 号記念特集」に寄せたエッセイ。

●内田水生「アーネスト・ヘミングウェイの『エデンの園』における白さの問題――キャサリン・ボーンの人種に関する強迫観念を中心に」『第 88 回大会 Proceedings』（日本英文学会、2016. 9）294-95 頁
　「キャサリンの人種主義は、デイヴィッドとの結婚によって顕在化した白人女性としての不安と葛藤から生じている」とし、「それは、執筆当時のヘミングウェイの『白さ』への不安と葛藤が投影されたものでもある」と結ぶ論文。

● Alex, Vernon（ヴァーノン、アレックス）「“*A Farewell to Arms*, Gender, and War: An Ongoing Consideration”」『NEWSLETTER』第 71 号（日本ヘミングウェイ協会、2016. 10）18-20 頁
　新しくスタートしたコラム、Dear Hemingway, Dear Japan：Correspondence from Abroad の中のエッセイ。なお、氏は *Teaching Hemingway and War* (The Kent State UP, 2016) の編者。

●河田英介「国際学会発表から学ぶこと――ストーリー・テリング、ピアラーニング、国際連携、そして国際基準の日本発信型ヘミングウェイ研究の必要性」『NEWSLETTER』第 71 号（日本ヘミングウェイ協会、2016. 10）14-15 頁
　オークパークで開かれた国際ヘミングウェイ学会に出席し、「国際連携の必要性とその意義を……学ぶことができた」という報告。

●久保公人「ヘミングウェイ文学における題材としての文体」『ヘミングウェイ研究』第 17 号（日本ヘミングウェイ協会、2016. 6）15-23 頁
　「真実に書くための文体は、それを探求する作家のスタイルとして、ヘミングウェイの文学的題材そのものとなりえたのである」と結んだ論文。

● Dorsey, Kleitz（クライツ、ドーシー）「伊藤道郎とモダニストの渦」渡邊藍衣［訳］、真鍋晶子、今村楯夫［監修］『東京女子大学比較文化研究所紀要』第 77 巻（東京女子大学比較文化研究所、2016. 1）39-49 頁
　「ヘミングウェイと交錯することも、また個人的な知り合いとなることもなかったが、パウンドが知るもう 1 人の長髪の日本人」、「伊藤道郎の人生に着目」した論文。なお、本稿は『ヘミングウェイ研究』第 13 号（2012）に掲載された英文の論文を邦訳したもの。

●倉林秀男「ヘミングウェイの語りの文体」『ヘミングウェイ研究』第17号（日本ヘミングウェイ協会、2016. 6）25-33頁

本稿は、「具体的に語彙、語法、文法、談話規則といった言語学の成果を採用した分析をおこない、［ヘミングウェイの］文体について考えた」論文。

●――「ヘミングウェイの文体を考える前に」『ヘミングウェイ研究』第17号（日本ヘミングウェイ協会、2016. 6）11-13頁

特集「ヘミングウェイの文体」の序文。

●島村法夫「日本ヘミングウェイ協会とともに――会長を退任して」『ヘミングウェイ研究』第17号（日本ヘミングウェイ協会、2016. 6）5-10頁

本稿はこれまで氏が触れることのなかった「『日本ヘミングウェイ協会の歩みと今後の展望』」を語ったもの。

●――「ニューズレター1号と2号から見た創成期の日本ヘミングウェイ協会」『NEWSLETTER』第70号（日本ヘミングウェイ協会、2016. 4）7-8頁

「私たちが今日あるのは、こうした今村［楯夫］さんの姿勢があったからこそで、氏の精神こそ受け継がれるべきものなのです」と結んだ「ニューズレター第70号記念特集」のエッセイ。

● H. R. Stoneback（ストーンバック、H. R.）「Dear Hemingway, Dear Japan：Correspondence from Abroad」『NEWSLETTER』第71号（日本ヘミングウェイ協会、2016. 10）15-16頁

新しくスタートしたコラム、Dear Hemingway, Dear Japan：Correspondence from Abroad中のエッセイ。氏は、Hemingway Society会長。

●高野泰志「マドリードの白い光」『KALS NEWSLETTER』54（九州アメリカ文学会、2016. 12）1-3頁

「ちょうど『日はまた昇る』の主人公たちの足跡を追って、パリから始めた旅は、終着点のマドリードに到着していた」という箇所のあるエッセイ。

●谷本千雅子「となりの研究室――沖縄県立芸術大学 比嘉美代子先生」『NEWSLETTER』第70号（日本ヘミングウェイ協会、2016. 4）21-23頁

日本ヘミングウェイ協会、*Newsletter,* No. 62（2012. 5）9-10頁の再録。

●千葉義也「ジェイムズ・ネイゲル教授を訪ねた頃――日本ヘミングウェイ協会創立前」『NEWSLETTER』第70号（日本ヘミングウェイ協会、2016. 4）10-11頁

「ニューズレター第70号記念特集」に寄せたエッセイ。

●千代田夏夫「地区便り――鹿児島地区」『KALS NEWSLETTER』53（九州アメリカ文学会、2016. 6）4頁

千葉義也「ジェイムズ・ネイゲル教授を訪ねた頃――日本ヘミングウェイ協会創立前」『NEWSLETTER』No. 70.（日本ヘミングウェイ協会、2016. 4）10-11頁に触れた箇所がある。

●――「地区便り――鹿児島地区」『KALS NEWSLETTER』54（九州アメリカ文学会、2016. 12）4 頁

千葉義也 編「書誌：日本におけるヘミングウェイ研究――2015」『ヘミングウェイ研究』17 号（2016. 6）67-83 頁に触れた箇所がある。

●塚田幸光「シネマ×ヘミングウェイ 15 ――『老人とスタジオ』」『NEWSLETTER』第 70 号（日本ヘミングウェイ協会、2016. 4）13-16 頁

「ブラックユーモア短編映画『老人とスタジオ』（*The Old Man and the Studio*, 2004）では、映画と小説の複雑な関係が描かれる」という箇所がある。

●辻　秀雄「国際学会報告」『NEWSLETTER』第 71 号（日本ヘミングウェイ協会、2016. 10）12-13 頁

国際ヘミングウェイ学会での「発表にいたるまでの過程などを記した」報告。

●中垣恒太郎「ヘミングウェイのいる光景（第 3 回）――メディア／ジャンルを越境する『老人と海』」『NEWSLETTER』第 71 号（日本ヘミングウェイ協会、2016. 10）9-12 頁

本稿は、「サラリーマン社会版『老人と海』――倉本聡脚本 TV ドラマ『ひとり』（1976 年、51 分）」、「ドキュメンタリー映画『老人と海』（ジャン・ユンカーマン監督／ 1990 年、98 分）」、「ロシア・アニメーション映画『老人と海』（アレクサンドル・ペトロフ監督／ 1999 年、20 分）」で構成されている。

●新関芳生「アーネストの食卓」『NEWSLETTER』第 70 号（日本ヘミングウェイ協会、2016. 4）17-20 頁

日本ヘミングウェイ協会、*Newsletter,* No. 33（2000. 11）3-5 頁の再録。

●――「偽装された主人公――話法から読み直す *For Whom the Bell Tolls*」『ヘミングウェイ研究』第 17 号（日本ヘミングウェイ協会、2016. 6）49-58 頁

本稿は、「サルトルが欠点だと評する、この『意識の流れ』を中心とした『誰がために鐘は鳴る』における話法（speech）の使われ方に関して文体論的な分析を行」った論文。

●畠山　研「"Everybody's Sick" ――ヘミングウェイ『日はまた昇る』（*The Sun Also Rises*）と戦後の娼婦ジョルジェット」『東北アメリカ文学研究』第 39 号（日本アメリカ文学会東北支部、2016. 3）28-41 頁

本稿は、「ジョルジェットを通じた『日はまた昇る』の女性の問題を考察する一環として、彼女の放つ言葉に注意を払いながら、戦後を生きる娼婦の心境について考えた」論文。

●平石貴樹「大橋先生論文ベストスリー――フォークナー研究の現在と未来［大橋健三郎先生追悼シンポジウム］」『フォークナー』第 18 号（松柏社、2016. 4）135-45 頁

第 3 番目に、「ヘミングウェイの作品の書き方――フォークナーの短編と比較して」

改題「短編の書き方」『私の内なるフォークナー――テキストの周縁から』(南雲堂、1987) 56-60 頁を上げている。

●古谷裕美「『蝶々と戦車』における空間、身体、死者の魂――スペイン内乱に関するヘミングウェイの政治スタンス」『ヘミングウェイ研究』第 17 号 (日本ヘミングウェイ協会、2016. 6) 59-66 頁

「スペイン内乱時の権力構造の推移、世相風刺といった視点からテクスト解釈に挑み、『蝶々と戦車』に新たな解釈を導き出すことを試み」た論文。

●――「ヘミングウェイの描く『兄と妹』――『最後の良き故郷』を中心に」『英米文学手帖』第 54 号 (関西英米文学研究会、2016. 12) 88-98 頁

「最後の良き故郷」における「ニックとリトレスのインセスト的欲望に焦点をあて、インセストに付随する『死の欲動』を」読み解いた論文。

●前田一平「会長就任挨拶」『NEWSLETTER』第 70 号 (日本ヘミングウェイ協会、2016. 4) 1-2 頁

新会長挨拶。

●――「ニホン・ヘミングウェイ事始め」『NEWSLETTER』第 70 号 (日本ヘミングウェイ協会、2016. 4) 11-12 頁

「ニューズレター第 70 号記念特集」に寄せたエッセイ。

●真鍋晶子「パウンド、イェイツ、ヘミングウェイの日本との邂逅――狂言をめぐって」『東京女子大学比較文化研究所紀要』第 77 巻 (東京女子大学比較文化研究所、2016. 1) 51-68 頁

本稿は、「時代の変遷とともに変化しながらも伝統を保持する狂言という芸能を軸に、英語圏のモダニスト、パウンド、イェイツ、ヘミングウェイの世界を裁断することで新しい知見が開けることを検証した」論文。

●――「ヘミングウェイの詩と文体」『ヘミングウェイ研究』第 17 号 (日本ヘミングウェイ協会、2016. 6) 35-48 頁

本稿は、「詩を検討することで、漠然と口にされることの多い『ヘミングウェイの文体』を見直」した論文。

●武藤脩二「『トムと呼んでくれないか』考」『マーク・トウェイン――研究と批評』第 15 号 (南雲堂、2016. 4) 4-8 頁

ヘミングウェイの「ボクサー」の中の言葉、「オレのことはアドと呼んでくれ」に触れ、「アド (Ad) とニック・アダムズ (Nick Adams) は人生の『いろいろ』な経験によって精神を損なうことで結ばれる」という箇所がある論文。

●柳沢秀郎「キューバ・ヘミングウェイ博物館近況報告」『NEWSLETTER』第 71 号 (日本ヘミングウェイ協会、2016. 10) 21-22 頁

「この 9 月に訪玖した際のキューバ、およびヘミングウェイ博物館の変化について」

の報告。

●──「モダニズムが生んだ異人種コラージュ──『オリジナル・エデンの園』を支えた長髪の日本人画家」『東京女子大学比較文化研究所紀要』第 77 巻（東京女子大学比較文化研究所、2016. 1）69-78 頁

本稿は、「これまでヘミングウェイの文学作品とはおおよそ無関係と思われてきた日本人が、モダニズムの時代を通じて、作家としてのキャリアおよび『エデンの園』のオリジナル原稿……の執筆に深く関与していたことを論証した」論文。

4. 邦　訳

●オレイ、ライオネル「もう一人のヘンリー・ミラー」中村亨［訳］『ヘンリー・ミラー・コレクション⑯──対話／インタヴュー集成』飛田茂雄、本田康典、松田憲次郎［編］（水声社、2016. 10）95-112 頁

本稿は、Lionel Olay, “Meeting with Henry,” *Cavalier*, 13:121(1963) 6-9, 84-87 の邦訳。「私［ミラー］はその本［『河を渡って木立の中に』］を読んでないよ……」といった箇所等がある。

●キック、ラス『大人のためのコミック版世界文学傑作選・下』金原瑞人［訳］（いそっぷ社、2016. 10）255 頁

本書は、Russ Kick, *The Graphic Canon: The World's Great Literature as Comics and Visuals* (New York, Seven Stories Press, 2012) の邦訳。ヘミングウェイでは、「色の問題」(“A Matter of Colour”) と「1 年 1000 ドルでパリで暮らす」(“Living on $1,000 a Year in Paris”) の 2 編が取り上げられている。前者は『タビュラ』に掲載された短編、後者は『トロント・デイリー・スター』紙の記事。

●クンデラ、ミラン『小説の技法』西永良成［訳］（岩波書店、2016. 5）239 頁

本書は、Milan Kundera, *L'Art Du Roman* (Paris, Editions Gallimard, 1986) の邦訳。第 6 部「六十九語」における「反復」でヘミングウェイに言及する。文庫版。

●ゴイティソロ、ファン『スペインとスペイン人──＜スペイン神話＞の解体』本田誠二［訳］（水声社、2016. 1）242 頁

本書は、Juan Goytisolo, *Spanier und Spanien* (Frankfurt, 1969) の邦訳。「ヘミングウェイ氏は闘牛を見にいく」という一項がある。

●ゴットシャル、ジョナサン『人はなぜ格闘に魅せられるのか──大学教師がリングに上がって考える』松田和也［訳］（青土社、2016. 3）306 頁

本書は、Jonathan Gottschall, *The Professor in the Cage: Why Men Fight and Why We Like to Watch* (Penguin, 2015) の邦訳。第 8 章中の「殺しの芸術」で、ヘミングウェイの『午後の死』に言及した箇所がある。

●コリンズ、ラリー & ドミニク・ラピエール『パリは燃えているか？、上・下』志摩

隆［訳］（早川書房、2016. 2）437 頁、462 頁

本書は、Larry Collins and Dominique Lapierre, *Is Paris Burning?* (New York, Pocket Books, 1965) の邦訳。ヘミングウェイの名前が随所に出てくるノンフィクション。文庫版。

●バーミンガム、ケヴィン『ユリシーズを燃やせ』小林玲子［訳］（柏書房、2016. 8）463 頁

本書は、Kevin Birmingham, *The Most Dangerous Book: The Battle for James Joyce's* Ulysses (New York, William Morris, 2014) の邦訳。ヘミングウェイは、第 19 章「本密輸業者」に登場する。

●ヘミングウェイ、アーネスト「ある新聞読者の手紙」上田麻由子［訳］『病短編小説集』石塚久郎［監訳］（平凡社、2016. 9）127-29 頁

"One Reader Writes" の新訳。

●――『移動祝祭日』福田陸太郎［訳］（土曜社、2016. 11）255 頁

定番の訳だが、本文庫は初版。

●――「序文」『ア・フライフィッシャーズ・ライフ――ある釣師の覚え書き』シャルル・リッツ［著］、柴野邦彦［訳］（未知谷、2016. 8）11 頁

「シャルル・リッツは私の知っている最もすばらしい釣師の一人である」という文章で始まる短い「序文」。

●――「清潔な、明かりのちょうどいい場所」上田麻由子［訳］『病短編小説集』石塚久郎［監訳］（平凡社、2016. 9）185-92 頁

"A Clean, Well-Lighted Place" の新訳。

●――「何かの終わり」『アメリカ短編ベスト 10』平石貴樹［編訳］（松柏社、2016. 6）209-18 頁

"The End of Something" の新訳。

●――『老人と海』小川高義［訳］（光文社、2016. 6）165 頁

文庫、第 2 刷。

●――『老人と海』福田恆存［訳］（新潮社、2016. 6）170 頁

文庫、第 119 刷。

●マニング、モリー・グプティル『戦地の図書館――海を越えた一億四千万冊』松尾恭子［訳］（東京創元社、2016. 5）316 頁

本書は、Molly Guptill Manning, *When Books Went to War: The Stories That Helped Us Win World War II* (Wilmington, Mariner Books, 2015) の邦訳。ヘミングウェイの名前が随所に出る。

●リッツ、シャルル『ア・フライフィッシャーズ・ライフ――ある釣師の覚え書き』柴野邦彦［訳］（未知谷、2016. 8）452 頁

本書は、Charles Ritz, *A Fly Fishers Life: The Art and Mechanics of Fly Fishing* (London, Robert Hale, 1996) の邦訳。ヘミングウェイの「序文」に、シャルル・リッツと写ったヘミングウェイの写真もある。なお、第 6 部中の「アメリカ人の釣り」には、バンビ・ヘミングウェイ［ジャック・ヘミングウェイ］も登場する。

5. 書　評

●円城　塔「発禁・密輸の本が古典になった」『朝日新聞』（2016. 10. 2）13 面

これは、ケヴィン・バーミンガム 著『ユリシーズを燃やせ』小林玲子 訳（柏書房、2016. 8）463 頁の書評。ジョイスの『ユリシーズ』は、「カナダ経由の輸送が計画され、アーネスト・ヘミングウェイが密輸業者を紹介した」という箇所がある。

●大串尚代「アメリカにおける人種問題の捉え方の視座を提供――安河内英光、田部井孝次 編著『ホワイトネスとアメリカ文学』」『週刊読書人』（2016. 12. 2）6 面

内田水生氏のヘミングウェイ論では、「『エデンの園』の白人女性キャサリンの人種意識と、人種衣装であるミンストレルショーを結びつける……」とある。

●小笠原亜衣「ヘミングウェイの『地政学的文学論』――今村楯夫著『ヘミングウェイの愛したスペイン』」『図書新聞』（2016. 2. 20）4 面

本書は、「文学的探究と風景が時空を超えて交錯する、知的興奮と美しさに満ちた書」であると結んでいる。

●鴻巣友季子「人生が変わり、世界も変わる？」『朝日新聞』（2016. 10. 23）9 面

モリー・グプティル・マニング著『戦地の図書館』松尾恭子訳（東京創元社、2016. 5）を取り上げた部分に、「日本が贅沢を封じていた頃、米国兵は戦地でヘミングウェイやディケンズを読んでいたのか……」という箇所がある。

●巽 孝之「アメリカ小説と批評の研究」『英語年鑑――2016』（研究社、2016. 1）10-16 頁

今村楯夫 著『「キリマンジャロの雪」を夢見て』、今村楯夫、真鍋晶子 共著『ヘミングウェイとパウンドのヴェネツィア』、今村楯夫 著『ヘミングウェイの愛したスペイン』の 3 点、及び高野泰志 著『アーネスト・ヘミングウェイ、神との対話』の寸評がある。

●都甲幸治「優れた人物から生き方を学ぶ――青山南 編訳『パリ・レヴュー・インタヴューI・II』」『図書新聞』（2016. 4. 16）1 面

「僕はこのインタビュー集を読むまで、ヘミングウェイがここまで真摯で正直な人物だとは知らなかった」といった箇所等がある。

●中村邦生「平石貴樹 編訳『アメリカ短編ベスト 10』」『週刊読書人』（2016. 9. 30）10

面

「何かの終わり」では、「廃墟となった製材所の冒頭の描写に早くも魅了されてしまい……」という箇所がある。

●中村嘉雄「Nancy W. Sindelar, *Influencing Hemingway: People and Places That Shaped His Life and Work*」『NEWSLETTER』第 71 号（日本ヘミングウェイ協会、2016. 10）23 頁

ヘミングウェイの「人格形成に影響を与えた場所や人物の情報が過不足なく盛り込まれている」という。なお、本書の出版は、New York: Rowman and Littlefield, 2014。

●本荘忠大「Amy L. Strong, *Race and Identity in Hemingway's Fiction*」『NEWSLETTER』第 70 号（日本ヘミングウェイ協会、2016. 4）24-25 頁

本書はこれまで見過ごされてきた「非白人登場人物たちに焦点を当てながら、作品の再読・再評価を行」った「刺激的研究成果」だとする。

●――「高野泰志 編著『ヘミングウェイと老い』」『中・四国アメリカ文学研究』第 52 号（中・四国アメリカ文学会、2016. 6）33-46 頁

本書は「ヘミングウェイ作品を理解する上での必読の書であり、今後のヘミングウェイ研究をより豊かな方向へと展開させる道標となることは間違いないと思われる」と結ばれている。

6. 雑　誌

[言及ある雑誌]

●池澤夏樹「ジョン・ダンの恋と信仰」『図書』第 814 号（岩波書店、2016. 12）60-63 頁

「『誰がために鐘は鳴る』という言葉」は、「ヘミングウェイが長篇のタイトルに使ったことで広まったけれど、これはジョン・ダンの『不意に発生する事態に関する瞑想』という詩の一節である」という箇所がある。

●川本三郎「『削除せよ』と編集者［パーキンズ］は言った」『ベストセラー――編集者パーキンズに捧ぐ』（東宝（株）映像事業部、2016. 10）16 頁

「作家のなかには編集者をさほど必要としない自立型もいるが（例えばヘミングウェイがそうだろう）、多くは助言者としての編集者を必要とする」という箇所がある。パンフレット。

●北村勝彦「北村勝彦さんが選ぶ、おしゃれを学び直す本」『孫の力』第 30 号（木楽舎、2016. 7）35 頁

Ernest Hemingway Wiederentdeckt（Olms Georg AG, 2001）が取り上げられ、この「写真集のヘミングウェイを見ていると“これでいいんだ”と思える着こなしが多い」とある。

●見城　徹「魂をすり減らし、傷つけ合う＜本当の関係＞」『ベストセラー――編集者パーキンズに捧ぐ』（東宝（株）映像事業部、2016. 10）24 頁

「パーキンズもきっとそういう……官能を、フィッツジェラルドの時も、ヘミングウェイの時も、トマス・ウルフの時も感じたのでしょう」という箇所がある。パンフレット。

●柴田元幸「編集者パーキンズとその時代」『ベストセラー――編集者パーキンズに捧ぐ』（東宝（株）映像事業部、2016. 10）6-7 頁

「マクスウェル・パーキンズは……フィッツジェラルド、ウルフ、ヘミングウェイらの才能を見抜いて、彼らを励まし、原稿をどう直したらいいか的確なアドバイスを与えた……」といった箇所等がある。パンフレット。

●柴野邦彦［語り］、知来 要［写真］「『ア・フライフィッシャーズ・ライフ』の遺産」『Fishing Café』第 55 号（シマノ、2016. 12）27-30 頁

「ヘミングウェイも言っていますが、『リッツは、しっかりした文章を書ける人』でした……」といった箇所等がある。柴野氏は『ア・フライフィッシャーズ・ライフ』の翻訳者。

●千代田夏夫「村上作品の源流②――『グレート・ギャツビー』を読む」『プレジデント』第 54 巻・第 30 号（プレジデント社、2016. 10）50-51 頁

村上へ影響を与えた『グレート・ギャツビー』の魅力が語られている。ヘミングウェイにも言及がある千代田氏へのインタビュー記事。

●ディン、リン「アーネスト・ヘミングウェイ『大きな変化』（"The Sea Change"）」『モンキー』Vol. 9（スイッチ・パブリッシング、2016. 6）109 頁

「いままで読んだすべての短篇のなかで、一本だけ自分が書いたことにできるとしたら、どれを選びますか？」という質問に答えたもの。氏は作家。

●村上春樹「村上春樹インタビュー、短篇小説のつくり方」『モンキー』Vol. 9（スイッチ・パブリッシング、2016. 6）67-76 頁

「短篇小説の在り方を変えたヘミングウェイとフィッツジェラルド」の項で、「ヘミングウェイのニック・アダムズものを読んだ人と読まない人とでは短篇小説に対する考え方が違ってくる……」と指摘した箇所等がある。聞き手は柴田元幸氏。

●柳　智之「アーネスト・ヘミングウェイ」『文學界』第 70 巻・第 2 号（文藝春秋、2016. 2）表紙

「表紙画」にヘミングウェイが描かれている。

●坪内祐三「2B から HB までの五十年――『パリ・レヴュー・インタヴューⅠ・Ⅱ』青山 南 編訳」『新潮』第 113 巻・第 3 号（新潮社、2016. 3）264-67 頁

「ヘミングウェイの発言に、『2B の鉛筆』という言葉が登場する。今回の青山訳では『No.2 の鉛筆』となっていて、『HB に相当』と注がついている」という箇所がある。

●矢野詔次郎［文］、小野祐次［写真］、木戸美由紀［コーディネイト］「リッツ パ

リ――失われぬ時を求めて」『クレア・トラベラー』第11巻・第4号（文藝春秋、2016.10）126-38頁

「リッツを語るとき、ここを愛したセレブリティたちを抜きにはできない。エドワード7世、チャーチル、サルトル、ヘミングウェイ、チャップリン……」という言葉がある。

7. 記　事

●朝日記者不詳「佐伯彰一さん死去――米文学者・文芸評論家」『朝日新聞』（2016.1.6）30面

「1日、肺炎のため亡くなった。93歳だった」とある。氏は日本ヘミングウェイ協会顧問。

●朝日記者不詳「加島祥造さん死去――92歳　詩集『求めない』」『朝日新聞』（2016.1.6）30面

「昨年［2015年］12月25日、老衰で死去した。92歳だった」とある。氏には、『日はまた昇る』（中央公論社、1968）の翻訳がある。

●石合　力「傑物の死――反米象徴、影響力最後まで」『朝日新聞』（2016.11.28）7面

「葉巻をくゆらせ、野球を愛し、作家ヘミングウェーやガルシア・マルケスらとも交流した」とある。フィデル・カストロ死去のニュース。

●沢木耕太郎「始まりは『道から道へ』――『春に散る』連載を終えて」『朝日新聞』（2016.9.6）29面

「かつてアーネスト・ヘミングウェイが住んでいたというキーウェストに、私はまだ一度も足を踏み入れたことがなかった……」という箇所がある。

8. 年　譜

●福田陸太郎「パリ時代の年譜」『移動祝祭日』アーネスト・ヘミングウェイ［著］、福田陸太郎［訳］（土曜社、2016.11）240-44頁

「1921年から6年間のヘミングウェイの動静」を記したもの。

9. 書　誌

●河田英介「資料室便り」『NEWSLETTER』第70号（日本ヘミングウェイ協会、2016.4）26頁

4点の文献を「ヘミングウェイ研究書誌」に上げている。

●英語年鑑編集部［編］『英語年鑑――2016』（研究社、2016.1）557頁

「個人研究業績一覧」（2014年4月―2015年3月）で、6件のヘミングウェイ研究が掲載されている。

●千葉義也「書誌：日本におけるヘミングウェイ研究――2015」『ヘミングウェイ研究』第17号（日本ヘミングウェイ協会、2016.6）67-83頁

本「書誌」は、2015年1月1日から12月31日までの一年間にわが国で発表されたヘミングウェイに関する文献のデータを網羅している。

10. カタログ

※該当なし

11. 映画／テレビ

●ジョン・ローガン[脚本]『ベストセラー――編集者パーキンズに捧ぐ』(ロングライド、2016）104分

本映画は、マイケル・グランデージ監督、コリン・ファース、ジュード・ロウ主演。原作は、A. Scott Berg, *Max Perkins: Editor of Genius* (New York, E. P. Dutton, 1978) で、邦訳に鈴木主税 訳『名編集者パーキンズ――作家の才能を引きだす』上・下（草思社、1987）がある。映画は、ヘミングウェイよりも、パーキンズとトマス・ウルフとの関係に焦点が当てられている。なお、本作品の日本語字幕版（ブルーレイ）は、2017年3月発売予定。

● 『文豪の初恋』（NHK BS プレミアム、2016.9.6）9:00-11:00

日記と手紙で綴られたヘミングウェイとアグネスの恋。斉木しげる（語り）、大森美香（ゲスト）。

12. DVD ／ビデオ等

※該当なし

13. CD

※該当なし

14. インターネット・ホームページ

●映画 . Com「ヘミングウェイ原作映画に『007』M. キャンベル監督とピアース・ブロスナン」（映画ニュース、2016.2.18）

『河を渡って木立の中へ』が映画化されるというニュース。「今年10月、イタリアでの撮影開始を予定している」とある。

15. 写真集

●阿部公彦、阿部賢一、楯岡求美、平山令二［監修］『世界の文豪の家』（エクスナレッジ、2016.8）127頁

「アーネスト・ヘミングウェイの家——大作をもたらしたカリブでの生活」という一項があり、フィンカ・ビヒア等の写真がある。なお、コラム「パリのカフェ」でもヘミングウェイの名前が出る。

16. トラベル・ガイドブック

●伊東淳史『素顔のキューバ案内』（イカロス出版、2016. 2）139 頁
第 9 章「人民酒場の愉楽」中に、ヘミングウェイに言及した箇所がある。

●伊藤千尋『キューバ——超大国を屈服させたラテンの魂』（高文研、2016. 1）206 頁
本書は、「実体験から知ったキューバ」報告。第 IV 章中に、「ヘミングウェイとカストロ」という一項がある。

●今村楯夫「キューバを愛した作家——アーネスト・ヘミングウェイ」『地球の歩き方——キューバ＆カリブの島々 2017~2018 年版』（ダイヤモンド・ビッグ社、2016. 10）26-27 頁
本「書誌——2012」を参照のこと。本書は改訂第 14 版。

●越川芳明『あっけらかんの国キューバ——革命と宗教のあいだを旅して』（猿江商會、2016. 2）220 頁
第 4 章中にある「ドル箱の有名外国人」という一項に、「いまや、時代は変わり、ゲバラやヘミングウェイと並んで、ジョン・レノンもキューバのすぐれた観光資源である」といった箇所等がある。

17. テキスト

●金原瑞人［編著］『ストレンジ・カントリー』（青灯社、2016. 1）185 頁
ヘミングウェイの原文に「詳しい語注」が付されたテキスト。

●林原耕三、坂本和男［訳注］『対訳ヘミングウェイ 2 ——老人と海』（南雲堂、2016. 2）197 頁
第 52 刷。

18. その他

［ヘミングウェイの名前が出てくる小説］
●ロス、フィリップ『素晴らしいアメリカ野球』中野好夫、常盤新平［訳］（新潮社、2016. 5）697 頁
「プロローグ」で随所にヘミングウェイの名前が出る。文庫版。

［ヘミングウェイの作品が出てくる小説・エッセイ］
●フィッツジェラルド、F. スコット「眠っては覚め」上田麻由子［訳］『病短編小説集』

石塚久郎［監訳］（平凡社、2016. 9）193-201 頁

本短編（“Sleeping and Waking”）冒頭に、「アーネスト・ヘミングウェイの『いまわれ身を横たえ』という短篇を数年前に読んだとき、不眠症についてこれ以上語るべきことはないと思った」という箇所が出てくる。

19. 学会／協会誌

●日本ヘミングウェイ協会

［ニューズレター］

The Hemingway Society of Japan Newsletter. No. 70 (19 Apr. 2016)

The Hemingway Society of Japan Newsletter. No. 71 (17 Oct. 2016)

［協会誌］

●日本ヘミングウェイ協会［編］『ヘミングウェイ研究』第 17 号（日本ヘミングウェイ協会、2016. 6）111 頁

2 本のエッセイ、4 本の特集論文、1 本の投稿論文、それに書誌が付された学術誌。目次は次の通り。なお、各論文の内容は 3 の論文・エッセイの項を参照のこと。■今村楯夫「追悼　佐伯彰一氏の訃報に接して」■島村法夫「日本ヘミングウェイ協会とともに――会長を退任して」■倉林秀男「ヘミングウェイの文体を考える前に」■久保公人「ヘミングウェイ文学における題材としての文体」■倉林秀男「ヘミングウェイの語りの文体」■真鍋晶子「ヘミングウェイの詩と文体」■新関芳生「偽装された主人公――話法から読み直す *For Whom the Bell Tolls*」■古谷裕美「『蝶々と戦車』における空間、身体、死者の魂――スペイン内乱に関するヘミングウェイの政治スタンス」■千葉義也 編「書誌：日本におけるヘミングウェイ研究――2015」■小笠原亜衣、倉林秀男「あとがき」。

日本におけるヘミングウェイ書誌
――2017年――

1. 単行本

●今村楯夫『スペイン紀行――ヘミングウェイとともに内戦の跡を辿る』（柏艪社、2017. 11）208頁

豊富で見事な写真と文で綴られたスペイン紀行。なお、本書はDVD版（2016）を改稿し、単行本にしたもの。目次は次の通り。■「はじめに」■第一部「スペインの光と影の揺らぎ」（1.「サグラダ・ファミリア　垂直の自由を求めて」2.「ミロ美術館」3.「タホ川からテージョ川へ」4.「トレドのアルカサール　内戦の記憶」5.「トレドの名画　『聖衣剥奪』」6.「ガルシア・ロルカの故郷」7.「ジャカランダの花」）■第二部「『誰がために鐘は鳴る』の世界」（1.「ヘミングウェイと内戦」2.「『誰がために鐘は鳴る』の舞台　その史実と虚構」3.「川辺のセキレイ」4.「アビラの尼僧院」5.「バルコ・デ・アビラの古城」6.「ラ・グランハ　サン・イルデフォンソ宮殿の町」7.「セゴビア　ファシスト軍の拠点」8.「エル・エスコリアル　宮殿と霊廟」9.「崖の上の町　ロンダ」）■第三部「NANA（北米通信）とスペイン内戦」（1.「ヘミングウェイと北米通信」2.「ベルチテ　失われた村」3.「丘の上の古都、テルエル」4.「避難する人びと」5.「トルトサの橋」6.「アンポスタ　エブロ川の河口のほとり」7.「保存された廃墟　コルベラ・ド・エブロ」）■「あとがき」。

●――『ヘミングウェイと猫と女たち』（Kindle版、2017. 7）

「猫の存在を解明しながら、ヘミングウェイの実像と文学を明らかに」した名著。販売はアマゾン。大まかな目次は次の通り。■プロローグ キー・ウエストへの旅■第1章「母」の肖像■第2章 猫とは何者だ■第3章 猫は猫であり猫ではない■第4章 雨の中の猫■第5章消えた猫■第6章 ヘミングウェイと〈宿命の女たち〉■エピローグ ケネディ図書館を訪ねて■あとがき■ヘミングウェイ年譜。

2. 言及ある単行本

●青山　南「トマス・ウルフ熱ふたたび」『古典名作本の雑誌』本の雑誌編集部［編］（本の雑誌社、2017. 8）42-46頁

本文中にある「アメリカ文学の古典名作20冊」に、「高見 浩訳『日はまた昇る』（新潮文庫）」が上げられている。

●新井哲男「ヘミングウェイ作品にみられる『法』と『生』」『＜法＞と＜生＞から見るアメリカ文学』越川芳明、杉浦悦子、鷲津浩子［編］（悠書館、2017. 4）127-42 頁

「人間はいろいろな規制に束縛されながらも生きている。ヘミングウェイの作品には、いろいろな規律に傷つき、縛られながらも、それを超えて個人として自分の生を強く生きようと苦悶する人間の姿が描かれている」と結ばれた論文。

●池澤夏樹『世界文学を読みほどく――スタンダールからピンチョンまで【増補新版】』（新潮社、2017. 3）463 頁

『ハックルベリ・フィンの冒険』を論じた箇所でヘミングウェイに言及した箇所がある。

●――、鴻巣友季子、沼野充義「世界文学は越境する」『池澤夏樹、文学全集を編む』河出書房新社編集部［編］（河出書房新社、2017. 11）290 頁

本対談中に、ヘミングウェイに触れた箇所がある。

●岩本裕子「戦争の不条理性への悲観的な思想――『武器よさらば』」『名著で読む世界史 120』池田嘉郎、上野愼也、村上衛、森本一夫［編］（山川出版社、2017. 2）354-56 頁

「解説」の項に、「ヘミングウェイの文体スタイルは完成の域に達したと評価され……とくに、カポレットの総退却から中尉の脱走に至るくだりは名高い」という箇所がある。

●植島啓司『運は実力を超える』（KADOKAWA、2017. 3）192 頁

第 3 部に、ヘミングウェイの短編に触れた箇所がある。新書版。

● Kei, Katsui（勝井　慧）"A 'Very Complicated' Diet for a Lion: The Functions of Food and Drink in 'The Good Lion,'" *Hemingway and Italy: Twenty-first Century, Perspectives.* Eds. Mark Cirino and Mark P. Ott. UP of Florida, 2017. 230-40.

これまで子供向けの寓話として過小評価されてきたヘミングウェイの短編 "The Good Lion" における「食」のイメージを取り上げ、ライオンの「文明的」振る舞いの裏に隠された「野蛮」な欲望や高慢さが、「食」に対する態度を通して暴かれる様を論じた。「食」に秘められた多様なイメージと役割を読み解くことで、この作品が持つ文学的価値を明らかにした。英文の論文。

●金原瑞人「解説」『人間とは何か』マーク・トウェイン［著］、大久保 博［訳］（KADOKAWA、2017. 4）211-19 頁

マーク・トウェインの影響を受けた作家に、ヘミングウェイとフォークナーを上げ、「戦後のアメリカを代表する作家のひとりカート・ヴォネガットはさらに大きな影響を受けている」と指摘した箇所等がある。文庫版。

●亀井俊介『オーラル・ヒストリー――戦後日本における一文学研究者の軌跡』（研究社、2017. 4）340 頁

第一部第1章に、「『アーミー版』」で、買ったのは「一冊目はスタインベック……それから、もう一冊は多分ヘミングウェイだったと思います」といった言葉等がある。

●柄谷行人「反ロマネスク・ヘミングウェイ」『柄谷行人書評集』柄谷行人（読書人、2017. 11）235-48頁
氷山の原理は、「実は日本の短詩型文学（とくに俳句）や山水画の基底にある『省略の美学』とほぼ同じ……したがって……彼の小説が本質的に短篇小説（あるいはそれの複合体）である理由もここにある」といった指摘等を含む論文。本稿は、石一郎編『ヘミングウェイの世界』（荒地出版、1970）が初出。

●菅野拓也『心に残る名画――あの人この場面』（風詠社、2017. 11）512頁
映画、『老人と海』が取り上げられている。エッセイ集。

●小阪知弘『村上春樹とスペイン』（国書刊行会、2017. 3）244頁
随所に、ヘミングウェイに言及した箇所がある。

●越川芳明「キューバのヘミングウェイ――キリスト教の『法』の下に隠されたアフロ信仰」『<法>と<生>から見るアメリカ文学』越川芳明、杉浦悦子、鷲津浩子［編］（悠書館、2017. 4）143-55頁
「アフロ信仰の儀式自体は数多くの儀式を伴うので、文献（しかも英語だけの）のみに頼るその批評方法には隔靴掻痒の感を拭いきれない。ここではそれらを修正しながら『老人と海』に斬新な解釈をほどこした」とする論文。

●小玉　武『美酒と黄昏』（幻戯書房、2017. 3）229頁
「『冬』風の夜のフーガ――寒に入る酒場」に、「凍てる――ヘミングウェイと戦争」という一項がある。

●小塚拓矢『怪魚を釣る』（集英社、2017. 2）218頁
第5章中の「ある怪魚の死」に、『老人と海』に言及した箇所がある。新書版。

●後藤和彦「解説――書くことと生きること、小説家トマス・ウルフの真実」『天使よ故郷を見よ・下』トマス・ウルフ［著］、大沢衛［訳］（講談社、2017. 7）509-20頁
「彼［パーキンズ］が他の誰よりこよなく愛したのは、フィッツジェラルドでもなく、ヘミングウェイでもなく、このトマス・ウルフだったのだ」といった箇所等がある。文庫版。

●小牟田康彦「解説――『詩は金になる』」『S. モームが薦めた米国短篇』サマセット・モーム［編］、小牟田康彦［編訳］（未知谷、2017. 11）186-87頁
本短篇は、コンラード・バーコヴィッチの作で、彼は「欧州ではフィッツジェラルドやヘミングウェイとも交わった」という箇所がある。

●――「編訳者あとがき」『S. モームが薦めた米国短篇』サマセット・モーム［編］、小牟田康彦［編訳］（未知谷、2017. 11）239-44頁

「フランシス・マカンバーの短い幸せな生涯」に触れて、「ヘミングウェイは、1920年代のアメリカ社会における男性の軟弱化と一部女性のはねあがりに対し極めて批判的だったと言われている」という箇所がある。

●斎藤　眞『アメリカを探る――自然と作為』古谷　旬、久保文昭［監修］（みすず書房、2017.10）139-78頁

第7章「第一次大戦とアメリカ社会――素描」中の「はじめに――問題の所在」の項に、ヘミングウェイの名前こそないが、「第一次大戦の遺産としては、そうした幻滅、『失われた世代』がもっぱら強調される」といった箇所がある。本書は遺稿論文集。

●柴田元幸『アメリカン・ナルシス――メルヴィルからミルハウザーまで』［新装版］（東京大学、2017.5）256頁

ヘミングウェイに言及した箇所がある。本書の初版は2005年。

●――「解説」『ハックルベリー・フィンの冒けん』マーク・トウェイン［著］、柴田元幸［訳］（研究社、2017.12）531-52頁

「トム・ソーヤー主導によるジム解放の茶番劇が終盤十章にわたってくり広げられることになる。この茶番劇についてはヘミングウェイのように『あそこは読まなくていい』という意見まであり……」という箇所がある。

●――「解説セッション――1930年代アメリカの特異な作家」『いなごの日／クール・ミリオン――ナサニエル・ウエスト傑作選』ナサニエル・ウエスト［著］、柴田元幸［訳］（新潮社、2017.5）503-19頁

村上春樹との対談。柴田の「20年代があまりにすごかったとも言えますね。ヘミングウェイ、フィッツジェラルド、フォークナー、トマス・ウルフといった人たちの『第一幕』のすごいところが次々に見られた」といった箇所等がある。文庫版。

●――「訳者あとがき」『いなごの日／クール・ミリオン――ナサニエル・ウエスト傑作選』ナサニエル・ウエスト［著］、柴田元幸［訳］（新潮社、2017.5）493-502頁

ウエストは、ブラウン大学を「卒業しても家業を継ぐ気はさらさらなく、ヘミングウェイ（ウエストより四つ年上）やスコット・フィッツジェラルド（七つ年上）といった『失われた世代』がそうしたようにパリへ行った」といった箇所等がある。文庫版。

●菅原克也『小説のしくみ――近代文学の「語り」と物語分析』（東京大学出版会、2017.4）432頁

「三発の銃声」に触れた箇所がある。

●諏訪部浩一「『日はまた昇る』のジェンダー」『アメリカ小説をさがして』諏訪部浩一（松柏社、2017.3）151-73頁

「『日はまた昇る』を論じる本稿の目的は、ヘミングウェイ作品におけるジェンダー問題に関する……再評価に参加することである」とする論文。

●武田悠一『アレゴリーで読むアメリカ／文学――ジェンダーとゴシックの修辞学』（春

風社、2017.12）426 頁
第 8 章が、「失敗としてのジェンダー――ヘミングウェイの男性性構築」という論文になっている。

●――『読むことの可能性――文学理論への招待』（彩流社、2017.8）302 頁
第 2 章中の「作者の死」に、ヘミングウェイに触れた箇所がある。

●中条省平「解説」『黄金の時刻の滴り』辻 邦生（講談社、2017.1）410-24 頁
「ヘミングウェイは、一瞬の至福のなかに＜永遠＞を感じるために、狩猟や闘牛や釣りといった命を賭けて死と触れあうスリリングな経験を必要としました」といった箇所等がある。文庫版。

●辻　邦生「あとがき」『黄金の時刻の滴り』辻 邦生（講談社、2017.1）407-09 頁
「人生のさなかから、何か＜物語＞に生命を吹き込む＜詩＞を掴みとる時期がきたのではないか……マンにせよ、ヘミングウェイにせよ、トルストイにせよ、小説をそのようにして書きつづけた作家であった」といった箇所がある。文庫版。

●――「永遠の猟人」『黄金の時刻の滴り』辻 邦生（講談社、2017.1）35 頁
本短編の扉に、『午後の死』から取られた言葉がある。

●筒井康隆『創作の極意と掟』（講談社、2017.7）297 頁
随所に、ヘミングウェイの作品に言及がある。文庫版。

●テレビ東京［編］『天才たちの日常――世界を動かすルーティーン』（マガジンランド、2017.3）127 頁
ヘミングウェイの二つの習慣、「毎日書いた語数を記録する」と、「立ったままの姿勢で執筆する」が紹介されている。

●都甲幸治『今を生きる人のための世界文学案内』（立東舎、2017.10）250 頁
第 1 章中の「2015 年 10 月」の項に、「ヘンリー・ミラー、フィッツジェラルド、ヘミングウェイなどアメリカ文学の錚々たる書き手が彼［クヌート・ハムスン］からの影響を認めている」という箇所がある。

●ノーベル賞の記録編集委員会［編］『ノーベル賞 117 年の記録』（山川出版社、2017.12）167 頁
1954 年のノーベル文学賞受賞者に、ヘミングウェイの名前があり、受賞理由が簡単に記されている。

●蓮實重彦『ハリウッド映画史講義――翳りの歴史のために』（筑摩書房、2017.11）277 頁
映画、『誰がために鐘は鳴る』のイングリッド・バーグマンに触れた箇所がある。文庫版。

●松尾弌之『列伝アメリカ史』（大修館書店、2017.6）309頁
第八章中の「ジャズ・エイジ」の項に、「リンドバーグは空を飛ぶことによって時代の精神を表現したが、物を書くことによって古いアメリカの価値観に反抗する若者たちもいた。アーネスト・ヘミングウェイ……」といった箇所等がある。

●松村 敏彦『ジョウゼフ・コンラッドの比較文学的世界——村上春樹・宮崎駿・小泉八雲・C.ディケンズ・H.ジェイムズ・O.パムクー』（大阪教育図書、2017.1）510頁
ヘミングウェイに言及した箇所がある。

●みつじまちこ「世界の“あるところ”でこの本を読んだあなたへ」『世界はまるい』ガートルード・スタイン［著］、みつじまちこ［訳］（KTC中央出版、2017.10）88-91頁
「スタインのアパルトマンは、ピカソやマチスのような画家や、詩人のアポリネール、作家のヘミングウェイなど、多くの芸術家たちが集まるサロンでした」といった箇所等がある「あとがき」。

●宮田　昇『昭和の翻訳出版事件簿』（創元社、2017.8）255頁
「戦前の昭和は、日米間に緊張があったにもかかわらず……ヘミングウェイの著作では、『武器よさらば』（1929）、『誰がために鐘は鳴る』（1940）がアメリカで発行後の翌年それぞれ翻訳出版されている」といった箇所等がある。

●宮脇俊文「映画の『動くイメージ』が小説家の意識を変えた——フィッツジェラルドとヘミングウェイの場合」『映画は文学をあきらめない——ひとつの物語からもうひとつの物語へ』宮脇俊文［編］（水曜社、2017.3）66-88頁
「ヘミングウェイの作家としての特筆は、言外に多くの意味を含ませる技術を有することである。これは……ジャーナリストの経験から来ているとする意見が多いが、これこそが映画との関連で語られるべきではないだろうか」という指摘のある論文。本稿は『ヘミングウェイ研究』12号に掲載された論文を加筆修正したもの。本「書誌——2011」を参照のこと。

●——『村上春樹を、心で聴く——奇跡のような偶然を求めて』（青土社、2017.4）352頁
第4章「圧倒的な『暴力』に立ち向かう」の中に、特に『日はまた昇る』に触れた箇所がある。

●村上春樹「解説セッション——1930年代アメリカの特異な作家」『いなごの日／クール・ミリオン——ナサニエル・ウエスト傑作選』ナサニエル・ウエスト［著］、柴田元幸［訳］（新潮社、2017.5）503-19頁
柴田元幸との対談。村上の、「僕の感じ方で言えば、フォークナーはヘミングウェイが失速してきたと同時に出てきたというイメージなんですよ」といった箇所等がある。文庫版。

●山田太一「原作を翻案する脚本家という難しい役割」『映画は文学をあきらめない——ひとつの物語からもうひとつの物語へ』宮脇俊文［編］（水曜社、2017.3）258-72頁

「殺し屋」に関して、「殺し屋も何も言わないし、殺される側のボクサーも何も言わない。ああいうヘミングウェイの短編は、ある意味では非常にシナリオみたいですね」という言葉がある。インタビュー。

●吉岡栄一『開高健の文学世界――交錯するオーウェルの影』（アルファベータブックス、2017.6）380 頁

ヘミングウェイに触れた箇所がある。

●吉岡栄二郎『評伝キャパ――その生涯と「崩れ落ちる兵士」の真実』（明石書店、2017.3）592 頁

ヘミングウェイに言及した箇所がある。

3. 論文・エッセイ（学会誌、紀要等）

●小笠原亜衣「近代の闇を照らす白い光――エドワード・ホッパー『ナイトホークス』とアーネスト・ヘミングウェイ『殺し屋』『清潔で明るい場所』」『外国語外国文化研究』第 17 号（関西学院大学、2017.3）25-46 頁

「アメリカの近代画家エドワード・ホッパー」の『ナイトホークス』と、ヘミングウェイの 2 短編小説、「殺し屋」と「清潔で明るい場所」を「関連づけて考え」た論文。

●坂田雅和「アーネスト・ヘミングウェイの氷山理論再考――短編の中の『混乱』と『反復』について」『融合文化研究』第 25 号（日本大学大学院総合社会、2017.11）36-45 頁

本稿は……「『十人のインディアン』と『殺し屋』……『雨の中の猫』と『世の光』から読み取れる巧みに仕掛けられた『混乱』と執拗に繰り返される『反復』の意味を探り『氷山理論』を再考」した論文。

● Josephs, Allen（アレン ジョゼフス）「Dear Hemingway, Dear Japan：Correspondence from Abroad」『NEWSLETTER』第 72 号（日本ヘミングウェイ協会、2017.4）16-17 頁

コラムに次の記事が寄せられた。“Incarnational Experience Remarks Made at the Presidents’ Luncheon of the XVII Hemingway Conference in Oak Park, Illinois.” なお、氏には、For Whom the Bell Tolls*: Ernest Hemingway's Undiscovered Country* (New York: Twayne, 1994) 等の著書がある。

● Daichi, Sugai（菅井大地）“Pastoral as Commodity: Brautigan’s Reinscription of Hemingway’s Trout Fishing,” *The Hemingway Review* (Spring 2017): 112-23.

本稿では、ヘミングウェイの「大きな二つの心臓のある川」とリチャード・ブローティガンの『アメリカの鱒釣り』を比較し、ブローティガンがヘミングウェイのパストラルの概念をいかに書き変えているかを論じる。ブローティガンの描くパストラルは、ヘミングウェイのパストラルが商品として消費されていることを示唆すると同時に、自然 / 文明の二項対立を攪乱していることを明らかにする。英文の論文。

●田村恵理「陰画としての親密さと人種、言葉――ヘミングウェイ作品の語り手と読まれ方」『ヘミングウェイ研究』第18号（日本ヘミングウェイ協会、2017. 6）19-29頁

本稿は、「男同士の親密さが顕著なヘミングウェイの作品群を描写の曖昧性に焦点を当てながら考察することによって、その曖昧性がホモエロティシズムに関わる読者の解釈を分断していく諸相を明らか」にした論文。

●千代田夏夫「地区便り――鹿児島地区」『KALS NEWSLETTER』56（九州アメリカ文学会、2017. 11）4-5頁

千葉義也 編「書誌：日本におけるヘミングウェイ研究――2016」『ヘミングウェイ研究』18号（2017. 6）73-88頁に触れた箇所がある。

●塚田幸光「クロスメディア・ヘミングウェイ――ニューズリール、ギリシア・トルコ戦争、『スミルナの桟橋にて』」『ヘミングウェイ研究』第18号（日本ヘミングウェイ協会、2017. 6）63-72頁

本稿は、「『スミルナの桟橋にて』を軸に、ヘミングウェイ文学とメディアとの交差、或はその横断的な関係を再解釈」した論文。

●――「シネマ×ヘミングウェイ16――『ヘミングウェイは偉大な奴だった』」『NEWSLETTER』第72号（日本ヘミングウェイ協会、2017. 4）11-15頁

FOXアニメーションの「トランプソング」と「ヘミングウェイソング」を見る限り、両者とも『愛すべきおバカなアメリカン』、ということになる」が、実は「奥が深い」というエッセイ。

●――「フリークス・アメリカ――ヘミングウェイ、ロン・チャニー、身体欠損」『外国語外国文化研究』第17号（関西学院大学、2017. 3）1-23頁

本稿は、「メディアと戦争と身体欠損の文化史を見つめ、そこに文学と映画の交点を見」た論文。構成は、「1. テクノロジーンと知覚の変容」、「2. ジャズ・エイジの亡霊――身体修復の政治学」、「3. 切断と不具――ファルス、ファントム、フリークス」、「4.『ロスト』ボディ、テクノロジー、ヘミングウェイ」。

●辻 秀雄「ヘミングウェイのヴァナキュラー・スタイル――『誰がために鐘は鳴る』、人種、WPA」『ヘミングウェイ研究』第18号（日本ヘミングウェイ協会、2017. 6）43-52頁

本稿は、「『誰がために鐘は鳴る』を1930年代アメリカ文学として読み直しながら、作品中のそこかしこに見え隠れする人種的な含意を同時代的文脈において再解釈」した論文。

●中垣恒太郎「ヘミングウェイのいる光景（第4回）――マニアたちによるヘミングウェイの足跡を辿る旅」『NEWSLETTER』第72号（日本ヘミングウェイ協会、2017. 4）6-10頁

本稿は、「『ヘミングウェイごっこ』――ヘミングウェイの文体を模倣するマニアの

世界」、「ヘミングウェイの足跡を辿るマニアたち――マイケル・ペイリン、今村楯夫の紀行文学」、「『ヘミングウェイごっこ』の実践としての『ヘミングウェイ・アドベンチャー』(1999)」で構成されているエッセイ。

●――「ヘミングウェイのいる光景（第5回）――小説家としての方法」『NEWSLETTER』第73号（日本ヘミングウェイ協会、2017.10）10-13頁

本稿は、「青年小説家としてのヘミングウェイ像――『ミッドナイト・イン・パリ』(2011)」、「小説家としてのふるまい――ヘミングウェイの作法」、「小説家の象徴としての万年筆」で構成されたエッセイ。

●中谷　崇「『アブサロム、アブサロム！』に至るヨクナパトーファの変容――フォークナーのニューオーリンズ経験における『水』と『仮面』が拓いたもの」『フォークナー』第19号（松柏社、2017.5）75-87頁

「この時期のパリを始めとするヨーロッパが同国人ヘミングウェイやフィッツジェラルドだけでなくジョイスなども集まっていた文学の第一線であったにもかかわらず、[フォークナーは] 渡欧をずるずると先延ばしにするかのようにこの街 [ニューオーリンズ] に滞在し続けている」という箇所がある。論文。

●中村亨「『白人らしさ』の仮面――自己抑制と処刑、『武器よさらば』」『ヘミングウェイ研究』第18号（日本ヘミングウェイ協会、2017.6）31-41頁

本稿は、「処刑現場を扱った幾つかの作品群と小説『武器よさらば』(*A Farewell to Arms*, 1929) を接続させて論じ」たもので、「『武器よさらば』の新たな読解にもつながる」論文。

●――「まえがき」『ヘミングウェイ研究』第18号（日本ヘミングウェイ協会、2017.6）3-6頁

本稿は、「特集：ヘミングウェイの言葉と白人／黒人・異邦人」の「まえがき」。

●中村嘉雄「ヘミングウェイ初期作品における人種、川、性のレトリック――道徳的ずらしの効果と兵士のセクシュアリティーについて」『ヘミングウェイ研究』第18号（日本ヘミングウェイ協会、2017.6）7-18頁

本稿は、「二人 [モリソン、モデルモグ] の人種、欲望論批評を補完」し、「また、そういったレトリックの読みを通して、ヘミングウェイの20年代におけるセクシュアリティーの幅を広げることを試み」た論文。

●フェアバンクス香織「1920年代のパリと『自伝』―― Stein から Hemingway へと続くモダニズム的風景」『第89回大会 Proceedings』（日本英文学会、2017.9）83-84頁

スタインの『アリス・B・トクラスの自伝』とヘミングウェイの『移動祝祭日』の「二作品が、子弟関係にあった二人のモダニズム作家をつなぐ時空を超えた交流の場であったことを明らかにした」論文。

●古谷裕美「『アルプスの牧歌』における損壊遺体の分析――言説とセクシュアリティ

の構築」『ヘミングウェイ研究』第 18 号（日本ヘミングウェイ協会、2017. 6）53-62 頁

本稿は、「女性の遺体分析という観点から『アルプスの牧歌』の新たなセクシュアリティ解釈の可能性を提示した」論文。

● Berry, John W.（ジョン W. ベリー）「Dear Hemingway, Dear Japan：Correspondence from Abroad」『NEWSLETTER』第 73 号（日本ヘミングウェイ協会、2017. 10）9-10 頁

コラムに次のニュースが寄せられた。"Ernest Hemingway Foundation of Oak Park Makes Decision to Focus on New Writings & Research Center on the Birthplace Property."

●前田一平「会長挨拶」『NEWSLETTER』第 72 号（日本ヘミングウェイ協会、2017. 4）1-2 頁

会長挨拶。「組織の活性化」、「歴史を畏怖する」で構成されている。

●村山淳彦「二重のトウェインをマークせよ」『マーク・トウェイン――研究と批評』第 16 号（南雲堂、2017. 4）90-91 頁

「『ハック・フィン』の結末に不満を唱えたヘミングウェイも二重性を指摘していると見られる……」といった言葉等がある。

●柳沢秀郎「アルゴって知ってる？」『NEWSLETTER』第 72 号（日本ヘミングウェイ協会、2017. 4）20 頁

ヘミングウェイは「『アルゴ（Argo）』なるコードネームまで持って」いて、このことは、Nicholas Reynolds, *Writer, Sailor, Soldier, Spy: Ernest Hemingway's Secret Adventures, 1935-1961* (New York: William Morrow, 2017) に詳しいという。

●――「ヘミングウェイ・ニュース」『NEWSLETTER』第 73 号（日本ヘミングウェイ協会、2017. 10）13-14 頁

「菅井大地さんの論文、*The Hemingway Review* に掲載」、「第 16 回キューバ国際ヘミングウェイ学会開催」の 2 項からなるエッセイ。なお、菅井氏の論文要旨は本項を参照のこと。

● Lewis, Lisa D.（リサ D. ルイス）「Dear Hemingway, Dear Japan：Correspondence from Abroad」『NEWSLETTER』第 72 号（日本ヘミングウェイ協会、2017. 4）18-19 頁

コラムに次の記事が寄せられた。"Being and Becoming: Reflections on My Father." なお、氏の父親は、*Hemingway on Love* (Austine: University of Texas Press, 1965) の著者、Robert W. Lewis 氏。

4. 邦　訳

●ヴォネガット、カート『国のない男』金原瑞人［訳］（中央公論新社、2017. 3）198 頁

本書は、Kurt Vonnegut, *A Man Without a Country* (New York, Seven Stories Press, 2005)

の邦訳。第2章中に、これ［ヘミングウェイの「兵士の故郷」］を読むと、故国に戻って来た兵士に戦争体験を語らせるのがいかに残酷かということがよくわかる」といった箇所等がある。『日本におけるヘミングウェイ書誌――1999-2008』「書誌――2007」を参照。文庫版。

●エクスタイン、ボブ『世界の夢の本屋さんに聞いた素敵な話』藤村奈緒美［訳］（エクスナレッジ、2017.2）177頁

本書は、Bob Eckstein, *Footnotes from the World's Greatest Bookstores* (New York, Clarkson Potter, 2016) の邦訳。ヘミングウェイにも言及した箇所がある。

●キャントン、ジェイムズ『世界文学大図鑑』沼野充義［監修］、越前敏弥［訳］（三省堂、2017.4）352頁

本書は、James Canton, *The Literature Book: Big Ideas Simply Explained* (New York: Penguin Random House, 2016) の邦訳。「ヘミングウェイ」という一項があるほか、特に、『老人と海』と『日はまた昇る』に言及がある。

●コンラッド三世、バーナビー『アブサンの文化史――禁断の酒の二百年』浜本隆三［訳］（白水社、2017.1）254頁

本書は、Barnaby Conrad III, *Absinthe: History in a Bottle* (New York: Chronicle Books, 1997) の邦訳。第11章「禁止されてから」で、ヘミングウェイに言及がある。

●ザドゥリアン、マイケル『旅の終わりに』小梨直［訳］（東京創元社、2017.12）288頁

本書は、Michael Zadoorian. *The Leisure Seeker* (HarperCollins, 2016) の邦訳。映画、『ロング、ロングバケーション』の原作。

●バーサド、エラ、スーザン・エルダキン『文学効能事典――あなたの悩みに効く小説』金原瑞人、石田文子［訳］（フィルムアート社、2017.6）421頁

本書は、Ella Berthoud and Suzan Elderkin, *The Novel Cure: An A to Z of Literary Remedies* (New York: Penguin Books, 2014) の邦訳。ヘミングウェイでは、「腹が立ったとき」の項で、『老人と海』を論じるほか、『河を渡って木立の中へ』、『誰がために鐘は鳴る』、『日はまた昇る』に言及がある。

●ビラ＝マタス、エンリーケ『パリに終わりはこない』木村榮一［訳］（河出書房新社、2017.8）299頁

本書は、Enrique Vila-Matas, *Paris no se acaba nunca* (Anagrama, 2003) の邦訳。ヘミングウェイの名前が随所に出てくる。小説。

●ヘミングウェイ、アーネスト『海流のなかの島々・上』沼澤洽治［訳］（新潮社、2017.1）367頁

文庫、第44刷。

●――「フランシス・マカンバーの短い幸せな生涯」『S. モームが薦めた米国短篇』サマセット・モーム［編］、小牟田康彦［編訳］（未知谷、2017.11）99-160頁

本書は、W. Somerset Maughm. *Great Modern Reading: W. Somerset Maughm's Introduction to English and American Literature* (Isha Books, 2013) の邦訳。モーム は、「敢えてこの作品を選んだのは、他の短篇より傑出しているからではなく、珍しい外国での物語の優れた一例を示したかったからだと弁明している」という。

●——『老人と海』福田恆存［訳］（新潮社、2017. 5）170 頁
文庫、第 120 刷。

●マッツェオ、テイラー・J『歴史の証人 ホテル・リッツ——生と死、そして裏切り』羽田詩津子［訳］（東京創元社、2017. 6）270 頁
本書は、Tilar J. Mazzeo, *The Hotel on Place Vendome* (New York: Harper Perennial, 2015) の邦訳。第 11 章に「アーネスト・ヘミングウェイと解放されたホテル・リッツ」があるほか随所にヘミングウェイに言及がある。

5. 書　評

●飯野友幸「今村楯夫、真鍋晶子 著『ヘミングウェイとパウンドのヴェネツィア』」『アメリカ文学研究』第 53 号（日本アメリカ文学会、2017. 3）121-22 頁
「著者同士の筆致は異なるものの、現地にいることの臨場感と高揚感とが頁から生々しく立ちのぼるところこそが最大の読みどころとみた」とある。

●円城　塔「劉 震雲 著『一句頂一万句』、エンリーケ・ビラ＝マタス 著『パリに終わりはこない』——朴訥と技巧、対照的な笑い」『朝日新聞』（2017. 10. 29）12 面
「『パリに終わりはこない』は……対照的に、技巧の限りを尽くした 1 冊である。作者は冒頭でも『作家アーネスト・ヘミングウェイそっくりさんコンテスト』に参加して失格になった話をはじめたり、まあ、やりたい放題である」といった箇所等がある。

●大串尚代「今村楯夫『ヘミングウェイの愛したスペイン』」『アメリカ文学研究』第 53 号（日本アメリカ文学会、2017. 3）126-27 頁
「テクストを読み込んだ上で、作品の舞台に足を運び、その土地の空気に触れ、光を感じることで深まる理解があるのだということを雄弁に物語る一冊である」という箇所がある。

●小笠原亜衣「フェアバンクス香織『ヘミングウェイの遺作——自伝への希求と〈編纂された〉テクスト』」『アメリカ文学研究』第 53 号（日本アメリカ文学会、2017. 3）79-84 頁
「原稿を丹念に辿る本書からは、後年・晩年のヘミングウェイの息づかいと苦闘が手にとるように感じられる」とある。

●菊地利奈「Beatriz Penas-Ibanez & Akiko Manabe (eds.), *Cultural Hybrids of (Post)Modernism: Japanese and Western Literature, Art and Philosophy*」『彦根論叢』No. 414（滋賀大学、2017.

12）132-34 頁

本書は、「東洋と西洋という異文化間の交流が文化・文学・哲学・社会に与えた影響をそれぞれに論じたもの」で、第二部には、「ヴェニスで開催された国際ヘミングウェイ学会での研究報告を基盤にした論文 5 本がまとめられている」という。なお、本書発行が 2016 年のため、各論文の要旨は、本「書誌――2016」に組み入れてある。

●倉林秀男「井伊順彦、今村楯夫 他訳『パット・ホビー物語』――フィッツジェラルドが最晩年に挑んだ新しいスタイル」『週刊読書人』（2017. 1. 20）5 面

「このフィッツジェラルドの晩年のスタイルは同時代作家のアーネスト・ヘミングウェイにも近く……」という箇所がある。

●巽　孝之「アメリカ小説と批評の研究」『英語年鑑――2017』（研究社、2017. 1）9-14 頁

今村楯夫 著『ヘミングウェイの愛したスペイン』（風濤社、2015. 11）245 頁、フェアバンクス香織 著『ヘミングウェイの遺作――自伝への希求と＜編纂された＞テクスト』(勉誠出版、2015. 3) 349 頁の寸評がある。

●辻　秀雄「高野泰志『アーネスト･ヘミングウェイ、神との対話』」『アメリカ文学研究』第 53 号（日本アメリカ文学会、2017. 3）68-72 頁

本書は、「ヘミングウェイ研究における王道的なアプローチである評伝的研究とテクスト分析・解釈を高い次元で両立した稀有なヘミングウェイ研究書であると評価できる」とある。

●長岡真吾「海外文学・文化回顧 2017――トランプ時代に作家でいることの意味」『図書新聞』（2017. 12. 23）6 面

「『ポスト・トゥルース』という用語も……議論されるなかで、『作家の仕事は真実を語ることである』というヘミングウェイの言葉を引きながら『トランプ時代に作家でいることの意味』（M. クラム＆ C. ファロン）について問う声が継続して響いている」と指摘した箇所がある。

●フェアバンクス香織「高野泰志著『アーネスト・ヘミングウェイ、神との対話』」『英文學研究』第 94 巻（日本英文學会、2017. 12）70-74 頁

本書は、「……ヘミングウェイの宗教に対するゆらぎを作品内に見出すとともに……［ヘミングウェイには］宗教表象への強いこだわりがあったことを見事に掘り起こした」とある。

●本荘忠大「Nancy W. Sindelar, *Hemingway's Wars: Public and Private Battles*」『NEWSLETTER』第 73 号（日本ヘミングウェイ協会、2017. 10）15-16 頁

本書は、「死、苦悩、衝撃といった戦争がもたらす影響、さらには私的及び文学生活における様々な闘争、葛藤などを通して、ヘミングウェイの生涯と作品の様々な側面を深く広く理解できることに改めて気付かせてくれる」という。

6. 雑　誌

[言及ある雑誌]

●池澤夏樹「ブローティガンと俳句の関係」『図書』第815号（岩波書店、2017. 1）60-63頁

ブローティガンの『アメリカの鱒釣り』からの引用文中に、ヘミングウェイの名前に言及した箇所がある。

●小川フミオ「クルマを楽しむ小説——読むと思わず乗りたくなる」『エンジン』第18巻・第5号（新潮社、2017. 5）78-81頁

「米国文学に出てくるクルマといえば、アーネスト・ヘミングウェイの『日はまた昇る』で主人公たちはオープンカーをハイヤーしてパンプローナでの釣りに出かける」という箇所がある。本稿は、雑誌『エンジン』の特集記事のひとつ。

●川本　直「アメリカという名の悪夢——ナサニエル・ウェスト論」『新潮』第114巻・第3号（新潮社、2017. 2）167-76頁

「ウェストはパリ滞在中、伝説的なシェイクスピア書店で大量の書籍を買い込み、アンドレ・ジッド、ジャン・コクトー、アーネスト・ヘミングウェイ、T. S. エリオットらを目撃した」という箇所がある論文。

● Ken Aso, Kazutomo Makabe「死にまつわる誘惑——自らの伝説を作るための死」『ヘイルメリーマガジン』第2巻・第15号（ヘイルメリーカンパニー、2017. 6）114-16頁

ヘミングウェイは、「自分の人生をマネージメント、思い通りに生きた男。最後にマネージメントしたことは、自らの伝説を作るための死だった」と結ぶエッセイ。

●高村峰生「『忘れられた人々』が思い出されるとき——トランプ時代に読まれるシンクレア・ルイス」『ユリイカ』第49巻・第1号（青土社、2017. 1）164-71頁

「1920年代のアメリカ文学にはフィッツジェラルド、ヘミングウェー、フォークナーといった巨匠がおり、[ルイスは] アメリカでもどこでも、長い間読まれることの少ない作家であった」という箇所がある論文。

● Fellows, Rachel「酒はクラシックで行こう!」Tomoko Kawaguchi［訳］『メンズクラブ』第679号（講談社、2017. 7）176-79頁

「ヘミングウェイとフィッツジェラルド、二人の作家がともに好んだ……ウイスキーサワー」が紹介されている。

●山下裕文［取材協力］「男の理想を体現したヘミングウェイのスタイルに学ぶ」『別冊 Lightning』Vol. 164（枻出版社、2017. 3）120-25頁

オールドアメリカンカルチャーの特集号。「Ernest Hemingway」を扱った箇所がある。

7. 記　事

●朝日記者不詳「天声人語」『朝日新聞』（2017. 8. 16）1面

「これから数年のうちに……チャンドラーや、『武器よさらば』の文豪ヘミングウェーの著作権が相次いで切れる。トランプ大統領のおかげと言うべきか」という箇所がある。

●飯城勇三「2017 年度上半期読書アンケート」『図書新聞』(2017. 7. 22) 5 面
ヘミングウェイに言及ある沢木耕太郎『春に散る』(朝日新聞社) が上げられている。

●佐伯泰英「スペイン闘牛——時代小説の原点」『朝日新聞』(2017. 6. 10) 31 面
「70 年代初め」、「スペイン闘牛界は黄金時代。ヘミングウェーの『午後の死』に描かれた偉大なる闘牛士から若手まで群雄割拠して活躍していました」という箇所がある。角川春樹氏への手紙。

●作者不詳「パリはいつだってパリ」『図書新聞』(2017. 5. 20) 5 面
ヘミングウェイ 著、福田陸太郎 訳『移動祝祭日』(土曜文庫、2016. 11) の案内。「新潮文庫の新訳版と比べると注釈がほとんどなく……そのシンプルな言葉がかえって味わい深い」とある。

●柴田元幸、大宮勘一郎［対談］「オースターの身体と内面」『週刊読書人』(2017. 5. 19) 1-2 面
柴田の、「そもそもアメリカ文学は、余計な装飾のない文章をよしとする美学がありますよね。ヘミングウェイが極めて、その後もずっと続いています」といった言葉等がある。

8. 年　譜

※該当なし

9. 書　誌

●英語年鑑編集部［編］『英語年鑑—— 2017』(研究社、2017. 1) 557 頁
「個人研究業績一覧」(2015 年 4 月— 2016 年 3 月) で、3 件のヘミングウェイ研究が掲載されている。

●河田英介「資料室便り」『NEWSLETTER』第 72 号 (日本ヘミングウェイ協会、2017. 4) 21 頁
5 点の文献を「ヘミングウェイ研究書誌」に上げている。

●——「資料室便り」『NEWSLETTER』第 73 号 (日本ヘミングウェイ協会、2017. 10) 16 頁
1 点の文献を「ヘミングウェイ研究書誌」に上げている。

●千葉義也「書誌：日本におけるヘミングウェイ研究——2016」『ヘミングウェイ研究』第 18 号 (日本ヘミングウェイ協会、2017. 6) 73-88 頁

本「書誌」は、2016年1月1日から12月31日までの一年間にわが国で発表されたヘミングウェイに関する文献のデータを網羅している。

10. カタログ

※該当なし

11. 映画／テレビ

※該当なし

12. DVD／ビデオ等

●グランデージ、マイケル［監督］『ベストセラー——編集者パーキンズに捧ぐ』（KADOKAWA、2017. 3）104分
日本語字幕版（ブルーレイ）。詳細は、本「書誌——2016」を参照のこと。

●ネグレスコ、ジーン［監督］『さすらいの涯』（［株］ブロードウェイ、2017. 2）片面1層、86分
ジョン・ガーフィールド他出演。*Under My Skin*（1950年）の日本語字幕版（DVD）。原作はヘミングウェイの短編「マイ・オールド・マン」。

●ボーゼージ、フランク［監督］『武器よさらば』（永岡書店、2017. 4）79分
ゲイリー・クーパー、ヘレン・ヘイズ他出演。DVD-ROM版。

13. CD

●星野裕也『君はおぼえているかい』（Airplay Music、2017. 9）25:46
「たとえばヘミングウェイみたいに」という曲が含まれている。

14. インターネット・ホームページ

※該当なし

15. 写真集

● ICPロバート・キャパ・アーカイブ［編］『ロバート・キャパ写真集』（岩波書店、2017. 12）320頁
「友人たち」の項に、「養父」と慕ったヘミングウェイの写真4枚が収載されている。文庫版。

16. トラベル・ガイドブック

●伊東淳史『ハバナ観光案内――キューバ首都のちょっといい店＆民宿ガイド』（イカロス出版、2017.11）179頁
「オビスポ通り」で、ヘミングウェイに言及した箇所がある。

●松野友克［編］『週刊、奇跡の絶景、第39号――ハヴァナ』（講談社、2017.7）40頁
「ヘミングウェイが愛した美しき旧市街」という一項のほか、「小説『老人と海』の舞台となったコヒマル」がある。

●らいり　さち『キューバへの旅』（文芸社、2017.4）126頁
「チェ・ゲバラとヘミングウェイ――ハバナ市内観光ツアー」という一項がある。初版第2刷。

17. テキスト

●辻川美和『英米文学史入門』（デザインエッグ、2017.9）82頁
「本書は、英米文学にあまりなじみのない学生を対象としたテキスト」で、14回目が「アメリカ――20世紀半ばまで（ヘミングウェイ、フィッツジェラルド、フォークナー他）」となっている。

●訳注者不詳『老人と海』（ゴマブックス、2017.8）114頁
「ゴマ英語文庫セレクション」の一冊。

18. その他

[ヘミングウェイの名前が出てくる小説]

●沢木耕太郎［作］、中田春彌［画］『春に散る・上』（朝日新聞出版、2017.1）432頁
「序章」で、「アーネスト・ヘミングウェイ」の名前が出てくる。

●辻　邦生『黄金の時刻の滴り』（講談社、2017.1）448頁
短編小説集。「永遠の猟人」でヘミングウェイを扱う。文庫版。

[ヘミングウェイの名前が出てくるエッセイ]

●伊集院 静『旅だから出逢えた言葉』（小学館、2017.2）229頁
「国内外の旅の日々を振り返りまとめた、心に残る33の言葉」に、ヘミングウェイの『移動祝祭日』からの言葉も出てくる。文庫版。

●――『旅人よ、どの街で死ぬか――男の美眺』（集英社、2017.3）221頁
第1章中の「生きる場所とは、死ぬ場所である――パリ」で、ヘミングウェイに触れた箇所がある。エッセイ集。

●内田洋子『十二章のイタリア』（東京創元社、2017.7）237頁

第9章「貴重な一冊」で、『パパ・ヘミングウェイ』に触れた箇所がある。

●沢木耕太郎『キャパへの追想』(文藝春秋、2017.10) 384頁

第II部に、「パパ・ヘミングウェイ」という一項がある。文庫版。本「書誌——2015」を参照のこと。

19. 学会/協会誌

●日本ヘミングウェイ協会

[ニューズレター]

The Hemingway Society of Japan Newsletter. No. 72 (14 Apr. 2017)

The Hemingway Society of Japan Newsletter. No. 73 (17 Oct. 2017)

[協会誌]

●日本ヘミングウェイ協会［編］『ヘミングウェイ研究』第18号(日本ヘミングウェイ協会、2017.6) 117頁

4本の特集論文と2本の投稿論文、それに書誌が付された学術誌。目次は次の通り。なお、各論文の内容は3の論文・エッセイの項を参照のこと。■中村 亨「まえがき」■中村嘉雄「ヘミングウェイ初期作品における人種、川、性のレトリック——道徳的ずらしの効果と兵士のセクシュアリティーについて」■田村恵理「陰画としての親密さと人種、言葉——ヘミングウェイ作品の語り手と読まれ方」■中村 亨「『白人らしさ』の仮面——自己抑制と処刑、『武器よさらば』」■辻 秀雄「ヘミングウェイのヴァナキュラー・スタイル——『誰がために鐘は鳴る』、人種、WPA」■古谷裕美「『アルプスの牧歌』における損壊遺体の分析——言説とセクシュアリティの構築」■塚田幸光「クロスメディア・ヘミングウェイ——ニューズリール、ギリシア・トルコ戦争、『スミルナの桟橋にて』」■千葉義也 編「書誌:日本におけるヘミングウェイ研究—— 2016」■小笠原亜衣、倉林秀男「あとがき」。

日本におけるヘミングウェイ書誌
——2018年——

1. 単行本

●今村楯夫［著］、小野規［写真］『ヘミングウェイのパリ・ガイド』（Kindle版、2018. 1）
可能な限り写真をカラーにした電子書籍版での復刊。

●倉林秀男『言語学から文学作品を見る——ヘミングウェイの文体に迫る』（開拓社、2018. 11）252頁
ヘミングウェイの文体を言語学的な手法で明らかにした研究書。目次は次の通り。■第1章「文体分析の手法」、■第2章「アーネスト・ヘミングウェイの文体再考」、■第3章「アーネスト・ヘミングウェイの作品の曖昧性について——意味論と語用論的観点からの再考」、■第4章「ヘミングウェイの文体形成の源流を探る」、■第5章「定冠詞と不定冠詞から作品を解釈する試み」、■第6章「文体論的読みの可能性——『フランシス・マカンバーの短い幸福な生涯』における文体分析」。

2. 言及ある単行本

●秋草俊一郎『アメリカのナボコフ——塗りかえられた自画像』（慶應義塾大学出版会、2018. 5）328頁
第4章中に、「創刊間もない1930年代には、わかりやすいマッチョらしさを押し出していた『エスクァイア』は、ヘミングウェイとの関係で論じられることも多い」といった指摘があるほか、随所にヘミングウェイへの言及がある。

●アメリカ学会［編］『アメリカ文化事典』（丸善出版、2018. 1）960頁
ヘミングウェイに言及した箇所がある。

●生井英考『空の帝国　アメリカの20世紀』（講談社、2018. 12）435頁
「プロローグ」及び「第7章、アメリカン・ライフと世界の旅」でヘミングウェイに言及した箇所がある。

●ヴォネガット、カート「ヴォネガットからウォルター・J・ミラーへの手紙」『はい、チーズ』K.ヴォネガット［著］、大森望［訳］（河出書房新社、2018. 5）345-49頁
「流派の重要性に対するスロトキン［講師］の考えは、それ以来、ずっと頭にこびりついて離れない……ゲーテ、ソロー、ヘミングウェイはじめ、だれもが名前を挙げ

るような大物であれば、だれについても、スロトキンはこの説を適用できる証拠を持っていた」という箇所がある。

●岡本正明『英米文学つれづれ草――もしくは、「あらかると」』（朝日出版社、2018. 7）340 頁

第四部、第 1 章に、「『老人と海』の『クラゲ』」という論考がある。

●オフィット、シドニー「解説――ヴィンテージの作品群」『はい、チーズ』K. ヴォネガット［著］、大森 望［訳］（河出書房新社、2018. 5）351-58 頁

「ヘミングウェイ！　フィッツジェラルド！　フォークナー！　ヴォネガット！　彼らの文学的遺産はいまなお生き残っているが……読者と出会わせてくれた多くの雑誌は消え去ってしまった」という箇所がある。

●開高 健『開高 健ベスト・エッセイ』小玉 武［編］（筑摩書房、2018. 5）409 頁

第 3 章中の「アンダスン『冒険』についてのノート」と、第 4 章中の「告白的文学論――現代文学の停滞と可能性にふれて」に、ヘミングウェイに言及がある。

●金原瑞人「訳者あとがき」『このサンドイッチ、マヨネーズ忘れてる／ハプワース 16、1924 年』J・D・サリンジャー［著］（新潮社、2018. 6）248-55 頁

「51 年にサリンジャーの『キャッチャー・イン・ザ・ライ』が、52 年にヘミングウェイの『老人と海』が出版された。20 世紀アメリカ文学の新旧交代をこれほど鮮やかに印象づけた出来事はほかにない」といった箇所等がある。

●上岡伸雄「訳者あとがき」『ワインズバーグ、オハイオ』シャーウッド・アンダーソン［著］、上岡伸雄［訳］（新潮社、2018. 7）335-41 頁

「ヘミングウェイやフォークナーといったアメリカのモダニスト作家たちを考えるとき、アンダーソンの影響は無視できない」といった指摘等がある。文庫版。

●亀井俊介［監修］『アメリカ文化年表――文化・歴史・政治・経済』（南雲堂、2018. 7）319 頁

ヘミングウェイに言及した箇所がある。

●後藤健治「訳者あとがき」『トウモロコシの種蒔き―― S. アンダーソン短編集』（柏艪舎、2018. 3）172-74 頁

アンダーソンは、「ヘミングウェイにも多大な影響を及ぼした」という箇所がある。

●柴田元幸「訳者あとがき」『十三の物語』（白水社、2018. 6）289-96 頁

スティーヴン・ミルハウザーは、愛する短編集のひとつに、「ヘミングウェイ『われらの時代』」を上げている、と述べた箇所がある。

●舌津智之「性の目覚めと抒情――コールドウェルの短編にみる女性像」『フォークナー文学の水脈』花岡 秀［監修］、藤平育子・中 良子［編著］（彩流社、2018. 9）214-37 頁

「晩年のとあるインタビューでコールドウェルは、自らが関心を寄せた作家として、

ドライサー、アンダソン、ヘミングウェイ、そしてスタインベックの四人をあげている (Arnold 228)」といった箇所等がある。

●高野泰志『下半身から読むアメリカ小説』(松籟社、2018. 3) 403 頁
ヘミングウェイに関する次の 3 論文が含まれている。詳細は、「3. 論文・エッセイ」の項を参照のこと。■「素脚を見せるブレット・アシュリー――矛盾する欲望と『日はまた昇る』」■「創造と陵辱 1 ――『誰がために鐘は鳴る』における性的搾取の戦略」■「創造と陵辱 2 ――『河を渡って木立の中へ』における性的搾取の戦略」。

●高見 浩「解説」『誰がために鐘は鳴る・下』アーネスト・ヘミングウェイ [著]、高見 浩 [訳] (新潮社、2018. 3) 496-517 頁
「『キリマンジャロの雪』や『午後の死』を生んだ“キー・ウエスト時代”はここに終焉し、作家の“キューバ時代”が幕を開けるのである」という箇所等がある。

●高平哲郎『酒と莫迦の日々』(ワニブックス、2018. 4) 151 頁
「オーク・バーのフローズン・ダイキリ」という一項で、ヘミングウェイに触れた箇所がある。

●巽　孝之『パラノイドの帝国――アメリカ文学精神史講義』(大修館書店、2018. 11) 244 頁
第 2 章中の「ブラッドベリー・マシーン」の項で、ヘミングウェイを論じた箇所がある。

●筒井康隆『筒井康隆、自作を語る』(早川書房、2018. 9) 240 頁
第 1 部「筒井康隆、自作を語る (日本 SF の幼年期を語ろう)」でヘミングウェイに言及した箇所がある。

●――『読書の極意と掟』(講談社、2018. 7) 229 頁
第 2 章「演劇青年時代　1950 年〜」中の「ヘミングウェイ『日はまた昇る』」で、翻訳ながら「この文体からずいぶん影響を受けていた」とあるほか、ヘミングウェイに言及した箇所がある。文庫版。

●辻　秀雄「老兵死す――ヘミングウェイの『河を渡って木立の中へ』と冷戦」『揺れ動く<保守>――現代アメリカ文学と社会』山口和彦、中谷 崇 [編] (春風社、2018. 9) 99-125 頁
本稿は、「冷戦下のイタリアという東西緊張関係の磁場において、キャントウェル大佐が冷戦時代の新帝国アメリカを象徴するような存在になってしまっていながら、他方では冷戦という新しい戦争にはなじむことのできない彼の保守性を読み解き、こうして二律背反の袋小路に追い詰められてしまった彼の皮肉な立場を詳らかにし」た論文。

●戸川安宣「短編推理小説の流れ 3」『世界推理短編傑作集 3 [新版]』江戸川乱歩 [編] (東京創元社、2018. 12) 412-29 頁

「殺人者」の解説がある。

●阪東幸成『釣り人の理由』（ふらい人書房、2018. 3）256 頁
第3話「ヘミングウェイ巡礼」がある。

●藤谷　治『小説は君のためにある――よくわかる文学案内』（筑摩書房、2018. 9）174 頁
第三章「小説を読む経験」中の「その1」に、『老人と海』に触れた箇所がある。

●本荘忠大「フレデリック・ヘンリーの特異なイタリア人像――伝記的背景から読む『武器よさらば』」『ノンフィクションの英米文学』富士川義之［編］（金星堂、2018. 10）275-87 頁
本稿は、「まずヘミングウェイがイタリアで構築した新たな自己とその変貌の様子を辿る。その上で、フレデリックのイタリア人意識やヘミングウェイが『トロント・スター』紙及び『エスクァイア』誌に書き送った記事とカポレットーの退却の場面を中心とした物語展開との比較検証も行いながら、フィクショナルな登場人物フレデリックに見るノンフィクション性についてその特徴を究明した」論文。

●松岡信哉「ネイティブ・アメリカン表象におけるアクチュアルとアポクリファル――ヘミングウェイとフォークナー」『フォークナー文学の水脈』花岡 秀［監修］、藤平育子、中 良子［編著］（彩流社、2018. 9）155-75 頁
本稿は、「ヘミングウェイとフォークナーの競合＝饗応関係をそのネイティブ・アメリカン物語の比較によって検証した」論文。

●真鍋晶子「エズラ・パウンドの詩学――ふたつの大戦と地上の楽園」『モダニズムを俯瞰する』中央大学人文科学研究所［編］（中央大学出版部、2018. 3）59-97 頁
本稿は、「はじめに」、「パウンド詩学の原点――ヴォーティシズムとイマジズム」、「その詩学の源流」、「パウンドの末裔たち」、「水の都ヴェネツィアとパウンド」、「『ピサ詩篇』、「おわりに――ボーダーを超えて」で構成された論文。随所にヘミングウェイに触れた箇所がある。

●山口和彦「はしがき――トランプ現象と、現代アメリカ文学の「保守（性）について語ること」『揺れ動く＜保守＞――現代アメリカ文学と社会』山口和彦、中谷 崇［編］（春風社、2018. 9）5-17 頁
本書に収録された辻秀雄論文の紹介文がある。

●吉川純子「冷戦と『男らしさ』という幻――ヘミングウェイのメディア・イメージ」『憑依する英語圏テクスト――亡霊・血・まぼろし』福田敬子、上野直子・松井優子［編］（音羽書房鶴見書店、2018. 8）159-81 頁
本稿は、「第二次世界大戦後のアメリカの社会変化を、ジェンダーに着目しながらまとめ、続いて冷戦初期……まで、アメリカ人の男性、とりわけ白人中産階級の男性が置かれていた状況を明らかにした」論文。

●渡邉　優『知られざるキューバ――外交官が見たキューバのリアル』（ベレ出版、2018. 11）293 頁

グラビアの「キューバと有名人」に、ヘミングウェイの写真がある。

3. 論文・エッセイ（学会誌、紀要等）

●小笠原亜衣「疾走する散文――アーネスト・ヘミングウェイ『ぼくの父さん』の映画的文体」『英米文学研究』第 53 号（日本女子大学、2018. 3）51-63 頁

「ぼくの父さん」で「語るべき“先輩作家”はアンダソンではなく……ガートルード・スタイン」であると断言し、「1.『ぼくの父さん』の文体実験:映像をもとめて」、「2. シネマの時代の芸術実験」、「3. もうひとつの映画的技法：クロースアップ」の 3 点から追求した論文。

●――「瞬間の生、永遠の現在――“パリのアメリカ人”ヘミングウェイとバーンズの移動性」『ヘミングウェイ研究』第 19 号（日本ヘミングウェイ協会、2018. 6）5-22 頁

本稿は、ヘミングウェイのパリ作品と、ジュナ・バーンズの『夜の森』とを比較した論文。

●――「まえがき」『ヘミングウェイ研究』第 19 号（日本ヘミングウェイ協会、2018. 6）3-4 頁

「特集：ヘミングウェイとパリ――他作家との比較を通じて」の「まえがき」。

●河田英介「資料室便り」『NEWSLETTER』第 75 号（日本ヘミングウェイ協会、2018. 10）20 頁

今村楯夫『スペイン紀行――ヘミングウェイとともに内戦の跡を辿る』（柏艪舎、2017）が紹介されている。

●――「“Paris est une fete”: Une memoire de XVIII International Hemingway Conference」『NEWSLETTER』第 75 号（日本ヘミングウェイ協会、2018. 10）11-13 頁

第 18 回国際ヘミングウェイ学会報告。

●高野泰志「ジェイムズ、ヘミングウェイ、覗きの欲望」『ヘミングウェイ研究』第 19 号（日本ヘミングウェイ協会、2018. 6）23-40 頁

本稿は、ジェイムズとヘミングウェイという「表面的には正反対にも見えるふたりの作家の本質的な親近性」を追った論文。

●――「素脚を見せるブレット・アシュリー――矛盾する欲望と『日はまた昇る』」『下半身から読むアメリカ小説』高野泰志（松籟社、2018. 3）199-218 頁

『日本におけるヘミングウェイ書誌――1999-2008』「書誌――2008」『ヘミングウェイ研究』第 9 号を参照のこと。

●――「創造と陵辱 1 ――『誰がために鐘は鳴る』における性的搾取の戦略」『下半身から読むアメリカ小説』高野泰志（松籟社、2018. 3）263-76 頁

『誰がために鐘は鳴る』には、「ヘミングウェイの理想的な『男性的』主人公ロバート・ジョーダンを描こうとしながらも、少なくともある程度は主人公から距離をおこうとし、男性性が女性に対する性的搾取の上に成り立っていることを描いた箇所も見られる」という指摘がある論文。

●――「創造と陵辱 2 ――『河を渡って木立の中へ』における性的搾取の戦略」『下半身から読むアメリカ小説』高野泰志（松籟社、2018. 3）279-98 頁

本稿は、「主人公キャントウェルと語り手の距離に注目することで、ヘミングウェイがキャントウェルを相対化する視線をもっていたことを明らかにした」論文。

●田中久男「アメリカ文学におけるリージョナリズム――我が研究余滴（5）」『フォークナー』第 20 号（松柏社、2018. 5）195-208 頁

「ガートルード・スタイン、ジェイムズ・ジョイス、アーネスト・ヘミングウェイたちモダニズムの旗手となる作家が相前後してパリに集結し……」という箇所がある論文。

●千葉義也「わたしとこの一冊――回想」『NEWSLETTER』第 74 号（日本ヘミングウェイ協会、2018. 4）4-5 頁

この一冊に、Hemingway, *The Nick Adams Stories*. Ed. Philip Young. (Scribner's, 1972) をあげている。エッセイ。

●千代田夏夫「地区便り――鹿児島地区」『KALS NEWSLETTER』57（九州アメリカ文学会、2018. 6）6 頁

千葉義也「わたしとこの一冊――回想」『NEWSLETTER』第 74 号（日本ヘミングウェイ協会、2018. 4）4-5 頁、に触れた箇所がある。

●――「地区便り――鹿児島地区」『KALS NEWSLETTER』58（九州アメリカ文学会、2018. 11）4-5 頁

千葉義也 編「書誌：日本におけるヘミングウェイ研究――2017」『ヘミングウェイ研究』19 号（2018. 6）65-79 頁、に触れた箇所がある。

●――「ロマンスからリアリズムへ――『武器よさらば』における漁夫王伝説をめぐって」『ヘミングウェイ研究』第 19 号（日本ヘミングウェイ協会、2018. 6）53-63 頁

本稿は、「『武器よさらば』における漁夫王伝説読み込みの可能性について、モダニズムにおける漁夫王伝説受容の契機となったジェシー・L・ウェストン（Jessie L. Weston）『祭祀からロマンスへ』（*From Ritual to Romance*, 1920）を参照しながら論じた」論文。

●中垣恒太郎「ヘミングウェイのいる光景（第 6 回）――ヘミングウェイが呼び起こす想像力」『NEWSLETTER』第 74 号（日本ヘミングウェイ協会、2018. 4）6-10 頁

本稿は、「食と酒のヘミングウェイ」、「初恋のイメージ」、「恋するヘミングウェイとヘミングウェイに恋する少女のイメージ」、「“The Killers” が呼び起こす想像力①――佐々木マキのヘミングウェイ」、「“The Killers” が呼び起こす想像力②――タルコフスキーのヘミングウェイ」で構成されているエッセイ。

●――「ヘミングウェイのいる光景（第7回）――アメリカの輝きと男性向けカルチャーの流儀」『NEWSLETTER』第75号（日本ヘミングウェイ協会、2018. 10）13-17頁
本稿は、「アメリカ文学が輝いていた頃――アニメ『BANANA FISH』(1985-94)」、「男性向けファッション／雑誌文化の系譜」、「『ヘミングウェイの流儀』――山口淳氏の仕事」、「筒井康隆文学の誕生とヘミングウェイの交点」で構成されているエッセイ。

●沼野充義「聖書とウィスキー――ロシア人はフォークナーをどう読んできたか」『フォークナー』第20号（松柏社、2018. 5）4-14頁
「ヘミングウェイか、フォークナーか？」という一項がある。論文。

●フェアバンクス香織「追憶のパリ――死後出版作品群における『1920年代パリ』の記憶とその機能」『ヘミングウェイ研究』第19号（日本ヘミングウェイ協会、2018. 6）41-51頁
本稿は、「死後出版作品群における『パリ』および『1920年代パリにおけるヘミングウェイ』を、特に『海流の中の島々』と『キリマンジャロの麓で』を中心に検証」した論文。

●前田一平「イノセンスと債務代償――『アブサロム、アブサロム！』をめぐる日系アメリカ文学」『フォークナー』第20号（松柏社、2018. 5）29-48頁
ヘミングウェイの「氷山理論」に触れた箇所がある論文。

●――「会長挨拶」『NEWSLETTER』第74号（日本ヘミングウェイ協会、2018. 4）1-2頁
本稿は、「大学のゆくえ」、「米文学を教育系に傾斜する」で構成されている。

●柳沢秀郎「ヘミングウェイ・ニュース――渡邉藍衣さん、パリで表彰」『NEWSLETTER』第75号（日本ヘミングウェイ協会、2018. 10）17頁
「東京女子大学の大学院生の渡邉さんを含む22名の大学院生」が表彰されたというニュース。

●和田　誠『忘れられそうで忘れられない映画』（ワイズ出版、2018. 10）350頁
映画『破局』について論じた箇所がある。『破局』の原作は、*To Have and Have Not.*

4. 邦　訳

●アトキンソン、ジョン『世界名作“ひとこと”劇場』川合亮平、東 祐亮［訳］（ハーパーコリンズ、2018. 6）162頁
本書は、John Atkins, *Abridged Classics* (New York: HarperCollins, 2018) の邦訳。『日は

また昇る』と『老人と海』からの言葉が紹介されている。

●イーグルトン、テリー『文学という出来事』大橋洋一［訳］（平凡社、2018. 4）359頁

本書は、Terry Eagleton, *The Event of Literature* (Yale U. P., 2013) の邦訳。ヘミングウェイに言及した箇所がある。

●ナスタシ、アリソン『文豪の猫』浦谷計子［訳］（エクスナレッジ、2018. 12）111頁

本書は、Alison Nastasi, *Writers and Their Cats* (San Francisco: Chronicle Books, 2018) の邦訳。45人の愛猫作家たちの一人にヘミングウェイの名前も見える。

●フォス、リチャード『ラム酒の歴史』内田智穂子［訳］（原書房、2018. 8）187頁

本書は、Richard Foss, *Rum: A Global History* (London: Reaktion Books, 2012) の邦訳。第5章「ラム酒の衰退と再起」中に、ヘミングウェイに言及した箇所がある。

●ブラット、ベン『数字が明かす小説の秘密――スティーヴン・キング、J. K. ローリングからナボコフまで』坪野圭介［訳］（DU BOOKS、2018. 7）414頁

本書は、Ben Blatt, *Nabokov's Favorite Word Is Mauve* (New York: Simon & Schuster, 2017) の邦訳。第1章「控えめに用いなさい」で、ヘミングウェイへの言及が多い。

●ヘミングウェイ、アーネスト「殺人者」大久保康雄［訳］『世界推理短編傑作集3［新版］』江戸川乱歩［編］（東京創元社、2018. 12）279-99頁

新版。文庫版。

●――『誰がために鐘は鳴る、上・下』高見 浩［訳］（新潮社、2018. 3）460頁、517頁

新訳。文庫版。

●――「中庭に面した部屋」今村楯夫［訳］『新潮』第115巻・第12号（新潮社、2018. 11）99-106頁

「ヘミングウェイ未発表小説」。新訳。

●――『老人と海』福田恆存［訳］（新潮社、2018. 6）170頁

文庫、第121刷。

●ルタイユール、ジェラール『パリとカフェの歴史』広野和美、河野 彩［訳］（原書房、2018. 2）462頁

本書は、Gerard Letailleur, *Histoire Insolite des Café Parisiens* (Perrin, 2011) の邦訳。ヘミングウェイは、特に第7章「モンパルナス――世界変革の場」で論じられる。

5. 書　評

●小笠原亜衣「ヘミングウェイ研究者 Ben Stoltzfus 氏の著書紹介」『NEWSLETTER』第75号（日本ヘミングウェイ協会、2018. 10）18-19頁

Ben Stoltzfus 氏の著書 4 点、*Gide and Hemingway: Rebels Against God* (1978), *Hemingway and French Writers* (2010), *Magritte and Literature: Elective Affinities* (2013), *Romoland: a pictonovel* (2018) の紹介。

●里内克巳「アメ労編集委員会編『アメリカ文学と革命』(英宝社、2016. 12)」『英文學研究』第 95 巻（日本英文学会、2018. 12）127-32 頁
村山淳彦「『誰がために鐘は鳴る』と革命」論を、「本論集のなかで、最も挑戦的で読み応えのある論考である」と記している。

●巽　孝之「2018 年上半期の収穫から」『週刊読書人』（2018. 7. 27）1 面
高野泰志『下半身から読むアメリカ小説』（松籟社）が取り上げられ、「新世代の文学研究とも呼ぶべき洞察に富む」という寸評がある。

●柳沢秀郎「今村楯夫 著『スペイン紀行』（柏艪社、2017. 11）――スペインが内包する栄光と暗部の共存関係」『図書新聞』（2018. 3. 3）5 面
「このロード・ナラティヴ」で今村が訪れた都市や町を Google Earth で傍らに見ながら、道中に残留する『内戦の記憶』に心揺さぶられる著者と一緒に『ヘミングウェイの足跡』を是非体験していただきたい」とある。

6. 雑　誌

[言及ある雑誌]

●今村楯夫「解説」『新潮』第 115 巻・第 12 号（新潮社、2018. 11）107-08 頁
「ヘミングウェイ未発表小説――『中庭に面した部屋』」の解説。

●――「パパ、ハバナの好日」『メンズプレシャス』第 15 巻・第 9 号（小学館、2018. 6）106-07 頁
ヘミングウェイのキューバでの日々を追ったエッセイ。

●――「ポートレートに隠されたストーリー」『コトバ』2018 年秋号（No. 33）（集英社、2018. 9）56-59 頁
「1902 年に撮影された」ヘミングウェイ「幼少時のポートレートが、文豪の思いもよらない姿とそのビハインド・ストーリーを明らかにし、彼の人物像と作品への見方を変化させた」という。エッセイ。

●ゲーテ編集部「賢人が遺した珠玉の言霊」『ゲーテ』7 月号（幻冬舎、2018. 7）100-01 頁
ヘミングウェイの言葉、「自転車に乗ることで、土地の輪郭を知ることができる」を上げた箇所がある。

●小暮昌弘「放蕩の旅人、ジェラルド・マーフィ」『メンズプレシャス』第 15 巻・第 9 号（小学館、2018. 6）95 頁
ノンフィクション『優雅な生活が最高の復讐である』に、ヘミングウェイなどの名

前が出てくることを紹介したエッセイ。

●島地勝彦「パパ・ヘミングウェイの足跡を辿る」『メンズプレシャス』第15巻・第9号（小学館、2018.6）100-105頁

「ヘミングウェイ博物館」、バー「フロリディータ」、ホテル「アンボス・ムンドス」等が紹介されたエッセイ。

●寺田直子「Ritz Paris ――著名人も愛したパリ至高のホテル」『Esquire: The Big Black Book』Fall 2018（ハースト婦人画報社、2018.9）80-83頁

ヘミングウェイの言葉、「金がないのでない限り、パリに来たらリッツに泊まるべきだ」等が紹介されている。

●林　信朗「巴里のヘミングウェイ」『メンズプレシャス』第15巻・第9号（小学館、2018.6）91頁

「ヘミングウェイのパリ時代」を語ったエッセイ。

●――「冒険が人生を分厚くする」『メンズクラブ』5月号増刊（講談社、2018.4）172-77頁

「ヘミングウェイもヒューストン［ジョン・ヒューストン］も……本業ではない冒険にこそ命を燃やした。その冒険が彼らに聳え立つような男らしさと伝説を与えた」といった箇所等がある。

7. 記　事

●小川　崇「ヘミングウェイの『新作』掲載へ――死後57年　戦地体験基づく短編」『朝日新聞』（2018.10.31）38面

ヘミングウェイの新作、"A Room on the Garden Side" (*The Strand Magazine*) が発表され、今村楯夫氏による翻訳が『新潮』（12月号）に掲載されるというニュース。

●黒田昌平「ヘミングウェー邸宅をイメージ、私設図書館、文化拠点に――鹿屋、作家・郷原さん整備」『南日本新聞』（2018.12 11）17面

「鹿屋市在住の作家、郷原茂樹さん（75）と長男の岳東さん（43）が、米作家アーネスト・ヘミングウェーの邸宅をイメージした私設図書館を……造った」というニュース。

●桜庭一樹「古典百名山 No. 35 ――マーク・トウェイン『ハックルベリー・フィンの冒険』」『朝日新聞』（2018.7.14）24面

「130年以上前に生みだされたこの不良少年こそが、良きアメリカ人の定型なのだ。文学的にも、フォークナーやヘミングウェイなど、後続作家に多大な影響を及ぼした」という箇所がある。

●――「古典百名山 No. 40 ――アーネスト・ヘミングウェイ『武器よさらば』」『朝日新聞』（2018.9.22）22面

「わたしは、この作品のラスト一文は本当に素晴らしいと思う……」という箇所がある。

●柴田元幸「翻訳はいかにあるべきか――『ハックルベリー・フィンの冒けん』はアメリカ小説の典型」『図書新聞』(2018. 3. 3) 1-2 面。
「ヘミングウェイはマーク・トウェインよりも、もっと真面目に、いわゆる文学的表現を排除することをつきとめた人です」という箇所がある。トークイベント採録。

●原田宗典「作家の口福――テレイス軒のバナナのフライ」『朝日新聞』(2018. 6. 9) 7 面
「中学生の時……『老人と海』を読んだ。鮮烈な印象があった。自分も早く老人になりたいと思った」ではじまるエッセイ。

●疋田多揚「フランコの墓移設　埋まらぬ溝」『朝日新聞』(2018. 11. 22) 10 面
「スペイン内戦」の項に、「ヘミングウェー」の名前がある。ただ、今村楯夫氏の指摘通り、「人民戦線側で戦った」と誤記されている。

●吉田伸子「思い煩うより優雅に笑ってすごそう」『朝日新聞』(2018. 2. 4) 16 面
読者の相談に答えた文章中に、カルヴィン・トムキンズ 著『優雅な生活が最高の復讐である』青山 南 訳（新潮文庫）を薦めた箇所がある。本書は、「パリで過ごしたアメリカ人の画家ジェラルド・マーフィとその妻セーラのきらびやかな交友関係――ヘミングウェイ、ピカソ、ストラヴィンスキー、フィッツジェラルド等々――を綴っ」ているとある。

8. 年　譜

●高見 浩［編］「ヘミングウェイ　スペイン内戦関連年譜」『誰がために鐘は鳴る・下』アーネスト・ヘミングウェイ［著］、高見 浩［訳］（新潮社、2018. 3）494-95 頁
「ヘミングウェイ年譜」。

9. 書　誌

●英語年鑑編集部［編］『英語年鑑―― 2018』（研究社、2018. 1）572 頁
「個人研究業績一覧」（2016 年 4 月― 2017 年 3 月）で、2 件のヘミングウェイ研究が掲載されている。

●河田英介「資料室便り」『NEWSLETTER』第 74 号（日本ヘミングウェイ協会、2018. 4）12 頁
今村楯夫『「キリマンジャロの雪」を夢見て――ヘミングウェイの彼方へ』（柏艪舎、2014. 4）183 頁、が紹介されている。

●千葉義也「書誌：日本におけるヘミングウェイ研究――2017」『ヘミングウェイ研究』

第19号（日本ヘミングウェイ協会、2018.6）65-79頁
本「書誌」は、2017年1月1日から12月31日までの一年間にわが国で発表されたヘミングウェイに関する文献のデータを網羅している。

10. カタログ

※該当なし

11. 映画／テレビ

●ヴィルズィ、パオロ［監督］『ロング、ロングバケーション』（ギャガ、2018.8）112分
2018年1月26日に公開された映画。次項12. DVD／ビデオ等の項を参照。

12. DVD／ビデオ等

●ヴィルズィ、パオロ［監督］『ロング、ロングバケーション』（ギャガ、2018.8）112分
日本語字幕版DVD。病気のジョンと妻のエラは、ジョンが敬愛するヘミングウェイの家があるキーウエストを目指して、心残りを遂げる旅に出る。

13. CD

※該当なし

14. インターネット・ホームページ

※該当なし

15. 写真集

※該当なし

16. トラベル・ガイドブック

●今村楯夫「キューバを愛した作家――アーネスト・ヘミングウェイ」『地球の歩き方――キューバ&カリブの島々 2019~2020年版』（ダイヤモンド・ビッグ社、2018.10）32-33頁
本「書誌――2012」『ヘミングウェイ研究』第14号を参照のこと。本書は改訂第15版。

●――「ヘミングウェイが愛したキューバ」『キューバ――革命と情熱の島を旅する』（ダイヤモンド社、2018.12）34-41頁、42-49頁
本稿は、「フィンカ・ビヒア邸」、「ハバナ旧市街」、「ヘミングウェイゆかりのスポッ

トを巡る」で構成されている。

●千野祐子『TRAVEL GUIDE BOOK Amazing Cuba――自然と暮らしを巡るキューバガイド』（フォレスト出版、2018. 1）127 頁

ヘミングウェイに言及した箇所がある。

●森田勇造『私がなぜ旅行作家になったか』（幻冬舎メディアコンサルティング、2018. 3）184 頁

第 2 部中に、ハバナのヘミングウェイ博物館に触れた箇所がある。

17. テキスト

※該当なし

18. その他

[ヘミングウェイの作品が出てくる小説・エッセイ]

●内田洋子『モンテレッジォ　小さな村の旅する本屋の物語』（方丈社、2018. 4）352 頁

第 14 章「町と本と露天商賞」にヘミングウェイの名前が出る。

19. 学会／協会誌

●日本ヘミングウェイ協会

[ニューズレター]

The Hemingway Society of Japan Newsletter. No. 74 (14 Apr. 2018)

The Hemingway Society of Japan Newsletter. No. 75 (17 Oct. 2018)

[協会誌]

●日本ヘミングウェイ協会［編］『ヘミングウェイ研究』第 19 号（日本ヘミングウェイ協会、2018. 6）108 頁

5 本の特集論文と 1 本の投稿論文、それに書誌が付された学術誌。目次は次の通り。なお、各論文の内容は 3 の論文・エッセイの項を参照のこと。■小笠原亜衣「まえがき」■小笠原亜衣「瞬間の生、永遠の現在――“パリのアメリカ人”ヘミングウェイとバーンズの移動性」■高野泰志「ジェイムズ、ヘミングウェイ、覗きの欲望」■千代田夏夫「ロマンスからリアリズムへ――『武器よさらば』における漁夫王伝説をめぐって」■千葉義也「書誌：日本におけるヘミングウェイ研究―2017」■小笠原亜衣、倉林秀男「あとがき」。

【付録】ヘミングウェイ文献一覧

千葉義也 編

これは主に、私が所持する 2018 年 12 月までに出版された内外のヘミングウェイに関する文献を、各項目に分類し記載したもので、作品及びその邦訳は出版年順、その他多くの文献は著者の姓、もしくは作品名をアルファベット順に並べてある。日本の文献も基本的には著者、編（注）者、翻訳者の姓の五十音順に並べてあるが、例外がある場合は、そのつど、括弧に入れて記してある。当然だが、この一覧は最終的なものではないし、遺漏もあろう。次の機会があれば是非補完したいと考えている。御叱正をお願いしたい。なお、本稿は、千葉義也［編］「ヘミングウェイ基本文献」『アーネスト・ヘミングウェイの文学』今村楯夫［編著］（ミネルヴァ書房、2006）10-27 頁、を拡大したものであることをお断りしておく。

PRIMARY SOURCES

1. 作品

Three Stories and Ten Poems. Paris: Contact, 1923. Columbia, SC and Bloomfield Hills, MI: Bruccoli Clark, 1977.

in our time. Paris: Three Mountains Press, 1924. Columbia, SC and Bloomfield Hills, MI: Bruccoli Clark, 1977.［邦訳］柴田元幸 訳『in our time』（ヴィレッジブックス, 2010）.

In Our Time. New York: Boni & Liveright, 1925. Rev. Edition. New York: Charles Scribners's Sons, 1930.［邦訳］高橋正雄 訳『われらの時代に』＜ヘミングウェイ全集 2 ＞（三笠書房, 1956）, 北村太郎 訳『われらの時代に』＜現代アメリカ文学全集 7 ＞（荒地出版社, 1957）, 宮本陽吉 訳『われらの時代に』（河出書房, 1967）, 石一郎 訳『われらの時代に』＜新集世界の文学＞（中央公論社, 1968）, 松本 寛 訳『われらの時代』（角川書店, 1974）, 高村勝治 訳『われらの時代に』（講談社, 1977）, 高見 浩 訳『われらの時代・男だけの世界』＜ヘミングウェイ全短編 1 ＞（新潮社, 1995）.

The Torrents of Spring. New York: Charles Scribner's Sons, 1926. London: Jonathan Cape, 1933.［邦訳］中田耕治 訳『春の奔流』（河出書房, 1955）, 竹内道之助 訳『春の奔流』＜ヘミングウェイ全集 2 ＞（三笠書房, 1956）.

Today Is Friday. Englewood, NJ: As Stable, 1926.

The Sun Also Rises. New York: Charles Scribner's Sons, 1926. *Fiesta*. London: Jonathan Cape, 1927. A Facsimile Edition. 2 vols., Ed. Matthew J. Bruccoli. Detroit:Omnigraphics, 1990. The Hemingway Library Edition. Ed. Sean Hemingway. New York: Scribner, 2014.［邦訳］大久保康雄 訳『日はまた昇る』(三笠書房, 1954), 高村勝治 訳『日はまた昇る』＜ヘミングウェイ全集 3＞（三笠書房, 1955）, 及川 進 訳『陽はまた昇る』（角川書店, 1957), 谷口陸男 訳『日はまた昇る』（岩波書店, 1958), 大橋吉之輔訳『日はまた昇る』＜世界文学全集 60＞（筑摩書房, 1966), 佐伯彰一 訳『日はまた昇る』＜ 20 世紀の文学, 世界文学全集 5＞（集英社, 1966), 加島祥造 訳『日はまた昇る』＜新集世界の文学 35＞（中央公論社, 1968), 守屋陽一 訳『日はまた昇る』(旺文社, 1972), 宮本陽吉 訳『日はまた昇る』＜世界文学全集 90＞（講談社, 1974), 佐伯彰一 訳『日はまた昇る』＜集英社ギャラリー 世界の文学 17＞（集英社, 1989), 高見 浩 訳『日はまた昇る』(角川春樹事務所, 2000), 高見　浩 訳『日はまた昇る』(新潮社, 2003), 土屋政雄 訳『日はまた昇る』（早川書房, 2012).

Men Without Women. New York: Charles Scribner's Sons, 1927. London: Jonathan Cape, 1928.［邦訳］滝川元男・西川正身 訳『男だけの世界』＜ヘミングウェイ全集 1＞（三笠書房, 1955), 龍口直太郎 訳『女のいない男たち』＜現代アメリカ全集 7＞（荒地出版社, 1962), 滝川元男・大久保康雄 訳『男だけの世界』＜ヘミングウェイ全集 1 ──全短篇集 1＞（三笠書房, 1966), 高村勝治 訳『女のいない男たち』（講談社, 1977), 鮎川信夫 訳『女のいない男たち』（荒地出版社, 1982), 高見 浩 訳『われらの時代・男だけの世界』＜ヘミングウェイ全短編 1＞（新潮社, 1995).

A Farewell to Arms. New York: Charles Scribner's Sons, 1929. London: Jonathan Cape, 1929. The Hemingway Library Edition. Ed. Sean Hemingway. New York: Scribner, 2012.［邦訳］小田 律 訳『武器よさらば』(天人社, 1930), 大久保康雄 訳『武器よさらば』(日比谷出版社, 1951), 福田 実 訳『武器よさらば』＜ヘミングウェイ選集 2＞（創元社, 1953), 高村勝治 訳『武器よさらば』（河出書房, 1955), 竹内道之助 訳『武器よさらば』＜ヘミングウェイ全集 4＞（三笠書房, 1956), 石 一郎 訳『武器よさらば』（角川書店, 1957), 谷口陸男 訳『武器よさらば』（岩波書店, 1957), 瀬沼茂樹 訳『武器よさらば』＜世界名作全集＞（平凡社, 1960), 大橋健三郎 訳『武器よさらば』＜世界の文学 44＞（中央公論社, 1964), 田中西二郎 訳『武器よさらば』（集英社, 1966), 大橋吉之輔 訳『武器よさらば』＜世界文学全集第二集 21＞（河出書房, 1967), 岡本 潤・大久保康雄 訳『武器よさらば』＜ジュニア版＞（金の星社, 1967), 大浦暁生 訳『武器よさらば』＜ノーベル賞愛の世界文学・アメリカ 2＞（主婦の友社, 1974), 刈田元司 訳『武器よさらば』（旺文社,1977), 井上謙治 訳『武器よさらば』（学習研究社, 1977), 山本和夫 訳『武器よさらば』＜世界の名作文学＞（岩崎書店, 1985), 高見 浩 訳『武器よさらば』（新潮文庫, 2006), 金原瑞人 訳『武器よさらば』（光文社, 2007).

Death in the Afternoon. New York: Charles Scribner's Sons, 1932. London: Jonathan Cape, 1932.［邦訳］佐伯彰一 訳『午後の死抄』＜ヘミングウェイ全集 6 ＞（三笠書房, 1956), 佐伯彰一・宮本陽吉 共訳『午後の死』＜ヘミングウェイ全集 5 ＞（三笠書房, 1964).

God Rest You Merry Gentlemen. New York: House of Books, 1933.［邦訳］柴田元幸 訳「こころ朗らなれ、誰もみな」『Coyote』No. 46.（スイッチ・パブリッシング, 2010. 12).

Winner Take Nothing. New York: Charles Scribner's Sons, 1933. London: Jonathan Cape, 1934.［邦訳］谷口陸男 訳『勝者には何もやるな』＜ヘミングウェイ全集 1 ＞（三笠書房,1955), 高村勝治 訳『勝者には何もやるな』(講談社, 1977), 井上謙治 訳『勝者には何もやるな』＜ヘミングウェイ短編集＞（荒地出版社, 1982), 高見 浩 訳『勝者に報酬はない・キリマンジャロの雪』＜ヘミングウェイ全短編 2 ＞（新潮社, 1996).

Green Hills of Africa. New York: Charles Scribner's Sons, 1935. London: Jonathan Cape, 1936. The Hemingway Library Edition. Ed. Sean Hemingway. New York: Scribner, 2015.［邦訳］西村孝次 訳『アフリカの緑の丘』＜ヘミングウェイ全集 5 ＞（三笠書房,1956), 川本皓嗣 訳『アフリカの緑の丘』（三笠書房, 1974).

To Have and Have Not. New York: Charles Scribner's Sons, 1937. London: Jonathan Cape, 1937.［邦訳］高木秀夫 訳『持てるもの持たざるもの』＜現代アメリカ小説全集＞（三笠書房, 1940), 中田耕治 訳『持つことと持たざること』（荒地出版社, 1954), 佐伯彰一 訳『持つと持たぬと』＜ヘミングウェイ全集 6 ＞（三笠書房, 1956).

The Spanish Earth. Cleveland, OH: J. B. Savage, 1938.［邦訳］滝川元男 訳『スペインの大地』（三笠書房, 1974).

The Fifth Column and the First Forty-Nine Stories. New York: Charles Scribner's Sons, 1938. London: Jonathan Cape, 1939.

The Short Stories of Ernest Hemingway. New York: Charles Scribner's Sons, 1938. The Hemingway Library Edition. Ed. Sean Hemingway. New York: Scribner, 2017.

The Fifth Column : A Play in Three Acts. New York: Charles Scribner's Sons, 1940. London: Jonathan Cape, 1968.［邦訳］高村勝治 訳『第五列』＜ヘミングウェイ全集 2 ＞（三笠書房, 1956).

For Whom the Bell Tolls. New York: Charles Scribner's Sons, 1940. London: Jonathan Cape, 1941.［邦訳］大井茂夫 訳『誰がために鐘は鳴る』（青年書房, 1941), 大久保康雄・相良 健 訳『誰がために鐘は鳴る』（三笠書房, 1941), 大久保康雄 訳『誰がために鐘は鳴る・上』＜現代世界文学・英米篇＞（三笠書房, 1951), 大久保康雄 訳『誰がために鐘は鳴る・下』＜現代世界文学・英米篇＞（三笠書房, 1952), 大久保康

雄 訳『誰がために鐘は鳴る』(三笠書房, 1953), 大久保康雄 訳『誰がために鐘は鳴る』(新潮社, 1953), 大久保康雄訳『誰がために鐘は鳴る』(河出書房新社, 1961), 高見 浩 訳『誰がために鐘は鳴る』(新潮社, 2018).

Portable Hemingway. Ed. Malcolm Cowley. New York: Viking, 1944.

The Essential Hemingway. London: Jonathan Cape, 1947.

Across the River and into the Trees. London: Jonathan Cape, 1950. New York: Charles Scribner's Sons, 1950. [邦訳] 大久保康雄 訳『河を渡って木立の中へ』(三笠書房, 1952).

The Old Man and the Sea. New York: Charles Scribner's Sons, 1952. London: Jonathan Cape, 1952. [邦訳] 福田恆存 訳「老人と海」『別冊文藝春秋』31号 (文藝春秋, 1953), 福田恆存 訳『老人と海』(チャールズ・イー・タトル商会, 1953), 坂本和男 訳『老人と海』(南雲堂, 1972), 野崎 孝 訳『老人と海』＜世界文学全集 77＞(集英社, 1977), 谷 阿休 訳『老人と海』＜ヘミングウェイ釣文学全集 [下巻・海] (朔風社, 1983), 福田恆存 訳『老人と海』＜改版＞(新潮社, 2003), 中山善之 訳『老人と海』(柏艪舎, 2013), 小川高義 訳『老人と海』(光文社, 2014), 宮永重良 訳『老人と海』(文芸社, 2015).

The Hemingway Reader. Ed. Charles Poore. New York: Charles Scribner's Sons, 1953.

The Collected Poems, unauthorized edition. San Francisco, 1960. [邦訳] 福田陸太郎 訳「詩篇」『ヘミングウェイ全集 4』(三笠書房, 1966).

The Snows of Kilimanjaro and Other Stories. New York: Scribner's Sons, 1961.

Hemingway: The Wild Years. Ed. Gene Z. Hanrahan. New York: Dell, 1962.

Three Novels of Ernest Hemingway: The Sun Also Rises, introduction by Malcolm Cowley; *A Farewell to Arms,* introduction by Robert Penn Warren; *The Old Man and the Sea,* introduction by Carlos Baker. New York: Charles Scribner's Sons, 1962.

A Moveable Feast. New York: Charles Scribner's Sons, 1964. London: Jonathan Cape, 1964. The Restored Edition Ed. Sean Hemingway. New York: Scribner, 2009. [邦訳] 福田陸太郎 訳『移動祝祭日』(三笠書房, 1964), 福田陸太郎 訳『移動祝祭日』＜同時代ライブラリー 28＞(岩波書店, 1990), 高見 浩 訳『移動祝祭日』(新潮社, 2009).

By-Line: Ernest Hemingway, Selected Articles and Dispatches of Four Decades. Ed. William White. New York: Charles Scribner's Sons, 1967. London: Collins, 1968. [邦訳] 中田耕治・原口 遼・松井弘道 訳『狩と旅と友人たち』＜ヘミングウェイ全集 2＞(三笠書房, 1974).

The Fifth Column and Four Stories of the Spanish Civil War. New York: Charles Scribner's Sons, 1969.

Ernest Hemingway, Cub Reporter: Kansas City Star *Stories*. Ed. Matthew J. Bruccoli. Pittsburgh: University of Pittsburgh Press, 1970.

Islands in the Stream. New York: Charles Scribner's Sons, 1970. London: Collins, 1970. [邦訳] 沼澤洽治 訳『海流の中の島々』(新潮社, 1971).

Ernest Hemingway's Apprenticeship: Oak Park, 1916-1917. Ed. Matthew J. Bruccoli. Washington, DC: Bruccoli Clark/NCR Microcard Editions, 1971.

The Nick Adams Stories. Ed. Philip Young. New York: Charles Scribner's Sons, 1972. [邦訳] 高橋正雄・滝川元男・谷口陸男・松井弘道・大久保康雄 訳『ニック・アダムズ物語』(三笠書房, 1973).

A Divine Gesture. New York: The Oliphant Press, 1974.

The Enduring Hemingway. Ed. Charles Scribner Jr. New York: Charles Scribner's Sons, 1974.

Eighty-Eight Poems. Ed. Nicholas Gerogiannis. New York and London: Harcourt, Brace, Jovanovich/Bruccoli Clark, 1979.

Complete Poems. Lincoln and London: University of Nebraska Press, 1983.

Ernest Hemingway on Writing. Ed. Larry W. Phillips. New York: Charles Scribner's Sons, 1984. London: Granada, 1985.

Dateline: Toronto; Hemingway's Complete Toronto Star Dispatches, 1920-1924. Ed. William White. New York: Charles Scribner's Sons, 1985.

The Dangerous Summer. New York: Charles Scribner's Sons, 1985. London: Hamish Hamilton, 1985. [邦訳] 大井浩二 訳『危険な夏』(三笠書房, 1974), 永井 淳 訳『危険な夏』(角川書店, 1971), 諸岡敏行 訳『危険な夏』(草思社, 1987).

The Garden of Eden. New York: Charles Scribner's Sons, 1986. London: Hamilton, 1987. [邦訳] 沼澤洽治 訳『エデンの園』(集英社, 1989), 沼澤洽治 訳『エデンの園』(集英社文庫, 1990).

The Complete Short Stories of Ernest Hemingway: The Finca Vigía Edition. New York: Charles Scribner's Sons, 1987. [邦訳] 高見 浩 訳『ヘミングウェイ全短編 I・II』(新潮社, 1996), 山本光伸 [抄訳]『異郷——E・ヘミングウェイ短編集』(柏艪舎, 2014).

Hemingway at Oak Park High: The High School Writings of Ernest Hemingway, 1916-1917. Ed. Cynthia Maziarka and Donald Vogel, Jr. Oak Park, IL: Oak Park and River Forest High School, 1993.

Hemingway: The Toronto Years. Ed. William Burrill. Toronto: Doubleday Canada, 1994. [邦訳] 今村楯夫 監修・訳「若き日のヘミングウェイ」『エスクァイア』第 6 巻 第 9 号 (エスクァイア マガジン ジャパン, 1992. 8) 113-36.

Ernest Hemingway: The Collected Stories. Ed. James Fenton. London: Random, 1995.

True at First Light: A Fictional Memoir. Ed. Patrick Hemingway. New York: Charles Scribner's Sons, 1999. London: William Heinemann, 1999.［邦訳］金原瑞人 訳『ケニア』(アーティストハウス, 1999).

Hemingway on Fishing. Ed. Nick Lyons. New York: Lyons Press, 2000.［邦訳］倉本　護 訳『ヘミングウェイ 釣り文学傑作集』(木本書店, 2003).

Hemingway on Hunting. Ed. Sean Hemingway. Guilford, CT: Lyons Press, 2001.

Hemingway on War. Ed. Sean Hemingway. New York: Scribner, 2003.

Under Kilimanjaro. Ed. Robert W. Lewis and Robert E. Fleming. Kent, OH: Kent State University Press, 2005.

[短編のみを編集した邦訳]

秋山 嘉・谷 阿休 訳『ヘミングウェイ釣文学全集（上）「鱒」・（下）「海」』(朔風社, 1982, 1983).

大久保康雄 訳『殺人者』(三笠書房, 1953).

――『ヘミングウェイ短篇集』(新潮社, 1953).

柴田元幸 訳『こころ朗らなれ、誰もみな』(スイッチ・パブリッシング, 2012).

高橋正雄・滝川元男・谷口陸男・福田陸太郎・大久保康雄 訳『ヘミングウェイ全短篇集』(三笠書房, 1972).

高見 浩 訳『何を見ても何かを思いだす――ヘミングウェイ未発表短編集』(新潮社, 1993).

高村勝治 訳『キリマンジャロの雪 他十二編』(旺文社, 1968).

――『ヘミングウェイ傑作選』(大日本雄弁会講談社, 1957).

龍口直太郎 訳『キリマンジャロの雪』(角川書店, 1969).

――『殺人者・狩猟者　他一篇』(角川書店, 1953).

谷口陸男 訳『キリマンジャロの雪　他十九編』(現代芸術社, 1966).

――『ヘミングウェイ短篇集』＜研究社アメリカ文学選集＞（研究社, 1957).

――編訳『ヘミングウェイ短篇集』（上）・（下）（岩波書店, 2005).

中田耕治 訳『蝶々と戦車――ヘミングウェイ未発表作品集』(河出書房新社, 1966).

――・北村太郎 訳『ヘミングウェイ短篇集』(荒地出版社, 1955).

西崎 憲 訳『ヘミングウェイ短篇集』(筑摩書房, 2010).

福田 実 訳『白い象のような山々・鱒釣り』＜英米名作ライブラリー＞（英宝社,

1998).

山本光伸 訳『異郷—— E・ヘミングウェイ短編集』(柏艪舎, 2014).

2. 選集（セット）

A Hemingway Selection. Ed. Dennis Pepper. London: Longman, 1972.

Six Novels of Ernest Hemingway. London: Heineman, 1977.

The BOMC Ernest Hemingway Set. New York: Book-of-the-Month Club, Inc., 1993.

3. 未収録作品

［Fiction］

"A Lack of Passion," *Hemingway Review* 9 (Spring 1990): 57-68.

"A Room on the Garden Side," *Strand Magazine* 55 (2018): 6-10.［邦訳］今村楯夫 訳「中庭に面した部屋」『新潮』第 115 巻 第 12 号（新潮社、2018. 11）99-106.

"Philip Haines Was a Writer," *Hemingway Review* 9 (Spring 1990): 2-9.

［Nonfiction］

"Hemingway's Spanish Civil War Dispatches." *Hemingway Review* 7 (Spring 1988): 4-92.

4. 全集

The Complete Works of Ernest Hemingway. Norwalk, CT: Easton, 1990.

『ヘミングウェイ全集』全 10 巻＋別巻 1（三笠書房, 1955-56).

『ヘミングウェイ全集』全 8 巻＋別巻 1（三笠書房, 1964-65).

佐伯彰一・谷口陸男・福田陸太郎 編訳『ヘミングウェイ全集』全 8 巻（三笠書房, 1973-74).

5. 書簡集

Hemingway at Auction, 1930-1973. Ed. Matthew J. Bruccoli and C. E. Frazer Clark, Jr. Detroit: Gale, 1973.

Ernest Hemingway: Selected Letters, 1917-1961. Ed. Carlos Baker. New York: Charles Scribner's Sons, 1981.［要訳］今村楯夫・島村法夫 監修『ヘミングウェイ大事典』(勉誠出版, 2012).

"The Finca Vigia Papers." Ed. Norberto Fuentes. *Hemingway in Cuba*. Secaucus, NJ: Lyle

Stuart, 1984, 307-416.［邦訳］宮下嶺夫 訳『ヘミングウェイ――キューバの日々』（晶文社, 1988）.

Hemingway in Love and War: The Lost Diary of Agnes von Kurowsky, Her Letters, & Correspondence of Ernest Hemingway. Ed. Henry S. Villard and James Nagel. Boston: Northeastern University Press, 1989.［邦訳］高見 浩 訳『ラブ・アンド・ウォー――第一次大戦のヘミングウェイ』（新潮社, 1997）.

Letters from the Lost Generation: Gerald and Sara Murphy and Friends. Ed. Linda Patterson Miller. New Brunswick, NJ: Rutgers University Press, 1991.

The Only Thing That Counts: The Ernest Hemingway/Maxwell Perkins Correspondence, 1925-1947. Ed. Matthew J. Bruccoli. New York: Scribner, 1996.

The Sons of Maxwell Perkins: Letters of F. Scott Fitzgerald, Ernest Hemingway, Thomas Wolfe, and Their Editor. Ed. Matthew J. Bruccoli with Judith S. Baughman. Columbia, SC: University of South Carolina Press, 2004.

Dear Papa, Dear Hotch: The Correspondence of Ernest Hemingway and A. E. Hotchner. Ed. Albert J. DeFazio III. Columbia, Missouri: University of Missouri Press, 2005.

The Letters of Ernest Hemingway, Volume 1: 1907-1922. Ed. Sandra Spanier and Robert W. Trogdon. Cambridge: Cambridge University Press, 2011.

The Letters of Ernest Hemingway, Volume 2: 1923-1925. Ed. Sandra Spanier, Albert J. DeFazio III and Robert W. Trogdon. Cambridge: Cambridge University Press, 2013.

The Letters of Ernest Hemingway, Volume 3: 1926-1929. Ed. Rena Sanderson, Sandra Spanier and Robert W. Trogdon. Cambridge: Cambridge University Press, 2015.

The Letters of Ernest Hemingway, Volume 4: 1929-1931. Ed. Sandra Spanier and Miriam B. Mandel. Cambridge: Cambridge University Press, 2018.

宮内華代子 編『フィッツジェラルド／ヘミングウェイ往復書簡集』（ダイナミックセラーズ出版, 2006）.

―― 編訳『フィッツジェラルド／ヘミングウェイ往復書簡集　日本語版』（文藝春秋企画出版部, 2009）.

―― 編訳・佐藤美和子 校閲『フィッツジェラルド／ヘミングウェイ往復書簡集』（英光社, 2018）.

6. インタヴュー集

Betsky, Seymour, and Leslie Fiedler. “An Almost Imaginary Interview: Hemingway in Ketchum.” *Partisan Review* 29 (Summer 1962), 395-405.

Bruccoli, Matthew J., ed. *Conversations with Ernest Hemingway.* Jackson: University of Mississippi Press, 1986.

Machlin, Milt. “Hemingway Talking.” *Argosy* (September 1958), 34-37, 84-86. ［邦訳］野中邦子 訳「アーネスト・ヘミングウェイ」『インタヴューズ II』（文藝春秋, 2014）.

Plimpton, George, ed. *Writers at Work: The Paris Review Interviews, Second Series.* Harmondsworth: Penguin, 1977. ［邦訳］宮本陽吉 訳「ヘミングウェイ」『作家の秘密』（新潮社, 1964）, 今村楯夫 訳「ヘミングウェイ, 創作の謎」『エスクァイア』［日本版］（1999.9）, 青山 南 訳「アーネスト・ヘミングウェイ」『パリ・レヴュー・インタヴュー II ――作家はどうやって小説を書くのか、たっぷり聞いてみよう！』（岩波書店, 2015）.

Ross, Lillian. *Portrait of Hemingway*. New York: Simon, 1961. ［邦訳］青山 南 訳『パパがニューヨークにやってきた』（マガジンハウス, 1999）, 木原善彦 訳「ヘミングウェイの横顔――さあ、皆さんのご意見はいかがですか？」『ベスト・ストーリーズ I』若島 正 編（早川書房, 2015）.

7. 作家の肉声

Ernest Hemingway Reading. New York: Caedmon Records, 1965.

“On the American Dead in Spain.” Read by Ernest Hemingway. Urbana and Chicago: University of Illinois Press, 1994.

The Spanish Earth. Narration written and read by Ernest Hemingway. Burbank, CA: Hollywood’s Attic, 1996.

8. 作品のビデオテープ（VC）, ディスク（DVD）, オーディオテープ（AC）

A Clean, Well-Lighted Place. Films For The Humanities and Sciences, 2000. VC

A Farewell to Arms. Directed by Frank Borzage. Paramount, 1932. Stars Gary Cooper and Helen Hayes. ［日本語字幕］『武器よさらば』（IVC, 1989）. DVD

――. Directed by Charles Vidor. Twentieth Century-Fox, 1957. Stars Rock Hudson and Jennifer Jones, ［日本語字幕］『武器よさらば』（20 世紀フォックス・ホーム・エンターテイメント・ジャパン, 2011）. DVD

――. Adapted by Ernest Canoy. New York: NBC, 1976. Stars Frederic March and Florence Eldridge. ［邦訳］疋田三良・有田よし子 訳『武器よさらば』（UNICOM, 1989）. AC

For Whom the Bell Tolls. Directed by Sam Wood. Paramount, 1943. Stars Gary Cooper and Ingrid Bergman. ［日本語字幕］『（特別復元版）誰が為に鐘は鳴る』（CIC・ビクタービデオ, 1998）. VC

——. Adapted by Ernest Canoy. New York: NBC, 1989.［邦訳］疋田三良・岩城親雄 訳『誰がために鐘は鳴る』（UNICOM, 1989）. AC

Garden of Eden, Directed by John Irving. Lions Gate, 2008. Stars Jack Huston and Mena Suvari. DVD

Hemingway's Adventures of a Young Man. Directed by Martin Ritt. Twentieth Century-Fox, 1962. Stars Richard Beymer and Arthur Kennedy. Based on *Nick Adams Stories*. DVD

Indian Camp. Directed by Brian Edgar. Devlin, 1991. VC

Islands in the Stream. Directed by Franklin J. Schaffner. Paramount, 1977. Stars George C. Scott and David Hemmings.［日本語字幕］『海流のなかの島々』（パラマウント ジャパン, 2015）. DVD

Soldier's Home. Directed by Robert Young. Monterey Home Video, 1986. Stars Richard Backus and Nancy Marchand. VC

Stories of Ernest Hemingway. Narrated by Alexander Scourby. Old Greenwich, CT. 1986. AC

The Breaking Point. Directed by Michael Curtiz. Warner Brothers, 1950. Stars John Garfield and Patricia Neal. Based on *To Have and Have Not.*［日本語字幕］『破局』（ジュネス企画, 2014）. DVD

The Killers. Directed by Donald Siegel. Universal, 1964. Stars Lee Marvin and Angie Dickinson, and Ronald Reagan. VC

——. Directed by Robert Siodmak. Universal, 1973. Stars Burt Lancaster and Ava Gardner. VC

The Old Man and the Sea. Directed by John Sturges. Warner Brothers, 1958. Stars Spencer Tracy and Felipe Pazos.［日本語字幕］『老人と海』（ワーナー・ホーム・ビデオ, 1986）. VC, DVD

——. Directed by Jud Taylor. NBC Universal. 1990. Stars Anthony Quinn and Paul Calderon. VC

——. Read by Charlton Heston. Caedmon, 1995. AC

——. Directed by Alexandre Petrov. IMAGICA/NHK Enterprises 21/DENTSU TEC INC., 1999.［日本語版］『老人と海』（パイオニア LDC, 1999）. DVD

The Snows of Kilimanjaro. Directed by Henry King. Twentieth Century-Fox, 1952. Stars Gregory Peck and Susan Hayward, and Ava Gardner.［日本語字幕］『キリマンジャロの雪』（コスミック, 2004）. DVD

——. Performed by Charlton Heston. Caedmon, 1989. AC

The Spanish Earth. Directed by Joris Ivens, Audio Brandon Films, 1937. Narration written and read by Ernest Hemingway. 1937. DVD

The Sun Also Rises. Directed by Henry King. Twentieth Century-Fox, 1957. Stars Tyrone Power and Ava Gardner. ［日本語字幕］『陽はまた昇る』（20世紀フォックス ホームエンターテインメント ジャパン, 2009）. DVD

To Have and Have Not. Directed by Howard Hawks. Warner Brothers, 1944. Stars Humphrey Bogart and Lauren Bacall. ［日本語字幕］『脱出』（ワーナー・ホーム・ビデオ, 2003）. DVD

True at First Light: A Fictional Memoir. Read by Brian Dennehy. Simon & Schuster, 1999. AC

Under My Skin. Directed by Jean Negulesco. Twentieth Century-Fox, 1950. Stars John Garfield and Luther Adler. Based on "My Old Man." ［日本語字幕］『さすらいの涯』（ブロードウェイ, 2003）. DVD

9. 主な原稿保管場所

Alderman Library. University of Virginia. Charlottesville VA.

Bancroft Library. University of California. Berkeley, CA.

Carlos Baker Papers. Princeton University Library. Princeton, NJ.

Charles Scribner's Sons Archives. Princeton University Library. Princeton, NJ.

Ernest Hemingway Collection. John F. Kennedy Presidential Library. Boston, MA.

Harry Ransom Humanities Research Center. University of Texas. Austin, TX.

Lily Library. Indiana University. Bloomington, IN.

Monroe County Public Library. Key West, FL.

University of Delaware Library. Newark, DE.

University of Wisconsin Library. Milwaukee, WI.

SECONDARY SOURCES

1. 書誌

August, Jo, comp. *Catalog of the Ernest Hemingway Collection at the John F. Kennedy Library*. 2 vols. Boston: G. K. Hall, 1982.

Beebe, Maurice. "Criticism of Ernest Hemingway: A Selected Checklist with an Index to

Studies of Separate Works." *Modern Fiction Studies,* Vol. I, No. 3 (August 1955), 36-45.

——, and John Feaster. "Criticism of Ernest Hemingway: A Selected Checklist." *Modern Fiction Studies,* Vol. XIV, No. 3 (Autumn 1968), 337-69.

Beegel, Susan. "Selected Bibliography." *The Cambridge Companion to Ernest Hemingway.* Ed. Scott Donaldson. New York: Cambridge University Press, 1996, 301-10.

Benson, Jackson J. "A Comprehensive Checklist of Hemingway Short Fiction Criticism, Explication, and Commentary." *The Short Stories of Ernest Hemingway: Critical Essays.* Ed. Jackson J. Benson. Durham, NC: Duke University Press, 1975, 312-75.

——. "A Comprehensive Checklist of Hemingway Short Fiction Criticism, Explication, and Commentary, 1975-1989." *New Critical Approaches to the Short Stories of Ernest Hemingway.* Ed. Jackson J. Benson. Durham, NC: Duke University Press, 1990, 395-458.

Clarke, Graham, comp. "Hemingway in England: Bibliography." *The Hemingway Review,* Vol. I, No. 2 (Spring 1982), 76-84.

Cohn, Louis H. *A Bibliography of the Works of Ernest Hemingway.* New York: Random, 1931.

DeFazio III, Albert J. "Ernest Hemingway." *Essential Bibliography of American Fiction: Modern Classic Writers.* Ed. Matthew J. Bruccoli and Judith S. Baughman. New York: Facts On File, 1994.

Grissom, C. Edgar. *Ernest Hemingway: A Descriptive Bibliography.* New Castle: Oak Knoll Press, 2011.

Hanneman, Audre. *Ernest Hemingway: A Comprehensive Bibliography.* Princeton, NJ: Princeton University Press, 1967.

——. *Supplement to Ernest Hemingway: A Comprehensive Bibliography.* Princeton, NJ: Princeton University Press, 1975.

Harmon, Robert B. *Understanding Ernest Hemingway: A Study and Research Guide.* Metuchen, NJ: The Scarecrow Press, Inc., 1977.

Hayashi, Tetsumaro. *Steinbeck and Hemingway: Dissertation Abstracts and Research Opportunities.* Metuchen, NJ: The Scarecrow Press, Inc., 1980.

Larson, Kelli A. *Ernest Hemingway: A Reference Guide, 1974-1989.* Boston: G. K. Hall, 1990.

Reynolds, Michael S. "Ernest Hemingway." *Prospects for the Study of American Literature: A Guide for Scholars and Students.* Ed. Richard Kopley. New York: New York University Press, 1997.

Rovit, Earl, and Gerry Brenner. "Selected Bibliography." *Twayne's United States Authors Series: Ernest Hemingway.* Ed. Earl Rovit and Gerry Brenner. Boston: Twayne, 1986,

194-209.

Samuels, Lee. *A Hemingway Check List.* New York: Charles Scribner's Sons, 1951.

Wagner, Linda Welshimer. *Ernest Hemingway: A Reference Guide*. Boston: G. K. Hall, 1977.

White, William, comp. *The Merrill Checklist of Ernest Hemingway.* Columbus, OH: Charles E. Merrill, 1970.

Young, Philip, and Charles W. Mann. *The Hemingway Manuscripts: An Inventory.* University Park: Pennsylvania State University Press, 1969.

（出版年順）

高村勝治「ヘミングウェイ書誌」『ヘミングウェイ研究』志賀 勝 編（英宝社, 1954）239-54.

福田陸太郎「日本におけるヘミングウェイおよびフォークナー文献」『比較文学』第3巻（日本比較文学会, 1960）105-31.

谷口陸男「書誌」『ヘミングウェイ全集別巻——ヘミングウェイ研究』（三笠書房, 1965）296-326.

佐伯彰一・武藤脩二「書誌」『ヘミングウェイ（20世紀英米文学案内［15］）』佐伯彰一 編（研究社, 1966）249-77.

新井哲男「日本における『武器よさらば』研究書誌」『アメリカ文学評論』第2号（成美堂, 1980）44-54.

中島時哉「アーネスト・ヘミングウェイ書誌」『アーネスト・ヘミングウェイ』橋本福夫 編（早川書房, 1980）373-413.

今村楯夫「研究の現況と課題——ヘミングウェイ」『別冊英語青年——特集：日本の英米文学研究』（研究社, 1984）115-17.

千葉義也・前田一平・今村楯夫／千葉義也「ヘミングウェイ書誌——作品ほか・研究書ほか・伝記／評伝」『ヘミングウェイを横断する——テクストの変貌』日本ヘミングウェイ協会 編（本の友社, 1999）375-414.

——・前田一平「書誌：日本におけるヘミングウェイ研究」『ヘミングウェイ研究』創刊号-5号（日本ヘミングウェイ協会, 2000-2004）.

—— 編「書誌：日本におけるヘミングウェイ研究」『ヘミングウェイ研究』6号-20号（日本ヘミングウェイ協会, 2005-2019）.

—— 編『日本におけるヘミングウェイ書誌——1999-2008』（松籟社, 2013）.

2. 事典

Finley, Edward. *The Ernest Hemingway Handbook*. Aspley: Australia, 2016.

Oliver, Charles M. *Ernest Hemingway A to Z: The Essential Reference to the Life and Work.* New York: Facts On File, 1999.

——, ed. *Dictionary of Literary Biography, Volume 308: Ernest Hemingway's* A Farewell to Arms, *A Documentary Volume*. Farmington Hills, MI: Gale, 2005.

——. *Critical Companion to Ernest Hemingway: A Literary Reference to His Life and Work.* New York: Facts On File, 2007.

Trogdon, Robert W., ed. *Dictionary of Literary Biography, Volume 210: Ernest Hemingway, A Documentary Volume*. Farmington Hills, MI: Gale, 1999. Republished as *Ernest Hemingway: A Literary Reference*. New York: Carroll & Graf, 2002.

今村楯夫・島村法夫 監修, 上西哲雄・大森昭生・岡本正明・小笠原亜衣・熊谷順子・倉林秀男・高野泰志・田村恵理・千葉義也・塚田幸光・辻秀雄・辻裕美・中垣恒太郎・中村亨・長谷川裕一・フェアバンクス香織・前田一平 編集, 田畑佳菜子 編集・進行管理『ヘミングウェイ大事典』(勉誠出版, 2012).

3. 年譜

Chamberlin, Brewster. *The Hemingway Log: A Chronology of His Life and Times.* Kansas: University Press of Kansas, 2015.

Nelson, Gerald B., and Glory Jones. *Hemingway: Life and Works.* New York: Facts On File, 1984.

Reynolds, Michael S. *Hemingway: An Annotated Chronology, An Outline of the Author's Life and Career Detailing Significant Events, Friendships, Travels, and Achievements.* Detroit: Omnigraphics, 1991.

4. 学術誌

Arizona Quarterly, 33 (Summer 1977). Ernest Hemingway issue.

Arizona Quarterly, 39 (Summer 1983). Ernest Hemingway issue.

Arizona Quarterly, 41 (Winter 1985). Ernest Hemingway issue.

Arizona Quarterly, 44 (Summer 1988). Ernest Hemingway issue.

Clockwatch Review, 3, no 2 (1986). Ernest Hemingway issue.

College Literature, 7 (Fall 1980). Ernest Hemingway issue.

Fitzgerald/Hemingway Annual (1969-1979). Washington, DC: Microcard Editions, 1969-76. Detroit: Bruccoli Clark/Gale, 1977-79.

Hemingway Notes (1971-74, 1979-81).

Hemingway Review (1981-).

Mark Twain Journal, 11 (Summer 1962). Ernest Hemingway issue.

Modern Fiction Studies, 1 (August 1955). Ernest Hemingway issue.

Modern Fiction Studies, 14 (Autumn 1968). Ernest Hemingway issue.

North Dakota Quarterly, 60 (Spring 1992). Ernest Hemingway/Andre Malraux issue.

Saturday Review, 44 (29 July 1961). Ernest Hemingway issue.

Student (Wake Forrest University) (Winter 1978). Ernest Hemingway issue.

(出版年順)

『文芸手帖』創刊号（1956年4月号）. 座談会：ヘミングウェイを語る.

『英語青年』第107巻 第10号（1961年10月号）. In Memorium: Ernest Hemingway.

『ユリイカ』第21巻 第10号（1989年8月号）. 特集：ヘミングウェイ.

『NEWSLETTER』No. 1-（1992. 9. 13-）. 日本ヘミングウェイ協会

『英語青年』第145巻 第5号（1999年8月号）. 特集：アーネスト・ヘミングウェイ生誕百周年記念.

『ユリイカ』第31巻 第9号（1999年8月号）. 特集：ヘミングウェイ——生誕100年記念特集.

『ヘミングウェイ研究』第1号 -（2000- ）. 日本ヘミングウェイ協会

5. 伝記

Arnold, Lloyd R. *High on the Wild with Hemingway.* Caldwell, ID: Caxton, Ltd., 1968. Rev. ed. New York: Grosset & Dunlap, 1977.

Aronowitz, Alfred G., and Peter Hamill. *Ernest Hemingway: The Life and Death of a Man.* New York: Lancer, 1961.

Baker, Carlos. *Ernest Hemingway: A Life Story*. New York: Charles Scribner's Sons, 1969.［邦訳］大橋健三郎・寺門泰彦 監訳『アーネスト・ヘミングウェイ』（新潮社, 1974）.

Blume, Lesley M. *Everybody Behaves Badly: The True Story Behind Hemingway's Masterpiece* The Sun Also Rises. New York: Houghton Mifflin Harcourt, 2016.

Bradford, Richard. *The Man Who Wasn't There: A Life of Ernest Hemingway*. New York: I. B. Tauris, 2019.

Brennen, Carlene Fredericka. *Hemingway's Cats: An Illustrated Biography*, foreword by Hilary Hemingway. Sarasota, FL: Pineapple, 2005.

Brian, Denis. *The True Gen: An Intimate Portrait of Hemingway by Those Who Knew Him.* New York: Grove Press, 1988.

Brody, Paul. *Hemingway in Paris: A Biography of Ernest Hemingway's Formative Paris Years*. Baltimore: Createspace Independent, 2014.

Bruccoli, Matthew J. *Scott and Ernest: The Authority of Failure and the Authority of Success.* New York: Random, 1978.［邦訳］岡本紀元・高山吉張 訳『フィッツジェラルドとヘミングウェイ――失敗の権威と成功の権威』（あぽろん社, 1983）.

――. *Fitzgerald and Hemingway: A Dangerous Friendship.* London: Andre Deutsch, 1994.［邦訳］岡本紀元・高山吉張 訳『友情の綱渡り――新フィッツジェラルドとヘミングウェイ』（あぽろん社, 2001）.

Buckley, Peter. *Ernest*. New York: Dial, 1978.

Burgess, Anthony. *Ernest Hemingway and His World*. London: Thames and Hudson, 1978.［邦訳］石 一郎 訳『図説ヘミングウェイの世界』（学習研究社, 1979）.

Burgess, Robert F. *Hemingway's Paris & Pamplona, Then, and Now: A Personal Memoir.* Lincoln, NE: Writers Club Press, 2001.

Castillo-Puche, Jose Luis. *Hemingway in Spain: A Personal Reminiscence of Hemingway's Years in Spain by His Friend.* Trans. Helen R. Lane. Garden City, NY: Doubleday, 1974.

Castro, Tony. *Looking for Hemingway: Spain, the Bullfights, and a Final Rite of Passage.* Guilford, CT: Lyons Press, 2016.

Dearborn, Mary V. *Ernest Hemingway: A Biography.* New York: Knopf, 2017.

Diliberto, Gioia. *Hadley*. New York: Ticknor and Fields, 1992. Republished as *Paris Without End: The True Story of Hemingway's First Wife*. New York: Harper, 2011.

Dillon-Malone, Aubrey. *Hemingway: The Grace & the Pressure.* London: Robson Books, 1999.

Di Robilant, Andrea. *Autumn in Venice: Ernest Hemingway and His Last Muse*. New York: Knopf, 2018.

Donaldson, Scott. *By Force of Will: The Life and Art of Ernest Hemingway.* New York: Viking, 1977.

――. *Hemingway vs. Fitzgerald: The Rise and Fall of a Literary Friendship.* New York: The

Overlook Press, 1999.

Farah, Andrew. *Hemingway's Brain.* Columbia, SC: The University of South Carolina Press, 2017.

Farrington, S. Kip, Jr. *Fishing with Hemingway and Glassel.* New York: McKay, 1971.

Fensch, Thomas. *Behind* Islands in the Stream—*Hemingway, Cuba, the FBI and the Crook Factory*. New York: iUniverse, 2009.

Fenton, Charles A. *The Apprenticeship of Ernest Hemingway: The Early Years.* New York: Farrar, Straus, and Young, 1954. Re-iss. New York: Octagon Books, 1975.

Ferrell, Keith. *Ernest Hemingway: The Search for Courage.* New York: M. Evans and Company, 1984.

Florczyk, Steven. *Hemingway, the Red Cross, and the Great War*. Kent, OH: Kent State University Press, 2013.

Fuencia, Cluadio Izquierdo. *Hemingway: Poor Old Papa.* Torino, Italy: Mec-Graphic, 1995.

Fuentes, Norberto. *Hemingway in Cuba.* Secaucus, NJ: Lyle Stuart, 1984.［邦訳］宮下嶺夫訳『ヘミングウェイ――キューバの日々』（晶文社, 1988）.

Gajdusek, Robert E. *Hemingway's Paris.* New York: Charles Scribner's Sons, 1978.

Griffin, Peter. *Along with Youth: Hemingway, The Early Years.* New York: Oxford University Press, 1985.

——. *Less than a Treason: Hemingway in Paris*. New York: Oxford University Press, 1990.

Hawkins, Ruth A. *Unbelievable Happiness and Final Sorrow: The Hemingway-Pfeiffer Marriage.* Fayetteville: University of Arkansas Press, 2012.

Hemingway, Grace Hall. *Heritage: For My Children.* N. p.: Autolycus Press, 1974.

Hemingway, Gregory H. *Papa: A Personal Memoir.* Boston: Houghton, 1976.［邦訳］加島祥造 訳『パパ――父ヘミングウェイの肖像』（徳間書店, 1976）, 森川展男 訳『パパ――父ヘミングウェイの想い出』（あぽろん社, 1986）.

Hemingway, Hilary, and Carlene Brennen. *Hemingway in Cuba*. New York: Rugged Land, 2005.

Hemingway, Jack. *A Life Worth Living: The Adventures of a Passionate Sportsman.* Guilford, CT: Lyons Press, 2002.

——. *Misadventures of a Fly Fisherman: My Life with and without Papa.* Dallas: Taylor, 1986.［邦訳］沼澤治治 訳『青春は川の中に――フライフィッシングと父ヘミングウェイ』（TBS ブリタニカ, 1990）.

Hemingway, John. *Strange Tribe: A Family Memoir*. Guilford, CT: Lyons Press, 2007.

Hemingway, Leicester. *My Brother, Ernest Hemingway.* Cleveland: World, 1961. 3rd ed. Sarasota, FL: Pineapple, 1996.［邦訳］増子 光 訳『兄ヘミングウェイ』（みすず書房, 1982）.

Hemingway, Mary Welsh. *How It Was.* New York: Knopf, 1976.

Hemingway, Patricia Shedd. *The Hemingways: Past and Present and Allied Families.* Baltimore: Gateway, 1988.

Hemingway, Valerie. *Running with the Bulls: My Years with the Hemingways*. New York: Ballantine, 2004.

Hendrickson, Paul. *Hemingway's Boat: Everything He Loved in Life, and Lost, 1934-1961*. London: Vintage, 2013.

Hotchner, A. E. *Hemingway and His World.* New York: The Vendome Press, 1989.

——. *Hemingway in Love: His Own Story.* New York: St. Martin's Press, 2015.

——. *Papa Hemingway: A Personal Memoir*. New York: Random, 1966.［邦訳］中田耕治訳『パパ・ヘミングウェイ』（早川書房, 1967）.

——. *Papa Hemingway: The Ecstasy and Sorrow.* Rev. ed. New York: William Morrow and Company, Inc. 1983.

——. *The Good Life According to Hemingway*. New York: Harper, 2008.

Hutchisson, James M. *Ernest Hemingway: A New Life*. Pennsylvania: Pennsylvania State University Press, 2016.

Ivancich, von Rex, Adriana. *La Torre Bianca* (*The White Tower*). Milan: Arnaldo Mondadori, 1980.

Kale, Verna. *Ernest Hemingway*. London: Reaktion Books, 2016.

Katakis, Michael. *Ernest Hemingway: Artifacts from a Life.* New York: Scribner, 2018.

Kert, Bernice. *The Hemingway Women: Those Who Loved Him—the Wives and Others*. New York: Norton, 1983.

Kiley, Jed. *Hemingway: An Old Friend Remembers*. New York: Hawthorne, 1965. London: Methuen, 1965.

Klimo, Vernon (Jake), and Will Oursler. *Hemingway and Jake: An Extraordinary Friendship.* Garden City, NY: Doubleday, 1972.

Lania, Leo. *Hemingway: A Pictorial Biography.* New York: Viking, 1961.

Lynn, Kenneth S. *Hemingway.* New York: Simon, 1987.

Lyttle, Richard B. *Ernest Hemingway: The Life and the Legend*. New York: Atheneum, 1992.

Machlin, Milt. *The Private Hell of Hemingway.* New York: Paperback Library, 1962.

McLendon, James. *Papa: Hemingway in Key West.* Miami: Seeman, 1972. Re-iss. Key West: Langley Press, 1990.

Mellow, James R. *Hemingway: A Life Without Consequences.* Boston: Houghton, 1992.

Mesa, Oscar Blas Fernandez. *The Homerun Kid: The True Story of Ernest Hemingway's Baseball Team.* Createspace Independent, 2016.

Meyers, Jeffrey. *Hemingway: A Biography.* New York: Harper, 1985.

Miller, Madelaine Hemingway. *Ernie: Hemingway's Sister "Sunny" Remembers.* New York: Crown, 1975.［邦訳］酒井チエ 訳『アーニー：少年時代のヘミングウェイ』(新書館, 1979).

Montgomery, Constance Cappel. *Hemingway in Michigan.* New York: Fleet, 1966. Re-iss. Detroit: Wayne State University Press, 1990.

Morris, James McGrath. *The Ambulance Drivers: Hemingway, Dos Passsos, and a Friendship Made and Lost in War.* Boston: Da Capo Press, 2017.

Morris, Larry E. *Ernest Hemingway & Gary Cooper in Idaho: An Enduring Friendship*. Charleston, SC: History Press, 2017.

Mort, Terry. *Hemingway at War: Ernst Hemingway's Adventures as a World War II Correspondent*. New York: Pegasus Books, 2016.

——. *The Hemingway Patrols: Ernest Hemingway and His Hunt for U-boats.* New York: Scribner, 2009.

Nagel, James, and Henry S. Villard, eds. *Hemingway in Love and War: The Lost Diary of Agnes von Kurowsky, Her Letters & Correspondence of Ernest Hemingway.* Boston: Northeastern University Press, 1989.［邦訳］高見 浩 訳『ラブ・アンド・ウォー——第一次大戦のヘミングウェイ』(新潮社, 1997).

Nelson, Cary, ed. *Remembering Spain: Hemingway's Civil War Eulogy and the Veterans of the Abraham Lincoln Brigade.* Urbana: University of Illinois Press, 1994.

Nuffer, David. *The Best Friend I Ever Had: Revelations about Ernest Hemingway from Those Who Knew Him*. Tennessee: Xlibris, 2008.

O'Connor, Richard. *Ernest Hemingway.* New York: McGraw-Hill Co., 1971.

Oliphant, Ashley. *Hemingway and Bimini: The Birth of Sport Fishing at "The End of the World."* Sarasota, FL: Pineapple, 2017.

Paul, Steve. *Hemingway at Eighteen: The Pivotal Year That Launched an American Legend.* Chicago: Chicago Review Press, 2017.

Reef, Catherine. *Ernest Hemingway: A Writer's Life.* New York: Clarion Books, 2009.

Reynolds, Michael S. *Hemingway: The American Homecoming.* Cambridge, MA: Blackwell, 1992.

——. *Hemingway: The Final Years.* New York: Norton,1999.

——. *Hemingway: The 1930s.* New York: Norton, 1997.

——. *Hemingway: The Paris Years.* Cambridge, MA: Blackwell, 1989.

——. *The Young Hemingway.* New York: Basil Blackwell, 1986.

Reynolds, Nicholas. *Writer, Sailor, Soldier, Spy: Ernest Hemingway's Secret Adventures, 1935-1961*. New York: William Morrow, 2017.

Riggs, Kate. *Ernest Hemingway*. Mankato, MN: Creative Education and Creative Paparbacks, 2017.

Rink, Paul. *Ernest Hemingway.* Chicago: Encyclopaedia Britannica Press, 1962.

Roberts, Charley, and Charles P. Hess. *Carles Sweeny, the Man Who Inspired Hemingway.* Jefferson, NC: McFarland Publishing, 2017.

Rollyson, Carl. *Nothing Ever Happens to the Brave: The Story of Martha Gellhorn*. New York: St. Martin's, 1990.

Ross, Ciro Bianchi. *Tras los pasos de Hemingway: En La Habana*. Madrid: Jessus Franco, 1993.［邦訳］後藤雄介 訳『キューバのヘミングウェイ』（海風書房, 1999）.

Samuelson, Arnold. *With Hemingway: A Year in Key West and Cuba.* New York: Random, 1984.

Sandison, David. *Ernest Hemingway: A Hamlyn History.* London: Hamlyn, 1998.［邦訳］三谷　晫 訳『並はずれた生涯――アーネスト・ヘミングウェイ』（産調出版, 2000）.

Sanford, Marcelline Hemingway. *At the Hemingways: A Family Portrait*. Boston: Atlantic/Little, Brown, 1962.［邦訳］清水一雄 訳『ヘミングウェイと家族の肖像』（旺史社, 1999）.

——. *At the Hemingways: With Fifty Years of Correspondence between Ernest and Marcelline Hemingway.* Rev. ed. Ed. John E. Sanford. Moscow, ID: University of Idaho Press, 1999.

Sarason, Bertram D., ed. *Hemingway and the Sun Set.* Washington, DC: Microcard Editions, 1972.

Scott, Phil. *Hemingway's Hurricane: The Great Florida Keys Storm of 1935*. New York: McGraw-Hill, 2006.

Seward, William. *My Friend Ernest Heminggway*. New York: Barnes, 1969.

Sindelar, Nancy W. *Influencing Hemingway: People and Places That Shaped His Life and Work.* New York: Rowman & Littlefield, 2014.

Singer, Kurt D. *Hemingway: Life and Death of a Giant*. Los Angeles: Holloway House, 1961. ［邦訳］石 一郎 訳『死の猟人――ヘミングウェイ伝』(荒地出版社, 1962).

Singer, Kurt, and Jane Sherrod. *Ernest Hemingway, Man of Courage: A Biographical Sketch of a Nobel Prize Winner in Literature.* Minneapolis: T. S. Denison, 1963.

Sokoloff, Alice Hunt. *Hadley: The First Mrs. Hemingway*. New York: Dodd, 1973.

Strathern, Paul. *Hemingway: In 90 Minutes*. Chicago: Ivan R. Dee, Publisher, 2005.

Strong, Amy L. *Race and Identity in Hemingway's Fiction.* New York: Palgrave Macmillan, 2008.

Tessitore, John. *The Hunt and the Feast: A Life of Ernest Hemingway.* Danbury, CT: Franklin Watts, 1996.

Tuccille, Jerome. *Hemingway and Gellhorn — The Untold Story of Two Writers, Espionage, War, and the Great Depression*. Baltimore: Createspace Independent, 2011.

Viertel, Peter. *Dangerous Friends: Hemingway, Huston and Others.* New York: Viking, 1992.

Villarreal, Rene, and Raul Villarreal. *Hemingway's Cuban Son: Reflections on the Writer by His Longtime Majordomo.* Kent, OH: Kent State University Press, 2009.

Wagner-Martin, Linda. *Hemingway's Wars: Public and Private Battles*. Columbia: University of Missouri Press, 2017.

Wyant, David. *Hemingway in High School*. Baltimore: Createspace Independent, 2015.

——. *Hemingway's Indian Girl*. Baltimore: Createspace Independent, 2015.

Yannuzzi, Della A. *Ernest Hemingway: Writer and Adventurer.* Berkeley Heights, NJ: Enslow Publishing, 1998.

石 一郎『愛と死の猟人――ヘミングウェイの実像』(南雲堂, 1988).

――『ヘミングウェイと女たち』(南雲堂, 2002).

今村楯夫『ヘミングウェイの愛したスペイン』(風濤社, 2015).

――・山口 淳『お洒落名人――ヘミングウェイの流儀』(新潮社, 2013).

――・山口 淳『ヘミングウェイの流儀』(日本経済新聞出版社, 2010).

――(文)・和田 悟(写真)『ヘミングウェイを追って』(求龍堂, 1995).

尾崎　衛『アーネスト・ヘミングウェイ――脚色した人生の終焉』(メディアファクトリー, 1992).

佐伯彰一『書いた、恋した、生きた——ヘミングウェイ伝（研究社選書［7］）』（研究社, 1979）.

高見　浩『ヘミングウェイの源流を求めて』（飛鳥新社, 2002）.

矢作俊彦・安珠（写真）『ライオンを夢見る』（東京書籍, 2004）.

山田英幾『ヘミングウェイの刻印』（NHK 出版, 1999）.

6. 研究書

Ammary, Silvia. *The Influence of the European Culture on Hemingway's Fiction.* London: Lexington Books, 2015.

Anderson, Richard. *Ernest Hemingway and World War I*. New York: Cavendish Square, 2015.

Atkins, John. *The Art of Ernest Hemingway: His Work and Personality.* London: Peter Nevill, 1952.

Baker, Carlos. *Hemingway: The Writer as Artist.* Princeton, NJ: Princeton University Press, 1952. Rev. ed. 1956. Rev. 3rd ed. 1963. Rev. 4th ed. 1972.

Baker, Sheridan. *Ernest Hemingway: An Introduction and Interpretation.* New York: Holt, 1967.

Bakker, Jan. *Ernest Hemingway: The Artist as a Man of Action.* Assen, Neth.: Van Gorcum, 1972.

——. *Fiction as Survival Strategy: A Comparative Study of the Major Works of Ernest Hemingway and Saul Bellow.* Amsterdam: Rodopi, 1983.

——. *Ernest Hemingway in Holland, 1925-1981: A Comparative Analysis of the Contemporary Dutch and American Critical Reception of His Work*. Amsterdam: Rodopi, 1986.

Baldwin, Marc D. *Reading* The Sun Also Rises*: Hemingway's Political Unconscious*. New York: Peter Lang, 1997.

Becnel, Kim E. *Bloom's How to Write about Ernest Hemingway*. New York: Infobase Publishing, 2009.

Beegel, Susan F. *Hemingway's Craft of Omission: Four Manuscripts Examples.* Ann Arbor, MI: UMI, 1988.

Benson, Jackson J. *Hemingway: The Writer's Art of Self-Defense.* Minneapolis: University of Minnesota Press, 1969.

Berman, Ronald. *Modernity and Progress: Fitzgerald, Hemingway, Orwell*. Tuscaloosa: University of Alabama Press, 2005.

——. *Translating Modernism: Fitzgerald and Hemingway.* Tuscaloosa: University of Alabama Press, 2009.

Boreth, Craig. *The Hemingway Cookbook.* Chicago: Chicago Review Press, 1998. ［邦訳］野間けい子 訳『ヘミングウェイ美食の冒険』（アスキー, 1999）.

Brasch, James D., and Joseph Sigman. *Hemingway's Library: A Composite Record.* New York: Garland, 1981.

Bredahl, A. Carl, Jr., and Susan Lynn Drake. *Hemingway's* Green Hills of Africa *as Evolutionary Narrative: Helix and Scimitar.* Lewiston, NY: Edwin Mellen Press, 1990.

Brenner, Gerry. *Concealments in Hemingway's Works*. Columbus: Ohio State University Press, 1983.

——. The Old Man and the Sea*: Story of a Common Man.* New York: Twayne, 1991.

——. *A Comprehensive Companion to Hemingway's* A Moveable Feast*: Annotation to Interpretation*. 2 vols. Lewiston, NY: Edwin Mellen Press, 2000.

Broer, Lawrence R. *Hemingway's Spanish Tragedy*. University, AL: University of Alabama Press, 1973.

Bruccoli, Matthew J., ed. *Hemingway and the Mechanism of Fame.* Columbia: University of South Carolina Press, 2006.

Burwell, Rose Marie. *Hemingway: The Postwar Years and the Posthumous Novels*. Cambridge: Cambridge University Press, 1996.

Buske, Morris. *Hemingway's Education, a Re-Examination: Oak Park High School and the Legacy of Principal Hanna*. Lewiston, NY: Edwin Mellen Press, 2007.

Calabi, Silvio, Steve Helsley, and Roger Sanger. *Hemingway's Guns: The Sporting Arms of Ernest Hemingway*. Camden: A Shooting Sportsman Book, 2010.

Capellan, Angel. *Hemingway and the Hispanic World.* Ann Arbor, MI: UMI, 1985.

Cirino, Mark. *Ernest Hemingway: Thought in Action*. Madison, WI: University of Wisconsin Press, 2012.

——. *Reading Hemingway's* Across the River and into the Trees*: Glossary and Commentary*. Kent, OH: Kent State University Press, 2016.

Cohassey, John. *Hemingway and Pound: A Most Unlikely Friendship*. Jefferson: McFarland, 2014,

Cohen, Milton A. *Hemingway's Laboratory: The Paris* in our time. Tuscaloosa, AL: University of Alabama Press, 2005.

Comley, Nancy R., and Robert Scholes. *Hemingway's Genders: Rereading the Hemingway*

Text. New Haven: Yale University Press, 1994. [邦訳] 日下洋右 監訳『ヘミングウェイのジェンダー――ヘミングウェイ・テクスト再読』(英宝社, 2001).

Cooper, Stephen. *The Politics of Ernest Hemingway*. Ann Arbor, MI: UMI, 1987.

Curnutt, Kirk. *An Interview with Ernest Hemingway.* New York: Cavendish Square, 2015.

――. *Literary Topics: Ernest Hemingway and the Expatriate Modernist Movement.* Farmington Hills, MI: Gale, 2000.

――. *Reading Hemingway's* To Have and Have Not*: Glossary and Commentary.* Kent, OH: Kent State University Press, 2017.

Dahiya, Bhim S. *Hemingway's* A Farewell to Arms*: A Critical Study.* Delhi: Academic Foundation, 1992.

――. *The Hero in Hemingway: A Study in Development*. New Delhi: Bahri Publications Private Limited, 1978.

DeFalco, Joseph. *The Hero in Hemingway's Short Stories*. Pittsburgh: University of Pittsburgh Press, 1963.

DeFalco, Joseph Michael. *The Theme of Individuation in the Short Stories of Ernest Hemingway*. Charleston, SC: Nabu Press, 2018.

DeFazio III, Albert J. *Literary Masterpieces:* The Sun Also Rises. Farmington Hills, MI: Gale, 2000.

Dimri, Jaiwanti. *Ernest Hemingway: A Critical Study of His Short Stories and Non-Fiction.* New Delhi: Anmol Publications Pvt., 1994.

Donaldson, Scott. *Fitzgerald & Hemingway: Works and Days*. New York: Columbia University Press, 2009.

Earle, David M. *All Man! Hemingway, 1950s Men's Magazines, and the Masculine Persona.* Kent, OH: Kent State University Press, 2009.

Eby, Carl P. *Hemingway's Fetishism: Psychoanalysis and the Mirror of Manhood*. Albany: State University of New York Press, 1999.

Fantina, Richard. *Ernest Hemingway: Machismo and Masochism*. New York: Palgrave Macmillan, 2005.

Fellner, Harriet. *Hemingway as Playwright:* The Fifth Column. Ann Arbor, MI: UMI, 1986.

Fleming, Robert E. *The Face in the Mirror: Hemingway's Writers.* Tuscaloosa: University of Alabama Press, 1994.

Flora, Joseph M. *Ernest Hemingway: A Study of the Short Fiction.* Boston: Twayne, 1989.

――. *Hemingway's Nick Adams.* Baton Rouge: Louisiana State University Press, 1982.

——. *Reading Hemingway's* Men Without Women*: Glossary and Commentary.* Kent, OH: Kent State University Press, 2008.

Friedrich, Otto. *An Inquiry into Madness "in our time."* New York: Simon, 1976.

Fruscione, Joseph. *Faulkner and Hemingway: Biography of a Literary Rivalry*. Columbus: Ohio State University Press, 2012.

Gaggin, John. *Hemingway and Nineteenth-Century Aestheticism*. Ann Arbor, MI: UMI, 1988.

Gajdusek, Robert E. *Hemingway in His Own Country*. Notre Dame, IN: University of Notre Dame Press, 2002.

Garcia, Wilma. *Mothers and Others: Myths of the Female in the Works of Melville, Twain, and Hemingway*. New York: Peter Lang, 1984.

Giger, Romeo. *The Creative Void: Hemingway's Iceberg Theory.* Bern, Switz.: Francke, 1977.

Gladstein, Mimi Reisel. *The Indestructible Woman in Faulkner, Hemingway, and Steinbeck*. Ann Arbor, MI: UMI, 1986.

Godfrey, Laura Gruber. *Hemingway's Geographies: Intimacy, Materiality, and Memory.* New York: Palgrave Macmillan, 2016.

Grebstein, Sheldon Norman. *Hemingway's Craft.* Carbondale: Southern Illinois University Press, 1973.

Grimes, Larry E. *The Religious Design of Hemingway's Early Fiction*. Ann Arbor, MI: UMI, 1985.

Gurko, Leo. *Ernest Hemingway and the Pursuit of Heroism.* New York: Crowell, 1968.

Hamid, Syed Ali. *The Short Fiction of Ernest Hemingway: A Study in Major Themes.* New Delhi: Ashish Publishing House, 1985.

Hays, Peter L. *A Concordance of Hemingway's* In Our Time. Boston: G. K. Hall, 1990.

——. *Ernest Hemingway*. New York: Continuum, 1990.

——. *Fifty Years of Hemingway Criticism.* New York: Scarecrow Press, 2014.

——. *The Critical Reception of Hemingway's* The Sun Also Rises. Rochester: Camden House, 2011.

Herlihy, Jeffrey. *In Paris or Paname: Hemingway's Expatriate Nationalism.* New York: Rodopi, 2011.

Herman, Thomas. *Quite a Little About Painters: Art and Artists in Hemingway's Life and Work.* Tubingen: Francke, 1997.

Hovey, Richard B. *Hemingway: The Inward Terrain.* Seattle: University of Washington Press, 1968.

Isabelle, Julanne. *Hemingway's Religious Experience*. New York: Vantage, 1964. Re-iss. New York: Chip's Bookshop, 1978.

Johnston, Kenneth G. *The Tip of the Iceberg: Hemingway and the Short Story.* Greenwood, FL: Penkevill, 1987.

Joost, Nicholas. *Ernest Hemingway and the Little Magazines: The Paris Years*. Barre, MA: Barre Publishers, 1968.

Josephs, Allen. For Whom the Bell Tolls*: Ernest Hemingway's Undiscovered Country*. New York: Twayne, 1994.

——. *On Hemingway and Spain: Essays & Reviews, 1979-2013.* Wickford, RI: New Street Communications, 2014.

Justice, Hilary K. *The Bones of the Others: The Hemingway Text from the Lost Manuscripts to the Posthumous Novels*. Kent, OH: Kent State University Press, 2006.

Kawin, Bruce F. To Have and Have Not. Wiscnsin/Warner Bros Screenplay Series, no. 212. Madison, WI: University of Wisconsin Press, 1980.

Killinger, John. *Hemingway and the Dead Gods: A Study in Existentialism.* Lexington: University Press of Kentucky, 1960.

Kobler, J. F. *Ernest Hemingway: Journalist and Artist*. Ann Arbor, MI: UMI, 1985.

Koch, Stephen. *The Breaking Point: Hemingway, Dos Passos, and the Murder of Jose Robles*. New York: Counterpoint, 2005.

Kvam, Wayne E. *Hemingway in Germany: The Fiction, the Legend, and the Critics*. Athens: Ohio University Press, 1973.

Kyle, Frank. *Hemingway and the Post-Narrative Condition: An Unauthorized Commentary of* The Sun Also Rises. Huntington, WV: University Editions, 1995.

Lamb, Robert Paul. *Art Matters: Hemingway, Craft, and the Creation of the Modern Short Story*. Baton Rouge: Louisiana State University Press, 2010.

——. *The Hemingway Short Story: A Study in Craft for Writers and Readers.* Baton Rouge: Louisiana State University Press, 2013.

Laurence, Frank M. *Hemingway and the Movies.* Jackson: University Press of Mississippi, 1981. Rp. New York: Da Capo Press, 1981.

Leff, Leonard J. *Hemingway and His Conspirators: Hollywood, Scribners, and the Making of American Celebrity Culture.* Lanham, MD: Rowman & Littlefield, 1997.

Lewis, Robert W. A Farewell to Arms*: The War of the Words.* New York: Twayne, 1992.

——. *Hemingway on Love*. Austine: University of Texas Press, 1965.

MacDonald, Scott Messinger. *Narative Perspective in the Short Stories of Ernest Hemingway.* New York: Palala Press, 2015.

Mandel, Miriam B. *Hemingway's* Death in the Afternoon*: The Complete Annotations.* Lanham, MD: Scarecrow, 2002.

——. *Hemingway's* The Dangerous Summer*: The Complete Annotations*. Lanham, MD: Scarecrow, 2008.

——. *Reading Hemingway: The Facts in the Fictions.* Metuchen, NJ: Scarecrow, 1995.

Mazzeno, Laurence W. *The Critics and Hemingway, 1924-2014: Shaping an American Literary Icon.* New York: Camden House, 2015.

McParland, Robert. *Beyond Gatsby: How Fitzgerald, Hemingway, and Writers of the 1920s Shaped American Culture*. Lanham: Rowman & Littlefield, 2015.

Messent, Peter. *Ernest Hemingway.* London: Macmillan, 1992.

Meyers, Jeffrey. *Hemingway: Life into Art.* New York: Cooper Square Press, 2000.

Moddelmog, Debra A. *Reading Desire: In Pursuit of Ernest Hemingway.* Ithaca, NY: Cornell University Press, 1999.［邦訳］島村法夫・小笠原亜衣 訳『欲望を読む』（松柏社, 2003）.

Monteiro, George. *The Hemingway Short Story: A Critical Appreciation.* Jefferson, NC: McFarland, 2017.

Moreira, Peter. *Hemingway on the China Front: His WWII Spy Mission with Martha Gellhorn.* Dulles, VA: Potomac Books, 2006.

Moreland, Kim. *The Medievalist Impulse in American Literature: Twain, Adams, Fitzgerald, and Hemingway.* Charlottesville: University Press of Virginia, 1996.

Morgan, Kathleen. *Tales Plainly Told: The Eyewitness Narratives of Hemingway and Homer.* Studies in English and American Literature, Linguistics, and Culture, vol. 7. Columbia, SC: Camden House, 1990.

Mundra, S. C. *Ernest Hemingway: The Impact of War on His Life & Works*. Bara Bazar, Bareilly: Prakash Book Depot, 1988.

Naessil, Anders. *Rites and Rhythms: Hemingway—a Genuine Character.* New York: Vantage, 1988.

Nahal, Chaman. *The Narrative Pattern in Ernest Hemingway's Fiction.* Delhi: Vikas Publications, 1971. Rp. Rutherford, NJ: Fairleigh Dickinson University Press, 1971.

Nair, N. Ramachandran. *The Hemingway Arc.* Delhi: Pencraft International, 1994.

Nelson, Raymond S. *Hemingway: Expressionist Artist*. Ames, IA: Iowa State University Press,

1979.

Nickel, Matthew. *Hemingway's Dark Night: Catholic Influences and Intertextualities in the Work of Ernest Hemingway*. Wickford: New Street Communications, 2013.

O'Connor, Richard. *Ernest Hemingway*. New York: McGraw-Hill Book Company, 1971.

Oldsey, Bernard. *Hemingway's Hidden Craft: The Writing of* A Farewell to Arms. University Park: Pennsylvania State University Press, 1979.

Ondaatje, Christopher. *Hemingway in Africa: The Last Safari.* Toronto: Harper, 2003.

Ott, Mark P. *A Sea of Change: Ernest Hemingway and the Gulf Stream: A Contextual Biography*. Kent, OH: Kent State University Press, 2008.

Owen, Richard. *Hemingway in Italy*. London: Armchair Traveller, 2017.

Pearsall, Robert Brainard. *The Life and Writings of Ernest Hemingway.* Amsterdam: Rodopi, 1973.

Peterson, Richard K. *Hemingway: Direct and Oblique.* The Hague: Mouton, 1969.

Phillips, Gene D. *Hemingway and Film.* New York: Frederick Ungar, 1980.

Pingelton, Timothy J. *Reading and Interpreting the Works of Ernest Hemingway*. New York: Enslow, 2017.

Raeburn, John. *Fame Became of Him: Hemingway as Public Writer.* Bloomington: Indiana University Press, 1984.

Rao, E. Nageswara. *Ernest Hemingway: A Study of His Rhetoric.* New Delhi: Arnold-Heinemann, 1983.

Reynolds, Michael S. *Hemingway's First War: The Making of* A Farewell to Arms. Princeton, NJ: Princeton University Press, 1976.［邦訳］日下洋右・青木 健 訳『ヘミングウェイの方法』（彩流社, 1991）.

——. *Hemingway's Reading, 1910-1940: An Inventory.* Princeton, NJ: Princeton University Press, 1981.

——. *Literary Masters: Ernest Hemingway*. Farmington Hills, MI: Gale, 2000.

——. The Sun Also Rises*: A Novel of the Twenties.* Boston: Twayne, 1988.

Rogal, Samuel J. *For Whom the Dinner Bell Tolls: The Role and Function of Food and Drink in the Prose of Ernest Hemingway*. Bethesda, MD: International Scholars Publications, 1997.

Rovit, Earl. *Ernest Hemingway*. New York: Twayne, 1963.

——, and Arthur Waldhorn. *Hemingway and Faulkner In Their Time*. New York: Continuum, 2005.

——, and Gerry Brenner. *Ernest Hemingway*. Boston: Twayne, 1986.

Rudat, Wolfgang E. H. *A Rotten Way to be Wounded: The Tragicomedy of* The Sun Also Rises. New York: Peter Lang, 1990.

——. *Alchemy in* The Sun Also Rises*: Hidden Gold in Hemingway's Narrative*. Lewiston, NY: Edwin Mellen Press, 1992.

Ryan, Frank L. *The Immediate Critical Reception of Ernest Hemingway*. Washington, DC: University Press of America, 1980.

Sanderson, Stewart F. *Hemingway.* Writers and Critics Series, no. 7. London: Oliver & Boyd, 1961.［邦訳］福田陸太郎・小林祐二 訳『ヘミングウェイ』（清水弘文堂, 1979）.

Scott, Nathan A. Jr. *Ernest Hemingway: A Critical Essay.* Grand Rapids, MI: William B. Eerdmans Publishing Co., 1966.［邦訳］松田 英 訳『ヘミングウェイ』（すぐ書房, 1977）.

Shaw, Samuel. *Ernest Hemingway.* Modern Literature Monographs. New York: Frederick Ungar Publishing, 1973.

Singh, Jaspal. *Semiotics of Narrative Hemingway's* For Whom the Bell Tolls. New Delhi: Bahri Publications, 1992.

Singh, Rajeshwar Prasad. *Autonomy of Desire: The Novels of Ernest Hemingway*. New Delhi: Adhyayan Publishers & Distributors, 2011.

Smith, Paul. *A Reader's Guide to the Short Stories of Ernest Hemingway.* Boston: G. K. Hall, 1989.

Sojka, Gregory S. *Ernest Hemingway: The Angler As Artist.* New York: Peter Lang, 1985.

Spilka, Mark. *Hemingway's Quarrel with Androgyny.* Lincoln: University of Nebraska Press, 1990.

Stanton, Edward F. *Hemingway and Spain: A Pursuit.* Seattle: University of Washington Press, 1989.

Stephens, Robert O. *Hemingway's Nonfiction: The Public Voice.* Chapel Hill: University of North Carolina Press, 1968.

Stewart, Matthew. *Modernism and Tradition in Ernest Hemingway's* In Our Time*: A Guide for Students and Readers.* New York: Camden House, 2001.

Stoltzfus, Ben. *Gide and Hemingway: Rebels Against God.* Port Washington, NY: Kennikat Press, 1978.

——. *Hemingway and French Writers*. Kent, OH: Kent State University Press, 2010.

Stoneback, H. R. *Reading Hemingway's* The Sun Also Rises*: Glossary and Commentary.*

Kent, Ohio: The Kent State University Press, 2007.

Strong, Amy L. *Race and Identity in Hemingway's Fiction*. New York: Palgrave Macmillan, 2008.

Strychacz, Thomas. *Dangerous Masculinities: Conrad, Hemingway, and Lawrence.* Gainesville, FL: University Press of Florida, 2008.

——. *Hemingway's Theaters of Masculinity.* Baton Rouge: Louisiana State University Press, 2003.

Sutherland, Fraser. *The Style of Innocence: A Study of Hemingway and Callaghan*. Toronto: Clarke, Irwin & Company Limited, 1972.

Svoboda, Frederic Joseph. *Hemingway &* The Sun Also Rises*: The Crafting of a Style.* Lawrence: University Press of Kansas, 1983.

Sylvester, Bickford, Larry Grimes, and Peter L. Hays. *Reading Hemingway's* The Old Man and the Sea*: Glossary and Commentary*. Kent, OH: Kent State University Press, 2018.

Tavernier-Courbin, Jacqueline. *Ernest Hemingway's* A Moveable Feast*: The Making of Myth.* Boston: Northeastern University Press, 1991.

Tetlow, Wendolyn E. *Hemingway's* In Our Time*: Lyrical Dimensions.* Lewisburg: Bucknell University Press, 1992.

Trogdon, Robert W. *The Lousy Racket: Hemingway, Scribners, and the Business of Literature*. Kent, OH: Kent State University Press, 2007.

Tyler, Lisa. *Student Companion to Ernest Hemingway.* Westport, CT: Greenwood Press, 2001.

Unfried, Sarah P. *Men's Place in the Natural Order: A Study of Hemingway's Major Works*. New York: Gordon, 1976.

Vernon, Alex. *Hemingway's Second War: Bearing Witness to the Spanish Civil War.* Iowa City: University of Iowa Press, 2011.

——. *Soldiers Once and Still: Ernest Hemingway, James Salter, and Tim O'Brien*. Iowa City: University of Iowa Press, 2004.

Wagner, Linda Welshimer. *Hemingway and Faulkner: Inventors/Masters.* Metuchen, NJ: Scarecrow, 1975.

Wagner-Martin, Linda. *Ernest Hemingway: A Literary Life*. New York, NY: Palgrave Macmillan, 2007.

——. *Ernest Hemingway's* A Farewell to Arms*: A Reference Guide.* Westport, CT: Greenwood Press, 2003.

Waldhorn, Arthur. *A Reader's Guide to Ernest Hemingway.* New York: Farrar, 1972. Re-iss.

New York: Syracuse University Press, 2002.

Watts, Emily Stipes. *Ernest Hemingway and the Arts.* Urbana: University of Illinois Press, 1971.

Weber, Ronald. *Hemingway's Art of Non-Fiction.* London: The Macmillan Press, 1990.

White, William. *The Merrill Guide to Ernest Hemingway.* Columbus, OH: Charles E. Merrill, 1969.

Whiting, Charles. *Papa Goes to War: Ernest Hemingway in Europe, 1944-45.* Ramsbury: The Crowood Press, 1990. Re-iss. Phoenix Mill, UK: Sutton Publishing, 1999.

Whitlow, Roger. *Cassandra's Daughters: The Women in Hemingway.* Westport, CT: Greenwood, 1984.

Wilkinson, Myler. *Hemingway and Turgenev: The Nature of Literary Influence.* Ann Arbor, MI: UMI, 1986.

Williams, Wirt. *The Tragic Art of Ernest Hemingway.* Baton Rouge: Louisiana State University Press, 1981.

Workman, Brooke. *In Search of Hemingway: A Model for Teaching a Literature Seminar.* Urbana, IL: National Council of Teachers of English, 1979.

Wyatt, David. *Hemingway, Style, and the Art of Emotion.* New York: Cambridge University Press, 2015.

Wylder, Delbert E. *Hemingway's Heroes.* Albuquerque: University of New Mexico Press, 1969.

Wyrick, Green D. *The World of Ernest Hemingway: A Critical Study.* Emporia, KS: Graduate Division of the Kansas State Teachers College, 1953.

Young, Philip. *Ernest Hemingway.* New York: Rinehart, 1952.［邦訳］利沢行夫 訳『アーネスト・ヘミングウェイ』(冬樹社, 1976).

——. *Ernest Hemingway.* University of Minnesota Pamphlets on American Writers. no. 1. Minneapolis: University of Minnesota Press, 1959.［邦訳］原田敬一 訳「アーネスト・ヘミングウェイ」『アメリカ文学作家シリーズ』第一巻 (北星堂, 1965).

——. *Ernest Hemingway: A Reconsideration.* Rev. ed. University Park: Pennsylvania State University Press, 1966.

石　一郎『ヘミングウェイ研究』(南雲堂, 1955, 1964, 1977).

伊東高麗夫『ヘミングウェイ——芸術と病理 (パトグラフィ双書［8］)』(金剛出版, 1972).

今村楯夫『「キリマンジャロの雪」を夢見て——ヘミングウェイの彼方へ』(柏艪舎, 2014).
——『スペイン紀行——ヘミングウェイとともに 内戦の跡を辿る』(柏艪舎, 2017).
——『ヘミングウェイ——喪失から辺境を求めて(英米文学作家論叢書[19])』(冬樹社, 1979).
——『ヘミングウェイと猫と女たち (新潮選書)』(新潮社, 1990).
——・真鍋晶子『ヘミングウェイとパウンドのヴェネツィア』(彩流社, 2015).
——『ヘミングウェイの言葉』(新潮社, 2005).
——『ヘミングウェイ——人と文学』(東京女子大学, 2006).
岩崎　健『「武器よさらば」の 23 の謎を追う』(蒼洋出版, 1997).
梅澤時子『ヘミングウェイの象徴の世界——自我の確立と解放への旅』(芸風書院, 1987).
海老根静江『アーネスト・ヘミングウェイ (現代英米文学セミナー双書 [16])』(山口書店, 1981).
岡田春馬『ヘミングウェイの短編小説』(中央大学生協出版局, 1991).
——『ヘミングウェイの短編小説——真実と永遠の探究を中心として』(近代文芸社, 1994).
加藤宗幸『ヘミングウェイ・ノート——虚無の超克』(九州大学出版会, 1982).
木村達雄『ヘミングウェイ短篇手法』(英宝社, 1992).
日下洋右『ヘミングウェイ——愛と女性の世界』(彩流社, 1994).
——『ヘミングウェイと戦争——「武器よさらば」神話解体』(彩流社, 2012).
——『ヘミングウェイ——ヒロインたちの肖像』(彩流社, 2005).
倉林秀男『言語学から文学作品を見る——ヘミングウェイの文体に迫る』(開拓社, 2018).
柴山哲也『ヘミングウェイはなぜ死んだか—— 20 世紀の原罪に挑んだ男』(朝日ソノラマ, 1994).
——『ヘミングウェイはなぜ死んだか——「老人と海」の伝説　20 世紀の文豪の謎』(集英社文庫, 1999).
嶋 忠正『ヘミングウェイの世界——概観と「われらの時代に」詳論』(北星堂, 1975).
島村法夫『ヘミングウェイ——人と文学』(勉誠出版, 2005).
高野泰志『アーネスト・ヘミングウェイ、神との対話』(松籟社, 2015).

――『引き裂かれた身体――ゆらぎの中のヘミングウェイ文学』(松籟社, 2008).
高村勝治『ヘミングウェイ(新英米文学評伝叢書)』(研究社, 1955).
滝川元男『ヘミングウェイ再考』(南雲堂, 1967, 1968).
辰巳 慧『ヘミングウェイと我らの時代――氷山理論の解明』(晃洋書房, 1985).
谷口陸男『ヘミングウェイ研究(ヘミングウェイ全集別巻)』(三笠書房, 1956, 1965).
――『ヘミングウェイの肖像(南雲堂不死鳥選書)』(南雲堂, 1956).
照山雄彦『ヘミングウェイ――「愛」・「生」・「死」そこに求めた至上の精神』(近代文芸社, 1999).
Nakajima, Kenji [中島顕治]. *"Big Two-Hearted River," As the Extreme of Hemingway's Nihilism.* Tokyo: Eichosha, 1979.
――『ヘミングウェイの考え方と生き方』(弓書房, 1983).
西尾 巌『ヘミングウェイ小説の構図』(研究社, 1992).
――『ヘミングウェイと同時代作家――作品論を中心に』(鳳書房, 1999).
西村孝次『ヘミングウェイ(現代伝記全集[24])』(日本書房, 1960).
野崎 孝『ヘミングウェイ(テーマと研究―― IV)』(研究社, 1960).
浜地 修『ヘミングウェイとスイスとスペイン――場所と人の意識背景』(金星堂, 1995).
フェアバンクス香織『ヘミングウェイの遺作――自伝への希求と＜編纂された＞テクスト』(勉誠出版, 2015).
船山良一『ヘミングウェイとスペイン内戦の記憶』(彩流社, 2007).
前田一平『若きヘミングウェイ――生と性の模索』(南雲堂, 2009).
丸田明生『ヘミングウェイの女性たち――作品と伝記の間』(国書刊行会, 1995).
三木信義『ひとりだけの道――ヘミングウェイ』(開文社, 2001).
――『ヘミングウェイと原始主義』(開文社, 1994).
――『ヘミングウェイの研究――短篇小説』(開文社, 1990).
南 英耕『ヘミングウェーの巡礼』(早稲田大学出版部, 1983).
宮 林太郎『私のヘミングウェイ――虚無と実存』(砂子屋書房, 1987).
武藤脩二『ヘミングウェイ「われらの時代に」読釈――断片と統一』(世界思想社, 2008).
門司 勝『ヘミングウェイ物語』(葦書房, 1982).

7. 論集

Asselineau, Roger, ed. *The Literary Reputation of Hemingway in Europe.* Lettres Modernes, no. 5. Paris: M. J. Minard, 1965.［邦訳］阿部史郎・阿部幸子 訳『ヘミングウェイ研究――ヨーロッパにおけるヘミングウェイ』（恒星社厚生閣, 1971）.

Astro, Richard, and Jackson J. Benson, eds. *Hemingway in Our Time.* Corvallis: Oregon State University Press, 1974.

Baker, Carlos, ed. *Hemingway and His Critics: An International Anthology*. New York: Hill and Wang, 1961.

——, ed. *Ernest Hemingway: Critiques of Four Major Novels.* New York: Scribners, 1962.

Beegel, Susan F., ed. *Hemingway's Neglected Short Fiction: New Perspectives.* Ann Arbor, MI: UMI, 1989.

Benson, Jackson J., ed. *The Short Stories of Ernest Hemingway: Critical Essays.* Durham, N C: Duke University Press, 1975.

——, ed. *New Critical Approaches to the Short Stories of Ernest Hemingway.* Durham, NC: Duke University Press, 1990.

Bloom, Harold, ed. *Bloom's Guides: Ernest Hemingway's* A Farewell to Arms. New York: Infobase Publishing, 2010.

——, ed. *Bloom's Major Novelists: Ernest Hemingway*. Broomall, PA: Chelsea House, 2000.

——, ed. *Bloom's Major Short Story Writers: Ernest Hemingway*. Broomall, PA: Chelsea House, 1999.

——, ed. *Bloom's Notes: Ernest Hemingway's* A Farewell to Arms. Broomall, PA: Chelsea House, 1996.

——, ed. *Bloom's Notes: Ernest Hemingway's* The Old Man and the Sea. Broomall, PA: Chelsea House, 1996.

——, ed. *Bloom's Notes: Ernest Hemingway's* The Sun Also Rises. Broomall, PA: Chelsea House, 1996.

——, ed. *Major Literary Characters: Brett Ashley*. New York: Chelsea House, 1991.

——, ed. *Modern Critical Interpretations: Ernest Hemingway's* A Farewell to Arms. New York: Chelsea House, 1987.

——, ed. *Modern Critical Interpretations: Ernest Hemingway's* The Old Man and the Sea. Philadelphia: Chelsea House, 1999.

——, ed. *Modern Critical Interpretations: Ernest Hemingway's* The Sun Also Rises. New York: Chelsea House, 1987.

——, ed. *Modern Critical Views: Ernest Hemingway.* New York: Chelsea House, 1985.

Broer, Lawrence R., and Gloria Holland, eds. *Hemingway and Women: Female Critics and the Female Voice*. Tuscaloosa, AL: University of Alabama Press, 2002.

Bryfonski, Dedria, ed. *Death in Ernest Hemingway's* The Old Man and the Sea. Farmington Hills, MI: Greenhaven Press, 2014.

——. *Male and Female Roles in Ernest Hemingway's* The Sun Also Rises. New York: Gale, 2008.

Cirino, Mark, and Mark P. Ott, eds. *Ernest Hemingway and Italy: Twenty-First-Century Perspectives.* Gainesville: University Press of Florida, 2017.

——, eds. *Ernest Hemingway and the Geography of Memory*. Kent, OH: Kent State University Press, 2010.

Claridge, Henry, ed. *Ernest Hemingway: Critical Assessment of Major Writers*. 4 volume set. New York: Routledge, 2012.

Curnutt, Kirk, and Gail D. Sinclair, eds. *Key West Hemingway: A Reassessment.* Gainesville: University Press of Florida, 2009.

De Koster, Katie, ed. *Readings on Ernest Hemingway*. San Diego, CA: Greenhaven Press, 1997.

Del Gizzo, Suzanne, and Frederick J. Svoboda, eds. *Hemingway's* The Garden of Eden*: Twenty-five Years of Criticism*. Kent, OH: Kent State University Press, 2012.

Donaldson, Scott, ed. *New Essays on* A Farewell to Arms. Cambridge: Cambridge University Press, 1990.

——, ed. *The Cambridge Companion to Ernest Hemingway.* New York: Cambridge University Press, 1996.

Eby, Carl P., and Cirino Mark, eds. *Hemingway's Spain: Imagining the Spanish World.* Kent, OH: Kent State University Press, 2016.

Fleming, Robert E., ed. *Hemingway and the Natural World*. Moscow, ID: University of Idaho Press, 1999.

Flora, Joseph M., ed. *Ernest Hemingway: A Study of the Short Fiction.* Boston: Twayne, 1989.

Frederking, Lauretta Conklin, ed. *Hemingway on Politics and Rebellion*. New York: Routledge, 2010.

Fruscione, Joseph, ed. *Teaching Hemingway and Modernism.* Kent, OH: Kent State University Press, 2015.

Gellens, Jay, ed. *Twentieth Century Interpretations of* A Farewell to Arms*: A Collection of*

Critical Essays. Englewood Cliffs, NJ: Prentice-Hall, 1970.

Graham, John, ed. *The Merrill Studies in* A Farewell to Arms. Columbus, OH: Merrill, 1971.

Grebstein, Sheldon Norman, ed. *The Merrill Studies in* For Whom the Bell Tolls. Columbus, OH: Merrill, 1971.

Grimes, Larry, and Bickford Sylvester, eds. *Hemingway, Cuba, and the Cuban Works.* Kent, OH: Kent State University Press, 2014.

Hays, Peter L., ed. *Teaching Hemingway's* The Sun Also Rises. Moscow, ID: University of Idaho Press, 2003.

Holcomb, Gary Edward, ed. *Teaching Hemingway and Race*. Kent, Ohio: Kent State University Press, 2018.

——, and Charles Scruggs, eds. *Hemingway and the Black Renaissance.* Columbus: Ohio State University Press, 2012.

Howell, John M., ed. *Hemingway's African Stories: The Stories, Their Sources, Their Critics.* New York: Charles Scribner's Sons, 1969.

Hurley, C. Harold, ed. *Hemingway's Debt to Baseball in* The Old Man and the Sea*: A Collection of Critical Readings*. Lewiston, NY: Edwin Mellen Press, 1992.

Jobes, Katharine T., ed. *Twentieth Century Interpretations of* The Old Man and the Sea. Englewood Cliffs, NJ: Prentice-Hall, 1968.

Kale, Verna, ed. *Teaching Hemingway and Gender.* Kent, Ohio: Kent State University Press, 2016.

Kennedy, J. Gerald, and Jackson Bryer, eds. *French Connections: Hemingway and Fitzgerald Abroad.* New York: Macmillan, 1998.

Knott, Toni D., ed. *One Man Alone: Hemingway and* To Have and Have Not. Lanham, MD: University Press of America, 1999.

Lee, A. Robert, ed. *Ernest Hemingway: New Critical Essays.* London and Totowa, NJ: Vision & Barnes & Noble, 1983.

Lewis, Robert W., ed. *Hemingway in Italy and Other Essays.* New York: Praeger, 1990.

Maier, Kevin, ed. *Teaching Hemingway and the Natural World*. Kent, OH: Kent State University Press, 2018.

Mandel, Miriam B., ed. *A Companion to Hemingway's* Death in the Afternoon. New York: Camden House, 2004.

——, ed. *Hemingway and Africa.* Rochester: Camden House, 2011.

McCaffery, John K. M., ed. *Ernest Hemingway: The Man and His Work.* Cleveland: World,

1950. Rpt. New York: Cooper Square, 1969.

Meyers, Jeffrey, ed. *Hemingway: The Critical Heritage*. London: Routledge and Kegan Paul, 1982.

Moddelmog, Debra A., and Suzanne del Gizzo, eds. *Ernest Hemingway in Context.* New York: Cambridge University Press, 2013.

Monteiro, George, ed. *Critical Essays on Ernest Hemingway's* A Farewell to Arms. New York: G. K. Hall, 1994.

Nagel, James, ed. *Critical Essays on Ernest Hemingway's* The Sun Also Rises. New York: G. K. Hall, 1995.

——, ed. *Ernest Hemingway: The Oak Park Legacy.* Tuscaloosa: University of Alabama Press, 1996.

——, ed. *Ernest Hemingway: The Writer in Context.* Madison, WI: University of Wisconsin Press, 1984.

Noble, Donald R., ed. *Hemingway: A Revaluation*. Troy, NY: Whitston, 1983.

Oldsey, Bernard, ed. *Ernest Hemingway: The Papers of a Writer.* New York: Garland, 1981.

Oliver, Charles M., ed. *A Moving Picture Feast: The Filmgoer's Hemingway*. New York: Praeger, 1989.

Paul, Steve, Gail Sinclair, and Steven Trout, eds. *War + Ink: New Perspectives on Hemingway's Early Life and Writings.* Kent, OH: Kent State University Press, 2014.

Penas-Ibanez, Beatriz, and Manabe Akiko, eds. *Cultural Hybrids of (Post)Modernism: Japanese and Western Literature, Art and Philosophy.* Bern: Peter Lang, 2016.

Reynolds, Michael S., ed. *Critical Essays on Ernest Hemingway's* In Our Time. Boston: G. K. Hall, 1983.

Rieger, Christopher, and Andrew B. Leiter, eds. *Faulkner & Hemingway*. Cape Girardeau, MO: Southeast Missouri State University Press, 2018.

Rosen, Kenneth, ed. *Hemingway Reposessed.* Westport, CT: Praeger, 1994.

Sanderson, Rena, ed. *Blowing the Bridge: Essays on Hemingway and* For Whom the Bell Tolls. Westport, CT: Greenwood, 1992.

——, ed. *Hemingway's Italy: New Perspectives.* Baton Rouge: Louisiana State University Press, 2006.

Sarason, Bertram D., ed. *Hemingway and the Sun Set*. Washington, DC: Microcard Editions, 1972.

Scafella, Frank, ed. *Hemingway: Essays of Reassessment.* New York: Oxford University Press,

1991.

Smith, Paul, ed. *New Essays on Hemingway's Short Fiction.* Cambridge & New York: Cambridge University Press, 1998.

Starrett, Vincent, and Michael Murphy, eds. *Hemingway: A 75th Anniversary Tribute*. St. Louis: Autolycus, 1974.

Stephens, Robert O., ed. *Ernest Hemingway: The Critical Reception*. New York: Burt Franklin, 1977.

Svoboda, Frederic J., and Joseph J. Waldmeir, eds. *Hemingway: Up in Michigan Perspectives.* East Lancing: Michigan State University Press, 1995.

Szumski, Bonnie, ed. *Readings on* The Old Man and the Sea. San Diego, CA: Greenhaven Press, 1999.

Tyler, Lisa, ed. *Teaching Hemingway's* A Farewell to Arms. Kent, OH: Kent State University Press, 2008.

Valenti, Patricia Dunlavy, ed. *Understanding* The Old Man and the Sea*: A Student Casebook to Issues, Sources, and Historical Documents.* Westport, CT: Greenwood Press, 2002.

Vernon, Alex, ed. *Teaching Hemingway and War*. Kent, OH: Kent State University Press, 2016.

Wagner-Martin, Linda, ed. *A Historical Guide to Ernest Hemingway.* New York: Oxford University Press, 2000.

——, ed. *Ernest Hemingway: Eight Decades of Criticism.* East Lansing: Michigan State University Press, 2009.

——, ed. *Ernest Hemingway: Five Decades of Criticism.* East Lansing: Michigan State University Press, 1974.

——, ed. *Ernest Hemingway: Seven Decades of Criticism.* East Lansing: Michigan State University Press, 1998.

——, ed. *Ernest Hemingway: Six Decades of Criticism.* East Lansing: Michigan State University Press, 1987.

——, ed. *Ernest Hemingway's* The Sun Also Rises*: A Casebook*. New York: Oxford University Press, 2002.

——, ed. *New Essays on* The Sun Also Rises. Cambridge: Cambridge University Press, 1987.

Waldhorn, Arthur, ed. *Ernest Hemingway: A Collection of Criticism.* New York: McGraw-Hill, 1973.

Waldmeir, Joseph J., and Kenneth Mareks, eds. *Up in Michigan: Proceedings of the First*

National Conference of the Hemingway Society. East Lansing: Michigan State University Press, 1984.

Weeks, Robert P., ed. *Hemingway: A Collection of Critical Essays.* Englewood Cliffs, NJ: Prentice-Hall, 1962.

White, William, comp. *The Merrill Studies in* The Sun Also Rises. Columbus, OH: Charles E. Merrill, 1969.

石 一郎 編『ヘミングウェイの世界』（荒地出版社, 1970）.

今村楯夫 編『アーネスト・ヘミングウェイの文学』（ミネルヴァ書房, 2006）.

日下洋右 編『ヘミングウェイの時代――短篇小説を読む』（彩流社, 1999）.

佐伯彰一 編『ヘミングウェイ（２０世紀英米文学案内［15］）』（研究社, 1966）.

志賀 勝 編『ヘミングウェイ研究（現代英米作家研究叢書）』（英宝社, 1954, 1963, 1976, 1979）.

高野泰志 編『ヘミングウェイと老い』（松籟社, 2013）.

日本ヘミングウェイ協会 編『ヘミングウェイを横断する――テクストの変貌』（本の友社, 1999）.

―― 編『アーネスト・ヘミングウェイ――21 世紀から読む作家の地平』（臨川書店, 2011）.

橋本福夫 編『アーネスト・ヘミングウェイ（現代作家論）』（早川書房, 1980）.

8. ヘミングウェイに関するビデオテープ（VC），ディスク（DVD），オーディオテープ（AC）

Dwyer, Frank. *A Study Guide to Ernest Hemingway's* The Sun Also Rises. (Time Warner AudioBooks, 1994). AC

Ernest Hemingway: Grace Under Pressure. (Films for the Humanities & Sciences, 1997). VC

Ernest Hemingway: Rough Diamond.（ジェムコ, 1978）. VC

Ernest Hemingway: Wrestling with Life. (A&E, 1998). VC

Great Writers of the 20th Century: Ernest Hemingway. (BBC, 2004). VC

Hemingway & Gellhorn. (HBO, 2012). DVD

Hemingway: Winner Take Nothing. (MPI, 1998). VC

Kazin, Alfred. *An Introduction to Ernest Hemingway's Fiction.* (Omnigraphics, 1988). VC

Michael Palin's Hemingway Adventure. Read by Michael Palin. (Orion, 1999). AC

Papa: Hemingway in Cuba. (Twentieth Century-Fox, 2018), DVD

Reynolds, Michael S. *Understanding Ernest Hemingway's* A Farewell to Arms. (Omnigraphics, 1988). VC

Running with the Bulls: My Years with the Hemingways by Valerie Hemingway. Read by Anne Flosnik. (Brilliance Audio, 2004). AC

Tracking Hemingway: the Later Years in Cuba.（ジェムコ, 1978）. VC

Up in Michigan: Hemingway, the Early Years.（ジェムコ, 1978）. VC

『アメリカ文学有名作家シリーズ――アーネスト・ヘミングウェイ』（ピー・アイ・シー, 1993）. VC

『潮風とベーコンサンドとヘミングウェイ』（ワーナー・ブラザーズ・ホームエンターテイメント, 1993）. DVD

『ラブ・アンド・ウォー』（ワーナー・ホーム・ビデオ, 2010）. DVD

9. 写真集

Calabi. Silvio, Steve Helsley, and Roger Sanger. *Hemingway's Guns: The Sporting Arms of Ernest Hemingway*. New York: Shooting Sportsman, 2010.

Conrad, Barnaby. *Hemingway's Spain,* photographs by Loomis Dean. San Francisco: Chronicle Books, 1989.

Cortanze, Gerard de. *Hemingway in Cuba,* photographs by Jean-Bernard Naudin. Hachette Livre: Editions du Chene, 1997.

Elder, Robert K., Aaron Vetch, and Mark Cirino. *Hidden Hemingway: Inside the Ernest Hemingway Archives of Oak Park.* Kent, OH: Kent State University Press, 2016.

Federspiel, Michael R. *Picturing Hemingway's Michigan*. Detroit: Painted Turtle, 2010.

Fuentes, Norberto. *Ernest Hemingway: Rediscovered,* photographs by Roberto Herrera Sotolongo. New York: Charles Scribner's Sons, 1988. New York: Barron's, 2000.

Funcia, Claudio Izquierdo. *Un personaje llamado Hemingway.* Habana: Edciones Mec-Graphic, 1995.［邦訳］大林文彦 訳『写真集　アーネスト・ヘミングウェイ』（海風書房, 1999）.

Hemingway, Hilary, and Carlene F. Brennen. *Hemingway in Cuba*. New York: Rugged Land, 2005.

McDaniel, Melissa. *Ernest Hemingway: Writer.* Philadelphia: Chelsea House, 1997.

Palin, Michael. *Michael Palin's Hemingway Adventure.* London: Weidenfeld & Nicolson, 1999.［邦訳］月谷真紀 訳『マイケル・ペイリンのヘミングウェイ・アドベンチャー』（産業編集センター, 2001）.

Plath, James. *Historic Photos of Ernest Hemingway.* Tennessee: Turner, 2009.

Pustienne, Jean-Pierre. *Ernest Hemingway*. Paris: Fitway, 2005.

Richards, Norman. *People of Destiny: Ernest Hemingway.* Chicago: Children Press, 1968.

Vejdovsky, Boris. *Hemingway: A Life in Pictures.* London: Andre Deutsch, 2011.

Voss, Frederick. *Picturing Hemingway: A Writer in His Time.* New Haven, CT: Yale University Press, 1999.

Wheeler, Robert. *Hemingway's Havana: A Reflection of the Writer's Life in Cuba*. New York: Skyhorse Publishing, Inc., 2018.

——. *Hemingway's Paris: A Writer's City in Words and Images.* New York: Yucca, 2015.

今村楯夫（監修, 取材, 文）・和田　悟（写真）『ヘミングウェイの海』（求龍堂, 1995）.

——（解説）『DAYS OF HEMINGWAY——PAPAS 2014 CALENDAR』（PAPAS COMPANY, 2013）.

——（解説）『PAPAS ＋ DIARY 2015』（PAPAS COMPANY, 2014）.

——（解説）『PAPAS ＋ DIARY 2016』（PAPAS COMPANY, 2015）.

斉藤道子（文）・外崎久雄（写真）『ヘミングウェイが愛した 6 本指の猫たち』（インターワーク出版, 2004）.

山口 淳『PAPA & CAPA——ヘミングウェイとキャパの 17 年』（阪急コミュニケーションズ, 2011）.

山崎 哲（写真, 文）『ヘミングウェイの家と猫たち』（グラフ社, 1979）.

和田 悟（写真, 文）『Hemingway 65 Cats』（小学館, 1993）.

10. トラベル・ガイドブック

Bellavance-Johnson, Marsha. *Ernest Hemingway in Idaho: A Guide.* Ketchum, ID: Computer Lab, 1997.

——. *Ernest Hemingway in Key West: A Guide.* Ketchum, ID: Computer Lab, 2000.

Fitch, Noel Riley. *Literary Cafes of Paris*. Washington, DC: Starrhill, 1989.

——. *Walks in Hemingway's Paris: A Guide to Paris for the Literary Traveler.* New York: St. Martin's Griffin, 1989.

Leland, John. *A Guide to Hemingway's Paris.* Chapel Hill: Algonquin Books of Chapel Hill, 1989.［邦訳］高見　浩 訳『ヘミングウェイと歩くパリ』（新潮社, 1994）.

McIver, Stuart B. *Hemingway's Key West*. Sarasota, FL: Pineapple, 1993.

Noble, Dennis L. *Hemingway's Cuba: Finding the Places and People That Influenced the Writer.* Jefferson, NC: McFarland, 2016.

Schaefer, Dave. *Sailing to Hemingway's Cuba.* Dobbs Ferry, NY: Sheridan House, 2000.

Strabala, Jay. *The Ernest Hemingway Adventure Map of the World.* Los Angeles: Aaron Blake, 1986.

今村楯夫（著）・小野　規（撮影）・明石和美（取材／文）『ヘミングウェイのパリ・ガイド』（小学館, 1998）.

矢作俊彦（著）・安珠（撮影）『ライオンを夢見る』（東京書籍, 2004）.

11. その他

［劇］

De Groot, John. *Papa*. ID: Boise State University, 1984.

［小説］

Alexander, Karl. *Papa and Fidel*. New York: A TOR Book, 1989.

Algren, Nelson. *Algren at Sea: Travel Writings.* New York: Seven Stories Press, 2008.

——. *Notes from a Sea Diary: Hemingway All the Way*. New York: G. P. Putnam's Sons, 1965.

Atkinson, Michael. *Hemingway Deadlights.* Maine: Thorndike Press, 2009.

Butcher, Kristin. *The Hemingway Tradition.* Custer, WA: Orca Book Publishers, 2002.

Cosgrove, Vincent. *The Hemingway Papers.* New York: Bantam Books, 1983.［邦訳］田村源二 訳『ヘミングウェイ・ペーパー』（光文社, 1985）.

Curnutt, Kirk. *Coffee with Hemingway*. London: Duncan Baird Publishers, 2007.

Gilmore, Christopher Cook. *Hemingway*. New York: St. Martin's Press, 1988.

Granger, Bill. *Hemingway's Notebook*. New York: Warner Books, 1986.［邦訳］加藤洋子 訳『ヘミングウェイ・ノート』（集英社文庫, 1990）.

Greene, Philip. *To Have and Have Another: A Hemingway Cocktail Companion*. New York: Perigee, 2012.

Haldeman, Joe. *The Hemingway Hoax.* New York: William Morrow and Company, 1990.［邦訳］大森 望 訳『ヘミングウェイごっこ』（福武書店, 1991）, 大森 望 訳『ヘミング

ウェイごっこ』(早川文庫, 2009).

Harris, MacDonald. *Hemingway's Suitcase*. New York: Simon, 1990. [邦訳] 國重純二 訳『ヘミングウェイのスーツケース』(新潮社, 1991).

Harris, Shaun. *The Hemingway Thief*. New York: Seventh Street Books, 2016.

Hemingway, Hilary, and Jeffry P. Lindsay. *Hunting with Hemingway: Based on the Stories of Leicester Hemingway*. New York: Riverhead Books, 2000.

Henderson, William McCranor. *I Killed Hemingway*. New York: St. Martin's Press, 1993.

McFarland, Ron. *The Hemingway Poems of Ron McFarland*. San Antonio, TX: Pecan Grove Press, 2001.

Morgan, Henry. *Toro*. New York: Belmont Tower Books, 1977.

Padura, Leonardo. *Adios, Hemingway*. Barcelona: Tusquets, 2000. [邦訳] 宮崎真紀 訳『アディオス、ヘミングウェイ』(ランダムハウス講談社, 2007).

Palin, Michael. *Hemingway's Chair*. New York: St. Martin's Griffin, 1999.

Prosser, Thomas C. *Naked Hemingway*. Riverside, CA: Cappuccino Productions, 1999.

Reiter, David P. *Hemingway in Spain: Words and Images*. Queensland, Australia: Interactive Press, 2007.

Simmons, Dan. *The Crook Factory*. New York: Avon Books, 1999. [邦訳] 小林宏明 訳『諜報指揮官ヘミングウェイ』(扶桑社, 2002).

Whelan, Gloria. *The Pathless Woods: A Novel of Ernest Hemingway's Boyhood in Northern Michigan*. New York: Harper, 1981. [邦訳] 松居弘道 訳『16歳の生きかた――ヘミングウェイの場合』(晶文社, 1983).

山田英幾『ヘミングウェイの刻印』(NHK出版, 1999).

[参考書]

オキ・シロー『ヘミングウェイの酒』(河出書房新社, 2007).

清原伸一 編『アーネスト・ヘミングウェー』<『週刊100人』>第76号(デアゴスティーニ, 2004).

講談社 編『1時間で読める! ヘミングウェイ 要約『誰がために鐘は鳴る』(講談社, 2007).

12. ヘミングウェイ作品を単独で扱った日本の注釈付き英文テキスト

伊佐憲二(注釈)『老人と海』(講談社, 1991).

岩瀬悉有(編注)『ヘミングウェイ短篇集』(英潮社, 1976).

岩元 巌・赤祖父哲二（編註）『インディアン部落』（朝日出版社, 1974）.
——（編註）『ビッグ・トゥーハーティッド・リヴァー』（朝日出版社, 1976）.
大西洋三・松本唯史（編者）『スペインの戦場から』（三修社, 1975）.
大庭 勝（編著）『クリスマス・ギフト』（開文社, 1970）.
——（註解）『ヘミングウェイ短編集』（成美堂, 1979）.
尾上政次・佐伯彰一（註釈）『ヘミングウェイ短篇集』（南雲堂, 1956）.
——・速川 浩（訳註）『対訳ヘミングウェイ』（南雲堂, 1959）.
絣川 羔・清水一雄（編註）『アフリカの緑の丘』（愛育社, 1989）.
金原瑞人（編注）『キリマンジャロの雪／フランシス・マカンバーの短く幸せな生涯』（青灯社, 2014）.
——（編注）『ストレンジ・カントリー』（青灯社, 2016）.
小泉龍雄（編注）『武器よさらば』（語学春秋社, 1973）.
高麗 敏（編注）『ヘミングウェイ短篇集』（芸林書房, 1986）.
小林敏夫・青井 潔・古沢宏輔（編注）『Famous Short Stories by E. Hemingway』（文理, 1974）.
——（編注）『Six Short Stories by E. Hemingway』（竹村出版, 1984）.
堺田 進・物部清三（編注）『旅と冒険』（鶴見書店, 1976）.
鈴木悌二・大橋吉之輔（編注）『ザ スノウ［ズ］オブ キリマンジャロ』（金星堂, 1967）.
崇谷嗣雄・大沼雅彦（編注）『ザ・キラーズ』（南雲堂, 1976）.
高村勝治（注解）『武器よさらば』（英潮社, 1968）.
——（注解）『老人と海』（英光社, 1970）.
滝川元男（注解）『ヘミングウェイ短編集』（大阪教育図書, 1976）.
龍口直太朗（編注）『武器よさらば』（桐原書店, 1977）.
中島顕治（編注）『ヘミングウェイ・ミシガンの青春』（弓書房, 1985）.
那須弘三郎（編注）『ヘミングウェイ短篇集』（学書房, 1971）.
林原耕三（注釈）『老人と海』（南雲堂, 1954）.
——・坂本和男（訳注）『対訳ヘミングウェイ 2 ＜老人と海＞』（南雲堂, 1972）.
原田敬一（編註）『E. ヘミングウェイ／殺し屋・他 4 編』（清水書院, 1966）.
バンス・ジョンソン, 清水克祐（編著）『ヘミングウェイズ・ザ・キラーズ』（金星堂,

1978).
古川弘之 (編註)『若き日のヘミングウェイ』(太陽社, 1970).
吉元清彦 (編註)『インディアン・キャンプ他』(太陽社, 1978).
利沢行夫 (編注)『異国にて』(朝日出版社, 1975).
渡辺 茂 (編注)『日はまた昇る』(北星堂, 1984).

13. ウェブサイト

The Ernest Hemingway Foundation of Oak Park 公式サイト: http://www.ehfop.org/
The Hemingway Society 公式サイト: http://www.hemingwaysociety.org/
The Ernest Hemingway Collection at the JFK Presidential Library and Museum 公式サイト: https://www.jfklibrary.org/archives/ernest-hemingway-collection
The Michigan Hemingway Society 公式サイト: http://www.northquest.com/hemingway/
日本ヘミングウェイ協会 公式サイト: http://hemingwayjp.web.fc2.com/

あとがき

「はしがき」にも書いたように、第I集では1999年から2008年までの10年間を、第II集では、2009年から2018年までの10年間を『日本におけるヘミングウェイ書誌』としてまとめた。だから、ここにはわが国における計20年間のヘミングウェイ研究の歴史が詰まっている。一応、これで一区切りとするが、本意ではない。しかし、それよりもなんとかこの20年間をやり遂げたという安堵感の方が強い。それだけ、これはきつい仕事だった。

じつは、この書誌の仕事をやり始めたのは、私が日本ヘミングウェイ協会の資料室長を任せられた時からだった。その一年後に初めて出版された『ヘミングウェイ研究』創刊号（2000年3月）の「書誌」のまえがきで、私は「仕事の性格上、複数の人の目を通した方がよい……ということで……補佐役である前田一平氏に強引に協力を依頼した」と書いている。今にして思えば、精神的支えが必要だったからだと思う。ともかく5号までこうした体制は続いたが、これは明らかにプレッシャーのかかるこの仕事の一面を如実に語っている。

だいぶ前の事になるが、私が大学の卒論でヘミングウェイをやろうと決心した頃は、参考書と呼ばれるものは少なかった。欧米のものを合わせても10冊あるかないかという状況だった。従って、それだけ容易に入手しやすいという利点はないわけではなかったが、現在は真逆である。参考にすべき研究書は沢山ある。それを整理したのが、本書の付録として付けた「ヘミングウェイ文献一覧」である。これも書誌同様、単なるデータの羅列ではない。私の手元にある2018年までの内外の文献をまとめたものである。

これを見れば明らかなように、ベイカーとヤングの名著が初めて出版されたのは1952年である。従って、この「文献一覧」には66年ものヘミングウェイ研究の歴史が厳然としてある。これを私は付録としたが、じつは本書の第2の柱と言ってもいいもので、今後ヘミングウェイ研究を目指す諸氏のまぎれもない指針となることは疑いがない。しかも、この「文献一覧」より詳細なものは、未だ内外も含めた最近のヘミングウェイ関連の図書を探しても見当たらない。

かつて、私はこの書誌の仕事をしていて見えにくいのは、大学の紀要であると述べたことがある。紀要に論文を書いても資料室には送られてこない。当然だが、店頭には出まわらない。誠に紀要は書誌作成者泣かせだった。だから、ここで、将来のヘミングウェイ研究発展のためにも、現・資料室長に成り代わって言っておきたいのは、紀要に論文を書いた際は、論文またはその抜き刷りを、是非一部、日本ヘミングウェイ協会資料室宛に送付してほしいということである。最後になったが、いつも新たな資料をくださり、励ましてくれた協会顧問の今村楯夫氏には今回も一方ならぬお世話になった。ここに記して感謝の意を表します。

2020年1月31日

千葉義也

◉ 著作者名索引 ◉

・著作者名の 50 音順に配列した。
・数字はページ数である。

【数字・アルファベット】
ANA　52, 136
BS 日テレ　138
Fellows, Rachel　194
ICP ロバート・キャパ・アーカイブ　196
IT media News　52
Kanki Hirokuni　73
Kazutomo Makabe　194
Ken Aso　194
Kleitz, Dorsey　88
Minami, Fiona Wall　120
Moddelmog, Debra　90
NHK 取材班　58
NHK スペシャル取材班　59
Pavloska, Susan　108

【あ行】
アーノブ、アンソニー　91
青木保　33
浅尾大輔　46
青山万里子　118
青山南　3, 22, 116, 142, 181
赤阪友昭　23
赤祖父哲二　99
秋草俊一郎　199
阿久根利具　58
麻生享志　58
安達秀夫　100
アダムズ、スティーヴン・J　19
アッシャー、ショーン　132
阿刀田 高　123
アトキンソン、ジョン　205
アトキンソン、バレンタイン　154
阿部公彦　100, 123, 152, 153, 178
阿部賢一　178
阿部静子　58
阿部珠理　161
アメリカ学会　199
新井景子　100
新井哲男　182
荒木飛呂彦　142
有木恭子　81
アレン、ジョゼフス　187
安済卓也　118
安西水丸　155
アンダーソン、シャーウッド　37
安藤勝　76
イアン、アレグザンダー　52
井伊順彦　161, 162
イーウィック、デイヴィッド　167
飯城勇三　195
イーグルトン、テリー　132, 206
飯田美樹　3
飯野友幸　70, 192
伊上冽　3
井川眞砂　33
生井英考　199
池内正直　33
池上冬樹　23, 33, 142
池澤夏樹　23, 58, 123, 134, 142, 175, 182, 194
池波正太郎　53
生駒久美　123
伊佐憲二　120, 139
石合力　177
石井一成　73
いしいしんじ　53
いしかわあさこ　142
石塚久郎　162, 173, 180
石出みどり　142
石出法太　142
石原慎太郎　139
石原剛　123
石弘之　3
伊集院静　3, 120
出石尚三　3
出水田隆文　139
伊勢京子　73
板垣真理子　78
伊丹十三　98
井手孝介　23
伊藤章　92
伊東淳史　179, 197
伊藤聡　33
いとうせいこう　114
伊藤たかみ　50
伊藤千尋　136, 179
石黴白未亜　158
稲生平太郎　124
稲田武彦　162, 163
井上篤夫　58

井上一郎　81
井上佐由紀　23
井上ひさし　53
井上健　58, 81, 82
今井今朝春　23
今福龍太　73
今村楯夫　4, 14, 33, 39, 45, 51, 52, 58, 75, 77, 81, 87, 92, 94, 95, 97, 99, 100, 110, 118, 119, 123, 124, 128, 134, 138, 141, 146, 156, 158, 161, 162, 167, 168, 179, 181, 199, 206, 207, 210
入子文子　4, 7, 108
岩合光昭　158
岩崎夏海　59
岩崎宗治　34
岩波明　100
岩波書店辞典編集部　100
岩本和久　115
岩元巌　162
岩本裕子　182
ヴァーノン、アレックス　168
ヴィルズィ、パオロ　210
ウィルソン、コリン　17, 90
上岡伸雄　200
植草甚一　4, 34, 100
植島啓司　182
ウェスト、ナサニエル　109
植竹大輔　82
上西哲雄　59, 81, 88, 100, 129, 153
上野俊哉　34
ウェラー、サム　68, 90
ヴォネガット、カート　190, 199
鵜飼哲夫　156
内田樹　4, 21
内田水生　162, 168
内田洋子　197, 211
ウッド、マイケル　73
宇野維正　26
梅垣昌子　14
浦一也　120
浦田憲治　143
ウルフ、トマス　176, 178, 181
海野弘　4, 124
映画 . Com　178
英語年鑑編集部　157
植松二郎　4
江頭理江　158
エクスタイン、ボブ　191
エクスタインズ、モードリス　18
榎本啓一郎　118
エバート、ロジャー　95
海老根静江　82
エリスン、ラルフ　18
エルダキン、スーザン　191
円城塔　174, 192
逢坂剛　23, 82, 83, 97, 102, 124, 143
大井浩二　63, 101
オーウェル、ジョージ　18
大浦暁生　124
大江健三郎　49, 75, 98
大岡玲　59, 73
大川正義　124, 125, 127, 138
大木雅志　138
大串夏身　124
大串尚代　94, 174, 192
大島渚　82
大住憲生　47
大滝恭子　143
大竹昭子　71
大竹守　146
オーツ、ジョイス・キャロル　90
大塚茂夫　84
大野晴香　156
大橋吉之輔　4
大橋健三郎　4, 14
大原千春　82
大平美智子　134
大宮勘一郎　195
大村数一　82
大森昭生　14, 59, 65, 81, 88
大森望　5
大森義彦　5
岡崎武志　135
小笠原亜衣　15, 59, 65, 81, 174, 187, 192, 203, 206
小笠原豊樹　143, 150, 162
岡庭昇　5
岡本勝人　158
岡本太郎　163
岡本正明　81, 200
岡田喜一郎　14
小川崇　208
小川国夫　77
小川高義　90, 124, 133, 136, 137, 173
小川フミオ　194
小川洋子　60
荻原シュック江里子　108
奥家慎二　120
奥野礼良　111
オコナー、フラナリー　103
尾崎俊介　21, 124
小山内伸　50
小田光男　94
小栁治宣　5
小野里稔　73
小野俊太郎　101
小野規　199
小野正嗣　75
小野祐次　25, 176
オバマ、バラク　23
オフィット、シドニー　200
折田育造　125
オレイ、ライオネル　172
恩田陸　120

【か行】
開高健　30, 34, 54
カイバード、デクラン　68
カウリー、マルコム　150
鏡明　34
角田光代　73, 135, 143, 163
カサーレス、アドルフォ・ビオイ　41
鹿島茂　5, 29, 38, 60
加島祥造　101, 163, 164, 166

柏木博　92
柏倉康夫　82, 163
柏原順太　51
柏原寛司　137
梶原照子　101
片岡義男　24, 47
勝井慧　60, 88, 101, 111, 182
家庭画報特別編集　78
加藤和彦　34
加藤哲郎　92
金澤哲　153
金原瑞人　5, 18, 24, 42, 47, 95, 115, 139, 143, 150, 172, 179, 182, 190, 191, 200
鎌田暁子　138
亀井俊介　4, 5, 33, 34, 35, 37, 71, 76, 82, 83
柄谷行人　183
カラー、ジョナサン　68
カリー、メイソン　150
カルヴィーノ、イタロ　90
河島弘美　82
河田英介　129, 168, 177, 195, 203, 209
川成洋　58, 75, 102, 138
川本皓嗣　83
川本三郎　5, 34, 47, 53, 60, 77, 82, 83, 102, 143, 175
川本直　194
川原崎剛雄　34
菊地利奈　153, 192
喜志哲雄　34
北方謙三　5, 33, 53, 79
木田元　35
喜多哲正　102
木田のり子　129
北村勝彦　175
北杜夫　54, 98
キック、ラス　172
木戸美由紀　176
紀伊國屋書店　77
木下孝浩　117
木下半犬　139
木下昌明　35
木村榮一　60, 83, 102, 114, 125, 135, 191
木村金太　25
木村信司　50
木村政則　136
キャントン、ジェイムズ　191
清塚邦彦　6
ギル、マイケル・ゲイツ　41
ギルモア、デヴィッド　90
キング、スティーヴン　106, 113
クーパー、アーミス　91
久我勝利　102
久我俊二　143
日下香織　147
日下幸織　129
日下洋右　81
グッドウィン、ドリス・カーンズ　132
国末憲人　49
邦高忠治　162, 163
國友万裕　60
久保公人　129, 168
熊井明子　35
熊谷順子　39, 81
クライツ、ドーシー　168
倉林秀男　60, 81, 169, 193, 199
グランデージ、マイケル　196
グリッサン、エドゥアール　90
栗野真理子　117
栗原裕　60
栗原裕一郎　102
クレフェルト、マーチン・ファン　42
黒田憲治　83
黒田昌平　208
桑原啓治　29, 84
桑原武夫　83
桑原将嗣　94
クンデラ、ミラン　172
ケイメン、ヘンリー　18
ゲイル、ロバート L.　42
ゲーテ編集部　207
ケリー、スチュアート　18
ケルアック、ジャック　53
見城徹　176
ゴイティソロ、ファン　172
講談社インターナショナル　30
鴻巣友季子　47, 71, 83, 102, 163, 174, 182
郷原佳以　144
コーエン、タイラー　113
コールマン、ジョン　6
古峨美法　129
小暮昌弘　47, 207
小阪知弘　183
越川芳明　50, 179, 182, 183
児島玲子　60
小鷹信光　6, 47, 60, 73, 83, 95, 102, 144
小谷一明　101
児玉清　6
小玉武　6, 183
小塚拓矢　183
ゴットシャル、ジョナサン　172
後藤和彦　35, 107, 183
後藤健治　200
小沼純一　24
小林信彦　35
小牟田康彦　183, 191
小谷野敦　6, 30, 103
小山正　6
コヨーテ編集部　154
コリンズ、ラリー　172
今野敏　144
今野雄二　125
コンラッド、ジョゼフ　61
コンラッド、スティーヴ　157
コンラッド三世、バーナビー　191

【さ行】

斎藤兆史　6

齋藤海仁　24
齊藤昇　7
齋藤光　4
齋藤博次　21, 125
斎藤眞　184
斎藤美奈子　103, 154
サイード、エドワード W.　18
佐伯彰一　7, 20, 103, 144
佐伯泰樹　103
佐伯泰英　195
酒井健　7
坂田雅和　187
坂本和男　179
佐久間文子　115
櫻井朝雄　136
桜庭一樹　208
佐々木譲　79
佐々木正悟　144
佐々木徹　147
佐々木真理　35, 37, 103
貞廣真紀　18, 103
佐藤卓司　7
佐藤忠男　35
里内克巳　207
佐藤勉　7
佐藤英行　142
佐藤宏子　35
佐藤真由美　61
佐藤美知子　28
ザドゥリアン、マイケル　191
佐藤隆介　54
里中哲彦　83
サバト、エルネスト　19
座右の銘研究会　61
サリンジャー、J.D.　200
猿谷要　7
サレルノ、シェーン　150
沢木耕太郎　50, 79, 143, 159, 177, 197, 198
澤田肇　125
澤村修治　103
椎名誠　77
シーモア、ミランダ　42
シールズ、デイヴィッド　150
ジェフリー、イアン　96
ジェフリーズ＝ジョーンズ、ロードリ　19
塩澤実信　7
潮凪洋介　84
塩野七生　120
重金敦之　125
茂見洋子　23
信濃八太郎　20, 45
篠田一士　7
柴田哲孝　78
芝田正夫　92
柴田充　135, 154
柴田元幸　4, 7, 20, 24, 25, 43, 44, 61, 69, 70, 84, 91, 92, 104, 117, 125, 134, 155, 163, 164, 176, 184, 186, 195, 200, 209
柴野邦彦　173, 174, 176
司馬遼太郎　30
島地勝彦　8, 208
島村法夫　39, 61, 66, 77, 81, 88, 94, 95, 104, 111, 129, 147, 153, 169
下田昌克　52
下山静香　75, 138
シャーバー、イルメ　151
ジャンキンズ、ドナルド　111
シュミート、ヴィーランド　19
ジョーンズ、トム　125
ジョサ、マリオ・バルガス　42
書肆マコンド　8
白岩英樹　84, 125, 146
白川義和　156
城山三郎　36, 53, 84
ジン、ハワード　91
スーサイドノート研究会　126
菅井大地　147, 187
菅啓次郎　50
菅孝行　73
菅野昭正　6
菅野拓也　183
菅原克也　184
菅原千代志　120
杉江松恋　126
杉野健太郎　36, 64, 104, 106
スクリーン　3, 29
スクレナカ、キャロル　113
鈴江璋子　104
鈴木智子　147
鈴木文彦　73
鈴木正文　84
ステイプ、J.H.　91
ステファヌ、ベルナール　42
ストラスバーグ、スーザン　68
ストーンバック、H. R.　169
スミス、ヴァレリー　151
スラウェンスキー、ケネス　113
諏訪哲史　74
諏訪部浩一　15, 47, 84, 95, 102, 105, 107, 108, 110, 126, 164, 184
瀬川昌久　48
関川夏央　8
関口義人　61, 84
関戸冬彦　39
舌津智之　8, 126, 200
瀬名波栄潤　61
そのさなえ　79
祖父江慎　135

【た行】
ターケル、スタッズ　42
大地真介　105, 115
ダイベック、スチュアート　24
タイラー、スティーヴン　91
高木康行　26
高城高　48
高須賀哲　26

高野秀行　154
高野泰志　15, 36 39, 61, 66, 76, 81, 96, 99, 101, 104, 105, 109, 111, 118, 130, 141, 147, 153, 154, 157, 164, 169, 201, 203, 204
高橋温　26
高橋一清　25
高橋源一郎　7, 104
高橋洋　124
高橋政喜　48
高橋勇二　8
高平哲郎　201
高見浩　8, 91, 106, 114
高村勝治　8
高村峰生　194
龍口直太郎　8
滝本誠　47
田口誠一　120
田窪潔　36
竹石安宏　117
竹内勝徳　66, 115
武内太　84
竹内康浩　144
武田亜希子　36
武田悠一　184
竹原あき子　118
竹村和子　84
竹本憲昭　61
田崎健太　52
タダジュン　20, 43, 44, 69, 70, 92, 117
多田道太郎　83
立花珠樹　144
立林良一　21
巽孝之　8, 21, 36, 45, 50, 93, 94, 95, 106, 115, 153, 164, 174, 193, 201, 207
楯岡求美　178
立野正裕　9
立松和平　9
田中沙織　36
田中久男　4, 11, 13, 22, 115, 148, 204
田中秀臣　154
田中里奈　97
田邊忠彦　85
谷崎由依　25
谷本千雅子　89, 169
田野勲　9
田畑佳菜子　81
田村恵理　40, 61, 81, 188
田村義進　106, 113
田中安行　84
田村行孝　89, 111, 130
丹治めぐみ　35, 37
千野帽子　48
千野祐子　211
千葉義也　15, 28, 45, 51, 62, 66, 76, 81, 96, 99, 106, 119, 137, 144, 157, 169, 177, 195, 204, 209
千代田夏夫　130, 148, 169, 176, 188, 204
知来要　176
陳珊珊　130
塚田幸光　9, 15, 36, 40, 62, 66, 71, 81, 85, 89, 106, 126, 131, 148, 170, 188
辻川美和　197
辻邦生　30, 54, 185, 197
辻佐保子　62
辻秀雄　16, 62, 81, 131, 133, 144, 148, 170, 193, 201
辻裕美　81
辻本庸子　37, 106
筒井正明　9
筒井康隆　27, 30, 50, 62, 75, 185, 201
津野海太郎　9
坪内祐三　9, 85, 135, 155, 176
ツルゲーネフ　91
ディアス、ジュノ　75
デイヴィス、フィリップ　151
ディルダ、マイケル　42
ティレル、イアン　43
ディン、リン　176
寺尾隆吉　9, 19, 42, 74
テラサワ、ミキ　91
寺田直子　208
寺地五一　82
照山雄彦　121
テレビ東京　185
天童晋助　62
トウェイン、マーク　85, 123
堂垣園江　107
東京新聞　95
栂正行　145
戸川安宣　201
常盤新平　25, 107, 163, 164, 166, 179
徳永暢三　126
都甲幸治　10, 48, 75, 85, 126, 174, 185
十握秀紀　89
戸塚真弓　29, 85
富岡多恵子　85
富田昭次　85
富田文雄　97
外山滋比古　37
豊崎由美　10, 25, 102
鳥居達也　50
トリフォノポウロス、ディミートリーズ・P.　19
ドン小西　48

【な行】
直井明　62
永江朗　25, 155
長岡真吾　71, 75, 116, 193
長尾晋宏　66, 149
中垣恒太郎　37, 81, 85, 131, 149, 164, 170, 188, 204
長崎訓子　3
中条省平　185
長瀬恵美　85
永田浩三　145
中谷崇　37, 145, 189
中田春彌　159, 197
中田雅博　27
中田幸子　10
中辻理夫　116

長友真理　84
長友善行　23
長沼秀世　10
中野学而　107
仲俣暁生　155
永峰好美　143
中牟田洋子　165
中村邦生　145, 174
中村甚五郎　126
中村亨　10, 37, 81, 112, 172
中村嘉雄　22, 40, 45, 67, 93, 149, 175, 189
中森明夫　54
中矢俊一郎　117
永山篤一　6, 10
中山喜代市　10, 165
中山善之　86, 107, 113, 118
中良子　71
長澤唯史　67
那須省一　86
ナスタシ、アリソン　206
難波雄史　158
新関芳生　149, 170
新元良一　48
新納卓也　107
西江雅之　74, 155
西川治　52
西村冨明　52
錦織則政　107
西崎憲　37, 44
西田善太　25, 49, 135
西谷拓哉　126
西村満男　53
西山とき子　138
日経新書案内記事　156
日テレ　119
蜷川譲　52
日本ダービー　75
日本ヘミングウェイ協会　31, 54, 55, 57, 78, 79, 81, 98, 121, 140, 159, 180, 198, 211
乳井昌史　10
沼野充義　182, 191, 205
ネグレスコ、ジーン　196
根本聡子　25
根本太一　27
ノーベル賞の記録編集委員会　185
野依昭子　63
野上秀雄　127
野崎歓　103, 105, 107, 108, 149
野寺治孝　74
野中邦子　133, 145
野間昭二　63
野村達朗　108
野谷文昭　74, 108
ノルビ、アーリング　68

【は行】

バーク、モンテ　19
バーグ、A. スコット　151
バーサド、エラ　191
バートレット、アリソン・フーヴァー　113
バーミンガム、ケヴィン　173
萩尾望都　145
バクスター、ジョン　120
バザン、アンドレ　151
橋本篤　134
蓮實重彦　185
長谷川裕一　16, 63, 81, 149
長谷部史親　49
羽多郁夫　138
バタイユ、ジョルジュ　19
畠山研　170
服部文祥　63
波戸岡景太　108
浜本武雄　37
ハミル、ピート　10
ハヤカワミステリマガジン編集部　25
林荘祐　27
林信朗　74, 208
林原耕三　179
早瀬博範　11, 13, 46, 133, 158
原川恭一　22
原田宗典　209
原信雄　149
バリー、ピーター　132
ハリス、ロバート　38, 135
バルガス＝リョサ、マリオ　74
ハルパート、サム　68
春山陽一　76
坂東省次　11, 58
阪東幸成　202
ビーヴァー、アントニー　69, 91
ビーチ、シルヴィア　69
日垣隆　63
東理夫　11, 127
疋田多揚　209
疋田知美　108
比嘉美代子　67
樋口進　53
樋口友乃　11
ビュアン、イヴ　43
ビラ＝マタス、エンリーケ　191
平石貴樹　4, 37, 76, 77, 107, 165, 170, 173, 175
平井智子　16, 37, 63
平岩外四　36
平塚隼介　73
平出昌嗣　127
平山亜理　136
平山令二　178
ピンチョン、トマス　139
ファイヴェル、T. R.　11
ファウスト、ドルー・ギルピン　43
ファレル、ニコラス　69
フィッツジェラルド、F. スコット　19, 128, 132, 179
フェアバンクス香織　63, 67, 81, 142, 157, 189, 193, 205
フォークナー、ウィリアム　101
フォス、リチャード　206
フォスター、トーマス・C.　43

深沢慶太　26
福井次郎　38
福田和也　11, 29, 49, 76, 109
福田恆存　20, 38, 44, 70, 92, 114, 133, 152, 173, 192, 206
福田陸太郎　173, 177
福西英三　38
藤井淑禎　86
藤井光　165
藤岡功　97
藤代冥砂　26
藤田修平　64
藤谷治　202
藤谷聖和　8, 165
ブライソン、ビル　151
ブラット、ベン　206
ブラッドベリ、レイ　151
フリード、ディナ　152
古川日出男　45
古谷裕美　150, 171, 189
プレストン、ポール　20
フレミング、キャロライン　69
フレミング、ジャック　69
プレモリードルーレ、フランチェスカ　29
ブローティガン、リチャード　54
ベイカー・ジュニア、ヒューストン・A.　152
ベターデイズ　72, 93
別冊宝島編集部　64
別府恵子　16, 116
別宮貞徳　11, 114
ヘミングウェイ、アーネスト　19, 20, 28, 43, 44, 69, 70, 91, 92, 107, 113, 114, 132, 133, 137, 152, 157, 158, 173, 177, 191, 192, 206, 209
ベリー、ジョン W.　190
ベレント、ジョン　44
勉誠出版ホームページ　96
ボーゼージ、フランク　196
ポール、エリオット　114
ホールドマン、ジョー　20
ボクスオール、ピーター　114
保阪正康　165
星野裕也　196
星亮一　127
細川布久子　64
細田晴子　165
穂村弘　117
堀内香織　109, 146, 150
堀江敏幸　71, 143
堀邦維　127
本合陽　86
本荘忠大　12, 40, 46, 71, 116, 131, 146, 175, 193, 202
本田康典　26, 133, 163, 172

【ま行】

マーカス、モートン　12
マーサー、ジェレミー　44
マーニョ、アレッサンドロ・マルツォ　44
マイヤー、マイケル・J　21
前川玲子　127
前嶋裕紀子　97
前田一平　3, 16, 46, 64, 74, 81, 109, 171, 190, 205
前田けえ　159
前原政之　12
マキナニー、ジェイ　12
牧村憲一　124, 125, 127, 138
マクダッフィ、ブラド　112
マクリン、ミルト　133
マクレイン、ポーラ　106, 114
真鍋晶子　12, 89, 109, 141, 165, 167, 168, 171, 202
マシーセン、F. O.　70
増崎恒　17, 127
マタソン、スティーヴン　44
町山智浩　109
松浦弥太郎　12
松岡信哉　202
松尾弌之　186
松尾よしたか　26
松下千雅子　12, 41, 46
マッツェオ、テイラー・J　192
松永美穂　71
松野友克　197
松林眞弘　94, 135, 155
松原陽子　86
松村敏彦　186
松本健一　38
松本道弘　12
松本由美　38
マニング、モリー・グプティル　173
マラマッド、バーナード　101
マルケス、ガブリエル・ガルシア　45, 102, 114
丸谷才一　38, 75, 86, 109
丸山ゴンザレス　146
マレイ、デイビッド・コード　92
マングェル、アルベルト　114, 133
三浦雅士　38
三浦玲一　86, 127, 135
三木サニア　13
未里周平　109
三谷幸喜　39
みつじまちこ　186
光富省吾　13
南川三治郎　53
宮永忠将　86
宮崎正勝　86
宮下規久朗　120
宮田昇　186
宮本陽一郎　127, 165
宮脇俊文　38, 46, 67, 87, 110, 116, 118, 186
ミラー、デイヴィッド C.　20
ミラー、ヘンリー　133
向井万起男　76
武藤脩二　72, 150, 171
宗形賢二　166
村尾純子　110

村上香住子　29
村上紀史郎　13
村上春樹　12, 13, 31, 38, 49, 64, 68, 98, 128, 135, 139, 155, 159, 166, 176, 186
村上東　27, 125, 128
村上康成　94
村上龍　54
村松友視　54
村山淳彦　166, 190
村山由佳　22, 50
メイン、リチャード　13
メルヴィル、ハーマン　86
メンドーサ、P. A.　114
モーム、サマセット　183, 191
本村浩二　146
本山ふじ子　120
森岡裕一　64
森下賢一　87
森慎一郎　110, 128, 132
森孝晴　67, 116
森田勇造　211
森本真一　146
森山未來　23
モンキー・パンチ　137

【や行】

八木敏雄　64
安井信子　65
安河内英光　13, 162, 166
柳沢秀郎　22, 41, 65, 68, 90, 95, 112, 116, 131, 134, 150, 166, 171, 190, 205, 207
柳田邦男　65
柳智之　176
柳原孝敦　97
柳下毅一郎　109
矢野詔次郎　176
八巻由利子　26
山口和彦　110, 201, 202
山口淳　33, 49, 51, 57, 72, 74, 76, 93, 94
山口純子　120
山口瞳　54
山﨑努　49
山﨑真由子　74
山里勝己　65, 101
山下恒男　13
山下裕文　194
山下美保　17
山澄亨　128
山田詠美　155
山田太一　186
山田武雄　13
山田哲朗　27
山本史郎　146
山本 博　143
山本光伸　124, 128, 132, 137
山本ゆりこ　87
山本洋平　93, 132
山脇岳志　156
湯川豊　87, 128, 167
弓狩匡純　87
洋販　97
横澤潤一　30
四方田犬彦　65
横山安由美　65
吉岡栄一　38, 187
吉岡栄二郎　187
吉岡秀治　155
吉岡知子　155
吉川純子　202
吉田暁子　110, 114
吉田京子　26
吉田伸子　209
吉田広明　87
吉田廸子　167
吉野仁　47
余田真也　87
淀川長治　14
米谷ふみ子　163

【ら行】

らいり　さち　197
ラピエール、ドミニク　172
ラモネ、イグナシオ　70
リー、A. ロバート　45
リーバイ・ストラウス　ジャパン　3
リーランド、ジョン　45
陸君　112
リッツ、シャルル　174
ルイス、リサ・D.　190
ルー、デイビッド　14
ルーベル、デイヴィッド　45
ルヴィロワ、フレデリック　114
ルカーチ、ジョン　70
ルタイユール、ジェラール　206
ルフェーブル、ミシェル　97
ルブラン、ベルナール　97
レイルズバック、ブライアン　21
レヴィ、ショーン　21
歴史の謎研究会　14, 167
レナード、エリカ　29
ローガン、ジョン　178
ロス、フィリップ　179
ロス、リリアン　152
ロビンズ、デイヴィッド・L.　54

【わ行】

ワインスタイン、アレン　45
若島正　93, 110
若松正晃　17, 41, 153
渡邉藍衣　112, 168
渡邉克昭　167
渡辺信二　128
渡辺利雄　39, 65, 128
渡邉真理子　110
渡邉優　203
和田誠　39, 75, 87, 139, 205

◉ 作品名索引 ◉

・作品発表の年代順に配列した。
・数字はページ数である。
・言及のなかった作品には「——」を入れた。
・作品の邦訳名は主に『ヘミングウェイ大事典』に依った。

Three Stories and Ten Poems『三つの短編と十の詩』(1923)　68
　"Up in Michigan"「ミシガンの北で」　37, 112, 121

in our time『ワレラノ時代ニ』(1924)　——

In Our Time『われらの時代に』(1925)　37, 45, 46, 66, 148
　"On the Quai at Smyrna"「スミルナ桟橋にて」　188, 198
　"Indian Camp"「インディアン・キャンプ」　16, 17, 31, 39, 81, 89, 102, 107, 129, 140
　"The Doctor and the Doctor's Wife"「医者と医者の妻」　84
　"The End of Something"「あることの終わり」　——
　"The Three-Day Blow"「三日吹く風」　——
　"The Battler"「格闘家」　——
　"A Very Short Story"「とても短い話」　——
　"Soldier's Home"「兵士の故郷」　41, 191
　"The Revolutionist"「革命家」　57, 61, 141
　"Mr. and Mrs. Elliot"「エリオット夫妻」　——
　"Cat in the Rain"「雨の中の猫」　43, 181, 187
　"Out of Season"「季節はずれ」　——
　"Cross-Country Snow"「クロスカントリー・スノー」　——
　"My Old Man"「ぼくの父さん」　203
　"Big Two-Hearted River"「大きな二つの心臓のある川」　59, 66, 79, 187

The Torrents of Spring『春の奔流』(1926)　10, 164

The Sun Also Rises『日はまた昇る』(1926)　5, 7, 8, 9, 10, 14, 15, 16, 17, 20, 22, 23, 27, 31, 37, 38, 53, 55, 57, 62, 63, 64, 70, 74, 84, 86, 91, 92, 95, 99, 100, 111, 113, 114, 116, 120, 121, 124, 126, 127, 129, 130, 131, 132, 135, 140, 141, 145, 148, 150, 152, 155, 169, 170, 177, 181, 184, 186, 191, 194, 201, 203, 205

Men Without Women『女のいない男たち』(1927)　139
　"The Undefeated"「敗れざる者」　——
　"In Another Country"「異国にて」　——
　"Hills Like White Elephants"「白い象のような山なみ」　141

"The Killers"「殺し屋」 20, 25, 68, 69, 75, 81, 126, 187
"Che Ti Dice La Patria?"「祖国は君に何を語るか」 ——
"Fifty Grand"「五万ドル」 69
"A Simple Enquiry"「簡単な質問」 ——
"Ten Indians"「十人のインディアン」 187
"A Canary for One"「贈り物のカナリア」 ——
"An Alpine Idyll"「アルプスの牧歌」 189, 190, 198
"A Pursuit Race"「追走レース」 ——
"Today Is Friday"「今日は金曜日」 ——
"Banal Story"「ありふれた話」 ——
"Now I Lay Me"「身を横たえて」 ——

A Farewell to Arms『武器よさらば』(1929) 4, 5, 8, 9, 11, 14, 26, 29, 37, 43, 50, 54, 57, 60, 61, 63, 64, 81, 83, 84, 86, 91, 92, 94, 101, 104, 107, 110, 113, 114, 123, 124, 126, 133, 134, 136, 143, 146, 147, 154, 163, 182, 186, 189, 195, 196, 198, 202, 204, 208, 211

Death in the Afternoon『午後の死』(1932) 18, 38, 41, 58, 141, 152, 172, 185, 195, 201

Winner Take Nothing『勝者には何もやるな』(1933) ——
"After the Storm"「嵐のあとで」 ——
"A Clean, Well-Lighted Place"「清潔で明るい場所」 99, 101, 167, 187
"The Light of the World"「世の光」 187
"God Rest You Merry, Gentlemen"「神よ陽気に殿方を憩わせたまえ」 149, 159
"The Sea Change"「海の変容」 ——
"A Way You'll Never Be"「誰も知らない」 ——
"The Mother of a Queen"「クィーンの母」 ——
"One Reader Writes"「ある投稿」 ——
"Homage to Switzerland"「スイス賛歌」 149, 160
"A Day's Wait"「死を待つ一日」 ——
"A Natural History of the Dead"「死者の博物誌」 69
"Wine of Wyoming"「ワイオミングのワイン」 64
"The Gambler, the Nun, and the Radio"「賭博師と尼僧とラジオ」 ——
"Fathers and Sons"「父と息子」 ——

Green Hills of Africa『アフリカの緑の丘』(1935) 33, 35, 57, 62, 85, 103, 123, 146, 164

To Have and Have Not『持つと持たぬと』(1937) 12, 16, 73, 110, 111, 112, 121, 144, 148

The Spanish Earth『スペインの大地』(1938) 10, 40, 64

The Fifth Column and the First Forty-Nine Stories『第五列と最初の四十九の短編』(1938) ——
"On the Quai at Smyrna"「スミルナ桟橋にて」 188, 198
"The Short Happy Life of Francis Macomber"「フランシス・マカンバーの短い幸福な生涯」 44, 139, 158, 184, 191, 199
"The Capital of the World"「世界の首都」 ——

"The Snows of Kilimanjaro"「キリマンジャロの雪」　3, 27, 30, 35, 44, 47, 50, 59, 91, 114, 123, 134, 137, 139, 146, 159, 174, 201, 209
"Old Man at the Bridge"「橋のたもとの老人」　99, 109

For Whom the Bell Tolls『誰がために鐘は鳴る』(1940)　6, 7, 8, 12, 15, 19, 20, 25, 27, 29, 38, 48, 50, 57, 61, 83, 84, 86, 108, 113, 114, 124, 128, 161, 165, 166, 170, 175, 181, 185, 186, 188, 191, 198, 201, 204, 206, 207, 209

Across the River and into the Trees『河を渡って木立の中へ』(1950)　44, 52, 54, 99, 100, 105, 112, 121, 146, 178, 191, 201, 204

The Old Man and the Sea『老人と海』(1952)　12, 13, 14, 16, 20, 24, 28, 30, 33, 35, 36, 42, 43, 44, 47, 49, 57, 58, 60, 61, 63, 64, 65, 66, 70, 75, 76, 78, 79, 83, 85, 92, 97, 98, 99, 100, 101, 102, 103, 104, 106, 107, 108, 109, 113, 114, 118, 120, 123, 124, 126, 128, 130, 133, 135, 136, 137, 138, 139, 142, 143, 145, 146, 152, 154, 155, 156, 158, 170, 173, 179, 183, 191, 192, 197, 200, 202, 206, 209

Two Christmas Tales (Tronto Star Weekly, December 22, 1923)『二つのクリスマス物語』　――
"Christmas in Paris"「パリのクリスマス」　――
"A North of Italy Christmas"「北イタリアのクリスマス」　――

A Moveable Feast『移動祝祭日』(1964)　3, 7, 8, 20, 28, 38, 42, 49, 52, 57, 59, 63, 69, 71, 106, 116, 121, 142, 155, 156, 167, 173, 177, 189, 195, 197

By-Line: Ernest Hemingway『アーネスト・ヘミングウェイ署名記事集』(1967)　――

The Fifth Column and Four Stories of the Spanish Civil War『第五列と四つのスペイン内戦の物語』(1969)
"The Denunciation"「密告」　――
"The Butterfly and the Tank"「蝶々と戦車」　150, 160, 171, 180
"Night Before Battle"「戦いの前夜」　――
"Under the Ridge"「分水嶺の下で」　――

Islands in the Stream『海流の中の島々』(1970)　100, 142, 205

Ernest Hemingway's Apprenticeship: Oak Park, 1916-1917『ヘミングウェイの習作』(1971)　――
"Judgment of Manitou"「マニトゥの裁き」　――
"A Matter of Colour"「色の問題」　172
"Sepi Jingan"「セピ・ジンガン」　――

The Nick Adams Stories『ニック・アダムズ物語』(1972)　87
"Three Shots"「三発の銃声」　39, 184
"The Indians Moved Away"「インディアンは去った」　――
"The Last Good Country"「最後の良き故郷」　40, 41, 55, 67, 79, 142, 155, 171
"Crossing the Mississippi"「ミシシッピー川を渡って」　――
"Night Before Landing"「上陸前夜」　――
"On Writing"「書くことについて」　――

"Summer People"「夏の仲間」　——
"Wedding Day"「婚礼の日」　——

A Divine Gesture『神のしぐさ』(1974)　57, 59

Complete Poems『ヘミングウェイ全詩集』(1992)　——

The Dangerous Summer『危険な夏』(1985)　25, 58, 142

Ernest Hemingway: Dateline: Toronto:The Complete Dispatches, 1920-1924『「トロント・スター」特派員記事集』(1985)　——

The Garden of Eden『エデンの園』(1986)　34, 63, 67, 79, 100, 142, 162, 167, 168, 172, 174

The Complete Short Stories of Ernest Hemingway: The Finca Vigía Edition『フィンカ・ビヒア版ヘミングウェイ全短編集』(1987)　——
"A Train Trip"「汽車の旅」　——
"The Porter"「ポーター」　——
"Black Ass at the Cross Roads"「十字路で憂鬱な気持が」　——
"Landscape with Figures"「人のいる風景」　——
"I Guess Everything Reminds You of Something"「パパは何かの拍子で思い出すんだね」　——
"Great News from the Mainland"「本土からの吉報」　——
"The Strange Country"「異郷」　——
"Nobody Ever Dies"「誰も死なない」　70
"The Good Lion"「よいライオンの話」　——
"The Faithful Bull"「一途な雄牛」　——
"Get a Seeing-Eyed Dog"「盲導犬を飼え」　——
"A Man of the World"「世慣れた男」　62
"An African Story"「アフリカ物語」　——
"One Trip Across"「片道航海」　——
"The Trademan's Return"「密輸業者の帰還」　——

Hemingway: The Tronto Years『ヘミングウェイ・トロント時代』(1994)　——

True at First Light『夜明けの真実』(1999)　142

Under Kilimanjaro『キリマンジャロの麓で』(2005)　40, 61

その他
"A Divine Gesture"「神のしぐさ」(1922)　——
"Paris, 1922"「パリ一九二二年」(1922)　——

Griffin, *Along with Youth: Hemingway, the Early Years*　(1985) 所収
1919-1921 "The Ash Heel's Tendon - A Story"「アッシュヒール腱―物語」　——

1919-1921 "Crossroads - An Anthology"「十字路—小品集」　——
1919-1921 "The Current - A Story"「流れ—物語」　——
1919-1921 "The Mercenaries - A Story"「傭兵—物語」　——
1919-1921 "Portrait of the Idealist in Love - A Story"「恋する観念主義者の肖像—物語」　——

The Hemingway Review（Spring, 1990）所収
"A Lack of Passion"「愛の欠如」　——
[Philip Haines Was a Writer . . .]「フィリップ・ヘインズは作家だった」　——

Strand Magazine 55（2018）所収
"A Room on the Garden Side"「中庭に面した部屋」　206, 207

[編著者]

千葉　義也（ちば・よしや）

東北学院大学大学院文学研究科修士課程修了、博士課程単位取得満期退学。
鹿児島大学名誉教授。
専攻はアメリカ文学、特にアーネスト・ヘミングウェイの文学。
著書に『日本におけるヘミングウェイ書誌― 1999-2008 ―』（編著、松籟社、2013 年）、『ヘミングウェイ大事典』（共編著、勉誠出版、2012 年）、『アーネスト・ヘミングウェイ―― 21 世紀から読む作家の地平』（共著、臨川書店、2012 年）、『ヘミングウェイの時代――短篇小説を読む』（共著、彩流社、1999 年）などがある。

日本におけるヘミングウェイ書誌［Ⅱ］ ―― 2009-2018 ――

2020 年 6 月 12 日　初版発行　　定価はカバーに表示しています

編著者　千葉　義也

発行者　相坂　一

発行所　松籟社（しょうらいしゃ）
〒 612-0801　京都市伏見区深草正覚町 1-34
電話　075-531-2878　振替　01040-3-13030
url　http://www.shoraisha.com/

印刷・製本　亜細亜印刷株式会社
カバー装画　池川　直
装丁　安藤紫野（こゆるぎデザイン）

Printed in Japan

 ISBN978-4-87984-390-6 C0098

【松籟社の本】

日本における ヘミングウェイ書誌

―1999-2008―

千葉義也［編著］

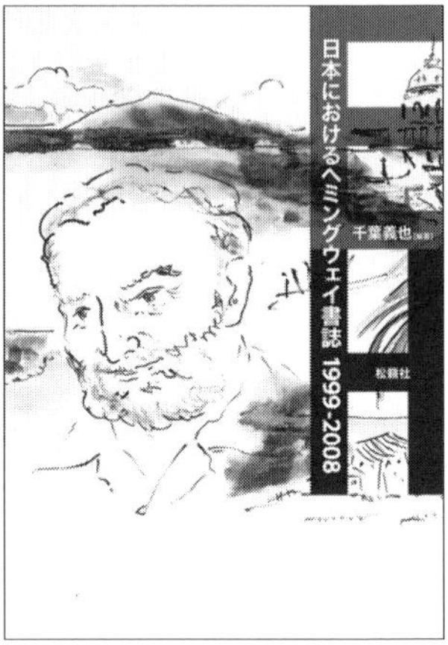

A5判・ハードカバー・400頁
ISBN: 978-4-87984-318-0 C0098 ¥3500
定価【本体3500円＋税】
2013年7月19日発行
発行・発売：株式会社松籟社（全国書店・オンライン書店・松籟社STORESサイトにて販売）

これまでにこれほど網羅的かつ充実した作家の書誌があっただろうか。研究者にとっては必携の書であり、ヘミングウェイに関心のある読者にとっても実に興味深い情報を提供してくれる。

年代順に見てもいいし、著作者名索引から特定の人物に焦点をあてて、その人のヘミングウェイへの関心や視点を探るのも楽しい。この偉業の書誌は作家と作品の理解に向けて、読者をいざない、さらに何をどのように読むべきかを示唆し、指針を与えてくる海図となっている。

――今村楯夫

1999年から2008年までの十年間に日本国内で刊行された、アーネスト・ヘミングウェイに関連する出版物の情報を網羅。ヘミングウェイ研究書や論文、邦訳作品はもちろんのこと、作家ヘミングウェイおよびその作品に言及しているエッセイ、新聞／雑誌記事等の情報を広くカバーした。日本におけるヘミングウェイ研究・ヘミングウェイ受容の動向を的確に把握できる決定版書誌。著作者名索引と作品名索引による高度の検索性も備えた、ヘミングウェイ研究者必携の書。

『ヘミングウェイと老い』

高野泰志［編著］／島村法夫・勝井慧・堀内香織・千葉義也・上西哲雄・塚田幸光・真鍋晶子・今村楯夫・前田一平［著］

いわば支配的パラダイムとなっている「老人ヘミングウェイ」神話を批判的に再検討する。ヘミングウェイの「老い」に正当な関心を払うことで見えてくるのは、従来とは異なる新たなヘミングウェイ像である。

［46判・ハードカバー・336頁・3400円＋税］

ISBN: 978-4-87984-320-3 C0098

『アーネスト・ヘミングウェイ、神との対話』

高野泰志［著］

ヘミングウェイの生涯続いた信仰をめぐる葛藤を、いわば神との挑戦的な対話をたどり、ヘミングウェイ作品を読み直す試み。

［46判・ハードカバー・264頁・2400円＋税］

ISBN: 978-4-87984-334-0 C0098

『アメリカ文学における「老い」の政治学』

金澤哲［編著］／里内克巳・石塚則子・Mark Richardson・山本裕子・塚田幸光・丸山美知代・柏原和子・松原陽子・白川恵子［著］

「老い」は肉体的・本質的なものでなく、文化的・歴史的な概念である。―近年提示された新たな「老い」概念を援用しながら、「若さの国」アメリカで、作家たちがどのように「老い」を描いてきたのかを探る。

［46判・ハードカバー・320頁・2400円＋税］

ISBN: 978-4-87984-305-0 C0098

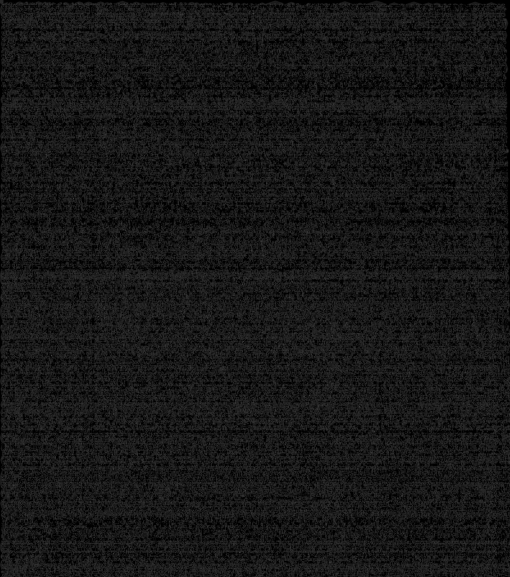